Volker Wille
Höllenstrahlen

Volker Wille

Höllenstrahlen

.

Rediroma-Verlag

Bibliografische Information der Deutschen
Nationalbibliothek:
Die Deutsche Nationalbibliothek verzeichnet diese
Publikation in der Deutschen Nationalbibliografie;
detaillierte bibliografische Daten sind im Internet über
http://portal.dnb.de abrufbar.

ISBN 978-3-98527-796-4

www.rediroma-verlag.de
16,95 Euro (D)

Prolog

Die Handlung des Krimis „Höllenstrahlen" ist frei erfunden.
Dennoch enthält sie wahre Ereignisse. Das betrifft die Schilderung der Erfassung während des Manövers Waffenbrüderschaft im Jahr 1980. Die elektronische Spezialtechnik der sowjetischen  Hubschrauber MI-8PP in Cochstedt wurde in den Achtzigerjahren akribisch beobachtet. So fand ein Bauer auf einem Acker in der Nähe des Flugplatzes elektronische Apparaturen, deren westliche Herkunft belegt ist, deren Einsatzzweck aber ungeklärt blieb.

Der Autor Volker Wille war von 1974 bis 1992 mit der Erfassung von Ausstrahlungen elektronischer Parameter von Waffensystemen der Warschauer Vertragsstaaten beschäftigt.

Ähnlichkeiten mit lebenden oder bereits verstorbenen Personen sind rein zufällig und nicht beabsichtigt.

5

Montag 08. September 1980

Bis zur innerdeutschen Grenze sind es nur wenige Kilometer. Eine widerliche Grenze, die Deutschland und unsere Heimat spaltet. Mehr als dreißig Jahre schon trennt sie Familien, die sich in dieser Zeit voneinander entfremdet haben. In dieser Deutschen Demokratischen Republik ist eine Generation herangewachsen, die zum Hass gegen ihre Landsleute im Westen erzogen wurde. Das sogenannte sozialistische Lager hinter dieser Grenze soll ein Segen für die Menschen sein. Kein grenzenloser Reichtum für eine Minderheit, sondern gleiche Lebensbedingungen für alle Bürger. Diese Grenze wird den Menschen in der DDR als antiimperialistischer Schutzwall verkauft. In Wahrheit ist sie eine Waffe, die ein ganzes Volk in Schach hält. Zu viele hatten schon die DDR verlassen. Die Grenze ist nun als fast unüberwindbares Hindernis perfektioniert, eine Überschreitung ist nur unter größter Lebensgefahr möglich, wenn man nicht schon vorher durch Grenzsoldaten festgenommen wird. In diesem Fall droht wegen Republikflucht eine sehr lange Haftstrafe.

Die DDR ist ein Kettenschloss des Eisernen Vorhangs. Hochgerüstet, zeitweise befinden sich hier fast eine Million Soldaten, die den Status quo dieser Arbeiter- und Bauernmacht zementieren. Die Warschauer Vertragsstaaten fürchten einen Angriff der NATO-Streitkräfte. Aber sind sie eine Armee nur zum Schutz? Der Westen muss umgekehrt mit dem Einmarsch der Armeen aus dem sozialistischen Lager rechnen. Wird diese Waffenbrüderschaft diesmal friedlich ausgehen?

Marko Greve drängten sich diese Gedanken wieder einmal auf, als er im olivgrünen Bundeswehr-Bus durch das morgendliche Bad Lauterberg in Richtung Stöberhai fuhr. Greve war im niedersächsischen Herzberg im Südharz geboren und auch aufgewachsen. Es hätte aber auch anders kommen können. Sein Vater, Kurt Greve, wurde 1921 in Friedrichslohra geboren. Friedrichslohra, ein kleiner Ort im Landkreis Nordhausen in Thüringen, jenseits dieser Grenze. Kurt Greve war der Sohn von Fritz und Lene Greve. Er hatte auch eine Schwester. Helene war vier Jahre jünger. Alle nannten sie nur Leni.

Fritz Greve war einer der Ersten, die 1909 im Kaliwerk Bischofferode zu arbeiten begannen. Es waren schwere Zeiten, die Arbeitsbedingungen dort waren miserabel. Der Erste Weltkrieg brach aus und verschlimmerte die Situation, weil viele der Kumpel eingezogen wurden. Kriegsgefangene ersetzten sie als billige Arbeitskräfte, die unter noch schlimmeren Bedingungen litten als die Einheimischen. Auch nach dem Krieg wurde das Leben nicht einfacher. Die Familien hatten nicht genug zu essen. Kurt und Helene Greve wuchsen unter ärmlichen Verhältnissen auf, Elend und Hunger waren an der Tagesordnung. 1923 streikte die gesamte Belegschaft des Kaliwerkes wegen der schlechten Lebensmittelversorgung. Die Politik der Regierung rief noch mehr Hunger und Not in der Region hervor. Bergarbeiter beschlagnahmten Fleisch, das sie dann an arme Familien verteilten. Nach der Wirtschaftskrise wurde im Kaliwerk die Arbeitszeit drastisch erhöht, während die Löhne gekürzt wurden. Es kam zu Protesten, jedoch ohne Ergebnis. Kurzerhand kündigte die Werksleitung der gesamten Belegschaft im Dezember 1923. Der Einspruch der Arbeiter beim Arbeitsgericht brachte nichts. Fritz Greve war gezwungen, umzuziehen, um seine Familie ernähren zu können. In Herzberg am Harz gab es für ihn Arbeit in der Landwirtschaft. Der Vater Lenes lebte hier auf seinem Hof und hielt einige Schweine und Kühe, mit denen er seinen Lebensunterhalt bestritt. Fritz war ihm als zusätzliche Arbeitskraft willkommen.

Fritz jedoch war durch die Arbeit im Bergwerk gesundheitlich schwer angeschlagen. Er litt an der Staublunge und durch die schlechte Lebensmittelversorgung verschlechterte sich sein Zustand zusehends.

1930 starb Fritz Greve, als Kurt Greve gerade neun Jahre alt war. Deshalb hatte Marko seinen Opa nie kennengelernt.

Fritz Greves Frau Lene lebte fortan in Herzberg, zusammen mit ihrer Tochter Helene und Sohn Kurt.

1940 musste Kurt in diesen unseligen Krieg ziehen, er blieb zwei Jahre in Russland und erlebte dort das Grauen, von dem er kaum sprach. Er sprach überhaupt nur wenig, was Marko sehr belastete. Oft hatte Marko den Eindruck, er war unerwünscht, nur seine Mutter sprach mit ihm und liebte ihn auch, jedenfalls war sich Marko dessen sicher. Marko wusste auch nicht, wo sich sein Vater bis 1946 aufhielt. Kurt befand sich wohl einige Zeit in russischer Kriegsgefangenschaft, bis er in Delmenhorst in Deutschland wieder auftauchte. Durch seine Verwundung blieb ihm offensichtlich die längere Kriegsgefangenschaft erspart. 1946 kam er dann auch wieder nach Herzberg. Dort lernte Kurt Markos Mutter Waltraud kennen und heiratete sie 1948.

Kurts Schwester Helene hatte aus wechselnden Beziehungen zwei Kinder, Franz und Helmut. Nach dem Krieg lernte Helene ihren Mann Robert kennen, mit dem sie aber keine weiteren Kinder hatte. Oma Lene war eine stille, etwas verschlossene Frau, die wie Kurt nicht viel sprach. So kam es, dass Marko kaum etwas von diesem Ort Friedrichslohra in Thüringen erfuhr. Natürlich war er froh, hier in Herzberg geboren worden zu sein, denn dieses Ostdeutschland hinter der Grenze erschien ihm fremd. Gelegentlich kam er als Kind an die innerdeutsche Grenze, wo man an Übersichtspunkten einen Blick in diese DDR werfen konnte. Marko erinnerte sich an die grauen Dächer der Häuser und die Landschaft, die irgendwie leblos wirkte. Man sah auch kaum jemanden, bis auf Grenzsoldaten, die manchmal bis an die Leitplanke der Straße zwischen Neuhof und Walkenried herankamen. Sofort beobachteten dann der bundesdeutsche Zoll und der Bundesgrenzschutz die ostdeutschen Soldaten.

Es war ein Katz- und Mausspiel.

Tiefere Einblicke bot das Fernsehen der DDR, das hier in Südniedersachsen zu empfangen war. Stets wurde der Kontrast zwischen dem Leben der Menschen in der DDR und der BRD in den Vordergrund gestellt. Die Menschen im Westen wurden permanent ausgebeutet, während die Politik in der DDR das Leben und die Arbeitswelt menschlich und harmonisch gestaltete. Marko Greve schüttelte manchmal den Kopf, wenn er die Nachrichten der aktuellen Kamera im DDR-Fernsehen aus dieser Perspektive sah. Gerade in den achtziger Jahren wurde der Graben zwischen Ost- und Westdeutschland nach seiner Ansicht immer tiefer. Jeder Tag auf dem Stöberhai mit dem Ohr nach Osten bestärkte ihn in seiner Auffassung. Eine Reise in den Geburtsort seines Vaters war ohnehin unmöglich, eher hätte er nach Australien oder Hawaii aufbrechen können.

9

Vielleicht hätte Marko auch gar keine Sehnsucht verspürt, einmal nach drüben zu fahren. Nach drüben, das war der Jargon, wenn es um Reisen in den anderen Teil Deutschlands ging. Aber da gab es etwas, was ihn beschäftigte. Oma Lene hatte neben ihren Kindern Kurt und Helene möglicherweise noch ein weiteres Kind. Einen Jungen, der aber nicht mit nach Niedersachsen gekommen war. Oma Lene sprach nie darüber, nur Tochter Helene erzählte manchmal etwas von einem Geschwisterkind, wenn sie etwas mehr als üblich getrunken hatte. Markos Vater musste eigentlich auch wissen, dass er einen Bruder hatte. Aber das war ein Tabuthema. Marko sprach seinen Vater nie darauf an. Sein Hass auf ihn wuchs, weil er sich ihm nie anvertraut hatte. Marko hatte auch niemals mit seinem Vater intensive Gespräche geführt. Mit jedem anderen Menschen, in seiner Lehrzeit und bei der Bundeswehr, hatte er mehr Worte gewechselt als mit seinem Vater. Gefühle hatte Kurt nur einmal gezeigt. Das war, als Markos Bruder Horst starb. Horst hatte sich nach dem Ende seiner Ehe das Leben genommen. Danach zog Kurt sich wieder in sein Schneckenhaus zurück.

Der Freitod seines Bruders belastete Marko schwer. Er machte sich Vorwürfe, mit Horst nicht genügend über seine Probleme gesprochen zu haben. Auch Kurt hatte mit Horst niemals intensive Gespräche geführt.

Warum sollte Marko also jetzt mit seinem Vater über dieses heikle Thema des unbekannten Onkels sprechen?

Vielleicht gab es ihn ja gar nicht, diesen Onkel. Dennoch, das Verhalten seiner Oma Lene gab gelegentlich Anlass, an die Existenz seines unbekannten Onkels zu glauben.

Oma Lene war sehr gläubig, sie betete oft und für sich allein. Dann erwähnte sie oft den Namen Hermann. Ganz leise, als ob sie fürchtete, von ihren Lieben gehört zu werden. Das Schicksal stellte schließlich die Weichen. Oma Lene verstarb im Jahr 1975 und nahm ihr Geheimnis mit ins Grab.

Fast sieben Jahre war Marko Greve nun schon hier in diesem Fernmeldesektor. Der Stöberhai wurde gelegentlich als Brocken des Südharzes bezeichnet. Hier oben gab der Äther Dinge preis, über die nur wenige Menschen Genaueres wussten. Marko gehörte dazu, es belastete ihn kaum, sein Wissen nicht mit den meisten Menschen teilen zu können. Das Schweigen war er gewohnt. So wie sein Vater nicht mit ihm sprach, hatte er keine Probleme damit, seine Dienstgeheimnisse für sich zu behalten.

Seine Tätigkeit hier auf dem Stöberhai war auch der Grund, warum er die innerdeutsche Grenze nicht überschreiten durfte. Nur ein Verräter würde das tun. Das Regime jenseits der Grenze würde ihn sofort verhaften und vermutlich für viele Jahre wegen des Vorwurfes der Spionage ins Gefängnis stecken, wenn es von seiner Tätigkeit erfuhr.

Die Fernmelde-Elektronische Aufklärung wurde in der DDR als Spionage betrachtet, anders als in der Bundesrepublik Deutschland. Vielleicht würde man auch versuchen, ihn zu erpressen. Ihn als Kundschafter zu verpflichten, um Informationen zu gewinnen. Eine jahrzehntelange Arbeit würde durch seinen Verrat zunichtegemacht.

Schnell drängte Marko diese Gedanken weg. Die Arbeit hier auf dem Berg war seine große Leidenschaft. Es faszinierte ihn, dem Äther Informationen zu entreißen. Marko war einer von denen, die diese elektromagnetischen Schwingungen untersuchen konnten. Aus einem für ihn verbotenen Land. Marko stillte damit seine Sehnsucht, etwas über dieses unbekannte Ostdeutschland zu erfahren. Er wusste nicht, wie es selbst nur wenige Kilometer hinter dieser Grenze aussah, denn das konnten ihm diese Funkwellen mit den Nachrichten auch nicht verraten.

Das Gedankenkarussell der Familiengeschichte verblasste, je näher der Bus dem Turm kam. Marko war mulmig zumute. Es stand diese Großübung „Waffenbrüderschaft" auf dem Gebiet des Warschauer Paktes auf dem Plan. Große Übungsgebiete in Ostdeutschland von der Küste bis ins Erzgebirge waren eingebunden. Bei Ohrdruf in Thüringen erkannte man große Truppenaufmärsche, aber auch in der Colbitz-Letzlinger Heide waren zahllose Richtfunkverbindungen geschaltet. Verbindungen in andere Übungsgebiete, wie Lieberose in der Nähe des Spreewalds, Gadow Rossow in Mecklenburg und westlich von Rügen, verrieten eine Beteiligung multinationaler Kräfte.

Der Bus passierte bereits die Staumauer der Odertalsperre in Richtung der Straße durch das Glockental. Hier verbrachten in diesem Spätsommerwetter zahlreiche Camper ihren Urlaub. Neben vielen Deutschen waren auch Gäste aus den Niederlanden und Dänemark anwesend.

Niemand von denen ahnte etwas von der militärischen Bedrohung hinter dieser Grenze. Der Südharz an diesem Morgen im September dagegen wirkte friedlich. Die Sonne beschien die Bäume des Harzes, die mit ihrer Färbung den Herbst ankündigten. Die Soldaten im Bus nahmen kaum Notiz davon.

Marko sah sich um. Manche schliefen auf der Fahrt von der Kaserne in Osterode zum Turm, manche lasen im Harzkurier die neuesten Nachrichten. Über die beunruhigenden Militärbewegungen in Ostdeutschland war jedoch nichts zu lesen.

Gleichgültigkeit spiegelte sich in den Gesichtern der jungen Soldaten wider, die meist fern von zu Hause in der Kaserne wohnten. Für sie war die Beobachtung der Truppenbewegungen alltäglich. Die aktuellen Ereignisse des Großmanövers schienen ihnen egal zu sein.

Marko lächelte. Er fühlte sich wohl, weil er sich als ein Berichterstatter fühlte. Das westliche Bündnis musste über die Schlagkraft der Armeen des Warschauer Vertrages informiert sein. Ein viel zitierter Blitzangriff aus dem Osten galt durch die stetige Aufklärung als unmöglich.

Der Bus befand sich jetzt an der sogenannten Spinne. Das war die Stelle, wo sich die Straße aus dem Glockental mit dem Weg aus Wieda vereinigte. Die Fernsicht war heute fantastisch. Marko blickte in Richtung Osten. Seit Langem war mal wieder in der Ferne das Kyffhäuser Denkmal zu erkennen. Aber nicht nur das. Die Kondensstreifen über dem Denkmal verrieten ihm schon jetzt die Aktivität eines sowjetischen Aufklärungsregimentes. Der Flugplatz lag in der Nähe von Allstedt. Ein Wetterpilot hatte sicherlich schon die Flugbedingungen erkundet, um auch Piloten mit weniger Flugerfahrung den Flugbetrieb zu ermöglichen.

Der Bus fuhr jetzt um eine scharfe Linkskurve. Nur Sekunden später hielt er plötzlich. Aus dem Seitenfenster war nun der Turm in seiner vollen Größe sichtbar.

Der doppelte Zaun sicherte das Gelände der Einsatzstellung, wie der Stöberhai im Fachjargon genannt wurde.

Marko ging mit seinen Kameraden durch das Wachgebäude und empfing seine Ausweiskarte. Die befestigte er an einem Knopf seines Hemdes. Der Weg führte eine steile Treppe hinunter in einen langen, schmalen Gang, der in einem Raum vor dem Lift endete. Einige Soldaten warteten bereits auf die Kabine des Aufzugs, die schon auf dem Weg nach unten war.

Die üblichen Frotzeleien über die Ereignisse der vergangenen Tage vertrieben die Zeit, bis sich die Tür der Kabine öffnete. Marko und weitere sieben Kameraden fuhren in ihre Etagen. Zwei stiegen in der siebten Etage der Fernsprecher und Fernschreiber aus. Ein Drehzähler[1] verließ die Kabine in der achten Etage der Richtfunkerfassung. Vier Flugfunker erreichten die zehnte Etage und Marko fuhr ganz nach oben in das 11. Obergeschoss. Hier war der Betriebsraum der Elektronischen Aufklärung.

Schon beim Eintreten spürte Marko die Hektik. Das Erfassungspersonal der Nachtschicht war noch mit der Aufklärung des sogenannten diensthabenden Systems beschäftigt. Die Luftverteidigung der Luftstreitkräfte aktivierte dazu die zielzuweisenden Radargeräte. Die bereits während der Nachtstunden fortgeführte Übungstätigkeit der Kräfte verlangte eine ausführliche Übergabe der Lage an die Soldaten der Tagesschicht. Joachim Plöger saß am Platz Eins. Marko stand hinter ihm, denn das war jetzt sein Arbeitsplatz, an dem er für die nächsten acht Stunden seinen Beitrag leisten sollte.

„Hallo Achim, du bist erlöst."

Markos Blick streifte seinen Erfassungsplatz mit dem Empfangssystem und den Analysegeräten, die sirrende Geräusche erzeugten. Grün leuchtende Linien und Impulse zeigten Aktivitäten elektronischer Signale. Nur seine Kameraden und er konnten die Bedeutung erkennen.

„Hallo Marko, Guten Morgen."

„Achim, was ist los? Was geht ab?"

---

[1] Ein Drehzähler ist ein Erfasser der Richtfunkaufklärung

„Da kommt heute eine Menge Arbeit auf euch zu." Achim war die Erschöpfung anzusehen. „Mann, schon in der Nacht gegen zwei haben wir drei Batterien der SA-6 Flugabwehrraketensysteme in Ohrdruf und Kindel-Eisenach aktiv erfasst. Das war nur der Auftakt. Auch die Deutschen mit ihren SA-2 FlaRak-Systemen in Blankenburg, Remda, Dietersdorf und Seebergen sind aktiv. Es sind Piloten von Drewitz als Zieldarsteller unterwegs, die diese Flugabwehrraketenabteilungen wohl auf ihre Gefechtsbereitschaft überprüfen. Der Flugfunk hat bereits den Flugkurs über Gleina bestätigt. Ich habe dazu das Zielverfolgungssignal eines FAN SONG aus Blankenburg auf 792 MHz für einige Sekunden erfasst. Weitere SA-6 Batterien im Raum Meißen, Zeithain und Weißenfels bilden einen Sperrgürtel gegen einfliegende Jagdflugzeuge. Wir haben Bordnummern einfliegender MIG-23 aus Kiskunlacháza in Ungarn erfasst. Damit nicht genug. Die COOT-A IL-20 des Spezialaufklärungsregimentes Sperenberg ist bereits seit 07:00 Zulu-Zeit (Greenwich Mean Time GMT) in der Luft. Einsatzspektrum ist Elektronische Aufklärung in der Nähe der innerdeutschen Grenze. Ebenso hat das Aufklärungsregiment Werneuchen Aufklärungseinsätze angekündigt, vermutlich in Grenznähe, westlich der Colbitz-Letzlinger Heide. Welzow hat auch schon einen Wetterpiloten in der Luft gehabt. Was die vorhaben, müsstet ihr versuchen rauszukriegen. Ich denke mal, Störeinsätze gegen die Jägerleitungen im mittleren Bereich der DDR machen da Sinn. Dann noch eine Information von der Kurzwelle. Luftlandetruppen aus Vitebsk sollen in der Colbitz-Letzlinger Heide abgesetzt werden. Fernfliegerkräfte sind angekündigt worden. Aus Weißrussland werden die bereits über der Ostsee erwartet. Kiefer (Fernmeldesektor A Großenbrode) hat bereits Erfassung gemeldet. Die kommen aus Gomel oder Baranovichi. Das steht noch nicht fest. Na dann, Marko, viel Spaß."

„Mann, Achim, da ist ja was los. Ich habe auch etwas. Die Fernsicht ist heute sehr gut. Ich habe Kondensstreifen über dem Kyffhäuserdenkmal gesehen. Habt ihr Informationen von Allstedt? Wenn die Aufklärer von Werneuchen und Welzow in der Luft sind, liegt es nahe, dass die Allstedter auch nicht am Boden bleiben."

„Marko, du bist der Beste. Selbst außerhalb des Turms hast du schon einen Teil der Übungslage erkannt. Du hast recht. Allstedt hat Fotoaufklärung in Lossa angekündigt. Ich habe schon zwei Bordnummern in sechshundert Metern Flughöhe in dieser Richtung erfasst. Aber sei mir nicht böse. Ich bin müde. Ich geh jetzt schlafen. Mach's gut."

Mit diesen Worten ging Achim zur Tür.

„Schlaf gut, Achim. Wir werden das Kind schon schaukeln."

Marko Greve setzte den Kopfhörer auf und stellte sich die Frequenz 845 MHz ein. Angestrengt lauschte er den Fernfliegerkräften entgegen. Alles andere musste jetzt erst einmal warten. Ein einfliegender Bomberverband hatte absolute Priorität. Diese Bedrohungssignale mussten erkannt werden.

Da war es, das ferne Zirpen in 47 Grad. Marko tippte auf Richung Danziger Bucht und schnippte mit dem Finger.

„Hey Leute. Ich habe sie. Sie kommen näher."

Auf dem Militärflugplatz in Weißrussland standen zehn Mittelsteckenbomber Tupolev-22 mit laufenden Triebwerken.

Der Kalte Krieg war allgegenwärtig und wieder machten sich diese Bomberflugzeuge auf den Weg nach Deutschland.

Die Startbahn in Baranovichi in Weißrussland stank nach Kerosin und der Triebwerkslärm wurde immer lauter. Die erste Maschine war, wie alle anderen, mit drei Personen besetzt. Dmitri Tarassow, der Pilot, beobachtete die Startbahn und erwartete jeden Moment den Startbefehl. Das Wetter war nicht sehr gut, Nieselregen ließ die Piste vor ihnen glänzen. Unter ihm saß Sascha Makarow, der Navigator. Sascha prüfte den Kurs, der wie so oft in Richtung Westen führte. Ein Flug, der kein Vergnügen war, denn der Einsatz war nicht besonders friedlich. Sie waren eingebunden in diese Übung, die besonders realistisch sein sollte. Eine Übung, die den Ernstfall probte. Ein Ernstfall, der Tod und Verderben für alle bringen würde, wenn er denn je eintrat. Das Grauen würde um ein Vielfaches schlimmer werden als in den zwei Weltkriegen zuvor.

Sascha dachte in diesen Sekunden darüber nach. Es waren nun schon ein Dutzend Einsätze dieser Art, die er begleitet hatte. Mit jedem Einsatz wuchsen seine Zweifel über den Sinn dieser Flüge. Zugegeben, er hatte Verständnis für die Veteranen, die Soldaten des Großen Vaterländischen Krieges, die das Grauen hautnah erlebt hatten und nicht verzeihen konnten. Aber die Enkel, seine Generation, lebten in einer anderen Welt, sie sehnten sich nach Frieden. Und doch war der Frieden brüchig, Ost und West standen sich nicht gerade freundlich gegenüber. Dennoch, die ständigen Sticheleien wie diese Flüge, musste das sein? Sascha liebte die Technik. Physik und Elektronik waren sein Steckenpferd. Die Liebe zur Fliegerei hatte er von seinem Vater in die Wiege gelegt bekommen. Er flog zwar nicht selbst, aber er war gerne in der Luft und konnte die Welt von oben betrachten. Jedoch unter diesen Umständen?

Stimmen unterbrachen seine Gedanken. Grigorij Kulikow, der Bordfunker, lauschte in seine Kopfhörer, in denen es knisterte und knackte. Er sagte etwas zu Dmitri, dem Piloten. Sascha verstand es nicht, doch er registrierte den Startbefehl des Flugplatzkommandanten. Nun war es wieder so weit. Der Lärm wurde ohrenbetäubend, als sich die zehn Tupolevs in den Himmel erhoben. Der Flugkurs führte zunächst nach Norden an Minsk vorbei. Die Flugzeuge gewannen immer mehr an Höhe. Schließlich befanden sie sich in etwa zehntausend Meter Sollflughöhe über Vilnius. Die Flugrichtung ging immer mehr nach Westen, Kaunas in Litauen wurde überquert, als der Pulk wenig später die Ostsee erreichte. Wäre das Wetter besser gewesen, hätte man auf der linken Seite die Lichter der Stadt Kaliningrad in Ostpreußen ausmachen können. Sascha musste jetzt an seinen Vater denken, der hier im April 1945 bei den Kämpfen um Königsberg beteiligt gewesen war. Er war, wie er, Navigator. Sein Vater war in dem viermotorigen Fernbomber PE-8 geflogen. Sascha war stolz auf ihn. Er wusste, die Besatzung der PE-8 warf die schwerste Bombe des Zweiten Weltkriegs auf Königsberg ab. Viele Gebäude wurden zerstört. Auch verloren ungezählte Menschen ihr Leben, aber die Vertreibung der Deutschen Wehrmacht aus Königsberg tröstete ihn. Das Ende des Krieges war greifbar nahe gewesen. Über die Opfer der Bombenangriffe sprach sein Vater wenig. Er blendete die Gräuel des Krieges in seinem Kopf einfach aus. Nur die Technik der Flugzeuge und das Fliegen bedeutete ihm viel. Aus diesem Grund war Iwan Grigorjewitsch stolz, Angehöriger der 81. Fernbomberfliegerdivision gewesen zu sein.

Diese Gedanken gingen Sascha durch den Kopf, als die Bomberflugzeuge ihren befohlenen Kurs unbeirrt fortsetzten.

Plötzlich sah Sascha seinen Vater deutlich vor seinem geistigen Auge. Sein Gesicht sah nicht freundlich aus. Entlang der Ostseeküste flog der Pulk der zehn Maschinen ohne Zwischenfälle an der Danziger Bucht vorbei. Slupsk, Koszalin und Kolberg zogen links an ihnen vorbei. Sie näherten sich jetzt der Odermündung. Die Flugzeuge mit dem NATO-Code BLINDER erreichten westlich von Rostock die Nähe der innerdeutschen Grenze. Hier schwenkte die Formation der Flugzeuge auf Südkurs östlich der Grenze. Sie waren nicht unbeobachtet geblieben. Vielleicht ahnten sie es, aber es änderte nichts an ihrem befohlenen Kurs. Dmitri Tarassow, der Pilot der ersten Maschine, meldete sich stereotyp. „Aldan, Aldan, hier 98786. Meine Flughöhe zehntausend Meter, Kurs 270 Grad. Erlauben Sie den Sinkflug auf siebentausenddreihundert Meter, Kurs 195 Grad."

Seine tiefe Stimme, verzerrt durch das Kehlkopfmikrofon, informierte damit den Armeestab in Zossen-Wünsdorf. Der erwartete Flug der Fernfliegerkräfte wurde bestätigt. Der Flug entlang der Grenze zur Bundesrepublik erfolgte nach dem üblichen Schema. Wie sollte der aussehen?

Sascha hatte von Einsatzplänen gehört, die im Ernstfall den Abwurf von mindestens zwölf Atombomben mit einer Stärke von bis zu 500 Kilotonnen forderten. Damit sollten die militärischen Kräfte der NATO kampfunfähig gemacht werden.

Hamburg und Hannover wurden neben anderen als Ziele genannt. Diese Städte lagen in der Nähe ihres jetzigen Flugkurses.

Der Gedanke trieb Sascha Schweißperlen auf die Stirn.

Scheinangriffe waren geplant und befohlen, die Zacken des Flugkurses in westlicher Richtung auf Hamburg, Bremen, Hannover und Frankfurt/Main würden es beweisen.

Wieder glaubt Sascha Makarow, seinen Vater Iwan Grigorjewitsch zu sehen. Aber jetzt raunte eine vertraute Stimme etwas. Die Stimme seines Vaters? Sascha glaubte, aus ihr eine Warnung zu hören. Trotz der Wärme im Flugzeug lief ihm ein kalter Schauer über den Rücken.

Iwan Grigorjewitsch war längst tot. Sascha hatte ein inniges Verhältnis zu seinem Vater gehabt. Manchmal glaubte er, ihn in seiner Nähe zu spüren. So wie jetzt. Das Gesicht des Vaters, der Sascha musterte, wenn er eine Missetat begangen hatte. Sascha Makarow fühlte sich jetzt unbewusst schuldig, bei diesem Flug dabei zu sein. Wie mochte sich Iwan Grigorjewitsch gefühlt haben, als die Bomben wirklich fielen? Dieser Flug hier war nur eine Übung. Nur eine Übung? Zweifel keimten in Sascha auf. Eigentlich war doch Frieden. Einsätze dieser Art waren mit dem Bombenangriff auf Königsberg nicht zu vergleichen. Natürlich waren die Bombenangriffe in diesem Großen Vaterländischen Krieg, den Nazi-Deutschland angezettelt hatte, grausam, unmenschlich und verheerend. Aber wenn dieser Flug keine Übung wäre? Die Weltordnung war heute eine andere. West und Ost standen sich mit Waffen gegenüber, die mit ihrer Zerstörungskraft die gesamte Menschheit mehrfach auslöschen konnten. Allein diese zehn Flugzeuge zogen hier in siebentausenddreihundert Metern unbemerkt ihre Bahnen. Nur sie konnten mit ihrer nuklearen Bombenlast große Teile Europas materiell zerstören und den Rest würde der radioaktive Fallout der Verstrahlung erledigen. Europa wäre dann radioaktiv verseucht und das war nur der Anfang. Die NATO würde mit Sicherheit zurückschlagen und Saschas Heimat auf gleiche Weise vernichten. Ja, würden sie denn überhaupt auf ihren Heimatflugplatz in Baranovichi zurückkehren können? Wären ihre Angehörigen nicht bereits tot, bevor die Flugzeuge wieder auf der Landebahn aufsetzen?

Nein, wir haben ja gar keine nuklearen Bomben an Bord.

Diese Überlegung wischte seine dunklen Gedanken fort. Trotzdem, hatten seine Generäle der Fernfliegerkräfte weitergedacht? Gedanklich diese Einsätze durchgespielt, so wie er jetzt, Sascha? War das nur ein Spiel, jedoch ein Spiel mit dem Tod, der so vielen Menschen drohte? Nein, das war Wahnsinn, aber Sascha konnte mit niemandem darüber sprechen, seine Zweifel äußern. Es hätte schlimmste Folgen für ihn gehabt, hätte er seine Bedenken seinen Befehlshabern vorgetragen. Diese Kriegsmaschinerie verselbstständigte sich. Auf der ganzen Welt gab es Armeen, die den Willen der politischen Führungen mit Gewalt durchsetzen mussten.

Der Stärkere gewinnt. Aber gab es hier überhaupt einen Stärkeren?

Die Tupolews flogen mittlerweile ostwärts des Harzes und überquerten Oschersleben, Halberstadt und Harzgerode.

Während die Fernbomber aus Baranovichi entlang der innerdeutschen Grenze immer weiter auf Südkurs in Richtung CSSR flogen, erinnerte sich Sascha an Anatolij. Er zeigte in der Akademie der Wissenschaften in Moskau als angehender Wissenschaftler sein Können. Die Entwicklung und Forschung der Radartechnik war sein Schwerpunkt.

Ich müsste mal wieder Kontakt mit ihm aufnehmen, dachte Sascha. Allerdings soll er jetzt in der DDR sein. In einer Hubschrauberstaffel in Cochstedt. In der Nähe des Harzes. Gerade haben wir den Harz überflogen, vielleicht sind wir nur einige Kilometer von ihm entfernt. Sehnsucht kam auf, hier mal kurz landen zu können. Die Schule Nr. 1358, das Gymnasium in Moskau in der Pjatnitskoje Chaussee fiel ihm wieder ein. Dort hatte Sascha Anatolij Denissow kennengelernt, als sie eine Zeit lang zusammen die Schulbank gedrückt hatten.

Anatolij Denissow war für Sascha ein Vorbild. In den naturwissenschaftlichen Fächern war er so begabt, dass er seine Karriere in der Akademie der Wissenschaften fortsetzen wollte. Doch seine Anwesenheit bei dieser Hubschrauberstaffel hatte wohl seine Pläne durchkreuzt. Ein Wiedersehen in naher Zukunft schien aussichtslos.

Es liegen noch drei Jahre Dienstzeit vor mir, vielleicht ist danach ein Treffen möglich, überlegte Sascha, als die Tupolews die Grenze zur CSSR überquert hatten. Der eigentliche Zweck des Einsatzes war erfüllt und der Flug führte nun wieder nördlich von Prag nach Polen über Katowice und Lemberg in der Ukraine weiter schließlich auf Nordkurs nach Baranovichi. Als die Tupolews nach diesem Einsatz wieder auf der Landebahn aufsetzten, war Sascha nicht mehr der Alte.

Die Warnung seines Vaters war ein Zeichen.

Vater, du hast recht. Es ist falsch, was hier geschieht.

Wieder sah er seinen Vater vor sich, der jetzt lächelte.

Noch während des Fluges hatte er eine unbegründete Angst, die Bomber könnten Waffen eingesetzt haben. Keine Rückkehr wäre dann mehr möglich gewesen. Doch jetzt fühlte Sascha sich erleichtert und erstaunt über sich selbst.

Das Übungsgeschehen war in vollem Gange. Während Panzerkolonnen der sowjetischen dritten Stoßarmee der WGT[2] die Straßen in und um Magdeburg verstopften, geschah etwas Geheimnisvolles südlich der Stadt an der Elbe.

Hubschrauber flogen von einem Flugplatz bei Cochstedt in Richtung Halberstadt bis weiter südlich nach Hasselfelde. In nur weniger als fünf Minuten war die innerdeutsche Grenze von hier aus mit sowjetischen Kampfflugzeugen erreichbar. Auch über Ballenstedt waren diese MI-8 Helikopter zu sehen. Aufgrund der Flughöhen konnten die Maschinen vom Boden aus nur undeutlich erkannt werden.

Ein Traktor auf einem lang gestreckten Acker rechts der Cochstedter Straße bewegte sich in Richtung des Ortes. Das Brummen der Hubschrauberturbinen lag in der Luft.

Zunächst machte sich Klaus Gabler keine Gedanken um diese Flüge. Gabler waren diese Flüge von dem nahe gelegenen sowjetischen Flugplatz gewohnt. Heute jedoch war es anders. Er stoppte jetzt seinen Traktor und lauschte. Nicht nur die Geräusche der Hubschrauber waren zu hören. In unregelmäßigen Abständen erfolgten Detonationen. Mal lauter, dann wieder leiser, was konnte das sein? Schossen die jetzt aus der Luft? In Klaus Gabler stieg der Ärger hoch. Seit Tagen schon dieser riesige Aufmarsch von Militärfahrzeugen. Wie lange soll das noch so weitergehen? Uns fehlen die Lebensmittel, das Benzin für die Traktoren ist knapp und die verschwenden den Sprit für ihre Kriegsspiele, dachte er.

Gabler hatte als junger Mann seinen Militärdienst verweigerte und war Bausoldat geworden. Er wollte nicht an der Grenze stehen und auf irgendwelche Leute schießen. Es hätte

---

[2] WGT Westgruppe der Truppen - Sowjetische Soldaten in Deutschland

nicht viel gefehlt und er wäre wegen seiner Aufmüpfigkeit in Schwedt gelandet, in diesem berüchtigten Militärgefängnis.

Nur seine LPG in Cochstedt hatte ihn vor dem Knast bewahrt. Er war unentbehrlich in seinem Kollektiv, darum verkürzte sich seine Zeit und er konnte nach einem Jahr dorthin zurückkehren.

Wieder hörte er eine dumpfe Detonation. Schon wieder. Gabler stieg von seinem Traktor. Sein Groll wuchs. Hier in der Nähe zur Bundesrepublik konnte er das Westfernsehen vom Torfhaus gut empfangen.

Die Politik ist scheinheilig. Jedes Jahr wird immer mehr Geld für irgendwelche Waffen ausgegeben. Da ist der Westen nicht anders als der Osten. Meine Urlaubsreise an die Ostsee ist nicht befürwortet worden. Auf meinen Trabant warte ich jetzt auch schon gut zehn Jahre. Nach Bulgarien wollte meine Frau schon immer mal. Keine Chance. Das alles ist die Quittung, weil ich damals nicht zur Armee wollte. In der LPG kann ich mich krummlegen, das ist alles in Ordnung. Ich habe auch mal eine Belohnung verdient.

Klaus Gablers Gedanken kreisten um seine Ehe. Immer öfter war seine Gerda nicht da, wenn er nach Hause kam. Hatte sie einen Liebhaber? Diesen Parteisekretär, diesen Günter?

Ja, der, er hatte einen fast neuen VW-Golf. Einen von den zehntausend, die für einen handverlesenen Personenkreis verkauft wurden. Wo mochte der das Geld dafür herhaben? Zu allem Überfluss fuhr der jedes Jahr nach Bulgarien oder nach Ungarn. Günter Feiser bekam alles, was er wollte. Er musste einen besonderen Draht haben. In Klaus stieg die Verzweilung hoch. Ich kann doch nur arbeiten, dachte er.

In Gedanken blickte er sich um und ging einige Schritte nach vorn. Plötzlich sah er diesen glitzernden, rechteckigen

Gegenstand. Was war das? So etwas hatte er noch nie gesehen.

Klaus Gabler ging mit schnellen Schritten zu diesem merkwürdigen Objekt. Vor ihm lag ein metallischer Kasten, der grausilbrig schimmerte. Er hob ihn vorsichtig auf.

Das Ding war gar nicht sehr schwer, etwas schmutzig, der Regen hatte den Ackerboden durchnässt, deshalb klebte etwas Erde daran. Gabler drehte den Kasten ungläubig hin und her. Jetzt wieder eine Detonation, diesmal so laut, als ob die Explosion nur einige Meter von ihm entfernt war.

Gabler erschrak. Sollten die ihre Manöver jetzt mit scharfer Munition fortsetzen? Angst kroch in ihm hoch.

Warum Gabler diesen Kasten an sich nahm, wusste er nicht. Er tat es einfach und stieg so schnell er konnte auf seinen Traktor. Der Weg führte in Richtung Schneidlingen, seinem Wohnort entgegen. Gabler hatte die Straße noch nicht ganz erreicht, als die Explosion seinen Traktor erschütterte. Die Räder lenkten wieder zurück in Richtung Acker, wo das Gerät umstürzte und liegen blieb. Klaus Gabler war sofort tot. Teile seines Körpers mit blutigen Eingeweiden lagen auf dem Acker. Zwei Insassen einer schwarzen Wolga-Limousine hatten den Vorfall beobachtet, stoppten kurz und fuhren dann rasch weiter in Richtung Cochstedt.

Langsam bewegte sich der graue Mercedes Geländewagen auf der F180 durch den Ort Schneidlingen.

John Russel und Jack Shannon waren Angehörige der amerikanischen Militärverbindungsmission in Potsdam. Die beiden Männer in amerikanischen Uniformen saßen in dem Fahrzeug und fuhren weiter südlich des Flugplatzes bei Cochstedt entgegen. Beide waren sichtlich angespannt. Die

Manövertätigkeit hatte ihre Nerven strapaziert. Einige Tage waren sie schon unterwegs, stets auf der Hut, möglichst nicht erkannt zu werden. Die Ziele ihrer Beobachtungen waren ganz klar. Das Manöver „Waffenbrüderschaft" erforderte ihre ganze Aufmerksamkeit. John und Jack bewegten sich von Potsdam auf den Truppenübungsplatz in der Colbitz-Letzlinger Heide zu.

Wenn es neue Waffensysteme in der DDR gab, konnte man sie hier zuerst vermuten. Dieses Übungsgebiet war von der Fernmelde-Elektronischen Aufklärung auf dem Territorium der Bundesrepublik Deutschland recht gut erfassbar.

Die alliierten Streitkräfte sowie die Nachrichtendienste der Bundesrepublik richteten zu allen Zeiten ihren Blick auf dieses Gelände. Nur etwa sechzig Kilometer betrug die Entfernung von der innerdeutschen Grenze bis dorthin. Schon dreimal waren die beiden einer Festsetzung durch sowjetische Soldaten entgangen. Dass sie sich dabei in akuter Lebensgefahr befanden, hatten sie verdrängt. Es war ihr tägliches Brot bei diesen Exkursionen.

John und Jack waren seit ihrer Schulzeit Freunde mit gemeinsamen Interessen. Seit der Stationierung von sowjetischen Raketen 1962 auf Kuba war der weitere Lebensweg für die beiden vorgezeichnet. Die Aufklärung feindlicher militärischer Einrichtungen faszinierte sie. Sie waren überzeugt, mit der frühzeitigen Erkennung einer militärischen Bedrohung einen Krieg verhindern zu können.

Jedoch begann ihre militärische Karriere anders, als sie sich das vorgestellt hatten. Nach ihrer Grundausbildung bei den US-Marines wurden sie 1967 nach Vietnam geschickt. Die Ausbildung war schon unmenschlich hart, die zwölf Monate in Vietnam dagegen die Hölle. Gegen die Patrouillen mit dreißig Kilo Gepäck auf dem Rücken, bei vierzig Grad und hoher Luftfeuchtigkeit, war dieser Einsatz in der DDR fast ein touristischer Ausflug. In Vietnam war bei diesen Märschen stets mit Feindberührung durch den Vietcong zu rechnen. Der Tod war hier allgegenwärtig.

John und Jack konnten die Grausamkeiten in diesem Krieg nicht vergessen. Sie mussten die Kriegsverbrechen ihrer eigenen Kameraden mitansehen. Vergewaltigungen und Erschießungen unbewaffneter Zivilisten waren an der Tagesordnung. Der Vietcong war ein gefährlicher Gegner, er war unsichtbar in dem Bambus-Dickicht, deshalb war er hier oft im Vorteil gegenüber den Amerikanern. Beide wurden bei einer Patrouille durch einen Schusswechsel verletzt und gelangten deshalb wieder in die Heimat. Ihre Verletzungen waren nicht so schwer, sodass sie ihren Dienst nach einigen Monaten fortsetzen konnten.

Ihr ursprünglicher Verwendungswunsch konnte jetzt Wirklichkeit werden. John und Jack wurden nach Wiesbaden versetzt. Die SIGINT-Aufklärung[3] aus der Luft, über dem Eisernen Vorhang, war jetzt ihre Aufgabe. Anfangs waren die Flüge entlang der Grenze zur DDR interessant, aber mit der Zeit füllte sie das Erfassen elektronischer Signale nicht mehr aus.

Es gab dabei kein Risiko, jedenfalls empfanden sie das so.

Obgleich das Flugzeug des Öfteren die Grenze zur DDR verletzte, blieben John und Jack unbeeindruckt.

Sie wollten etwas anderes. Vielleicht trugen die harte Grundausbildung bei den US-Marines und die schrecklichen Erlebnisse in Vietnam dazu bei. John und Jack waren nicht

---

[3] SIGINT = Aufklärung von Funksignalen für Kommunikation und Datenübertragung

mehr die Alten. Der Militärdienst hatte sie hart gemacht. Die amerikanische Militärverbindungsmission in Potsdam war der geeignete Einsatzort. Den Feind hatten sie vor Augen. Seit zwei Jahren waren die beiden in der Mission.

Dieses Vordringen in verbotene Zonen, in denen sie sich eigentlich nicht aufhalten durften, das war der Adrenalinkick, den sie brauchten. Ohne dieses Risiko, Militärobjekte aus der Nähe zu erkunden, war es nicht möglich, neue Waffen zu erkennen und damit der Politik Beweise zu liefern. Beweise, die der Osten nicht abstreiten konnte, wenn es um Abrüstungsverhandlungen ging. Dieser Kontrollmechanismus fand hier und auch im Westen statt. Die sowjetische Militäradministration in Bünde in Westfalen war schließlich auch sehr aktiv, besonders bei Manövertätigkeiten der NATO im Bundesgebiet. John und Jack fuhren im Raum Mahlwinkel weiter südlich an Altengrabow und Zerbst vorbei. Die Truppenluftabwehr bei Gardelegen, Hillersleben und Rogätz waren auch Schwerpunkte ihrer Sichtungen, möglicher neuer Flugabwehrraketensysteme.

Jetzt, während dieses Manövers, war die Gefahr, durch Beschuss in Lebensgefahr zu geraten, besonders groß. Die Anzahl der Militärfahrzeuge war fast unüberschaubar, sodass selbst bei den Fahrten außerhalb der gesperrten Bereiche die Gefahr einer lebensbedrohenden Eskalation bestand.

„John, was meinst du? Werden wir dieses Manöver überleben?"

Sein Gegenüber, der Fahrer des Mercedes schaute ungläubig auf seinen Begleiter. „Das meinst du doch nicht ernst, Jack. Wir haben doch schon ganz andere Einsätze überlebt. Von unserer Zeit in Vietnam will ich gar nicht sprechen. Erinnerst du dich an die neuen Flugzeugtypen MIG-23 des

Jagdregimentes in Zerbst? Die Einschusslöcher in unserem Opel sehe ich heute noch, als wir vom Flugplatzgelände türmten. Zugegeben, auch mir ging damals ziemlich der Stift. Dann kam die Fahrt, wie heute, hier in die Nähe des Harzes. Jack, hast du damit gerechnet, dass die Deutschen an uns dranhängen?"

„Nein, natürlich nicht, John. Aber seit dem Vorfall bei Athenstedt müssen wir auch bei denen vorsichtig sein. Ich trauere immer noch unseren Kameras und dem Feldstecher hinterher, die wir zurücklassen mussten. Die müssen uns schon länger beobachtet haben, als sie plötzlich aus der Deckung sprangen. Ganz heiß waren die darauf, uns festzunageln."

Johns Gesicht wurde ernst. „Ja, da hast du recht. Aber die Deutschen schießen nicht gleich. Die Russen sind da unberechenbarer. Wir müssen vorsichtiger sein. Der Krieg ist zwar kalt, aber für uns ist er ziemlich heiß. Ich habe keine Lust, in Arlington auf dem Friedhof zu liegen. Dreimal haben wir jetzt unsere Kontrahenten schon wieder abgehängt, auch ein viertes Mal wird uns das wieder gelingen, glaub mir."

Jack grinste. „Ich wollte doch nur mal sehen, wie du drauf bist. Bisher haben wir sie immer verhungern lassen. Aber jetzt, was geht da vor in Cochstedt? Da scheint etwas Besonderes im Gange zu sein. Diese Mi-8-Hubschrauber mit den Antennen an der Seite? Was hat das zu bedeuten? Sie stören ihre eigenen Radarsysteme."

John wirkte nachdenklich. Seine Gedanken kreisten. Wie immer, wenn der Kalte Krieg wieder mal ein neues Eisen im Feuer hatte. Würden sie Licht ins Dunkel bringen?

Der Mercedes näherte sich dem Flugplatz Cochstedt. Rechts von ihnen erstreckte sich wieder einer dieser großen Äcker, als plötzlich eine Explosion erfolgte. Die Druckwelle war im Fahrzeug zu spüren. John bremste den Wagen ab und stoppte, weil der Motor plötzlich stehen blieb. Verblüfft starrten die beiden auf die Rauchwolke, die zweifellos vom Acker kam. Jack stieg aus und blickte in Richtung der sich langsam auflösenden Wolke. Einige Schritte ging er auf den Acker, als er dieses Ding sah. Einen silbrig glänzenden Kasten, der etwas verschmutzt war. Jack bückte sich und kehrte rasch mit dem Teil zurück. Ein Gedanke drängte sich jäh in ihm auf. Es war eine Eingebung. Instinktiv beeilte er sich, in den Fond des Wagens zu kommen. Dort befand sich der Verbandskasten. Er musste schnell griffbereit sein, denn jederzeit konnten die beiden durch irgendwelche Umstände verletzt werden. Es befand sich mehr Material darin, als in handelsüblichen Erste-Hilfe-Kästen. Jack zog eine gold- und silberfarbige Aluminiumfolie hervor und wickelte die um diesen Kasten. John versuchte indes, den Mercedes wieder zu starten. Der sprang jedoch nicht mehr an. Im Rückspiegel sah John den schwarzen Wolga rasch näher kommen. Weitere Startversuche blieben erfolglos. Da stoppte der Wolga unmittelbar hinter ihnen. Zwei Männer in schwarzen Ledermänteln stiegen aus und gingen auf sie zu.

Im Turm auf dem Stöberhai war der Teufel los. Das gesamte Übungsgeschehen war zunehmend schwerer zu erfassen.

Die Radarsignale der Fernfliegerkräfte aus Weißrussland verschwanden gerade wieder im Rauschen, als sich Schwerpunkte in der Letzlinger Heide und Altengrabow zeigten. Eine große Anzahl Panzer vom Typ T-72, die in der Luft von den neuen MI-24 HIND-Kampfhubschraubern unterstützt wurden, bewegte sich in Richtung Westen.

Die Fernmeldeaufklärung des Heeres in Barwedel meldete Luftlandetruppen, die mit IL-76 Transportflugzeugen in Mahlwinkel gelandet waren. Seit dem vergangenen Wochenende waren bereits Flughöhen unter 5000 Meter in den Korridoren von und nach West-Berlin für den zivilen Flugverkehr gesperrt worden.

Das war der Grund für die Auslösung einer erhöhten Bereitschaftsstufe, bei der die gesamte Schichtstärke in der Einsatzstellung anwesend sein musste.

Franz Lindforst hatte sich auf dieses Manöver gründlichst vorbereitet. Sein besonderes Augenmerk lag auf dem nördlichen Aufklärungsraum in der DDR.

Die Jagddivision Zerbst übertrug die Radardaten an den Jägerleit-Gefechtsstand drahtlos zur Auswertung. Marko hatte seit einigen Wochen die Aussendung dieses Funksignals auf cirka 600 MHz ständig beobachtet. Franz überlegte fieberhaft, wie man diese Aussendung für die elektronische Aufklärung auf dem Stöberhai nutzen könnte. Jürgen Lichter war ein Vollblutelektroniker, der die Erfassung in der 11. Etage nach Kräften unterstützte. In ungezählten Arbeitsstunden entwickelte Jürgen einen Demodulator, der die Informationen dieses Funksignals nutzbar machte. Zu diesem Zweck wurde ein sogenanntes PPI-Scope, (Plan Position Indicator), ein Radarsichtgerät, in die 11. Etage gebracht, auf dem das Radarbild aus Zerbst sichtbar gemacht werden sollte.

Marko erinnerte sich noch an die Gefühlsausbrüche von Franz und Jürgen, als zum ersten Mal das Bild des P37-Radars aus Zerbst auf dem Schirm sichtbar wurde. Ganz klar waren die Echos der MIGs aus Zerbst, aber auch die Festzeichen der Berge des Harzes zu erkennen. Ebenso die Passagierflugzeuge, die sich im Korridor Hannover-Westberlin befanden, konnten klar ausgemacht werden.

Franz Lindforst saß jetzt voll konzentriert an diesem Radarsichtgerät und verfolgte die Abfangeinsätze durch MIG-23 Kampfflugzeuge des Jagdregimentes Zerbst, die durch Flugzeuge der Jagdregimenter Köthen und Jüterbog unterstützt wurden. Erneut einfliegende MIG-23 aus Milovice und Mimon in der CSSR waren der Grund.

Eine Frage quälte die Erfasser jetzt in der 10. und 11. Etage. Warum erfolgen Aufklärungseinsätze des Aufklärungsregimentes Werneuchen in der Nähe der innerdeutschen Grenze? Zunächst wurde angenommen, auch Welzow würde die Aufklärung unterstützen. Das erwies sich aber als nicht zutreffend.

Hastig nahm Marko Greve einen Schluck aus seiner Kaffeetasse. Gerade überwachte er im VHF-Bereich auf ca. 160 MHz die Radaraktivitäten einiger funktechnischer Kompanien. Das war eigentlich unwichtig, bei der großen Anzahl aktiver Flugabwehrsysteme und der sich zuspitzenden Lage mit der Erfassung immer weiterer Airborne-Intercept-Radargeräte. Diese bewiesen eine kaum zu überblickende Anzahl von MIG-23 Jagdflugzeugen. Aber Greve hatte einen Verdacht. Wenn Welzow die P-37 BARLOCK Jägerleitstellungen der Division störte, warum sollten dann die Radargeräte der funktechnischen Kompanien im VHF-Bereich verschont bleiben?

Er sollte recht behalten.

Plötzlich von einer Sekunde zur anderen konnte er die Radarsignale nicht mehr erkennen. Die Grundlinie auf dem Panoramascope seines Empfängers wuchs nach oben und verdeckte das Impulsspektrum der Radargeräte.

Marko Greve wirbelte zu seinem Wachleiter herum. „Ich melde Störeinsätze, Hans-Joachim. Der untere VHF-Bereich zwischen 140 bis 200 Megahertz wird gestört. Das betrifft die Radargeräte SPOON REST P18 und TALL KING P14."

Robert Stein an Platz Drei hob den rechten Arm wie in der Schule und wandte den Kopf zu Hans-Joachim Reger. „Hans-Joachim, bei mir auch. Click-Störer im Bereich 2,7 bis 3,2 Gigahertz. Wahrscheinlich betreffen die Störungen die Jägerleitstellungen BARLOCK in Köthen und Zerbst."

„Robert, du hast recht!" Franz Lindforst schrie es heraus. Sein Radarsichtgerät färbte sich plötzlich schneeweiß. Es waren keine Echos der Flugzeuge mehr sichtbar. „Ausfall der Jägerführung in Zerbst. Welzow stört in vollem Umfang. Die sind quasi blind."

Marko meldete sich nun auch wieder. „Leute, ich bin überzeugt, dass Hubschrauber in Cochstedt den VHF-Bereich stören."

Das Stimmengewirr der Erfasser wurde fast unverständlich durch die Geräuschkulisse der impulsmodulierten Radarsignale. Hartmut an Platz Vier war hier maßgeblich beteiligt. Er beobachtete die Airborne-Intercept-Radarausstrahlungen verschiedener MIG-23. Sie befanden sich im Zielverfolgungsmode. Die Bezeichnung HIGH LARK dieser Geräte machte ihrem Namen Ehre. Die ständigen auf- und abschwellenden Impulsfolgefrequenzen erzeugten Töne, die in einem Science-Fiction-Film Aufsehen erregt hätten.

Zusätzlich erfolgten Sprechverbindungen mit der 10. Etage. Die Flugfunker bestätigten die Zielerfassungen der Abfänger-MIGs aus Zerbst, Köthen und Jüterbog durch die Meldungen der Piloten an die Jägerleitungen der Jagddivision in Zerbst. Die Flugfunker meldeten jetzt auch Flüge des Aufklärungsregimentes Welzow über der Colbitz-Letzlinger Heide.

Robert meldete sich wieder. „Die Peilungen der Clickstörer weisen in Richtung Colbitz-Letzlinger Heide. Ganz sicher. Die stören die Jägerleitungen in Köthen, Zerbst und Jüterbog, damit die Abfangeinsätze der aus der Tschechoslowakei anfliegenden Angreifer erfolgreich sind."

„Gut erkannt, Robert." Hans-Joachim Reger, der Wachleiter im 11. OG der Elektronischen Aufklärung war zufrieden. Auch die Bestätigung der Beobachtung von Franz Lindforst an seinem Sichtgerät machte ihn beinahe stolz. Das waren einmalige Erfassungen in mehreren Ebenen, die diese Abfangeinsätze in vollem Umfang erkennen ließen.

Am Platz Vier übergab Hartmut Griebel nun eine große Anzahl Erfassungsmeldungen von FlaRak-Abwehrsystemen SA-4 und SA-6 im Bereich Quedlinburg, Altengrabow und Lieberose, aber auch aus Thüringen, hier waren Standorte wie Saalfeld, Arnstadt und Erfurt aktiv. Dazu kamen noch Erfassungen auf ca. 14,5 Gigahertz aus Bad Frankenhausen, hier waren ZSU-23-4 Flakpanzer zur Bekämpfung der einfliegenden MIG-23 aus der Tschechoslowakei im Einsatz. Von den Flugplätzen Allstedt und Merseburg meldete Griebel Aktivitäten von SA-3 FlaRak-Abwehrsystemen. Der aktive Objektschutz dieser Flugplätze war der Grund, weil die Jagdregimenter Merseburg und Altenburg ins Übungsgeschehen eingriffen. Marko Greve am Platz Eins meldete sich auch wieder. „Leute, im Südraum der DDR tut sich was. Über Lossa sind jetzt die FITTER aus Allstedt mit Fotoaufklärung unterwegs. Flughöhe, wie schon gemeldet, 600 Meter." Seine Stimme wurde plötzlich schrill. „Schnell, ich habe das TV-Signal auf 596 MHz. Hans-Joachim, zeichne bitte das Signal am Analyseplatz auf. Wir können dann mit dem Hellschreiber eventuell Einzelheiten am Boden erkennen. Die Feldstärke des TV-Signals ist ziemlich konstant, das müsste gelingen."

Hans-Joachim sprang zum Analyseplatz und startete den DISC-Rekorder, um die Aufzeichnung zu starten.

Marko startete zusätzlich die Magnetaufzeichnung des TV-Signals, für die spätere, genaue Analyse im Fernmeldebereich 70 in Trier-Euren.

Hartmut Griebel drehte sich plötzlich herum. „Hans-Joachim, ich habe jetzt SLAR[4]-Erfassungen am westlichen Rand der Letzlinger Heide, unweit der Grenze. 40 Grad mit hoher Feldstärke." Griebel schrie fast, die Hektik in der 11. Etage machte eine geordnete Kommunikation fast unmöglich. „Eine MIG-25 aus Werneuchen hat mit der Aufklärung begonnen. Ich verwette meine Uniform, wenn die nicht die Reaktionen unserer eigenen Kräfte überprüfen." Wolfgang Griebel füllte hastig sein SEDSCAF-Formblatt mit den Parametern der erfassten Radarausstrahlung aus.

Hans-Joachim Reger saß am Analyseplatz und steckte den Ausgang des Disc-Rekorders auf den Hellschreiber. Schon schoss der Papierstreifen des aufgezeichneten Fotosignals eines Allstedter Aufklärers aus dem Schacht. Die Aufnahme war fast klar. Entlang der Start- und Landebahn in Allstedt standen mindestens sechs MI-24 Kampfhubschrauber.

---

[4] side looking airborne radar (Seitensichtradar)

Reger war mit sich zufrieden. Aber auch mit seiner Mannschaft. Was habe ich nur für tolle Menschen in meiner Schicht, dachte er unwillkürlich. Durch Eigeninitiative und Begeisterung wird mit unseren elektronischen Mitteln ein Lagebild gezeichnet, das fast ohne Beispiel ist.

Der Äther kochte. Es schien, als sei die ganze DDR ein einziges Schlachtfeld. Draußen vor der Einsatzstellung auf dem Stöberhai war von diesem Ausmaß der Kampfhandlungen nichts zu spüren. Spaziergänger genossen das schöne Wetter und einige gingen stirnrunzelnd am Zaun vorbei. Was mochten sie denken? Die Stille des Waldes war heute besonders spürbar. Nicht einmal Vogelgezwitscher war zu hören. Nur wer den Blick in Richtung Thüringen richtete, konnte Kondensstreifen erkennen, die aber nicht bedrohlich wirkten.

Die beiden Männer aus dem Wolga gingen auf den Mercedes der beiden Amerikaner zu. Am Heck des Wagens standen sie und blickten augenscheinlich auf das Nummernschild. Sie wirkten unschlüssig, ratlos, aber der Eindruck täuschte.

Der etwas Größere stand nun an der Fahrertür des Mercedes und klopfte an die Scheibe. John Russel senkte das Fenster und blickte den Mann an. „Was kann ich für Sie tun?"

John Russel und Jack Shannon waren auf ein Zusammentreffen mit den Organen der Staatssicherheit der DDR und den Angehörigen der sowjetischen Streitkräfte vorbereitet. Sie mussten damit rechnen, festgesetzt zu werden.

Der Größere aus dem schwarzen Wolga blickte finster auf die beiden. „Sie befinden sich hier auf dem Territorium der Deutschen Demokratischen Republik. Sie betreten Sperrzonen, die Sie nicht betreten dürfen. Ist Ihnen das klar?" Der Mann sprach mit sächsischem Dialekt.

„Also, erstens befinden wir uns in keiner Sperrzone und schon deshalb sind Sie nicht berechtigt, uns hier festzuhalten, das wissen Sie doch wohl", antwortete John völlig ruhig.

Dieser Hinweis steigerte die Aggression des Mannes. Er nestelte an seiner Tasche im Inneren seines Mantels. Plötzlich hatte er eine Makarow-Pistole in der Hand und zielte auf John. „Halt deine große Fresse oder ich blas dir das Licht aus." Der Stasi-Mann hatte völlig seine Beherrschung verloren.

„Sie sind doch Angehöriger der Abteilung VIII des Ministeriums für Staatssicherheit. Nicht wahr?" Seelenruhig schaute John den Mann an, trotz der Bedrohung mit der Waffe wirkte sein Blick fast mitleidig.

Konsterniert schaute der Mann im Ledermantel auf John. Mit dieser Bemerkung hatte er nicht gerechnet.

Sein Begleiter aus dem Wolga trat von hinten auf ihn zu. Er schwieg zwar, machte aber den Eindruck, die Situation deeskalieren zu wollen. Offenbar spürte der Große das Missfallen seines Partners. Langsam steckte er die Pistole wieder in seine Manteltasche.

Bestimmt schaute John nun auf die beiden. Fast wie ein Befehl klang jetzt seine Aufforderung. „Sie werden jetzt die sowjetische Seite verständigen, denn nur diese Offiziere sind berechtigt, mit uns zu sprechen. Die weitere Vorgehensweise werden wir mit den Herren besprechen."

Mit diesen Worten verriegelten Jack und John jetzt die Türen des Mercedes, denn den Wagen betreten durften weder die sowjetischen Offiziere noch die Angehörigen des MfS, der Wagen galt als amerikanisches Hoheitsgebiet.

Ein MI-8 Hubschrauber stieg plötzlich in niedriger Höhe auf und flog auf die Gruppe der Fahrzeuge zu. Im Rückspiegel sahen die beiden einen Barkas der Volkspolizei von hinten auf sie zukommen.

Fünf Tage vorher, Mittwoch 03.09.1980

Die funktechnische Kompanie nahe des Ortes Athenstedt wartete auf die Alarmierung. Noch vor zwei Wochen war es am Rande des Harzes ruhig und friedlich gewesen, als die Soldaten Gerd Petzold und Erwin Konopke zu Hause in Quedlinburg waren. Sie genossen einige Tage Urlaub, bevor das Manöver Waffenbrüderschaft für alle begann. Auch das Wetter war schön und recht warm im Spätsommer 1980.

Die beiden tranken sich den Tag schön und bemühten sich, die kommenden Tage zu verdrängen, wenn ihr Dienst als Funkorter sie wieder voll in Anspruch nahm.

Erwin und Gerd waren Menschen, die gerne in der DDR lebten. Diesem Kapitalismus des Westens konnten sie nichts abgewinnen. Sie waren hier aufgewachsen und mit dieser Gesellschaftsform wollten sie sich nicht anfreunden. Ihr neuer Politoffizier brachte sie immer wieder auf den neusten Stand. Einige Kameraden bezeichneten den zwar als rote Socke, aber er hatte sie nach einigen Zweifeln wieder auf den richtigen sozialistischen Weg gebracht.

Einer der Gründe für diese neuerliche Überzeugungsarbeit war immer noch Karl, der Vater von Gerd. Karls Schicksal ließ Gerd, besonders wenn er getrunken hatte, zweifeln, auch wenn er sich wieder leicht auf den sogenannten richtigen Weg bringen ließ.

Gerds Eltern, Marga und Karl, kamen aus Lipnice im Sudetenland hierher, sie mussten 1945 von dort fliehen. In Quedlinburg blieben sie hängen. Karl war es gewohnt, hart zu arbeiten und keine Arbeit war ihm zu schwer. Durch seinen Fleiß gewann er rasch Freunde, außerdem mochte er den Harz, weil er ihn an seine Heimat erinnerte. Nach Gründung der DDR 1949 wurde er aber zunehmend skeptischer, weil er sich mit der Politik in dieser sogenannten Deutschen Demokratischen Republik kritisch auseinandersetzte. Häufig stritt er mit Marga über die Zukunft dieses Sozialismus, der für ihn ein Abenteuer war. Dennoch fühlte er sich weiter wohl im Harz, wenn nur nicht Margas glühender Enthusiasmus gewesen wäre. Die Parteiarbeit war ihr fast wichtiger als ihre Ehe mit Karl. Häufig gab es Streit, wenn Karl ihr die schlechte Lebensmittelversorgung und die ständigen Erhöhungen der Normen in den Kollektiven vorhielt. Sie meinte, diese Opfer müssen gebracht werden. Nur so sei der Weg zu einem sorgenfreien Leben im real existierenden Sozialismus als Vorstufe zum Kommunismus möglich. Sehr gern hätte sie Karl für die „Sache" überzeugt. Karl wollte seine Ehe nicht gefährden, weil er Marga liebte, und so fügte er sich und unterstützte sie, wenn auch widerwillig.

1957 erblickte Gerd das Licht der Welt und war fortan der Mittelpunkt Margas. Gerd sog den Sozialismus mit der Muttermilch auf, er war seiner Mutter regelrecht hörig. Sie achtete sehr auf seine linientreue Erziehung.

Karl hatte zunehmend Probleme mit dem politischen System und seine Liebe zu Marga erlosch immer mehr. Schon durch den Bau der Berliner Mauer wuchs sein Hass auf die DDR und sein heimlicher Wunsch, in den Westen zu gehen, wurde immer stärker. Eines Tages verschwand er spurlos.

Marga vertraute sich der Partei an und brach den Stab über Karl. Sie ließ kein gutes Haar an ihm. Deshalb glaubte man ihr und sie war vollständig rehabilitiert. Tage später wurde ihr sein Tod ohne Bedauern mitgeteilt. Karl hatte versucht, bei Dömitz durch die Elbe in den Westen zu schwimmen. Angeblich war er dabei ertrunken. Marga interessierte nicht mehr, wo er beerdigt war. Für sie hatte es ihn von jetzt an nie gegeben. Aber auch Marga ereilte ihr Schicksal. Sie starb 1975 plötzlich unerwartet an Herzversagen. Gerd stand plötzlich allein da. Durch seine Treue zur Partei gelangte er zur Nationalen Volksarmee und die Truppe war nun seine Heimat. Erwins Eltern wohnten schon immer in Quedlinburg, fühlten sich aber in Quarmbeck auf Dauer nicht mehr wohl. Sie vermissten das Meer und zogen nach Rostock, der Vater fand als Elektriker schnell in der Werft einen neuen Arbeitsplatz. Erwin blieb im Harz, war früh selbstständig und erlernte den Beruf des Fernsehtechnikers. Nach seiner Ausbildung im VEB Fernsehgerätewerk Staßfurt arbeitete er dort weiter, er liebte seinen Beruf. Seinen Wehrdienst wollte er in einer funktechnischen Kompanie als Funkorter ableisten.

Gerd war schon früher in diese funktechnische Kompanie in Athenstedt gekommen, Erwin war froh, Gerd hier wiederzutreffen. Gerd überredete Erwin, seine Dienstzeit zu verlängern, nach einigem Zögern sagte Erwin zu und so sahen sie ihre Zukunft als Berufssoldaten bei der Armee.

Für die beiden war Quarmbeck eine grüne Oase. Die sowjetischen Soldaten, die in Quarmbeck lebten, boten den Einwohnern auch Annehmlichkeiten wie ein sogenanntes „Magasin". Hier konnten sie Sachen kaufen, die es sonst nicht so oft gab, wie zum Beispiel Thunfischkonserven, die Gerd so gerne aß. Aber auch Elektroradiatoren gab es hier zuweilen und vieles mehr, wie Nylon-Anoraks. So einen trug Gerd gern, wenn er seine Uniform in den Schrank hängen durfte.

Die Muschiks, wie sie die Russen nannten, waren offen für alkoholische Getränke und hatten nichts gegen gelegentliche Kontakte, wenn sie durch Tauschgeschäfte Wodka bekommen konnten.

Dennoch verursachten die Aktivitäten der russischen Streitkräfte auch Unruhe und Ängste bei der Bevölkerung.

Die ständigen Übungen der Panzer, wenn sie aus Quarmbeck zum Standortübungsplatz der Kaserne Klusberge fuhren. Qualmende Abgasfahnen verpesteten die ohnehin belastete Luft, wenn das Wetter ungünstig war. Zusätzlich waren hier ein funktechnisches Bataillon und Flugabwehrraketenbrigaden stationiert, die mit sogenannten Marschflugkörpern das friedliche Leben der Menschen störten. Viele schauten Westfernsehen, das durch die Nähe zur Grenze eigentlich gut empfangbar war. Der Sender Torfhaus strahlte die Westfernsehprogramme weit auf das Gebiet der DDR. Wenn aber die Radargeräte der Russen liefen, störte das den Empfang, wenn die Fernseh-Empfangsantennen nicht optimal ausgerichtet waren. Das lag wohl auch im Interesse der SED, die den Empfang des Westfernsehens missbilligte.

In Quarmbeck gab es einen eigenen Kindergarten und einen Jugendklub, mit einem Feuerwehrdepot und einem Heizkraftwerk. Viele Partnerschaften waren hier schon entstanden, nur für Gerd und Erwin hatte sich noch keine Frau gefunden.

Vielleicht wollten die beiden aber auch lieber allein bleiben. Gerd hatte heute Morgen schon früh mit dem Trinken angefangen, er dachte wieder an das bevorstehende Manöver, das ihnen mit Sicherheit wieder entbehrungsreiche Tage abverlangen würde.

Er setzte die Flasche an und gurgelnd floss der Inhalt in seinen Schlund. Sein glasiger Blick zeigte den Stand seines Alkoholpegels an. Erwin war gerade gekommen und musterte argwöhnisch seinen Freund. „Sag mal, Gerd, bist du jetzt eigentlich wieder mit dir im Reinen? Ich meine, du hast schon wieder ordentlich am frühen Morgen gebechert."

Gerd schwieg zunächst, er nuckelte an seiner Bierflasche und schien zu überlegen.

„Erwin, ich will dir was sagen. Mein Vater war ein Idiot. Ja, er hat meine Mutter geliebt, nur hat er unseren Staat nicht begriffen." Gerd nahm wieder einen Schluck. „Los, trink endlich. Bald müssen wir eine ganze Zeit nüchtern aushalten, lass unserer Leber noch ein bisschen Arbeit zukommen."

Erwin nippte nur an seiner Flasche. Er war nicht so aufnahmefähig wie Gerd. Gerd ließ seinen Gedanken freien Lauf. „Meine Mutter hat mit Engelszungen auf meinen Vater eingeredet, aber nein, er musste seinen Weg gehen. So ein Arsch." Die Kohlensäure des Bieres strebte jetzt wieder den Weg nach oben und verließ den weit geöffneten Rachen Gerds mit einem gewaltigen Rülpser.

Erwin schaute Gerd an. Im Stillen dachte er: Er hat seinen Vater geliebt, auch wenn er das nicht zugibt. Seine Flucht hat er ihm aber nicht verziehen.

Es klingelte plötzlich. Erwin ging schnell zur Tür.

Ein Telegramm. Erwin las es vor.

„Mensch Gerd. Sofortige Rückkehr zur Kompanie. Der Urlaub ist vorbei."

Am Nachmittag 08.09.1980

Der MI-8-Hubschrauber flog in niedriger Höhe über den Barkas der Volkspolizei, als der hinter dem schwarzen Wolga stoppte. Zwei Uniformierte stiegen aus und gingen auf die Angehörigen des Ministeriums für Staatssicherheit zu. Wild gestikulierend sprach der Große mit den Polizisten. John und Jack hatten die Scheiben hochgekurbelt, deshalb hörten sie nicht, was dort gesprochen wurde. Kurze Zeit später ging einer der Volkspolizisten zum Barkas und telefonierte offensichtlich. Danach wieder ein kurzer Wortwechsel und die beiden Angehörigen der Staatssicherheit standen ebenso wie die Volkspolizisten an ihren Fahrzeugen. Eine eigenartige Stille breitete sich aus.

Es mochten zwei Stunden oder etwas mehr vergangen sein, da unterbrach der Überflug einer Staffel MIG-23 die Stille. Der Lärm der tieffliegenden Maschinen war ohrenbetäubend. John Russel sah seine Chance gekommen. Er beobachtete das Geschehen draußen. Aus der Ferne sah er einen sowjetischen Jeep herankommen. Es war ein UAZ, der Russe preschte mit hohem Tempo auf die drei Fahrzeuge zu.

John zögerte nicht. Jetzt oder nie. Er blickte zu Jack. „Hast du diesen Kasten gut verstaut?"

„Na klar, John."

John drehte den Zündschlüssel. Ein Startversuch, zwei, tatsächlich, jetzt sprang der Motor wieder an. „Dieses geborgte Ding dürfen wir uns nicht nehmen lassen!", schrie John.

Die Stasi-Leute und die Volkspolizisten waren abgelenkt. Sie schauten in die Richtung des ankommenden sowjetischen Jeeps. John gab Vollgas. Alle vier Räder katapultierten

den Mercedes nach vorn, eine Staubwolke von der stark ver-
schmutzten Straße verhüllte die Sicht nach hinten. John und
Jack sahen nicht die heftig herumfuchtelnden Männer, die
dem sowjetischen UAZ Zeichen gaben. Die Russen hielten
auch nicht, sondern nahmen sofort die Verfolgung auf. Warum der Mercedes plötzlich wieder fuhr, war ihnen egal.
Hauptsache weg. Die Russen würden sie schon abhängen.
Wenn der Wagen nur nicht wieder streikte. Über sich sahen
sie zwei weitere MI-8-Hubschrauber, jetzt in niedriger Höhe
in Richtung Cochstedt aufsteigen. Der Flugbetrieb hatte entweder begonnen oder die beiden MI-8 kamen von einem anderen Flugplatz.

Diese merkwürdigen Antennengebilde an der Seite der
Hubschrauber waren jetzt deutlich zu erkennen.

John fürchtete plötzlich, die Hubschrauber hätten es auf die
beiden abgesehen. Der Mercedes schlingerte auf der Straße.
Etwas zu hastige Lenkbewegungen ließen den Wagen von
links nach rechts schleudern. Doch nach vielleicht hundert
Metern fing sich der Wagen wieder. Der Allradantrieb stabi-
lisierte die Fahrt. Jack beobachtete die Helikopter. Die beiden MI-8 flogen nicht weiter entlang der F180.

Jack und John waren erleichtert.

„Mann, John, jetzt hast du mir doch einen Schrecken ein-
gejagt. Gib Gas, die Russen sind immer noch im Rückspiegel."

„Ach schau doch hin, die sind schon weit weg. Die Hubschrauber hätten wir nicht abschütteln können."

„John, fahr nach links. Der Weg da in den Wald ist gut, da
können wir erstmal abtauchen." John schwieg und bog nach
links in den schmalen Weg, der in ein Waldstück führte. Die
Bäume standen so dicht, dass sie von oben nicht gesehen

werden konnten. John parkte den Mercedes auf dem Weg, der an dieser Stelle etwas breiter wurde, und stellte den Motor ab.

Jack und John sprangen aus dem Wagen und bedeckten den Wagen mit einem Tarnnetz, sie fürchteten trotz der dicht stehenden Bäume, doch entdeckt zu werden.

Die Gestalt mit dem rostbraunen Vollbart, die im Dickicht kauerte, sahen sie nicht.

Die Hektik in der Funktechnischen Kompanie 613 in Athenstedt erreichte jetzt ihren Höhepunkt. Erwin saß an seinem Platz als Funkorter an der P18-Station. Seine Aufgabe war die Ortung der „feindlichen" Kampfflugzeuge, die vom Süden her in Richtung Zerbst flogen. Er hatte bereits fünf Objekte erfasst, als sich plötzlich ein MI-8-HIP-Hubschrauber in Sichtweite der funktechnischen Kompanie in Athenstedt befand. Erwin hatte von ihm keine Ortung, weil die MI-8 die Funkmessfeld-Untergrenze des Radars unterschritt.

Plötzlich erschütterte eine heftige Explosion die Stellung. In Panik liefen die Soldaten durcheinander.

Erwin schaute sich um. War der Hubschrauber abgestürzt? Nein, er entfernte sich wieder in Richtung Süden von der Stellung in Athenstedt.

Erwin blickte auf das Scope, es war dunkel. Er war keinerlei Ortung von Zielen mehr möglich.

In den Abendstunden des 08.09.1980

Trotz der Stille im Wald waren John Russel und Jack Shannon darauf gefasst, entdeckt zu werden. Wo war der Hubschrauber? Hatten die Russen ihre Spur verloren? Man hätte im Wagen eine Stecknadel fallen hören können. Es war längst dunkel geworden, der Beginn des neuen Tages war nicht mehr fern.

John wandte sich Jack zu. „Was meinst du, Jack? Diese Kiste ... wozu soll das Ding gut sein?"

Jack überlegte. „John, denk mal, was uns auf der Fahrt passiert ist. Diese plötzlichen Detonationen. Dann die Hubschrauberflüge. Ich werde den Verdacht nicht los, dass da ein Zusammenhang besteht."

„Wie meinst du das?" John schaute Jack ungläubig an.

„John, ich glaube diese Kisten enthalten Sprengladungen. Aber es sind keine Minen, die explodieren, wenn man sie bewegt oder darauf tritt. Die Dinger können möglicherweise fernausgelöst werden. Vielleicht machen die Hubschrauber das."

„Du meinst so eine Art ferngesteuerte Minen?"

„Vielleicht. Was mich stutzig gemacht hat, ist Folgendes. Auf der Straße erfolgte dicht neben uns auf dem Acker eine Explosion. Auf einmal ging unser Motor aus. Besteht da ein Zusammenhang?"

„Wie soll das möglich sein, Jack?"

Jack blickte John an und sah ungläubiges Erstaunen in seinen Augen. Er drehte den Kopf und sah die Fratze, die in das Innere ihres Wagens starrte.

In der Frühe 09.09.1980

John starrte auf die Seitenscheibe. Diese Visage glotzte in das Wageninnere. Jack schaute jetzt auch in diese Richtung. John öffnete das Fenster einen Spalt.

„Was wollen Sie? Wer sind Sie?" John blickte verärgert auf diese Gestalt.

„Das könnte ich Sie fragen. Was machen Sie hier in unserem Wald?" Der Waldschrat sprach thüringischen Dialekt. Er ging um den Mercedes, schaute erst vorne, dann hinten auf das Kennzeichen. Langsam kam er wieder an die Fahrertür. „Ihr seid doch aus dem Westen. Ihr seid diese legitimen Spione. Was habt ihr denn jetzt wieder auf dem Kieker? Die Hubschrauber in Cochstedt, nehme ich an?"

Der Mann mit dem rostbraunen Vollbart musterte John und Jack feindselig. „Hören Sie zu, Meister, wir sind Ihnen keine Rechenschaft schuldig."

„Passt mal auf, ihr Clowns. Die Russen oder unsere Leute werden euch sowieso erwischen. Wenn ihr euch noch länger hier im Wald versteckt, wird das noch schneller gehen. Ich weiß zwar nicht, warum ich das tue, aber ich gebe euch einen Tipp. Nutzt die Dunkelheit. Fahrt Richtung Stassfurt, die Wahrscheinlichkeit, um diese Zeit entdeckt zu werden, ist geringer." Er kraulte jetzt seinen Bart und hob die Hand an seine Stirn. „Ich wünsche euch kein Glück, ihr Spitzel." Mit diesen Worten verschwand er, ohne noch etwas zu sagen.

John und Jack schauten sich an.

„Lass uns verschwinden, John. Der Typ hat recht. Jetzt in der Dunkelheit haben wir die besten Chancen zu entkommen."

John nickte nur und startete den Wagen. Er sprang nicht gleich an und er fürchtete nun doch einen Defekt am Motor. Vier, fünfmal startete John. Dann sprang der Motor tatsächlich an. Langsam, vorsichtig bewegte sich das Fahrzeug rückwärts in Richtung des Feldweges. Dieser Weg war gepflastert, ein tiefes Loch ließ die Hinterachse kurz abtauchen. John betätigte den Vorwärtsgang und der Wagen fuhr mäßig schnell in Richtung Stassfurt.

Weit und breit war kein weiteres Fahrzeug zu sehen. Die Sicht vom Feldweg war jetzt zu allen Seiten frei, der Wald lag hinter ihnen. Da erfolgte die Explosion. In einem hellroten Feuerball wurde der Mercedes zerrissen. Trümmer flogen zu allen Seiten und auf dem Feldweg blieb ein brennendes Chassis zurück.

Bis auf das Knistern der Flammen kehrte eine beklemmende Stille ein.

Montag 15.09.1980

Das Briefing in der 10. Etage im Turm auf dem Stöberhai begann pünktlich um 07:20 Zulu-Zeit (greenwich mean time).

Einsatzoffizier Hauptmann Gerd Krähler und der Leiter der Erfassung, Hauptmann Wolfgang Fischer, schauten auf die Soldaten aus den Etagen der Fernmelde-Elektronischen Aufklärung. Krähler ergriff das Wort.

„Guten Morgen, meine Herren. Schwerpunkt ist heute die Herbstübung *Waffenbrüderschaft* des Warschauer Paktes. Tja Kameraden, das Manöver ist zu Ende. Gestern war die Abschlussbesprechung der beteiligten Kräfte in Lieberose.

Die Sperrungen der Flughöhen in den Korridoren von und nach Westberlin sind wieder aufgehoben. Trotzdem kam es zu einigen Begegnungen zwischen sowjetischen Kampfflugzeugen mit Flügen der British Airways im Korridor von Hannover nach Westberlin. Gefahr bestand nicht, aber die Passagiere waren beim Anblick der sich nähernden Militärmaschinen ziemlich beunruhigt. Ob die angestrebten Ziele der Großübung aus unserer Sicht erreicht sind, bleibt zu klären. Das muss unsere Fernmelde-Elektronische Aufklärung in den nächsten Wochen und Monaten ermitteln. Die gegnerische Luftverteidigung zu stärken, war sicherlich Schwerpunkt des Zusammenwirkens der multinationalen Kräfte. Die Beteiligung der neuen SA-8 Flugabwehrraketensysteme war ein Indiz dafür. Dafür sprechen die zahlreichen Erfassungen im Raum Mellensee, Kummersdorf und Leisnig in Brandenburg und Sachsen. Die Leistungsfähigkeit der SA-6 Systeme hat sich wieder bestätigt, zeigt aber auch Schwächen auf. Die angreifenden Maschinen aus Kiskunlacháza, Mimon und Milovice wichen recht oft in niedrigere Höhen aus und konnten der simulierten Vernichtung entgehen. Allerdings positionierten sich da die ZSU-23-4 Flakpanzer. Im Ernstfall hätten die sicherlich einige MIG-23 abschießen können, die den SA-6 Batterien entwischt waren. Da wird es wohl in der gegnerischen Truppenluftabwehr einigen Gesprächsbedarf geben, um signifikante Verbesserungen in der Luftverteidigung zu erreichen. Sichere Erkenntnisse konnten über die erfolgreiche Ergänzung der neuen SA-8 Systeme noch nicht vollständig gewonnen werden. Dennoch werden diese Flugabwehrsysteme Lücken füllen, denn die Bekämpfung nur durch die ZSU-23-4 dürfte die gegnerische Luftverteidigung in niedrigen Höhen nicht zufriedenstellen. Weitere

SIGINT-Erfassungen werden uns helfen, da Licht ins Dunkel zu bringen. Die erfolgreiche Umrüstung auf die MIG-23 ist wohl in den Divisionen Zerbst und Merseburg abgeschlossen. Auch hier gibt es noch Schwächen, die sich bei den Abfangeinsätzen der Flugzeuge gezeigt haben. SIGINT-Erfassungen des Flugfunks und die Analyse der Parameter des modifizierten Airborne intercept Radars dieses Flugzeugtyps beweisen das. Die look-down-shoot-down-Fähigkeit, also der erfolgreiche Angriff aus der Überhöhung mithilfe dieses Radarsystems konnte von uns nicht erkannt werden. Eine erhebliche Verbesserung besteht durch die Schwenkflügel der MIG 23. Kürzere Start- und Landebahnen können genutzt werden, aber auch höhere Geschwindigkeiten bei der Bekämpfung von feindlichen Flugzeugen steigern den Kampfwert. Dann gibt es noch eine Sache, die uns ziemliche Kopfzerbrechen bereitet. Das betrifft die Einsätze der Elektronischen Hubschraubereinheit Cochstedt. Die Störeinsätze gegen funktechnische Kompanien in unserem Aufklärungsraum sind nichts Ungewöhnliches, jedoch registrierten wir im 11. OG den plötzlichen Ausfall mehrerer Frühwarnradargeräte der funktechnischen Kompanien in Athenstedt, Badersleben und Hasselfelde. Das wäre uns gar nicht weiter aufgefallen, wenn wir nicht zwei Informationen dazugewonnen hätten. Erstens: Die Piloten der Hubschrauber aus Cochstedt gaben mehrfach die Befehle *Rezhime Lucha*. Zweitens: Die Drehzahlerfassung in der 8. Etage fing ein Fernschreiben aus dem Bereich der 1. Luftverteidigungsdivision in Cottbus ab. Leider ist der Inhalt wegen des in der Feldstärke schwankenden Richtfunksignales aus Luckau Alteno nicht vollständig empfangen worden. Sinngemäß geht aber Folgendes daraus hervor: Die 292. Selbstständige

Hubschraubereinheit in Cochstedt der GSSD (Gruppe der sowjetischen Soldaten in Deutschland) führte Flugbewegungen im Raum Halberstadt, Ballenstedt bis nördlich Athenstedt durch. Unmittelbar beim Überflug der Funktechnischen Kompanie 613 in Athenstedt durch eine MI-8 fiel eine P18-Station aus. Benachbarte funktechnische Kompanien unserer sowjetischen Waffenbrüder in Hasselfelde, Badersleben und Behnsdorf fielen ebenfalls teilweise aus. Der Ausfall der Erzeugnisse (Radargeräte) verursachte lückenhafte Luftlagemeldungen der betroffenen funktechnischen Kompanien. Dies wurde ersichtlich aus den Auswertungen des Funknetzes 110. Feindliche Einflüge aus dem Gebiet der BRD gab es nicht. Somit sind Störungen der Erzeugnisse durch Organe aus dem Operationsgebiet der BRD nicht anzunehmen. Die 292. Selbstständige Hubschraubereinheit untersteht direkt dem Oberkommando der Gruppe der sowjetischen Streitkräfte in Zossen-Wünsdorf. Es liegen uns keine Aussagen über Art und Zweck des Einsatzes vor. Stellungnahmen des Oberkommandos erfolgten auf Anfrage dazu bisher nicht. Von Wostok[5] in Strausberg war bis jetzt nichts zu erfahren."

Hauptmann Krähler schwieg einen Moment, als aus der elcrovox-Kommunikationsanlage mit dem Fernmeldebereich 70 in Trier und den Nachbarsektoren Knackgeräusche zu hören waren. Es erfolgte jedoch keine Nachricht und Krähler fuhr fort.

„Der Rest des Fernschreibens ist verstümmelt, aufgrund der Verschlechterung der Empfangsbedingungen. Wir müssen bei den künftigen Einsätzen der Hubschraubereinheit auf sol-

---

[5] Verteidigungsministerium der NVA

che unvorhergesehenen Ereignisse besonders achten, die damit im Zusammenhang stehen können. Meine Herren, ich danke Ihnen für die Aufmerksamkeit. Das Briefing ist beendet. Bitte begeben Sie sich wieder an Ihre Arbeitsplätze."

Nachdenklich nahm Marko Greve diese Information zur Kenntnis. Aber auch er konnte sich keinen Reim auf diese rätselhaften Geschehnisse machen.

Montag 15.09.1980

In den Betriebsräumen des Stöberhai-Turmes kehrte nach und nach die Routine wieder ein. Die zahllosen Signale der Richtfunkverbindungen zwischen den Übungsgebieten in der DDR verschwanden ebenso schnell wieder, wie sie in den Empfängern zu Beginn des Manövers „Waffenbrüderschaft 1980" in den Frequenzbändern aufgetaucht waren.

Die Horch- und Beobachtungsfunker waren erleichtert, aber auch stolz, bisher unbekannte Parameter der neuen Flugabwehrraketensysteme im Zusammenwirken mit den Luftfahrzeugen erkannt zu haben.

Marko Greve saß an seinem Empfangsplatz Eins in der 11. Etage der Elektronischen Aufklärung. Der Routinebetrieb der Jagdregimenter der 16. Luftarmee der WGT wies die gewohnten Signale der Radargeräte für Flugsicherung und Navigation auf. Greve ließen aber die Geschehnisse noch während der Übung nicht los. Das hatte es noch nie gegeben. Der Ausfall wichtiger Frühwarnradargeräte in Verbindung mit der Breitbandstörung. Bestand da ein Zusammenhang? Dann dieses Fernschreiben in der Drehzahlerfassung. Weder die 1.

Luftverteidigungsdivision der NVA noch das Ministerium für Nationale Verteidigung in Strausberg hatten Hinweise.

Natürlich waren unsere Erkenntnisse zu dürftig, um nur daraus Schlüsse ziehen zu können. Wir hatten lediglich dieses Fernschreiben. Markos Gedanken kreisten.

War das eine bewusste Verschleierung für uns? Wollten die uns zum Narren halten? Nein, Marko verwarf den Gedanken wieder. Die Erfassung dieser Richtfunklinie in Brandenburg war ein Glücksfall. Die fühlten sich entweder sicher oder waren leichtsinnig, diese Fernschreibleitung nicht zu verschlüsseln. Die Sowjets hatten etwas Neues.

Ganz ohne Zweifel. Marko erfüllte eine innere Unruhe.

Er drehte sich zu seinem Wachleiter. „Hans-Joachim, du, hör mal. Ich muss da etwas untersuchen. Es betrifft den Ausfall der funktechnischen Kompanien während des Einsatzes der Cochstedter Hubschrauber. Ich gehe mal zu den Drehzählern in die achte Etage. Hast du etwas dagegen?"

Hans-Joachim lächelte. Er kannte Marko genau. Oft schon waren durch seine Ideen Erfassungsprobleme gelöst worden. Außerdem war die Lage jetzt ruhig. „Marko, geh nur. Sag mir aber, wenn du etwas herausgefunden hast. Robert wird so lange deinen Platz mitmachen."

Marko war erleichtert. „Danke Hans-Joachim. Ich bin bald wieder da."

Marko Greve ging die Wendeltreppe hinunter, den Lift zu benutzen machte keinen Sinn. Außerdem tat ihm die Bewegung gut. Er klingelte an der Eingangstür des Betriebsraumes der achten Etage. Es summte, die Tür sprang auf, Thomas Maas stand vor ihm.

„Na Marko, wo drückt der Schuh? Los, komm rein."

„Hallo Thomas. Lass mich mal an euren Such- und Analyseplatz. Ich möchte da mal was überprüfen. Es geht um die Linie, auf der ihr das Fernschreiben erfasst habt. Wie sind die Bedingungen? Ist die Frequenz noch auswertbar?"

„Marko, das sieht schlecht aus. Zeitweise können wir die WT (Wechselstromtelegrafiegerät) erkennen, aber das Signal ist zu schwach, um damit Fernschreiben zu empfangen."

„Schade, aber lass mich trotzdem mal über die Frequenzen schauen."

Marko war enttäuscht. Jetzt keimte in ihm wieder der Wunsch auf, dass die damals den Turm auf den Wurmberg gestellt hätten. Wie oft hatte er sich das schon gewünscht. Die größere Höhe hätte auf dieser Frequenz 411,250 MHz vielleicht eine dauerhafte Erfassung des interessanten Richtfunksendegerätes ermöglicht.

Aber was solls. Wir müssen mit den Realitäten leben. Der Wurmberg, der Brocken ... ja, der wäre der beste Platz für den Turm. Aber den hatte ja schon der Gegner vereinnahmt.

Marko dachte nun an den Brocken, als er die Frequenzen bis fast auf 2 Gigahertz untersuchte. Schon oft war er hier hängengeblieben. Die Peilung zum Brocken ist 16 Grad. Das Signal des Richtfunkgerätes RVG-924 war sehr stark. Bisher hatte er hier noch nie etwas in den Niederfrequenzkanälen (NF) erfasst.

Thomas Maas goss Marko einen Kaffee ein. „Hier, mein Lieber. Trink erstmal. Heute ist der Kaffee ganz besonders gut."

Marko schaute Thomas an und lächelte. Thomas war ein guter Kamerad. Marko trank und nickte Thomas zu. Sein Blick bestätigte den guten Geschmack des Kaffees. Es raschelte unverhofft im Kopfhörer, als Marko die Tasse absetzte. Was war das? Das Spektrum des Richtfunkträgers zappelte. Marko glaubte es erst nicht. Aber es war so. Da war Aktivität auf der Linie des RVG-924.

Er riss den Kopfhörer auf die Ohren und kurbelte die NF-Kanäle durch. Da ... auf 16 Kilohertz war Sprache. Ein Deutscher. Er steckte das Kabel in die Senke für den Kassettenrekorder. Der lief sofort an und zeichnete die Sprache auf. Marko glaubte, seinen Ohren nicht zu trauen.

„Hermann, ... hey, Hermann, hörst du mich?", hörte Marko eine Stimme. Jetzt hatte Marko den NF-Kanal 16 KHz richtig eingestellt. Es knackte und knisterte. Hermann meldete sich nicht. „Verdammt noch mal. Was ist da wieder los? Sitzt ihr da in Magdeburg auf den Ohren? Hermann, antworte doch mal."

Es knirschte, aber jetzt waren Sprachfetzen zu hören. „Was ist denn los? Hermann hier." Die Sprache klang jetzt deutlicher. „Sag mal, wieso kommt ihr über Richtfunk? Seid ihr von allen guten Geistern verlassen? Mann, wenn die in Berlin Wind davon kriegen, rollen Köpfe."

„Pass auf Hermann. Die Kabel sind entweder abgesoffen oder Jenissej[6] hat wieder gebuddelt und unsere Kabel beschädigt. Wir können euch im Moment nicht anders erreichen."

„Mensch, ihr könnt doch nicht einfach über diesen Kanal gehen. Dann nennst du auch noch meinen Namen. Die da drüben hocken doch auf unseren Frequenzen und warten nur darauf, etwas von uns zu hören." Dieser Hermann kochte vor Wut.

„Mensch, Greve, nun hab doch nicht so viel Schiss. Unsere Fernmelder von der Deutschen Post sind schon unterwegs.

---

[6] Sowjets auf dem Brocken

Die werden die Kabel schon wieder reparieren."

„Sag mal, habt ihr da oben zu viel Wodka gesoffen? Jetzt posaunst du schon wieder meinen Namen raus!" Hermann schrie, sodass der Anrufer kaum etwas verstand.

„Sprich doch mal leiser", raunzte der Brockenmann zurück.

„Also gut, hier ist Urian, der Dieter. Ich wollte dir nur den Sachstand des kaputten Kabels mitteilen."

„Gut, zur Kenntnis genommen, Genosse Urian. Ende der Übermittlung. Komm gefälligst über Draht, wenn du was willst oder wenn du Daten schicken willst."

„Ja, ist ja schon gut, Genosse Greve", knurrte der Mann auf dem Brocken.

„Hermann, schnallst du es nicht? Die Kabel sind kaputt."

Es knackte in Markos Kopfhörer. Offensichtlich war das Gespräch beendet. Marko war wie vom Donner gerührt.

Dieser Name. Hermann Greve. Sicher, viele hießen so. Aber unwillkürlich musste er an seine Oma Lene denken. Den Namen Hermann hatte sie auch immer wieder mal erwähnt, wenn sie ihre Depressionen wieder einholten.

Sollte dieser Hermann Greve etwa sein Onkel sein?

Vormittags, Dienstag, 09.09.1980

Robert Grassmann war in seine Wohnung in Stassfurt zurückgekehrt. Grassmann fror. Die Braunkohle für die Ofenheizung war mal wieder ziemlich schlecht. Die Etagenwohnung im Güstener Weg war auch nicht sehr komfortabel. Aber Grassmann fror nicht nur wegen der schlechten Heizung. Seinen nächtlichen Streifzug durch die Gegend zwischen Stassfurt und Cochstedt hätte er besser lassen sollen.

Oder doch nicht? Diese Explosionen und die Flüge der Cochstedter Hubschrauber ... Wäre es nur das gewesen. Ein Traktorist wurde getötet. Robert hatte die Explosion aus der Nähe gesehen. Seine blutigen Überreste lagen auf dem Acker. Dann näherte sich der schwarze Wolga. Mit denen wollte er sich nicht einlassen. Das waren sicher Leute vom MfS. Dann der Kontakt mit diesen Spitzeln. Diese Amerikaner. Robert wollte schon nach Hause radeln, da sah er diesen Geländewagen im Wald. Ihm war sofort klar, was die hier wollten. Das Manöver war noch in vollem Gange. Die Hubschrauber hatten die im Visier. Die Anwesenheit dieser Leute mochte er nicht. Nicht hier in seiner DDR. Er sah noch, wie sie wegfuhren. Dann diese heftige Explosion. Schon wieder. Robert war fast vom Fahrrad geflogen, der Schreck saß ihm jetzt noch in den Gliedern. Die brennenden Überreste lagen auf der Straße nach Stassfurt. In der Ferne hörte er jetzt eine Sirene. Es war wohl die schnelle medizinische Hilfe. Die kommen zu spät, dachte Robert.

Ihm war mulmig zumute. Diese Detonationen. Was hatte das zu bedeuten? Hatten die Sowjets in Cochstedt etwas damit zu tun? Vielleicht eine neue Waffe? Es konnte sich nur um so etwas handeln.

Ein Angehöriger des sowjetischen Flugplatzes war ihm bekannt. Anatolij Denissow. Wusste der etwas darüber? Ein sowjetischer Angehöriger der Hubschraubereinheit in Cochstedt. Günter Feiser, der Parteisekretär in der LPG in Cochstedt, hatte den Kontakt hergestellt.

Robert Grassmann hielt sich oft in der LPG auf. Trotz seiner sechsundsechzig Jahre war er noch sehr rüstig. Er arbeitete dort gelegentlich mit und bekam dafür frische Eier, auch ab und zu ein gutes Stück Fleisch, das in der Kaufhalle in

Stassfurt nur selten zu bekommen war. Robert Grassmann war gern gesehen in der LPG in Cochstedt.

Dieser Anatolij Denissow half auch gelegentlich in der LPG aus, weil er gerne aß und die russische Kost in der Militärküche nicht sehr schmackhaft war. Er war kein Soldat, sondern ein sogenannter ziviler Mitarbeiter. Seine Aufgabe war es, die neuartige Technik der Fluggeräte zu betreuen. Die waren anders als die gewöhnlichen MI-8 Hubschrauber, die nur zu Transportzwecken dienten.

Über seine Arbeit erzählte er nichts, offensichtlich hatte er Angst, etwas zu verraten. Die Russen hätten ihn sofort in sein Land zurückgeschickt, wenn er etwas über diese Militärtechnik gesagt hätte. Dort wäre dann sein Schicksal besiegelt worden.

Robert Grassmann und Anatolij Denissow verband etwas anderes. Beide waren Funkamateure. Robert und Günter Feiser waren in der Gesellschaft für Sport und Technik (GST) aktiv. Hier wurden junge Menschen für den Dienst in der Nationalen Volksarmee (NVA) angeworben. Sie konnten hier etwas über Elektronik und die Hochfrequenztechnik erfahren. Funker waren in der NVA sehr gesucht. Auch Anatolij Denissow hatte schon einmal die Ausbildung in der GST-Dienststelle besucht.

Robert Grassmann mochte Anatolij sehr. Die Sprachbarriere behinderte ihre Gespräche nicht, weil Anatolij deutsch sprach, Robert aber auch etwas russisch sprechen konnte. Die Funkerei verband beide, obwohl sie auf der kurzen Welle noch keinen Kontakt hatten. Hier in Cochstedt durfte Anatolij ohnehin keinen Funkbetrieb machen, aber Robert arbeitete gelegentlich an der Station der GST in Cochstedt.

Anatolij belebte den Kontakt zwischen den Deutschen und den Sowjets, was sonst trotz der hochgelobten Deutsch-Sowjetischen Freundschaft kaum der Fall war.

Die Hubschrauber flogen oft über Cochstedt und jetzt, als das Manöver lief, war die Bevölkerung nicht gerade begeistert darüber. Wenn aber Anatolij und Robert gemeinsam an der Amateurfunkstation lauschten und Robert auch mal mit Funkern in einigen tausend Kilometern Kontakte hatte, waren die jungen Leute sehr interessiert. Diese Kommunikation fand meist in Telegrafie statt. Die Jungen und Mädchen, die schon gut das Morsealphabet beherrschten, schrieben eifrig mit, was da übermittelt wurde. Günter Feiser, der Parteisekretär, freute sich darüber, denn schon einige junge Menschen hatten sich als länger dienende Soldaten verpflichtet.

Dieser Erfolg wurde nicht nur Robert, sondern auch ihm zugeschrieben.

Robert saß in seiner Wohnung und verzog das Gesicht, als der übel riechende Gestank der Braunkohle durch das Zimmer zog. Entweder lag es an Wetter oder der Schornstein zog nicht richtig. Bleierne Müdigkeit übermannte ihn und er sah Anatolij vor sich. Im Traum hörte er ihn sprechen.

Es war ein Nachmittag, als Anatolij vor seinem geistigen Auge in der GST-Dienststelle auftauchte.

Er sprach gut deutsch und sein leichter Akzent erhöhte noch die Aufmerksamkeit der Anwesenden.

„Lasst mich ein wenig plaudern, meine lieben Freunde, ich möchte euch ein paar Erinnerungen aus meinem Leben erzählen. Ich bin in Moskau zur Schule gegangen. Als ich am Gymnasium 1358 in Moskau meine Schulzeit beendete, interessierte ich mich neben meinem begonnenen Medizinstudium brennend für Funktechnik. Damals schon lagen mir die höheren Frequenzen mehr als die Kurzwelle. Meine Entwicklungen brauchbarer Sende- und Empfangsgeräte drangen bis zum Institut für Funktechnik und Elektronik in Frjasino vor. Das Institut rüstete schon Mitte der Fünfzigerjahre die Amateurfunkklubs im ganzen Land von der Ostsee bis zum Pazifik mit Funktechnik aus. Das war zu Zeiten des Sputniks, als die ganze Welt über die Signale aus dem All staunte, die der Satellit zur Erde funkte. Möglichst viele Menschen sollten die Möglichkeit haben, diese Signale zu empfangen. Zugegeben, die Sowjetunion platzte zu dieser Zeit vor Stolz, diese Leistung vollbracht zu haben. Auch die Planetenforschung interessierte mich und ich konnte hier mitarbeiten. Mein Interesse für elektromagnetische Wellen und ihre Ausbreitung interessierte mich zunehmend mehr als mein Medizinstudium, deshalb ließ ich mich als Ingenieur für Hochfrequenz ausbilden. Aber die Medizin verlor ich nicht aus den Augen, weil ich von Zusammenhängen erfuhr, über die ich euch hier nicht nichts erzählen kann und darf. Ihr jungen Menschen werdet eine Zeit erleben, in der die Waffen nicht mehr mit Treibladungen funktionieren. Auch die elektromagnetischen Wellen können eine Waffe sein."

Diese Worte Anatolijs drangen in Roberts Unterbewusstsein. Robert war beeindruckt von Anatolijs Erzählungen. Deshalb erschienen die ihm wiederholt im Traum. Jedoch ging Anatolij nicht weiter darauf ein, um was für Waffen es sich dabei handeln könnte. Auch auf die Fragen seiner Zuhörer ging er nicht ein. Es kam Robert so vor, als hätte Anatolij schon zu viel erzählt. Dinge, über die er etwas wusste, aber nichts sagen durfte.

Hatten diese Explosionen gestern etwas damit zu tun?

Mit elektromagnetischen Feldern konnte man auch Bomben zünden. Das konnte sich Robert vorstellen. Trotzdem waren die Vorgänge heute rätselhaft. Wo war Anatolij? Robert hatte ihn jetzt schon längere Zeit nicht mehr gesehen. Vielleicht auch wegen des Manövers. Sicher hatte er jetzt viel zu tun, wenn die Hubschrauber ständig in der Luft waren.

Lautes Poltern an der Tür war plötzlich zu hören. Eine männliche Stimme schrie fast. „Öffnen Sie." Wieder das Poltern. Robert erwachte aus seiner Lethargie. Er schlurfte zur Tür und öffnete.

Zwei Männer in grauen Mänteln standen vor ihm.

„Bürger. Folgen Sie uns zur Klärung eines Sachverhalts."

Mittwoch 17.09.1980

Das Manöver Waffenbrüderschaft 1980 löste in der Bundesrepublik Deutschland unterschiedliche Reaktionen aus. Demonstrationen von Friedensaktivisten waren die eine Seite.

Über die andere Seite diskutierte ein Gremium hinter dicken Mauern des BND im beschaulichen Pullach. Man beriet über eine Agenda, deren Tagesordnungspunkte der Bevölkerung nicht bekannt wurden. Die Namen der Teilnehmer waren nicht genannt oder geändert.

„Meine Damen und Herren, die letzten Tage des Grossmanövers Waffenbrüderschaft geben Anlass zur Besorgnis. Zwei Vorkommnisse ereigneten sich südlich von Magdeburg, genauer gesagt in der Nähe des sowjetischen Flugplatzes Cochstedt. Hubschrauber vom Typ MI-8PP mit dem NATO-Code HIP-K führten bekannte Störeinsätze gegen funktechnische Kompanien durch, um die Erfassung von Jagdflugzeugen zu verhindern. Das normale Übungsgeschehen. Dennoch ist das Equipment dieser Hubschrauber bisher unbekannt. Die aktuellen Geschehnisse lassen auf eine neue, bisher unbekannte Waffenwirkung schließen. Auf den benachbarten Äckern in diesem Gebiet ereigneten sich zum Zeitpunkt der Flüge dieser Maschinen mysteriöse Explosionen. Dabei kam ein Traktorist einer benachbarten LPG ums Leben. Vertrauliche Quellen bestätigten uns, dass der Mann einen Gegenstand vom Acker geborgen hatte, der eine dieser Detonationen auslöste, als er mit dem Objekt wegfahren wollte. Der zweite Vorfall ereignete sich unweit davon in den frühen Morgenstunden des folgenden Tages. Kräfte der amerikanischen Militärverbindungsmission waren im Raum Cochstedt unterwegs. Das Fahrzeug mit den zwei Insassen explodierte aus ungeklärten Umständen. Die Männer kamen dabei ums Leben. Auch das ist uns durch vertraute Quellen bekannt. Das Fahrzeug wurde durch Angehörige der Hauptabteilung VIII des Ministeriums für Staatssicherheit festgesetzt. Die Festsetzung geschah außerhalb der Sperrzonen, in denen die alliierten Militärverbindungsmissionen nicht operieren dürfen. Die Besatzung der Mission nutzte einen Augenblick, als die Kräfte des MfS abgelenkt waren, um zu flüchten. Danach versuchten sie, einen Unterschlupf zu finden. Einige Stunden später, am frühen Morgen des folgenden Tages, dann der Vorfall. Die Amerikaner sind bezüglich dieses Vorkommnisses sehr zurückhaltend. Eine Aufklärungseinheit der Bundesluftwaffe im Harz auf dem Berg Stöberhai beobachtete dazu den Ausfall einiger Radargeräte, sowohl einiger sowjetischer als auch einer ostdeutschen funktechnischen Kompanie bei Athenstedt. Die Untersuchungen laufen bereits. Es könnte sich um eine neuentwickelte, sogenannte EMP-Waffe handeln."

Der Vortragende macht eine Pause.

„Was soll das sein, diese EMP-Waffe?", fragte jemand.

Ein Angehöriger der Fernmelde- und Radarstelle der Bundeswehr in Hof nahm Stellung. „Diese EMP-Waffen nutzen den elektromagnetischen Impuls. Der EMP ist seit dem Einsatz von Nuklearwaffen bekannt. Eine Atombombe, die in großer Höhe gezündet wird, löst einen solchen EMP aus. EMP heißt Elektromagnetischer Puls. Dadurch können empfindliche computergesteuerte Waffensysteme, aber auch alle Einrichtungen mit EDV-Anlagen gestört und im schlimmsten Fall zerstört werden. Eine solche EMP-Waffe, die wir hier vermuten, hat einen großen Vorteil gegenüber der Atombombe. Der radioaktive Fallout ist nicht vorhanden, der Gegner wird handlungsunfähig gemacht, aber nicht getötet. Die Nutzung solcher EMP-Waffen ist bei den sowjetischen Streitkräften bisher nicht beobachtet worden. Eine Frage an Sie, meine Herren. Gibt es Informationen seitens der Amerikaner? Oder Informationen anderer Nachrichtendienste?"

Ein BND-Mann fühlte sich angesprochen. „Die Anwendung dieser Waffen ist relativ neu. Deshalb ist der Informationsfluss noch spärlich. Es ist auch noch nicht bekannt, ob diese Waffen tatsächlich nicht letal wirken. Denn der Vorfall auf dem Acker bei Cochstedt forderte ein Todesopfer. Weil das aber offensichtlich ein Prototyp ist, wurde die tödliche Wirkung einkalkuliert. Auf dem Truppenübungsplatz in Lieberose sind ähnliche Vorgänge wie der neuerliche Ausfall der Funkmesstechnik beobachtet worden. Auch in Lieberose waren MI-8 aus Cochstedt beteiligt. Die Amerikaner in Berlin sind sicher, dass nur diese Hubschrauber das Rezhim

LUCHA durchführen können. Mit dieser Bezeichnung wird die Arbeit durch die sowjetischen Piloten ausgelöst. Man ist sich sicher, dass die Hubschrauber einen EMP auslösen. Dieser EMP ist in der Lage, radar- und rechnergestützte Systeme auszuschalten. Rezhim LUCHA ist noch in der Erprobungsphase. Man ist überzeugt, dass dieses System auch in anderer Form eingesetzt werden wird. Zum Beispiel in den Händen der SpezNas."

„SpezNas?" Ein junger Leutnant der Fernmelde- und Radarstelle unterbrach den Redefluss des BND-Mannes, der etwas irritiert weitersprach: „SpezNas ist der Name einer Spezialeinheit des GRU, also des russischen, militärischen Nachrichtendienstes. Diese Kräfte der SpezNas werden bereits in Friedenszeiten auf dem Gebiet der Bundesrepublik Deutschland vermutet. In einer kriegerischen Auseinandersetzung ist die SpezNas mit diesem Equipment besonders geeignet, Sabotageaktionen auszuführen. Im Handstreich können auf diese Weise Kommandozentralen der militärischen Führung ausgeschaltet werden. Wohlgemerkt, ausgeschaltet für längere Zeit oder für immer, wenn elektronische Geräte in großem Umfang zerstört sind. Die SpezNas braucht nicht einmal direkt in Gebäude einzudringen, weil die zerstörerische Reichweite in vielen Fällen ausreicht."

„Wie kann man sich dagegen schützen?"

„Ein Schutz gegen diesen EMP kann nur durch eine metallische Abschirmung erreicht werden. Es kommt darauf an, wie stark das Feld dieses EMP ist. Meine Herren, auf allen Ebenen müssen Arbeiten mit dem Rezhim Lucha beobachtet werden. Dieses System ist geeignet, nicht nur im Kriegsfall, sondern auch in terroristischen Vereinigungen benutzt zu werden. Die Vorkommnisse erfordern höchste Dringlichkeit, den Fortgang der Entwicklung dieser Waffe im Auge zu behalten. Wir müssen Gegenmaßnahmen entwickeln, die uns in die Lage versetzen, darauf zu reagieren."

Mittwoch 10.09.1980

Robert Grassmann wusste nicht, wo er sich befand. Auch nicht wie, lange er schon in dieser dunklen Zelle auf einer Holzpritsche war. Stimmengewirr war von außen zu hören. Befehle hallten durch einen Gang, die er nicht verstand. Wieder näherten sich Schritte der Zellentür und Robert fürchtete jeden Moment das Öffnen der Tür. Jedoch ebbte das Geräusch der Schritte wieder ab und Grassmann grübelte, warum er hier war. Vielleicht wegen des Kontaktes mit Anatolij Denissow?
Wo konnte er sein? Die Funkerei in der GST-Dienststelle? Aber Robert hatte stets mit den Zuhörern zusammen den Funkbetrieb gemacht.
Die hatten alles mitgeschrieben, was er mit der Morsetaste seinen Funkpartnern mitgeteilt hatte. Nein, da konnten die ihm keinen Strick draus drehen. Auch Günter Feiser war immer anwesend, weil er misstrauisch war. Besonders, wenn dieser Russe Anatolij Denissow in der Gesellschaft für Sport und Technik mit Robert Grassmann zusammenhockte. Verzweiflung keimte in Robert auf, weil er sich völlig unschuldig fühlte.
Plötzlich drehte sich ein Schlüssel im Schloss der Tür. Ein Uniformierter stand in der Zelle und blickte Grassmann finster an. „Aufstehen und mitkommen."

Robert stand auf und ging vor dem Uniformierten her. Der lenkte seine Schritte mit kurzen, knappen Kommandos durch einen langen Gang. Eine Betontreppe führte nach oben in ein Stockwerk in einen Gang mit einigen Metalltüren. „Stehenbleiben!", bellte der Wärter.

Rechts von Robert befand sich eine der Türen.

„Umdrehen, Tür öffnen und eintreten."

Grassmann ging in einen Raum, der mit einem Tisch ausgestattet war. Auf dem Tisch standen eine Lampe und ein Telefon. Vor dem Tisch befand sich ein Hocker ohne Lehne. Hinter dem Tisch saß ein zivilgekleideter Mann mit dunklem, angegrautem Haar. Er trug einen Schnäuzer und eine dunkle Brille, die seine Augen verdeckte. „Setzen Sie sich, Herr Grassmann", sagte er beinahe freundlich.

Der Uniformierte schloss die Tür, sodass einige Sekunden nach diesem Geräusch eine beklemmende Stille in dem Zimmer entstand.

„Warum bin ich hier?" Robert erschrak fast, nachdem er die Frage gestellt hatte.

„Sind Sie so vergesslich, Herr Grassmann? Was hatten Sie in der vorletzten Nacht im Wald in der Nähe von Stassfurt zu tun? Sie haben mit Personen der MVM Kontakt aufgenommen."

„Mit wem bitte?" Grassmann blickte verblüfft seinen Vernehmer an.

„Ein Fahrzeug der Militärverbindungsmission. Soll ich Ihnen auf die Sprünge helfen?"

Robert überlegte. „Ach, das meinen Sie. Ich habe diese Typen beobachtet. Ich habe sie gefragt, was sie hier machen. Ich war überzeugt davon, dass sie den Flugplatz in Cochstedt auskundschaften."

„Schildern Sie mir mal ihre Begegnung. Was haben die Personen gemacht?"

„Gar nichts haben die gemacht. Die haben in ihrem Fahrzeug gesessen."

Ein Schreck durchfuhr Robert. Er hatte denen den Tipp gegeben, in Richtung Stassfurt zu fahren. Haben sie mich deshalb im Visier? Er nagte an seiner Unterlippe. Seine Gedanken überschlugen sich. Das Auto der beiden war explodiert. Glauben die jetzt, ich bin das gewesen?

„Bitte, ich habe denen nichts gesagt. Das Auto ist kurz, nachdem ich mit denen gesprochen habe, auf der Straße nach Stassfurt explodiert. Damit habe ich aber nichts zu tun."

„Das glaube ich Ihnen, Herr Grassmann. Sie werden auch keiner Straftat beschuldigt. Aber sagen Sie mir: Sie haben doch in das Fahrzeug geschaut. Ist Ihnen da irgendetwas Ungewöhnliches aufgefallen?"

Robert Grassmann wirkte jetzt erleichtert. Er überlegte. „Wenn Sie mich so fragen … Auf dem Rücksitz lag so ein merkwürdiger Gegenstand. Der war in eine Metallfolie eingewickelt, die golden schimmerte. Aber ich kann Ihnen nicht sagen, was das war."

„Das brauchen Sie auch nicht Herr Grassmann. Ihre Mitarbeit in der LPG Cochstedt ist uns bekannt. Sie ist auch sehr ehrenwert. Sie sind sehr beliebt dort. Das betrifft auch die Ausbildung in der Gesellschaft für Sport und Technik. Sie haben den Jugendlichen den Eintritt in die NVA schmackhaft gemacht. Dafür möchte ich Ihnen danken. Bitte entschuldigen Sie den kurzen Aufenthalt in dem Haftraum. Das war ein Fehler. Ich werde die Verantwortlichen zur Rechenschaft ziehen."

„Ach, das macht nichts. Darf ich jetzt gehen?"

„Selbstverständlich, Herr Grassmann. Ach, da ist noch etwas. Warten Sie. Es gibt da eine Sache. Sie sind doch sehr wachsam. Ich mache Ihnen ein Angebot. Sie halten für uns die Augen offen. Sie kennen doch Anatolij Denissow. Wir sind von seiner Integrität nicht restlos überzeugt. Außerdem ist er mit Dingen betraut, über die wir gerne mehr wissen möchten. Das betrifft seine Tätigkeit bei der Hubschrauberstaffel in Cochstedt."

„Leider spricht Anatolij Denissow gar nicht über seine Tätigkeit. Wir haben schon oft intensive Gespräche geführt. Aber sobald das Thema seine Arbeit auf dem Flugplatz berührt, blockt er ab."

„Herr Grassmann, Sie haben sicher die Möglichkeit, Anatolij aus der Reserve zu locken. Es soll Ihr Schaden nicht sein." Mit diesen Worten schob der Vernehmer ein Blatt über den Tisch. „Lesen Sie und entscheiden Sie sich. Sie können Ihr Ansehen in der LPG dadurch steigern. Sie sind doch auch mit Ihrer Wohnung in Stassfurt nicht so recht zufrieden. Wir könnten Ihnen eine komfortablere Wohnung in Stassfurt besorgen." Der Stasi-Mann schaute Robert erwartungsvoll an.

Robert las. Das Angebot einer schöneren Wohnung lockte ihn. Er nahm den Stift und unterschrieb die Erklärung.

„Sehr schön, Herr Grassmann. Sie sind jetzt Mitarbeiter bei uns. Von Zeit zu Zeit werden wir uns bei Ihnen melden. Sie können aber auch direkt mit uns Kontakt aufnehmen. Und denken Sie daran. Je mehr Informationen Sie von Denissow erhalten, desto schneller können Sie in eine komfortable Wohnung einziehen. Auch sonst können Sie mit Annehmlichkeiten rechnen." Der Vernehmer reichte Grassmann die Hand.

Robert stand auf und ergriff die ausgestreckte Hand.

„Vielen Dank. Aber ich möchte jetzt gehen."

„Kein Problem."

Der Vernehmer drückte einen Knopf unter der Tischplatte. Nach einigen Sekunden erschien ein Uniformierter, der Robert Grassmann aus dem Gebäude führte.

Grassmann war nun inoffizieller Mitarbeiter. Er wurde jetzt als IM Anatol geführt.

Donnerstag, 11.09.1980

Das Manöver Waffenbrüderschaft war noch nicht zu Ende. Für Anatolij Denissow spielte das keine Rolle. Da waren diese Vorfälle, was war da los mit dem neuen Rezhim LUCHA?

Das Oberkommando in Zossen-Wünsdorf hatte Denissow zum Rapport bestellt. Schon vor einer Woche hatte Anatolij Cochstedt verlassen. Mit dem kleinen russischen Bulli, den die Russen Buchanka nennen, kam er in Wünsdorf an. Der Ortsteil von Zossen, der von Einheimischen als „verbotene Stadt" bezeichnet wird, beherbergt das Oberkommando der Westgruppe der Truppen, der sowjetischen Streitkräfte in Deutschland.

Polkovnik (Oberst) Vladimir Iljitsch Winogradow saß an seinem wuchtigen Schreibtisch. Vor ihm saß Anatolij Denissow. Auf dem Tisch einer Sitzecke dampfte der Samowar und der Geruch ludt ein, den leckeren grusinischen Tee zu kosten.

Winogradow trank den Tee in kleinen Schlucken, er schwieg und schien sich ausschließlich auf den Genuss des

Tees zu konzentrieren. Anatolij schaute ihn an, er war unsicher. Die Vorladung nach Wünsdorf beunruhigte ihn sehr. War es das neue System, dieses Rezhim LUCHA? Es arbeitete doch einwandfrei. Anatolij kannte Winogradow. Er war wie Anatolij oft in Frjasino. Anatolij wusste, dass Winogradow ihn mochte, nur ließ der Oberst sich das nicht anmerken. Es lag einfach an seinem Talent und seiner Intelligenz. Anatolij hatte etwas geschaffen, das für die ganze russische Armee von großer Bedeutung war.

Dieses Institut für Funktechnik und Elektronik befindet sich in Frjasino, im Nordosten von Moskau. Es ist weniger als fünfzig Kilometer vom Zentrum Moskaus entfernt.

An vielen elektronischen Komponenten für Waffensysteme ist hier schon gearbeitet worden. Frjasino ist aber auch eine Schmiede für den funkelektronischen Kampf, der in den modernen kriegerischen Auseinandersetzungen immer bedeutender wird. An elektronischen Systemen der Flugzeuge, die für elektronische Gegenmaßnahmen und Aufklärung entwickelt wurden, war dieses Institut immer maßgeblich beteiligt. Die Aufklärungsregimenter, Welzow, Werneuchen und Allstedt in der DDR hatten Flugzeuge, die mit Elektronik aus Frjasino ausgestattet waren.

Winogradow war Spezialist für den funkelektronischen Kampf. Er war selbst Pilot in Welzow und flog die JAK-28PP. Das Flugzeug war mit verschiedenen Störsystemen ausgerüstet. Damit konnten die eigenen Radarstellungen aktiv gestört werden, um das Personal für den Einsatz unter Kriegsbedingungen zu trainieren.

Ihm konnte man nichts vormachen. Winogradow war in seinem Wesen und in seinen verborgenen Absichten nicht zu durchschauen.

Die Zeremonie des Teetrinkens war eine Marotte Winogradows. Anatolij wusste, wenn der Oberst ein Problem mit einem Untergebenen hatte, begann das Gespräch zunächst mit dem Teetrinken. Dabei wurde jedoch nicht gesprochen, denn Winogradow musterte sein Gegenüber, ohne dass dieser bemerkte, warum er das tat.

Winogradow setzte seine Tasse ab. Er blickte Anatolij an.

„Anatolij Denissow, was hast du mir zu sagen?"

Denissow erschrak fast, weil die Frage die Stille plötzlich unterbrach.

„Genosse Oberst, was soll ich Ihnen sagen? Das Rezhime LUCHA arbeitet einwandfrei. Einige funktechnische Kompanien sind während des Manövers erfolgreich ausgeschaltet worden."

Winogradow trank jetzt wieder Tee und lehnte sich in seinem Stuhl zurück. Dieses Schweigen verunsicherte Denissow immer mehr. „Das meine ich nicht. Was haben diese Explosionen zu bedeuten? Der Tote auf dem Acker und die Explosion eines Fahrzeugs? Darin befanden sich Amerikaner der Militärverbindungsmission in Potsdam. Dieser Vorfall ist bereits zu unserem Verteidigungsminister durchgedrungen. Man ist in Moskau nicht sehr glücklich darüber."

Anatolij Denissow war völlig überrascht. Er hatte von diesen Explosionen gehört. „Genosse Oberst, ich versichere Ihnen, dass unsere Hubschrauber in Cochstedt damit nichts zu tun haben. Das Rezhime LUCHA arbeitet ohne Zerstörungen der Ziele. Lediglich eine leichte Druckwelle entsteht. Diese wirkt sich aber in einer Höhe aus, die das eigentliche Ziel nicht beschädigen kann. Lediglich der elektromagnetische Impuls ist die Wirkung. Das hat auch funktioniert. Wir haben die Deutschen absichtlich nicht über diesen Einsatz informiert."

„Anatolij, deswegen habe ich dich nicht gerufen. Es geht um diese Detonationen auf dem Acker. Auch die Deutschen sind unruhig. In dem Zusammenhang gab es Anfragen der 1. Luftverteidigungsdivision in Cottbus. Sie vermuten einen Zusammenhang mit dem Ausfall der P18[7] in Athenstedt. Ein Günter Feiser arbeitet für die Deutschen im Ministerium für Staatssicherheit. Der Mann misstraut dir. Dafür hat der einen weiteren Grund. Du hast etwas mit einer Deutschen. Auf die hat auch der Feiser ein Auge geworfen. Gerda Gabler heißt die Frau. Jetzt kommt das Problem. Der Mann der Gabler ist bei einer dieser Detonationen auf dem Acker umgekommen. Er soll einen Gegenstand vom Acker aufgehoben haben. Der ist dann explodiert. Feiser beschuldigt dich. Seiner Meinung nach hast du etwas damit zu tun. Was hast du dazu zu sagen?"

Anatolij schluckte. Er trank einen Rest des Tees aus seiner Tasse. „Genosse Oberst, der Mann lügt. Ich gestehe, die Gabler ist mir sympathisch. Sie ist aber für alle Männer offen, von denen sie etwas haben kann. Sexuell wie materiell. Das Misstrauen ist nicht nur auf mich, sondern auf die Hubschrauberstaffel gerichtet. Diese LPG in Cochstedt ist weder der deutschen Armee noch unseren Soldaten besonders freundlich gesinnt. Das Herbstmanöver hat die Abneigung gegen die Aktivitäten noch verstärkt."

Wieder entstand eine Pause. Diesmal schaute Winogradow Anatolij Denissow durchdringend an.

„Anatolij, hör mir jetzt mal genau zu. Du wirst diese Vorfälle klären. Ich will wissen, wer hinter diesen Explosionen auf dem Acker steckt. Ich erwarte, dass du dich von dieser

---

[7] P18: Rundumsichtradargerät

72

Gabler fernhältst. Wenn ich in vier Wochen keine Erklärungen für diese Vorkommnisse habe, wirst du Cochstedt wieder verlassen. In Frjasino ist dann wieder ein Platz für dich frei. Hast du das verstanden?"

„Genosse Oberst, Sie können sich auf mich verlassen. Ich werde die Vorfälle aufklären."

Winogradows strenger Blick wies nun zur Tür. Ein untrügliches Zeichen für das Ende des Gespräches.

Anatolij Denissow verließ sofort das Kabinett des Oberst. Verzweiflung machte sich in ihm breit. Er hatte keine Ahnung, wie er diese Probleme lösen sollte.

Donnerstag, 18.09.1980

Schweigend saßen Günter Feiser und Gerda Gabler in der kleinen Wohnstube zusammen. Beide rauchten. Gerda blickte nach draußen, als ob sie auf jemanden wartete.

Klaus Gabler kam nicht mehr. Ihr Mann würde nie mehr kommen. Ihre Augen füllten sich mit Tränen. Klaus war fleißig gewesen, aber ein Narr. Seine LPG war sein ein und alles. Die nutzten ihn doch nur aus. Seine Zeit beim Militär vergeudete er. Er wollte nicht mit der Waffe sein Vaterland verteidigen.

Ja, da war er sich einig mit den Bauern in der LPG. Sie alle mochten das Militär nicht, weil alles, was die LPG erwirtschaftete, denen in den Rachen geworfen wurde. Das war jedenfalls ihre feste Überzeugung. Sie fühlten sich für die friedliebenden Menschen in ihrer Republik verantwortlich. Das Plansoll der Versorgung mit Lebensmitteln sollte deshalb immer überboten werden. Die Broiler, die von hier kamen, waren ihr Stolz, sie gingen in alle Teile der Republik. In diesen Tagen jedoch machte dieses verdammte Manöver allen Bemühungen einen Strich durch die Rechnung. Panzer blockierten die Durchfahrtsstraßen.

Der Fernsehempfang wurde von den Radargeräten gestört. Das beunruhigte die Menschen umso mehr. Dann noch diese Explosion auf dem Feld, die Klaus Gabler das Leben gekostet hatte. Wer hatte das zu verantworten?

„Günter, was glaubst du? Warum machen die das?"

„Gerda, ich weiß es nicht. Niemand weiß das. Aber du. Du musst doch mehr wissen. Du machst dich lieb Kind bei diesem Anatolij. Glaubst du vielleicht, er sagt dir etwas? Die Hubschrauber aus Cochstedt, die haben so große Antennen an der Seite. Ich habe das schon einmal gesehen, als einer von diesen Kisten ziemlich tief flog. Vielleicht ist das eine neue Waffe, mit der sie uns quälen. Ich halte jedenfalls meine Ohren offen."

Gerda sah Günter böse an. „Ich mache mich nicht lieb Kind bei Anatolij. Du weißt genau, dass Klaus nicht viel verdient hat, trotz seiner Schufterei wie ein Pferd. Ja, ich gebe es zu, ich bin mit Anatolij ins Bett gegangen. So wie mit dir. Ich möchte auch mal an der Ostsee oder am Balaton Urlaub machen. Ich will nicht in diesem trostlosen Kaff versauern." Gerda holte ein Taschentuch aus ihrer Schürze und schnaubte lautstark.

Günter wollte erst aufbrausen, schwieg dann aber.

Das zaghafte Klopfen bemerkten die beiden erst nicht. Die elektrische Klingel funktionierte nicht. Jetzt war lautes Poltern an der Tür zu hören. Gerda öffnete die Tür.

„Anatolij, du? Du, ich habe Besuch. Günter ist hier. Das passt jetzt nicht so gut. Willst du später wiederkommen?"

„Lass mich rein. Mit Günter habe ich sowieso ein Hühnchen zu rupfen."

Anatolij drängte sich in die kleine Wohnstube an Gerda vorbei und blickte auf seinen Widersacher.

„Ach sieh an. Der Herr Feiser ist hier."

„Na, Anatolij? Was willst du denn hier? Hast du nicht genug zu tun? Eure Hubschrauber fliegen doch pausenlos. Lasst ihr wieder Bomben auf den Acker fallen? Wie viele wollt ihr denn mit diesem Teufelszeug noch umbringen?" Günter starrte Anatolij feindselig an.

Anatolij kochte innerlich vor Wut. Aber er beherrschte sich. „Hör zu, Feiser. Ich weiß, ihr könnt uns nicht leiden. Aber das ist kein Grund, Lügen über mich zu verbreiten. Wie kommst du dazu, zu behaupten, ich hätte etwas damit zu tun?"

Günter schwieg einen Moment und schaute zu Gerda. „Wieso bist du eigentlich hier? Du wolltest wohl mit Gerda …?"

Anatolij war außer sich. „Feiser, sei froh, dass wir nicht allein sind. Nimm dich in acht. Ich hoffe, ich erwische dich einmal allein." Anatolij ging einen Schritt auf Günter Feiser zu.

Gerdas Angst wuchs. „Bitte, bitte, ihr beiden. Denkt daran, dass Klaus tot ist. Ich habe doch schon genug am Hals. Günter, du gehst jetzt besser. Und du, Anatolij, setz dich bitte." Mit diesen Worten griff Gerda Anatolij an die Schulter und drückte ihn sanft auf den Stuhl hinter ihm. Sie stand nun zwischen Anatolij und Günter.

Günter stand auf und warf Anatolij einen geringschätzigen Blick zu. „Viel Spaß, ihr beiden. Das Bett ist noch warm."

Gerda drückte Anatolij mit Mühe auf den Stuhl zurück.

Rasch schlug Günter die Haustür hinter sich zu, nicht ohne vorher eine eindeutige Bewegung mit den Händen zu machen.

Robert Grassmann fühlte sich gut. Er war nun inoffizieller Mitarbeiter. Das machte ihn stolz. Als Rentner fühlte er sich unterfordert, jetzt hatte er plötzlich eine Aufgabe. Gut, in der LPG half er mit und wurde auch anerkannt. Aber das füllte ihn nicht aus. Er lebte allein, eine Partnerin fürs Leben hatte er nie gefunden. Nun stand er im Dienste der Deutschen Demokratischen Republik. Die Augen sollte er aufhalten. In Zukunft würde er den jungen Leuten, die in die Gesellschaft für Sport und Technik kommen, mal etwas genauer auf den Zahn fühlen. Schließlich wollten sich viele als Längerdienende für den Wehrdienst bei der NVA bewerben. Da wollte er schon einmal die Vorauswahl treffen und der Armee nur linientreuen Nachwuchs zuführen.

Nur heute nicht. Da hatte Robert andere Pläne. Anatolij Denissow war verschwunden. Er musste ihn unbedingt finden. Wenn die Leute vom Ministerium etwas über ihn wissen wollten, hing das vielleicht mit diesen Explosionen auf dem Acker zusammen. Anatolij würde von selbst nichts sagen, dafür kannte er ihn zu gut.

Aber er würde einen Weg finden, seine Zunge zu lockern.

Er musste einen Plan schmieden. Die besten Ideen hatte Robert, wenn er draußen unterwegs war. Das Wetter war heute recht angenehm. Für Spätherbst war es noch sehr warm. Robert befand sich jetzt an der Stelle, wo der Traktorist getötet wurde. Die Spuren waren noch deutlich zu sehen. Es war nicht nur die Explosion, die den LPG-Mitarbeiter getötet hatte. Robert ging parallel zur Straße auf dem Feld entlang, vielleicht ließ sich irgendein Indiz finden, das eine Erklärung für diese mysteriösen Vorfälle bot. Zwischen der Straße und dem Feld befand sich Buschwerk, rechts daneben war ein kleiner Krater zu sehen. In dem Krater war die Erde schwarz gefärbt.

Vorsichtig bog Robert die Zweige des Busches auseinander. Der Busch hatte wohl etwas abbekommen. Die Zweige waren beschädigt und angekokelt. Etwas glitzerte dort zwischen den Zweigen. Ein Stück Metall? Robert wühlte hektisch im Erdreich. Was konnte das sein? Glücklicherweise hatte er seine Handschuhe dabei. Das Metall war sehr scharfkantig.

Es dauerte einige Zeit, bis er das Metallstück ausgebuddelt hatte. Es handelte sich um ein winklig gebogenes grauschwarzes Stück Metall. Robert grub noch etwas weiter. Was er jetzt fand, elektrisierte ihn. Eine Leiterplatte, beziehungsweise, was davon übrig war. Einige winzige Bauteile waren noch zu erkennen. Widerstände, Kondensatoren, auch Chips, besser gesagt integrierte Schaltungen waren da zu sehen. Allerdings waren die mit einem goldgelben Harz vergossen. Auf der Leiterplatte stand eine Bezeichnung. Auf den ersten Blick war die nicht zu erkennen. Robert verfügte aber über ein gutes Sehvermögen, trotz seines Alters. Er säuberte die Platte ein wenig und kniff die Augen zusammen, weil diese Schrift winzig und sehr schwer zu lesen war. Einen Ort konnte er lesen. Palo Alto stand da und U.S.. Dann noch W.J. Das konnte eine Herstellerfirma sein. Nun fiel es ihm wie

Schuppen von den Augen. Das war keine russische Konstruktion. Diese Dinger auf dem Acker stammten nicht von den Russen. Das waren amerikanische Konstruktionen. Robert Grassmann setzte sich auf den Ackerboden. Seine Gedanken schlugen Purzelbäume. Erst jetzt wurde Grassmann die Bedeutung dieser unglaublichen Entdeckung bewusst.

Robert war so von diesem Fund beeindruckt, dass er die Umgebung nicht mehr wahrnahm.

So sah er nicht den VW Golf, der sich seinem Aufenthaltsort näherte. Das rote Westauto, nach dem sich fast jeder umdrehte, stoppte hinter dem Busch. Der Fahrer mit den Bartstoppeln im Gesicht stieg aus und beobachtete den am Boden kauernden Mann. Jetzt erkannte er ihn. Der Grassmann. Der freundliche Alte, der jeden ungeliebten Job in der LPG erledigte. „Hey Genosse. Was machst du da?"

Die Gestalt am Boden rührte sich nicht. Offenbar hatte Robert den Ankömmling nicht bemerkt. Der Fahrer des Golf war nun fast auf zehn Meter herangekommen. „Der Genosse Grassmann." Das musste er jetzt einfach hören.

Robert drehte den Kopf. Er konnte nun den Mann sehen. „Hallo Günter. Was machst du hier?"

„Dasselbe könnte ich dich fragen. Was hast du da?"

„Ach ich wollte nur mal schauen, wo der Traktorist gestorben ist."

„Du hast meine Frage nicht beantwortet. Du hast doch da etwas."

„Ja, hier liegt ein Stück Blech. Das ist wohl vom Traktor übrig geblieben."

„Lass mal sehen."

Robert Grassmann verbarg das Metall mit der Leiterplatte unter seiner Jacke. „Da gibts doch nichts zu sehen. Ich nehme das mit zur LPG. Vielleicht wollen die das haben. Der Traktor ist doch Volkseigentum."

Ein Stück des grauschwarzen Metalls lugte unter seiner Jacke hervor.

„Komm, ich nehme dich mit. Ich fahre jetzt zur LPG."

„Nein, lass mal, Günter. Das Wetter ist so schön. Ich geh noch ein Stück zu Fuß."

„Los, jetzt zeig mir mal das Stück Metall. Wenn der Traktor Volkseigentum ist, kann ich mir das Teil auch mal ansehen. Günter Feiser war jetzt zu Robert Grassmann heruntergekommen. Etwas Grünliches blitzte unter der Jacke hervor. „Das soll vom Traktor sein? Das glaubst du doch selbst nicht."

Günter griff an Roberts Jacke. Robert wehrte seine Hand ab.

„Los zeig mir, was du da hast." Mit diesen Worten zog Günter eine Pistole aus seinem Hosenbund. „Bleib zurück, Robert. Du legst jetzt das Metall auf den Boden, sodass ich es sehen kann."

Robert hob erschrocken die Hände hoch. Mit der Waffe hatte er nicht gerechnet. Er zögerte.

„Los, leg das dahin, ich sag es nicht noch mal."

Robert starrte ungläubig auf Feiser. „Du wirst doch nicht auf mich schießen, das glaube ich nicht." Mit diesen Worten trottete Robert seitlich an Günter Feiser vorbei. Er ignorierte ihn einfach. Er war schon fast auf der Straße, als der Schuss fiel. Robert fiel zu Boden und schrie vor Schmerzen laut auf.

„Ich habe dich gewarnt, Grassmann."

Günter Feiser beugte sich zu Robert herunter und riss an seiner Jacke. Er zog das Stück Metall mit dem grünlich schimmernden Rest der Leiterplatte aus Roberts Innentasche. Ohne sich um die Schmerzensschreie Grassmanns zu kümmern, betrachtete er das Stück Metall. Minutenlang blickte Feiser auf diesen Rest der Leiterplatte. Er schwieg und überlegte. Robert schrie und stöhnte. Die Wunde an seinem Bein blutete stark und färbte das Erdreich darunter rot.

„Günter, das wirst du büßen. Unser Ministerium für Staatssicherheit muss von diesem Fund erfahren. Warum hast du mich angeschossen? Ich wollte denen das zeigen. Nicht die Russen sind für diese Explosionen verantwortlich. Andere haben hier ihre Hände im Spiel. Ich glaube, das sind Leute aus dem kapitalistischen Westen. Die interessieren sich für die Hubschrauber in Cochstedt. Jetzt hilf mir endlich. Ich werde dich auch nicht verraten. Ich werde sagen, dass Soldaten aus Cochstedt auf mich geschossen haben. Du hast mich vor denen gerettet. Bitte hilf mir. Mein Bein."

„Ich kann dem Ministerium selbst von dem Fund berichten. Dir wird doch sowieso niemand glauben."

Robert wurde nun klar, dass Günter auch inoffizieller Mitarbeiter war. Die Worte Feisers hörte er jetzt nur noch wie durch eine Wattewand.

„Du wirst dein Wissen mit ins Grab nehmen. Grüß den Klaus Gabler von mir."

Mit diesen Worten richtete Feiser die Makarow auf Roberts Brust und drückte ab. Ein Windstoß dämpfte das Geräusch des Schusses. Robert Grassmanns Augen brachen, bevor sich sein Kopf auf die Seite drehte.

Günter Feiser steckte die Pistole wieder in seinen Hosenbund und nahm das Metallstück mit zu seinem Auto. Er blickte sich noch einmal zu allen Seiten um. Es war niemand zu sehen. Sekunden später wendete der Golf auf der Straße und hinterließ eine Staubwolke auf der Fahrt in Richtung Cochstedt.

„Sei gegrüßt, mein lieber Freund Vladimir Iljitsch. Wie geht es dir?"

„Nikolai Andrejewitsch, schön, mal wieder was von dir zu hören. Mir geht es gut, wenn es da nicht eine Sache gäbe. Du warst doch bis vor Kurzem noch in Moskau. Was hat dich nach Wünsdorf verschlagen?"

„Das ist eine lange Geschichte, Vladimir. Ich bin erst vor zwei Wochen mit einer VTA[8] über unsere Luftbrücke in Sperenberg gelandet. Mir wurde die Leitung des GRU-Stabes in Wünsdorf übertragen. Ich bin noch dabei, mich in die Materie einzuarbeiten."

„Und da rufst du mich an Nikolai? Wie kann ich dir helfen?"

„Vladimir, ich möchte dir helfen. Du hast doch irgendetwas oder etwa nicht?"

„Ja, du hast recht. Sag mal, kannst du Gedanken lesen?" Winogradow war völlig überrascht. „Nun sag schon, was hast du für mich?"

„Pass auf, unser Jenissej, unser westlichster Vorposten, hat etwas gemeldet. Aber nicht im Westen. Diesmal bei uns. Ein Soldat auf dem Brocken im Harz hat merkwürdige Funksignale erfasst. Auf einer UHF-Frequenz."

„Was soll da sein? Ich kann damit nichts anfangen."

„Wir auch noch nicht. Mit viel Glück konnte Aleksej Kusnezow Signale aufzeichnen. Wir haben diese Aufzeichnungen nach Frjasino geschickt. Vielleicht können die uns sagen, was das für Signale sind."

---

[8] VTA - Eine russische Abkürzung für militärische Lufttransporte

„Nikolai, du langweilst mich. Was willst du mir damit sagen? Wer sendet diese Signale? Und von wo? Stiehl mir bitte nicht meine Zeit. Ich weiß nicht, wo mir der Kopf steht."

„Vladimir, langsam, es ist wichtig. Die Signale konnten wir ziemlich genau im Raum Cochstedt orten. Es sind Datenpakete. Die Modulation dieser Pakete ist FSK. Frequenzumtastung mit der Übertragungsgeschwindigkeit 1200 Baud."

„Du langweilst mich schon wieder, Nikolai. Ich kann damit nichts anfangen. Außer, dass diese Signale aus Cochstedt kommen. Was soll das sein?"

„Das wissen wir noch nicht. Vielleicht kriegen das unsere Spezialisten in Frjasino raus. Aber eine Sache ist merkwürdig. Als dieses Manöver noch lief und die Hubschrauber mit dem Rezhim LUCHA arbeiteten, also genau zu dem Zeitpunkt, als die unsere P18 Radargeräte ausschalteten, war auf der Frequenz die Hölle los. Nur deswegen hat Aleksej Kusnezow die Signale bemerkt. Das war auch nur kurz. Da gab es doch diese mysteriösen Explosionen, bei denen die Amerikaner der Militärverbindungsmission ins Gras gebissen haben. Die Explosionen erfolgten nach diesen Aussendungen. Danach hat Aleksej Kusnezow auf dem Brocken nichts mehr erfasst. Was hältst du davon?"

Winogradow schwieg. Er überlegte. Die Explosionen. Sollte Jenissej des Rätsels Lösung gefunden haben?

„Vladimir, bist du noch da?"

„Ja, ich bin noch da, mein Freund. Du hast recht. Das ist merkwürdig. Irgendjemand muss ja diese Datenpakete empfangen haben. Wir müssen mal versuchen, festzustellen, ob zu dieser Zeit im Luftraum westlich der Grenze ein Luftfahrzeug unterwegs war. Vielleicht können uns die Deutschen helfen. Du weißt doch. Ich war lange genug in Welzow. Mit dem funkelektronischen Kampf kenne ich mich aus. Die NATO hat sicher ein Interesse an dem Rezhim LUCHA. Unser Herbstmanöver haben die sicher mit allen Mitteln beobachtet. Gleich hinter dem Brocken, auf dem Wurmberg hinter der Grenze, hat die National Security Agency der Amerikaner doch diesen elektronischen Beobachtungsposten. Nicht zu reden von den anderen Horchposten im Harz. Wenn diese Signale vom Boden gesendet wurden, noch dazu im UHF-Bereich, kann sich ein Empfänger nur in unmittelbarer Nähe befinden. Aber daran glaube ich nicht. Der Empfänger wird in der Luft an Bord eines Flugzeuges oder eines Hubschraubers gewesen sein."

„Vladimir, du hast die Lage richtig eingeschätzt. Ich werde zum Jenissej auf den Brocken fahren und sehen, was die dort aufgezeichnet haben. Wenn die in Frjasino etwas herausgefunden haben, werde ich auch da persönlich vorsprechen. Die Deutschen in Berlin-Lichtenberg haben vielleicht auch etwas für uns. Lass uns darauf ein Gläschen trinken. Búdim zdaróvy, mein Freund."

Freitag, 19.09.1980

Auf der sonst menschenleeren Straße standen Fahrzeuge der Volkspolizei. Polizisten in Uniform und in Zivil sicherten einen Ort des Grauens. Ein Barkas der schnellen medizinischen Hilfe fuhr jetzt hinter die Polizeifahrzeuge. Als die Sanitäter ausstiegen, winkte einer der Volkspolizisten ab.

Hier war nichts mehr zu machen. Ein Toter lag am Straßenrand. Seine Augen starrten zum Acker, der an die Straße grenzte. Uwe Koslowski, ein Arbeiter der LPG Cochstedt, hatte ihn gefunden. Ein Arzt schaute sich die Leiche an. Zwei Männer in Zivil standen bei ihm. „Können Sie schon etwas zur Todesursache sagen? Ich bin Oberleutnant Straatmann von der K."

„Ja, sicher. Zwei Schüsse. Ein Schuss von hinten ins Bein, der zweite in die Brust war tödlich."

„Wie lange ist der Mann schon tot?"

„Ich denke, so etwa zwölf bis vierzehn Stunden. Genaueres nach der Obduktion."

Straatmann wandte sich zu Uwe Koslowski um. „Sie kennen also den Toten?"

„Ja, natürlich. Das ist unser Robert Grassmann. Das hat der nicht verdient. Der hat doch niemandem etwas getan."

„Wann haben Sie Robert Grassmann das letzte Mal lebend gesehen?"

Koslowski dachte nach. „Warten Sie. Ich weiß es nicht mehr ganz genau. Das muss schon mehr als eine Woche her sein. Da war der in der LPG. Wissen Sie, der hat immer die Arbeit gemacht, die kein anderer gerne machen wollte. Ställe ausmisten, eben die ganze Drecksarbeit."

„Hatte er Feinde, also Leute, die ihn nicht mochten?"

„Nein, also in der LPG jedenfalls nicht. Oder ... doch. Na ja, der Günter Feiser, der war oft bei ihm in der GST, dort war Grassmann Funkamateur. Er brachte den jungen Leuten die Funktechnik bei. Er hatte es gern, wenn die dann zur Armee gingen. Dieser Günter Feiser und Grassmann waren keine Freunde. Aber ob der Feiser den Grassmann umgebracht hat? Eigentlich kann ich mir das nicht vorstellen."

„War denn Grassmanns Verhältnis zu unserem Staat loyal?"

„Ja, unbedingt. Er war, soviel ich weiß, auch Mitglied der SED."

„Wo waren Sie denn gestern?"

Die Frage überraschte Koslowski. „Ich war in der LPG. Wir haben den Geburtstag des Abschnittsbevollmächtigten meiner Wohneinheit gefeiert. Er ist ein guter Freund unseres Kollektivs. Ach, übrigens ... da gibt es einen Freund von Robert. Einen Russen. Der heißt ... warten Sie, Anatolij ... ja, Anatolij Denissow. Ja, so heißt der. Das ist ein Angehöriger der Hubschrauberstaffel in Cochstedt. Der war oft dabei, wenn die in der GST gefunkt haben. Ich glaube sogar, die waren Freunde."

„Kennen Sie diesen Mann? Hat Robert Grassmann vielleicht Streit mit ihm gehabt? Die Hubschrauberstaffel ist bei der Bevölkerung nicht sehr beliebt, wie man hört."

„Das glaube ich nicht. Fragen Sie ihn doch selbst. Er ist auch häufig in der LPG. Wegen des Essens, wissen Sie. Die Russen sind wohl weniger die Feinschmecker." Jetzt stahl sich ein Lächeln in Koslowskis Gesicht.

Straatmann ging nicht darauf ein. „Haben Sie Personen oder irgendetwas Sachdienliches gesehen, als Sie den Toten fanden?"

„Nein, niemanden. Weit und breit war nichts zu sehen. Nicht einmal Tiere."

„Gut, Herr Koslowski. Halten Sie sich zu unserer Verfügung. Es kann sein, dass wir noch Fragen an Sie haben."

„Sie finden mich in der LPG. Ich bin dort Agrarökonom."

Der plötzliche Lärm eines russischen Jeeps ließ Koslowski verstummen. Die blockierenden Räder wirbelten Staub auf.

Ein Mann in einem grauen Feldanzug stieg aus. Das Gesicht Koslowskis hellte sich auf. „Herr Oberleutnant, schauen Sie, das ist er. Anatolij Denissow."

Oberleutnant Straatmann ging auf den Mann zu.

„Was ist passiert?" Denissow wirkte fassungslos.

„Wer sind Sie?" Straatmann wollte sich vergewissern.

„Ich bin Anatolij Denissow." Er konnte jetzt den Toten und sein Gesicht sehen. „Mein Gott, das ist ja Robert Grassmann. Was ist geschehen?"

„Sie kennen also den Toten?"

„Ja, natürlich. Das ist ja furchtbar. Wer hat das getan?"

„Das wissen wir noch nicht", entgegnete Straatmann. „Herr Denissow, das ist Ulrich Koslowski. Kennen Sie sich?"

Anatolij schaute kurz auf Koslowski. „Ja, wir kennen uns. Herr Koslowski kann sehr gut kochen."

Koslowski grinste erfreut.

„Ich muss Sie dasselbe fragen wie Herrn Koslowski. Wann haben Sie Robert Grassmann zuletzt gesehen?"

„Das ist schon einige Zeit her. Vor zwei Wochen etwa. Ich weiß es nicht genau. An einem Nachmittag in der GST-Dienststelle, glaube ich."

„Wo waren Sie gestern? So circa vor zwölf bis vierzehn Stunden?"

„Ich war auf dem Aerodrom in Cochstedt. Ich hatte mit Wartungsarbeiten zu tun. Nach dem Ende des Manövers gibt es eine Menge an den Hubschraubern zu tun. Vorher war ich bei Gerda Gabler."

„Hatte der Mann Feinde? Missliebige Personen?"

„Da fällt mir im Moment niemand ein oder ...?" In diesem Moment tauchte Günter Feiser vor Anatolijs geistigem Auge auf, als er an verhasste Personen dachte. Das Zusammentreffen mit Feiser in Gerda Gablers Wohnung beeinflusste suggestiv seine Antwort.

„Günter Feiser. Fragen Sie den mal. Der arbeitet … oder sollte ich besser sagen, der hält sich in der LPG Cochstedt auf. Ein Speichellecker, wie ihr Deutschen sagt. Der hat die Arbeit nicht erfunden. Aber trotzdem fährt er ein Westauto und ist ein Neidhammel. Auch so ein typisch deutscher Ausdruck. Ich hatte oft den Eindruck, wenn wir in der GST-Dienststelle zusammen waren, dass er Grassmann um seine Akzeptanz beneidet. Diese Wertschätzung, die Grassmann genossen hat, bleibt Feiser versagt. Das wurmt ihn. Ich habe das gespürt. Robert Grassmann war stets beliebt. Da können Sie alle in der LPG fragen. Auch weil er die unangenehmsten Arbeiten ohne zu murren gemacht hat."

„Herr Denissow, auch für Sie gilt, wenn wir noch Fragen an Sie haben, halten Sie sich zur Verfügung. Wir können Sie doch in Ihrer Staffel erreichen?"

„Dort oder in der LPG, woanders bin ich kaum. Gelegentlich auch mal bei Gerda Gabler, der Frau des Traktoristen, der hier kürzlich ums Leben gekommen ist."

„Wissen Sie etwas über diese Vorgänge?" Fast automatisch kam die Frage über Straatmanns Lippen.

„Nein, das tut mir leid, dazu kann ich Ihnen nichts sagen." Die Frage ließ Denissow erschauern. Sofort musste er wieder an das Ultimatum Vladimir Iljitsch Winogradows denken. Keine vier Wochen mehr hatte er Zeit. Wenn er darüber bis dahin nichts herausfand, war sein Aufenthalt in Cochstedt Geschichte.

Montag, 29.09.1980

Der erste Schnee war auf dem Brocken schon gefallen. Ende September war das keine Seltenheit hier oben. Das raue Klima, das im Durchschnitt dem Islands entsprach, war nicht immer leicht zu ertragen. Soldaten der GRU, der Hauptverwaltung Aufklärung, die hier stationiert waren, verkrafteten das. Sie gehörten nicht zu den Streitkräften der Westgruppe der Truppen (WGT). Es war nicht nur das Wetter in diesem Monat, das die Soldaten forderte, es gab noch einen anderen Grund: die Herbstübung der Warschauer Vertragsstaaten. Ihre Aufgabe war es, Reaktionen des Westens zu beobachten, die über die normale Aktivität hinausgingen. Nun stand noch ein wichtiger Besuch bevor. Oberst Nikolai Andrejewitsch Komarov aus dem Stab der GRU im Militärstädtchen Nr.4 in Wünsdorf hatte sich angekündigt.

Die Fernsicht war heute besonders gut. Im Westen waren die Sendetürme und Parabolspiegel auf dem Torfhaus gut zu sehen. Der Norddeutsche Rundfunk strahlte hier sein Hörfunk- und Fernsehprogramm aus. Eine wichtige Troposscatter-Richtfunkverbindung für Telekommunikation führte von hier zum Schäferberg nach West-Berlin. In der Ferne konnte man den Ravensberg und den Turm auf dem Stöberhai ausmachen.

Aleksej Kusnezow saß in einer der Baracken, die schon so manchen Sturm und manches Unwetter auf dem höchsten Berg im Harz überstanden hatten. Es war so weit. Ein Buchanka war gerade aus Quedlinburg-Quarmbeck angekommen. Der Oberst sprang aus dem Fahrzeug, bevor sein Fahrer die Tür öffnen konnte. Ein Wachposten salutierte und spulte seine Meldung ab.

Russische Wortfetzen hallten über das Gelände des „Jenissej", wie der Aufklärungskomplex genannt wurde.

Einige Atemzüge später stand Aleksej Kusnezow dem Oberst gegenüber. Er war Oberleutnant und hatte für die GRU schon so manche Geheimnisse aus dem Kommunikationssalat gefischt, die sorglose Würdenträger der westlichen Militärs preisgegeben hatten.

So saßen sich der Oberst und der Oberleutnant gegenüber.

„Genosse Oberleutnant, Sie haben mal wieder etwas erfasst, was für uns sehr wichtig ist. Es geht um diese Datenpakete, die in unserem Territorium gesendet wurden. Reden Sie. Wie kam das?"

„Genosse Oberst, das war reiner Zufall. Das Frequenzspektrum von 400 bis 800 MHz war eingestellt, das plötzlich starke vertikale Ausschläge zeigte. Auf der Frequenz 450,500 MHz wurden Datenpakete gesendet, die ich sofort aufzeichnete. Die Aussendungen dauerten etwa eine Stunde, dann war der Spuk vorbei. Von der Aufzeichnung her versuchte ich, den Dateninhalt zu analysieren. Es stellte sich heraus, dass die Signale frequenzmoduliert waren, mit einer Umtastung, die Geschwindigkeit betrug 1200 Baud. Das Protokoll für die Datenübertragung ist mir natürlich nicht bekannt und so kann ich den Dateninhalt nicht auslesen. Aber etwas anderes haben wir herausgefunden. Genau zu der Zeit der Aussendung der Datenpakete flog eine OV-1 Mohawk des First Military Intelligence Battalion in Wiesbaden entlang der Staatsgrenze in Richtung Norden. Die funktechnischen Posten in Wachstedt und Kaltohmfeld sowie die funktechnische Kompanie in Hasselfelde konnten das bestätigen. Im Funknetz 110 wurde der Flug von der 45. funktechni-

schen Brigade Merseburg mit den entsprechenden Luftraum-
überwachungsmeldungen ebenfalls in A1 (Telegrafie) übermittelt. Wir können mit Sicherheit annehmen, dass diese Datenpakete von dieser Plattform empfangen wurden. Es stellt
sich die Frage, welche Sendequellen haben die Datenpakete
übermittelt?"

„Genosse Oberleutnant, ich danke Ihnen. Das war sehr aufschlussreich. Die Aufzeichnung befindet sich bereits in
Frjasino. Von dort erwarte ich in Kürze die Entschlüsselung
des Dateninhalts."

Nachmittag, Montag, 29.09.1980

Zwei Wochen nach dem Manöver hatten sich die Menschen
wieder beruhigt. Es gab zwar Kollateralschäden, über die
man in der LPG erbost war, aber die übrige Bevölkerung
nahm das hin. In der DDR waren die bewaffneten Organe
mindestens so wichtig wie die Versorgung mit Lebensmitteln. Das war jedenfalls die Auffassung des Politbüros der
SED und des Zentralkomitees als Erfüllungsinstanz.

Oberleutnant Straatmann hatte die GST-Dienststelle in
Cochstedt betreten. Günter Feiser vertrat Robert Grassmann
in der Ausbildung. Militärisch knapp hatte er die Jungen und
Mädchen über den Tod Robert Grassmanns informiert. Gün-
ter Feiser liebte die Armee zwar nicht, aber an militärische
Gebräuche gewöhnte er die Anwärter leidenschaftlich gern.
Die Ausbildung in der GST würde jetzt anders laufen. Feiser
war fest entschlossen, die Nachfolge anzutreten. Denn ein
Ersatz musste schnell gefunden werden. Die Partei baute auf
ihn und auch das Zentralkomitee verlangte das.

Das alles interessierte Straatmann nicht. Er hatte einen Mord aufzuklären. Straatmann und Feiser saßen im Vorzimmer des Ausbildungsraumes, der wie ein Klassenzimmer in der Schule eingerichtet war. „Herr Feiser, ich habe einige Fragen an Sie."

„Ja, ich weiß, der Grassmann ist tot. Und bevor Sie mich fragen, woher ich das weiß, der Ulrich Koslowski hat mir das gesagt." Feiser klang genervt. „Was wollen Sie denn von mir?"

„Zunächst einmal, wo waren Sie zur Tatzeit, gestern gegen Abend?"

„Ich war bei Gerda Gabler. Ihr geht es zurzeit ziemlich schlecht. Sie wissen vielleicht, ihr Mann ist bei diesen Kriegsspielen ums Leben gekommen."

„Wie lange waren Sie bei Gerda Gabler?"

„Bis zum Abend. Ich habe nicht auf die Uhr gesehen."

„Wir werden das überprüfen, Herr Feiser. Wie war Ihr Verhältnis zu Robert Grassmann?"

„Ach der Grassmann. Der war naiv. Für ihn war die DDR das schönste Land der Welt. Wenn nur die Armee und ihre Verbündeten uns beschützen. Soll ich Ihnen zeigen, was bei diesem Manöver wieder alles kaputt gefahren wurde? Das können wir jetzt wieder alles herrichten."

„Sie haben meine Frage nicht beantwortet. Wie standen Sie zu Grassmann?"

„Wir waren nicht befreundet. Er machte seine Arbeit genauso wie ich."

„Sie mochten Robert Grassmann nicht. Sie neideten ihm sein Ansehen in der LPG?"

„Wer hat Ihnen denn das erzählt? Doch nicht etwa der Russe? Dieser Denissow?" Feiser nahm eine drohende Haltung ein.

„Das spielt keine Rolle."

Draußen entstand plötzlich Tumult an der Tür des Vorzimmers. Mit Wucht wurde die Tür aufgerissen. „Günter, was hast du getan? Anatolij hat mir alles erzählt."

„Na Gerda, hast du schon wieder ein Schäferstündchen mit deinem Iwan gehabt?"

Straatmann fuhr dazwischen. „Beherrschen Sie sich, Herr Feiser. Frau Gabler, gut, dass Sie kommen. Es geht um das Alibi Herrn Feisers. Wie lange war Günter Feiser gestern bei Ihnen?"

„Bis gegen siebzehn Uhr. Ich habe auf die Uhr gesehen."

„Herr Feiser, damit ist Ihr Alibi geplatzt. Sie haben ausreichend Zeit gehabt, Robert Grassmann zu ermorden."

„Ich habe Grassmann nicht umgebracht." Feiser wirbelte zu Gerda Gabler herum. „Was hat dir der Russe denn erzählt?"

„Du hast meinen Klaus schlechtgemacht. Du hast überhaupt über alle schlecht geredet."

Gerda Gabler schluchzte und vergrub ihr Gesicht in ihren Händen.

Feiser stand jetzt auf und verschränkte die Arme vor der Brust. „Ihr könnt doch alle die Wahrheit nicht vertragen. Ich sage euch ganz offen, dass ich die Armee nicht sonderlich mag. Aber ich bilde den Nachwuchs für die Truppe aus. Das kann ich. Dein Klaus hat bei der Armee nichts erreicht. Er hat seine Arbeit in der LPG gemacht, aber das war es dann auch."

„Herr Feiser, das tut nichts zur Sache", bellte Straatmann. „Setzen Sie sich wieder hin. Ich frage Sie nochmals. Wo waren Sie zur Tatzeit, als Robert Grassmanns ermordet wurde?"

„Ich sagte Ihnen bereits, ich war bei Gerda Gabler. Danach hatte ich einen Termin in der Bezirksverwaltung des Ministeriums für Staatssicherheit. Bei der Abteilung II. Über den Inhalt der Besprechung kann und darf ich Ihnen nichts sagen. Rufen Sie dort an und lassen Sie sich meine Angaben bestätigen."

Straatmann war überrascht, ließ sich das aber nicht anmerken. Erst die Gabler, die sein Alibi entkräftete und jetzt das.

„Herr Oberleutnant, haben Sie noch Fragen? Ich möchte mit der Ausbildung weitermachen. Sie wissen doch auch, unsere Armee braucht guten Nachwuchs, um dem Klassenfeind zu widerstehen." Feiser konnte ein schadenfrohes Grinsen nicht unterdrücken.

Straatmann verließ die GST-Dienststelle und warf der verstörten Gerda Gabler einen tröstenden Blick zu.

Dienstag, 30.09.1980

Oberleutnant Straatmann stand vor dem riesigen Komplex der Bezirksverwaltung des MfS in Magdeburg. Noch am vergangenen Freitag hatte seine Dienststelle K um einen Termin gebeten. Das Gelände im Stadtteil Sudenburg wurde allgemein als „Kroate" bezeichnet.

Straatmann war in seinem Dienst einiges gewohnt. Kapitalverbrechen mit grauenhaft zugerichteten Opfern hatten ihn hart gemacht. Dennoch war ihm beim Anblick dieser riesigen Liegenschaft unwohl. Eine Büste des Feliks Dzierżyński prangte vor ihm, mit einem Leitspruch.

„Tschekist sein kann nur ein Mensch mit kühlem Kopf, heißem Herzen und sauberen Händen."

Was traf davon auf Günter Feiser zu? Würde er sein Alibi hier bestätigt bekommen?

Der Wachposten am Eingang kontrollierte ihn. Das Fernschreiben, das er bei sich hatte, bestätigte seinen Termin bei der Abteilung II. Der Posten telefonierte.

Wenig später erschien ein Uniformierter. „Bitte folgen", war sein Kommentar, ohne Straatmann anzusehen. Ein langer Fußmarsch führte den Oberleutnant in ein graues Gebäude. Durch ein Treppenhaus dirigierte der Bedienstete den Kriminalbeamten in einen Gang mit unzähligen Türen.

Der Uniformierte blieb an einer dieser Türen stehen und klopfte. Ohne eine Reaktion abzuwarten, öffnete er die Tür und meldete den Besuch des Oberleutnants an.

„Bitte eintreten." Diese militärisch knappe Äußerung war der zweite Satz, den der Begleiter Straatmanns von sich gab.

Straatmann betrat einen holzgetäfelten Raum, in dem ein vollschlanker Mann mit schütterem Haar saß. Der nahm kaum Notiz von seinem Besucher. Mit einer Handbewegung forderte er den Oberleutnant auf, Platz zu nehmen.

„Um was geht es denn, Genosse?" Er blickte weiter auf seine Papiere, während er das sagte. Der Schreibtisch war voll davon.

Straatmann war fassungslos. Er glaubte, der Grund seines Besuches wäre bekannt. Das veranlasste ihn, sich vorzustellen. „Ich bin Oberleutnant Straatmann von der K in Magdeburg. Es geht um den Mord eines Mannes in der Nähe von

Cochstedt. Der Tote ist Robert Grassmann. Es geht um das Alibi des Günter Feiser. Er gibt an, zur fraglichen Zeit hier in der Abteilung II gewesen zu sein. Ich möchte das bestätigt wissen."

Der Mann hinter dem Schreibtisch zeigte keinerlei Reaktion. Nach vielleicht einer Minute des Schweigens hob er kurz den Kopf.

„Feiser, sagen Sie? Ja, der war hier. Dieser Robert Grassmann, die Ermittlungen zu diesem Fall ..."

Der Mann schwieg jetzt wieder, er schien nachzudenken.

„Die Ermittlungen hat die Abteilung II des Ministeriums übernommen. Wieso wissen Sie das nicht?"

Straatmann war bestürzt, er versuchte, das zu überspielen.

„Hauptmann Strelitz wurde das mitgeteilt. Was ist da bei Ihnen los? Sprechen Sie nicht miteinander?" Jetzt schaute der Mann hinter dem Schreibtisch Karl Straatmann fragend an.

„Hauptmann Strelitz hat mir den Sachverhalt mitgeteilt. Ich bin dennoch der Meinung, dass der Verdacht gegen Feiser begründet ist."

Zornesfalten bildeten sich zwischen den Augenbrauen des Dicken. „Hauptmann Strelitz hat Ihnen nicht gesagt, aufgrund welcher Umstände die weiteren Ermittlungen von unserer Abteilung übernommen wurden? Dieser Robert Grassmann wird der Spionage verdächtigt. Bei ihm wurde Material gefunden, das seine Zusammenarbeit mit einem Nachrichtendienst aus dem kapitalistischen Ausland beweist. Deshalb ist der Fall Gegenstand unserer weiteren Untersuchungen. Der Täter ist mit großer Wahrscheinlichkeit eine Person dieses Nachrichtendienstes. Über die Hintergründe dieses

Verbrechens kann ich Ihnen keine Auskünfte geben. Ich fordere Sie nun auf, weitere Ermittlungen sofort einzustellen." Diese Forderung klang wie ein Befehl.

„Bitte, Genosse, ich habe Hinweise auf ganz andere Verdachtsmomente. Es geht um Vorgänge in der LPG Cochstedt. Günter Feiser hasste Robert Grassmann. Grassmann war in der LPG sehr beliebt. Außerdem macht er sich in der Anwerbung junger Menschen für den Wehrdienst in der NVA verdient. Das Kollektiv der LPG ist der gleichen Ansicht. Feiser wollte stets in der GST an erster Stelle stehen."

Der Mann hinter dem Schreibtisch wurde wieder still nach Straatmanns Hinweisen. Unvermittelt stand er auf und starrte Straatmann an. „Genosse Oberleutnant, ich sage Ihnen das jetzt nur einmal. Sie stellen Ihre Ermittlungen jetzt unverzüglich ein. Wenn Sie das nicht tun, hat das schwerwiegende Folgen für Ihre weitere Arbeit in der K. Das Gespräch ist beendet."

In diesem Moment erschien der Uniformierte, der Straatmann aus dem Gelände der Bezirksverwaltung herausführte.

Wieder stand der Oberleutnant vor der Büste Feliks Dzierżyńskis mit dem Leitspruch der Tschekisten.

Wie durch Watte nahm er seine Umgebung wahr. Ohne es zu wollen, las er den Leitspruch:

„Tschekist sein kann nur ein Mensch mit kühlem Kopf, heißem Herzen und sauberen Händen."

Wer hat hier saubere Hände?, schoss es ihm durch den Kopf.

Dienstag, 07.10.1980

Anatolij Denissow hatte sich bereits mit seinem Schicksal abgefunden. Die Rückkehr in die Sowjetunion konnte er nicht mehr verhindern. Seine Zeit war abgelaufen.

Zu Vladimir Iljitsch Winogradow hatte Anatolij zwar ein väterliches Verhältnis, aber Winogradow war gnadenlos, wenn seine Befehle nicht ausgeführt wurden. Denissow würde mit leeren Händen nach Wünsdorf kommen. Es gab noch einen, wenn auch kleinen Hoffnungsschimmer.

Zwei Menschen glaubte er an seiner Seite. Das war erstens Gerda Gabler. Die Frau hatte es nicht leicht. Die Liebe zu ihrem Mann Klaus Gabler war schon vor seinem schrecklichen Tod erloschen. Gerda wollte mehr. Sie hasste dieses Leben. Die DDR war schon lange nicht mehr ihr Land. Diese Grenze ganz in der Nähe zu einem Deutschland, das alle ihre Träume erfüllen konnte. Sie hatte oft davon geträumt, ohne ihren Mann in den Westen zu fliehen. Denn ihr Klaus war nur in der LPG glücklich. In der kapitalistischen Welt des Westens würde er untergehen. Davon war sie überzeugt.

Auch in sexueller Hinsicht fühlte sich Gerda vernachlässigt. Gerda war ein Geheimtipp in Cochstedt und Umgebung. So hatte Anatolij sie kennengelernt. Zuerst war es nur der Sex, der die beiden verband. Anatolij gestand ihr seine Sympathie vor einigen Tagen, kurz bevor ihr Mann ums Leben kam. Gerda trug den Verlust mit Fassung, das verblüffte Anatolij, denn bereits eine Woche nach dem Tod ihres Mannes war sie bereit, wieder mit ihm ins Bett zu steigen. Dann war da noch Günter Feiser. Auch mit dem war Gerda schon intim gewesen. Anatolij hatte diesen Mann mit seinem empathischen Gespür längst durchschaut. Heute stand er wieder an dem ausgeblichenen Holzzaun, der das Grundstück des ungepflegten Hauses der Gablers mit der mausgrauen Fassade von der Straße trennte. Es war sehr wahrscheinlich sein letzter Besuch bei Gerda Gabler, bevor er wieder in die Sowjetunion zurückkehren musste. Wehmut kam auf, als er an die Tür klopfte, denn die Klingel war immer noch kaputt. Es dauerte einige Zeit, bis sich im Haus etwas regte. Gerda öffnete die Tür einen Spalt und schaute schüchtern heraus. „Du, Anatolij?"

„Guten Tag, Gerda. Komme ich ungelegen?"

„Nein, Anatolij, komm rein, allerdings bin ich nicht allein. Der Oberleutnant Straatmann ist da. Wir haben über dich gesprochen. Du kommst gar nicht ungelegen."

Anatolij war überrascht. Straatmann war der Zweite neben Gerda, den er auf seiner Seite glaubte.

Denissow betrat die kleine Wohnstube. Straatmann erhob sich aus dem alten Sessel, der verdächtig knarrte. „Guten Tag Herr Denissow. Gut, dass Sie kommen. Es geht um Günter Feiser."

„Anatolij, setz dich. Möchtest du etwas trinken?"

„Nein, lass nur, Gerda." Denissow drehte den Kopf zu Straatmann. „Herr Oberleutnant, was kann ich für Sie tun?"

„Wie Sie sich denken können, geht es um den Mord an Robert Grassmann."

Gerda schnaubte in ihr Taschentuch. Offenbar zeigte sie jetzt doch Trauer über den Tod ihres Mannes. Sie war überzeugt, dass ihr Mann auch ermordet worden war.

„Was können Sie mir zu Günter Feiser sagen?"

„Das habe ich Ihnen doch schon gesagt. Günter Feiser ist ein Mann, der stets seinen eigenen Vorteil in allem sucht. Er sieht es gerne, wenn alle nach seiner Pfeife tanzen. In der

LPG verteilt er gerne Arbeiten, anstatt sie selbst zu erledigen. Auch der Unterricht in der GST-Dienststelle ist wieder eine Aufgabe, in der er Menschen kommandieren kann. Er mag die Armee nicht, obwohl er selbst gedient hat."

„Herr Denissow, Sie sind sowjetischer Staatsangehöriger. Bei Ihnen habe ich das Gefühl, die Deutsch-Sowjetische Freundschaft wird mit Leben erfüllt." Straatmann wandte sich an Gerda Gabler. „Frau Gabler, glauben Sie mir, der Verlust Ihres Mannes tut mir unendlich leid. Ich sage Ihnen beiden jetzt etwas, was unter uns bleiben muss."

Ernst schaute Karl Straatmann die beiden an.

„Wir haben keine Handhabe gegen Günter Feiser. Sein Alibi zur Tatzeit wird von der Bezirksverwaltung des Ministeriums der Staatssicherheit bestätigt. Ich bin auch nicht mehr befugt weiter im Mordfall Robert Grassmann zu ermitteln. Trotzdem schließe ich Günter Feiser als Täter nicht aus."

Anatolij wurde hellhörig. „Was macht Sie so sicher?"

„Wir haben den Tatort noch einmal gründlich untersucht. Rund um den Tatort wurden eigenartige Metallsplitter gefunden. Kleine Stücke, die von elektrischen Leiterplatten stammen können. Es kann sein, dass Grassmann noch mehr dieser Bruchstücke gefunden hat. Aber das ist noch nicht alles. Es sind Reifenspuren gefunden worden. Keine von unseren Fahrzeugen. Es sind Spuren, die zu einem westdeutschen VW-Golf passen können. Günter Feiser ist einer der wenigen, die ein solches Fahrzeug besitzen. Wir mussten die Abteilung 2 des Ministeriums der Staatssicherheit verständigen. Die Ermittlungen werden dort weitergeführt. Sämtliche Bruchstücke, die gefunden worden sind, wurden mitgenommen. Weitere Ermittlungen dürfen nun in keiner Richtung mehr gemacht werden. Man ist dort der Auffassung, dass ein ausländischer Nachrichtendienst oder die Hubschrauberstaffel in Cochstedt für die Vorfälle in der letzten Zeit verantwortlich ist. Also auch für den Tod von Klaus Gabler. Ich habe aber einen Verdacht, der ungeheuerlich ist. Die Explosionen auf den Feldern, diese Bruchstücke und der Mord an Robert Grassmann stehen in einem Zusammenhang, der eine Schuld der Hubschrauberstaffel ausschließt."

Anatolij Denissow und Gerda Gabler schwiegen sekundenlang.

„Herr Straatmann, ich will Ihnen als sowjetischer Staatsbürger und Wissenschaftler auch etwas sagen. Leider sind meine Tage in der Deutschen Demokratischen Republik gezählt. Ich kann Ihnen Ihren Verdacht nur bestätigen. Diese Explosionen auf den Äckern sind auf keinen Fall im Rahmen des Manövers Waffenbrüderschaft erfolgt. Schon gar nicht von unserer Hubschrauberstaffel. Es gibt ein neues Verfahren, das erprobt worden ist. Was das aber ist, darf ich Ihnen nicht sagen. Das ist streng geheim und hat nichts mit irgendwelchen Detonationen zu tun."

Gerda Gabler machte ein betrübtes Gesicht. „Anatolij, was ist los? Warum darfst du nicht bei uns bleiben?"

Anatolij schwieg einen Moment. Er schien nachzudenken. „Gerda, Herr Straatmann, es geht genau um dieses Problem der mysteriösen Vorfälle. Ich bin aufgefordert worden, genau diese Fälle zu klären. Unser Oberkommando in Wünsdorf hat mir ein Ultimatum gestellt. Ich muss dort übermorgen eine Erklärung liefern. Vielleicht haben Sie mir heute eine kleine Chance gegeben, etwas Klarheit in die Angelegenheit zu bringen. Dafür möchte ich Ihnen danken. Sollten meine Erklärungen nicht ausreichend sein, werde ich sehr wahrscheinlich direkt von Wünsdorf in die Sowjetunion zurückkehren. Das ist die Situation, Gerda."

Gerda Gabler weinte. „Das tut mir leid, Anatolij. Ich hätte dir gerne geholfen."

Straatmann stand jetzt auf und reichte Anatolij die Hand. „Ich wünsche Ihnen viel Glück, Herr Denissow. Vielleicht sind Ihre Vorgesetzten gnädig."

Er wandte sich zu Gerda Gabler und hielt ihre Hand einen Moment fest. „Frau Gabler, bleiben Sie stark. Wenn es etwas Neues geben sollte, werde ich es Ihnen mitteilen."

Karl Straatmann und Anatolij Denissow verließen das Gablersche Haus. Resigniert blickten sie dorthin zurück.

Anatolij stieg in den olivgrünen UAZ und fuhr mit gemischten Gefühlen dem Aerodrom in Cochstedt entgegen.

Donnerstag, 09.10.1980

Die mysteriösen Vorgänge rund um Cochstedt vor gut vier Wochen waren für Anatolij Denissow immer noch ein Buch mit sieben Siegeln. Dann der Tod seines deutschen Freundes Robert Grassmann. All das hatte ihn beschäftigt. Fast hätte er Fehler bei der Wartung der geheimnisvollen MI-8 Hubschrauber gemacht, weil er unkonzentriert war.

Ständig musste er an die unheimlichen Ereignisse denken. Es war ihm jetzt beinahe egal, ob er die DDR verlassen musste. In Frjasino würde er wieder neu anfangen. Jedoch hatte er nach dem Besuch bei Gerda nachgedacht.

Straatmann hatte Indizien für eine ganz andere Theorie. Die Hubschrauberstaffel in Cochstedt war unbeteiligt. Da gab es überhaupt keine Zweifel. Diese Fundstücke. Was hatte das zu bedeuten? Diese Gedanken gingen ihm durch den Kopf, als er vor dem dampfenden Samowar in Wünsdorf im Arbeitszimmer von Vladimir Iljitsch Winogradow saß. Noch war er allein.

War das Absicht? Winogradow war schwer zu durchschauen. Anatolij hatte sich Argumente zurechtgelegt, die eine Erklärung für die Vorfälle sein könnten. Aber das war dünn. Der Oberst würde sich damit nicht zufriedengeben, dessen war er sich sicher. Furcht, aber auch Vorfreude beherrschten seine Gedanken. Die Vorfreude auf die Arbeit im Institut in Frjasino. Anatolij war dort anerkannt. Das Rezhime LUCHA war sein Werk. Lange hatte er daran gearbeitet. Die Waffen mit Pulverdampf und Treibladungen waren Erfindungen der Vergangenheit. Heute benutzt man die Lasertechnik für Zielgenauigkeit und Waffenwirkung. Aber schon in den Sechzigerjahren begann man, die Mikrowellenstrahlung zu erforschen. Anatolij wusste von den Abhörtechniken des KGB, die Verwanzung der amerikanischen Botschaft und die Bestrahlung der Wanzen mit Mikrowellen.

Anatolij war sich sicher. So, wie man zu Beginn der Industrialisierung glaubte, der elektrische Strom könnte niemals schwere Motoren antreiben, war die Mikrowellenstrahlung für den Entwicklungsprozess und den Übergang in eine moderne Welt unverzichtbar. Die Radartechnik, die Mikrowellen nutzt, war in allen Bereichen des modernen Lebens unverzichtbar. Kein Haushalt wollte mehr auf Mikrowellenherde verzichten. Die Digitalisierung und die Mikrowellentechnik gehörten zusammen. Sie waren das Potenzial für die Zukunft.

Anatolij war tief in Gedanken versunken, im Geiste befand er sich schon wieder im Institut. Sein weiterer Aufstieg in die

Akademie der Wissenschaften war sein Traum. Dieses Rezhime LUCHA war eigentlich das Sprungbrett. Sein Gastspiel in Cochstedt sollte seine Karriere beschleunigen. Die Aufgabe war erfüllt. Das hatten die Einsätze der Hubschrauber im Rahmen des Manövers „Waffenbrüderschaft" bewiesen. Ein weiterer Aufenthalt in der DDR würde ihn nicht voranbringen.

Ein Geräusch riss ihn aus seinen Gedanken. Die schwere hölzerne Tür zum Arbeitszimmer öffnete sich. Vladimir Iljitsch Winogradow trat ein. Er war nicht allein. Nikolai Andrejewitsch Komarov folgte ihm.

Anatolij schnellte von seinem Stuhl hoch. „Verzeihen Sie, Genosse Oberst. Ich war so frei, mich zu setzen."

Winogradow blickte Anatolij an, aber seine Gesichtszüge spiegelten nicht seine Gedanken wider. „Nikolai, das ist Anatolij Denissow. Er hat maßgeblich zur Entwicklung des Rezhime LUCHA beigetragen."

Alle drei setzten sich. Winogradow goss allen Wasser aus dem Samowar in die Tassen. Mit einer Handbewegung wies er seine Gäste an, den Teeextrakt aus der kleinen Kanne auf dem Samowar hinzuzufügen. Zwei Minuten mochten vergangen sein, bis jeder den ersten Schluck Tee genossen hatte.

Niemand ergriff das Wort während dieser Zeremonie.

Winogradow unterbrach das Schweigen. „Nun Anatolij, was hast du uns zu sagen? Das ist Nikolai Andrejewitsch Komarov, ein verdienter Soldat, der die verschiedenen Methoden des funkelektronischen Kampfes mit Hilfe der Mikrowellentechnik wie kaum ein anderer kennt. Aber aus einer anderen Sicht. Er ist unser Ohr in den Westen. In der Zukunft wird er für sichere Erkenntnisse über unseren Feind im Westen sorgen. Der Jenissej auf dem Brocken im Harzgebirge ist ein wichtiger Posten, der uns rechtzeitig über Angriffspläne der NATO auf unsere sozialistischen Bruderstaaten informiert. Auch mithilfe der Mikrowellentechnik. Aber nun zu dir. Was hast du herausgefunden? Ist das Rezhime LUCHA ohne Mängel?"

„Genosse Oberst, ich kann Ihnen versichern, das Rezhime ist ohne Mängel und hat seine Funktion und Wirksamkeit erfolgreich bewiesen."

„Was hat es aber mit diesen Explosionen in der Nähe des Aerodroms auf sich? Es war deine Aufgabe, das herauszufinden."

„Genosse Oberst, es gibt nur Vermutungen. Ich habe Kontakt zu den Deutschen in Cochstedt. Ein Mord ist geschehen. Ein Arbeiter einer LPG wurde umgebracht. Er hat Bruchstücke auf einem Acker gefunden. Das könnten Bestandteile eines Gegenstandes gewesen sein, der eine dieser Explosionen ausgelöst hat. Ein Kriminalpolizist der Deutschen hat ermittelt, aber die Staatssicherheit hat ihm die Ermittlungen aus der Hand genommen. Er vermutet, dass der Getötete weitere Bruchstücke gefunden hat. Möglicherweise hat der Mörder diese Teile an sich genommen und der deutschen Staatssicherheit übergeben."

Winogradow nahm einen Schluck Tee und blickte Anatolij streng an. „Ist das alles, was du herausgefunden hast?"

Anatolij schlug die Augen nieder. „Ja, Genosse Oberst, das ist alles."

Winogradow schaute jetzt zu Nikolai. „Was meinst du, Nikolai? Kannst du damit etwas anfangen?"

„Vladimir, das deckt sich mit unseren Erkenntnissen. Unser Posten auf dem Brocken hat Datenpakete empfangen. Im

Westen spricht man von sogenannten Bursts. Diese ausgesendeten Bursts wurden im Raum Cochstedt lokalisiert. Die Bursts hatten aufgrund der benutzten Frequenz nur eine beschränkte Reichweite. Wer sollte diese Datenpakete also empfangen? Zufällig haben unsere funktechnischen Kompanien der 45. funktechnischen Brigade Merseburg einen amerikanischen Aufklärer beobachtet, der in der Nähe des Brockens flog. Wir wissen, dass die Amerikaner seit einiger Zeit Sonden für die Aufklärung benutzen. Diese Sonden strahlen ihre erfasste Daten im UHF-Bereich[9] an Satelliten ab, möglicherweise auch an Flugzeuge, das wissen wir nicht ganz genau. Diese Sonden werden getarnt an Orten deponiert, wo sich ein Spionageeinsatz lohnt. Der Feind ist also über unsere Einsätze des Rezhime LUCHA informiert. Im Bereich des Poligons Lieberose wurde das Rezhime auch schon erprobt. Der Horchposten auf dem Teufelsberg in Westberlin hat diese Einsätze sicher registriert. Jetzt natürlich wieder bei unserem Manöver Waffenbrüderschaft. Die Posten im Westen in der Nähe der Staatsgrenze werden die Aktivitäten erstmalig beobachtet haben."

Winogradow trank jetzt wieder einen großen Schluck Tee. Geräuschvoll setzte er seine Tasse ab. „Damit ist eine schlüssige Erklärung gefunden, Nikolai. Aber ich bin in der Kampfführung mit Mikrowellen auch kein Anfänger. Darum erlaube mir eine Frage. Wenn solche Sonden tatsächlich im Raum Cochstedt ausgebracht wurden, zum Beispiel, um die Arbeit des Rezhim LUCHA auszuspähen, warum sind diese Sonden nicht wie unsere Radarstationen durch die Wirkung des Rezhim beschädigt worden?" Winogradow war wütend.

---

[9] UHF – ultra high frequency

Er schlug mit der Faust auf den Tisch, dass die Tassen klirrten.

Anatolij war erschrocken. Zum einen hatte er solche Gefühlsausbrüche des Oberst noch nicht erlebt, zum anderen fuhr ihm der Schreck in die Glieder. Winogradow hatte recht. Da war etwas dran. Eigentlich sollte im näheren Umfeld der Auslösung des Rezhim empfindliche Elektronik zerstört werden. „Nun sag schon, Anatolij. Was ist da los? Ist das Rezhim doch nicht so wirksam, wie du mir das weismachen willst?"

Anatolij war sprachlos. Damit hatte er nicht gerechnet. „Genosse Oberst, ich gestehe, diese Frage kann ich nicht sofort beantworten. Aber ich habe eine Vermutung. Genosse Oberst Komarov, können Sie mir sagen, welche Frequenz diese Sonden benutzt haben?"

„Die Frequenz war 450,500 MHz. Warum fragst du?"

Anatolijs Gesicht hellte sich auf. „Dann ist die Sache klar, Genosse Oberst. Das Rezhime war für den Einsatz auf einen Frequenzbereich von hundert bis zweihundert Megahertz eingestellt. Wenn diese Sonden auf der Frequenz 450,500 MHz arbeiteten, waren sie nicht betroffen. Eine Besonderheit des Rezhime ist es, in einem gewünschten Frequenzbereich zu wirken. Es kann auf eine bestimmte Frequenz eingestellt werden oder einen größeren Bereich. Ich gebe zu, das ist zurzeit noch ein Schwachpunkt des Rezhim. An der Möglichkeit, punktuelle Frequenzen sehr wirksam zu bestrahlen, wird noch gearbeitet."

Etwas schuldbewusst schaute Anatolij in die Runde. Nikolai Andrejewitsch Komarov schien beeindruckt. Anatolij glaubte, ein Lächeln in seinem Gesicht gesehen zu haben.

Vladimir Iljitsch Winogradow schien unbeeindruckt. Er wandte sich nun direkt zu Anatolij Denissow. „Mein lieber Anatolij." Diese Ansprache überraschte ihn. „Ich gebe zu, du hast gute Arbeit geleistet. Aber ich sehe auch, an dem Rezhime muss noch gearbeitet werden. Darum sollst du nach Frjasino zurückkehren. So schnell wie möglich muss das Rezhime verbessert werden und besonders unsere Военно-воздушные силы[10] müssen damit vertraut werden. Das bedeutet, du wirst in Frjasino arbeiten und weiterhin die Staffeln in Cochstedt, Dresden-Hellerau und Neuruppin mit dem Rezhime vertraut machen. Du wirst also die Deutsche Demokratische Republik nicht für immer verlassen. Ich weiß ja, dass du eine Beziehung mit dieser Deutschen gerne fortsetzen würdest. Nur ist das nicht in unserem Sinn. Deine Arbeiten an wichtigen Vorhaben unserer Armee gehen vor. Vielleicht wird sie dich wiedersehen. Du weißt doch, Стерпится, слюбится – kommt Zeit, kommt Liebe."

Winogradow legte seine Hand auf die Schulter Anatolijs. Anatolij spürte jetzt die fast väterliche Beziehung zu ihm. Niemals bisher hatte er seine Sympathie zu Anatolij offen gezeigt. Vladimir Iljitsch Winogradow war eben in erster Linie Soldat. Zu den Deutschen hatte er kein gutes Verhältnis. Seinen Vater hatte er im Großen Vaterländischen Krieg 1944 verloren. Der war Pilot und flog die JAK-3. Bei einem Einsatz in niedrigen Höhen zum Schutz von Bodentruppen wurde er abgeschossen und verbrannte in dem Wrack. Winogradow wurde Soldat aus Leidenschaft, auch weil ihn die Fliegerei faszinierte. So kam er auch mit dem Institut in Frjasino in Berührung. Die Ausrüstung der Flugzeuge mit Mikrowellentechnik für elektronische Gegenmaßnahmen

---

[10] militärische Luftstreitkräfte

war hier Gegenstand der Forschung. 1968 kam Winogradow nach Welzow, als während der Niederschlagung des Prager Frühlings zusätzliches Personal und Piloten gebraucht wurden. „Anatolij, du wirst mit einer VTA-Maschine am Montag, den 13. Oktober, von Sperenberg aus nach Moskau fliegen. Ich wünsche dir für deine Forschungsarbeiten eine glückliche Hand, die uns hilft, den Kampf mit dem Feind zu gewinnen. Du hast eine Waffe der Zukunft geschaffen, die für eine künftige Generation essenziell ist. Ich werde deine Arbeit verfolgen, auch wenn die Entwicklung noch Jahre dauert."

Nikolai Andrejewitsch Komarov schloss sich an. Alle drei standen auf und schüttelten die Hände. Anatolij Denissow verabschiedete sich schnell und versprach alles zu tun, was in seiner Macht stand.

Mai 1987

Gedankenverloren saß Karl Borodin in seinem Bungalow in Karlsruhe. Durch die große Glasscheibe seines Wohnzimmers blickte er auf den benachbarten Golfplatz. Er wohnte im Malscher Landgraben am Stadtrand, wo er vom Lärm aus dem Zentrum der Stadt nichts mehr hören konnte.

Karl nippte an seinem Whisky und fühlte sich sehr wohl. Sein erfolgreicher Abschluss lag erst einen Monat zurück und schon jetzt hatte er seinen Job als Entwicklungsingenieur bei der Firma microwave science vision (MSV) in der Tasche. Dieser Betrieb war erst vor einigen Jahren gegründet worden und lieferte Baugruppen für die Rüstungsindustrie.

Der Kalte Krieg forderte im Wettrüsten der NATO-Mitgliedsstaaten die Entwicklung elektronischer Waffensysteme. MSV gehörte zur ersten Adresse in dieser Branche. Der Absatz der Produkte glich der Lizenz zum Gelddrucken. Es vergingen nur einige Monate, bis er sich als Projektleiter, bei der Konstruktion lasergestützter Maschinenkanonen der Landstreitkräfte für die Bundeswehr unentbehrlich machte.

Karl Borodin schwebte im siebten Himmel, er war jung und genoss das Leben in vollen Zügen. Sein Lebensstil verschlang eine Menge Geld, das trotz seines gut bezahlten Jobs oft kaum reichte. Ein schlanker hochgewachsener junger Mann, braun gebrannt, mit schwarzem Haar war er, der kaum eine Affäre ausließ. Für ihn waren attraktive junge Frauen ein Zeitvertreib, er brauchte diesen Umgang einfach.

Seine häufigen Reisen und sein exzessiver Lebenswandel kosteten eine Menge Geld, sodass er gelegentlich auch mal auf dem Trockenen saß. Er arbeitete dann eine Zeit lang ohne Pause, verschaffte seinem Unternehmen volle Auftragsbücher und konnte sich dann wieder über satte Prämien freuen.

Karl und seine neue Eroberung Yvonne aßen an einem Samstag in dem gediegenen Restaurant Palazzo Gourmet in Karlsruhe zu Abend. Karl und Yvonne kannten sich erst zwei Wochen, seit Borodin mal wieder eine Kurzreise nach Bregenz ins malerische Vorarlberg unternommen hatte. Die Reise hatte einen für ihn wichtigen Grund. Sein Konto wies wieder einmal rote Zahlen auf.

Karl hatte Skrupel, schon wieder bei seiner Firma um Vorschuss zu bitten. Der Mut der Verzweiflung trieb ihn in die Spielbank. Karl spielte, er verlor, aber nach zwei Stunden hatte er eine Glückssträhne. Ein fünfstelliger Betrag in Jetons lag vor ihm. Yvonne saß neben ihm. Sie spielte auch, hatte aber weniger Glück. Ein letzter Einsatz. Wieder war ihm das Glück hold. Ein neuer Berg Jetons lag plötzlich vor ihm. Yvonne, diese charmante Blondine, schaute unentwegt zu ihm. „Wie machen Sie das nur? Ich verliere ständig und Sie sprengen bald die Bank?"

Karl war selig. Ein unverhoffter Geldsegen und eine erotisch anmutende Dame an seiner Seite. „Ich weiß nicht, es läuft einfach. Darf ich Ihren Namen erfahren?"

„Nennen Sie mich einfach Yvonne", hauchte sie.

Ihre dunkle rauchige Stimme erregte Karl. „Ich bin Karl, schöne Frau. Ich glaube, ich sollte das Glück nicht weiter herausfordern. Haben Sie Lust, mich zu begleiten Yvonne?"

„Sehr gern, Karl. Kommen Sie aus Bregenz?" Ihr leichter Akzent elektrisierte Borodin.

„Nein, ich komme aus Deutschland. Ich wohne im Germania. Kennen Sie das Hotel?"

„Ja, natürlich. So ein Zufall. Dort wohne ich auch. Am Vorarlberger Landestheater läuft zurzeit eine Premiere. Als Gast gehöre ich zum Ensemble dort für vier Wochen. Haben Sie Lust, ein musikalisches Schauspiel anzusehen?"

Karl verzog unmerklich das Gesicht. „Yvonne, seien Sie mir nicht böse, aber ich muss übermorgen schon wieder in Karlsruhe sein. Ich bin Entwicklungsingenieur in einer Firma für Rüstungstechnik. Das aktuelle Projekt muss in einer Woche fertig sein. Aber lassen wir das. Ich langweile Sie nur. Darf ich Sie ins Hotel begleiten? Ich denke, ein Cocktail an der Bar kann uns beiden nicht schaden."

„Karl, Sie langweilen mich nicht. Ich finde Ihren Beruf sehr interessant. Er ist auch wichtig, wenn ich an die Bedrohung aus dem Ostblock denke." Yvonne schaute Karl tief in die

Augen, ihr Blick brachte sein Blut in Wallung, er spürte das besonders im Unterleib.

„Sagen Sie, Ihr Akzent, entschuldigen Sie, wenn ich indiskret bin. Sie sind nicht aus Wien?"

Yvonne schlug die Augen nieder. „Nein, ich bin in Prag geboren, aber in Wien aufgewachsen. Zu Hause mit meinen Eltern wurde tschechisch gesprochen, deshalb ist mir der Wiener Dialekt fremd. Die Schauspielerei hat mich schon von Kindesbeinen an fasziniert. Ich bin stolz, dort zum Ensemble des Theaters in der Josefstadt zu gehören. Aber ab und zu muss ich auch mal Theaterluft an einem anderen Ort schnuppern. Und Sie, Karl? Auch eine Luftveränderung nötig?"

„Ach wissen Sie, die Arbeit in der Firma, der Stress, da muss ich einfach mal raus. Kommen Sie. Lassen Sie uns einen Absacker an der Hotelbar trinken. Ich habe Lust, mehr von Ihnen zu erfahren."

Bereits im Lift zum Hotelzimmer umklammerte Yvonne Karl heftig und küsste ihn leidenschaftlich.

Heftig schlug die Zimmertür hinter ihnen zu und Yvonne trug zu diesem Zeitpunkt nur noch einen hauchdünnen schwarzen Tangaslip, der Sekunden später vor dem Bett lag, als die Körper der beiden in zügelloser Gier und Leidenschaft miteinander verschmolzen.

Das war vor zwei Wochen gewesen. Yvonne hatte ihr Gastspiel in Bregenz beendet. Die gemeinsame Nacht dort sollte nicht die letzte sein. Jedenfalls hoffte das Yvonne. Karl gefiel ihr sehr. Sie beschloss,, einige Tage in Karlsruhe auszuspannen.

Karl hatte indes seine gewohnte euphorische Stimmung wiedergewonnen. Der unverhoffte Gewinn im Bregenzer Casino gab seinem Optimismus Auftrieb.

Das Abendessen im Palazzo Gourmet war vorzüglich. Nicht nur das Essen, auch die Dame am Nebentisch schaute öfter als nötig zu ihm und trug zu seiner Hochstimmung bei.

Karl fühlte sich sichtlich wohl, er musste einfach ihre Blickkontakte erwidern. Missmutig registrierte Yvonne die Anmache. „Sag mal, Karl, soll ich dich der Dame vorstellen? Oder soll ich besser gehen?" Yvonne sprach ungewöhnlich laut, sodass die Schönheit gegenüber das hören musste.

„Yvonne, was soll das? Spiel hier kein Theater, das kannst du doch bald wieder in Wien machen."

Yvonnes grüne Augen funkelten Karl böse an. „Das reicht. Mein Stuhl ist noch warm. Das wird die Dame mögen." Yvonne stand auf und ging ohne ein weiteres Wort auf den Ausgang zu.

Karl hatte nicht mit dieser Reaktion gerechnet. Er saß da wie ein begossener Pudel. Er schenkte sich ein Glas Champagner ein. Dom Perignon, Jahrgang 1982, der erste Schluck beruhigte seine Nerven. Um besser zu genießen, schloss er die Augen und bemerkte die elegante Frau von nebenan nicht, die an seinen Tisch trat. „Guten Abend, störe ich? Wenn Sie erlauben, trinke ich ein Glas mit."

Karl öffnete entgeistert die Augen. Einige Sekunden starrte er seine Flirtpartnerin an, bevor er etwas sagen konnte.

„Aber bitte, setzen Sie sich doch. Entschuldigen Sie, das ist mir jetzt peinlich."

„Das braucht es nicht, Herr ...?"

„Borodin, Karl Borodin. Darf ich einschenken? Das Glas ist noch unbenutzt."

„Aber bitte. Darf ich Ihnen ein Kompliment machen? Sie sind ein Charmeur."

„Danke, Frau ... wie darf ich Sie ansprechen?"

„Ach, jetzt muss ich mich entschuldigen. Mein Name ist Angela ... Angela Neuberger. Lassen Sie uns anstoßen ... Karl."

„Aber natürlich. Der Champagner ist vorzüglich. Jahrgang 1982 ist exzellent."

Karl Borodin war wie verwandelt. Normalerweise behielt er die Zügel in der Hand, wenn er eine Frau für sich gewinnen wollte. Auch wenn es nur ein Abenteuer werden sollte. Aber hier war alles anders. Diese Angela hatte eine charismatische Ausstrahlung, die er so noch nicht erlebt hatte. Er ließ sich führen und fühlte sich vom ersten Augenblick dieser Begegnung an unendlich wohl.

„Karl, erzählen Sie von sich. Was machen Sie? Entschuldigen Sie, wenn ich Ihre Gespräche angehört habe. Die dezente Atmosphäre in diesem bezaubernden Restaurant macht das möglich. Sie sind Ingenieur? Das finde ich interessant. Ich mag Menschen, die etwas entwickeln und nicht nur am Schreibtisch angewachsen sind."

Karl fühlte sich geschmeichelt. Noch nie hatte sich eine Frau in den ersten Momenten des Kennenlernens für seinen Beruf interessiert.

„Ach, Angela, wissen Sie, das ist in der heutigen Zeit doch nichts Besonderes mehr. Ich arbeite für ein Unternehmen, das Rüstungsgüter herstellt. Nichts für schwache Nerven. Aber wir sind hier an der Nahtstelle zwischen Ost und West. In Ostdeutschland stehen sechshunderttausend Soldaten hinter dem Eisernen Vorhang. Da gilt es wachsam zu sein."

Angela schaute Karl in die Augen und nippte am Champagner. „Der ist köstlich, Karl. Ich höre Ihnen gerne zu. Aber glauben Sie nicht, die Menschen in der DDR leben auch lieber in einem friedlichen Land? Auch hier in der Bundesrepublik sind Atomwaffen stationiert, die unser aller Leben auslöschen können."

„Da haben Sie Recht, aber nur das Gleichgewicht der Kräfte verhindert das Anbrennen der Zündschnur."

„Das ehrt Sie, Karl. Sehen Sie, dieser Michael Gorbatschow, er will den Umbau. Aber was will er eigentlich? Die finanzielle Lage in der Sowjetunion ist nicht sehr gut. Daran hat seine Perestroika- und Glasnost-Politik auch noch nichts geändert. Die Sowjets können mit der Hochrüstung im Westen kaum mehr mithalten. Glauben Sie wirklich, das Gleichgewicht zwischen Ost und West besteht noch? Auch die Warschauer Vertragsstaaten sind besorgt über diesen Rüstungswettlauf."

„Sagen Sie ... Sie sind gut informiert über die augenblickliche Lage. Woher kommt das Interesse?"

„Ich habe einige Jahre am Institut für Friedensforschung und Sicherheitspolitik[11] in Hamburg gearbeitet. Heute lebe ich in Berlin. Aber reden wir doch von etwas anderem. Erzählen Sie von sich. Leben Sie allein?"

„Ja, Angela, ich lebe allein. Wissen Sie, mein Beruf lässt eine Beziehung auf Dauer einfach nicht zu. Ich habe einfach zu wenig Freizeit."

„Ach, Sie Armer. Aber mir geht es ähnlich. Ich bin allerdings nicht wie Sie an ein Unternehmen gebunden, sondern selbstständig. Die Zeit am IFSH hat mich geprägt. Ich orga-

---

[11] IFSH

nisiere Symposien, die sich mit Themen der Friedensforschung beschäftigen. Referate und Diskussionen an Universitäten und Volkshochschulen leite ich auch."

„Entschuldigung, kann man denn davon leben?"

Einige Sekunden starrte Angela Karl an. Sie hatte wohl mit dieser Frage nicht gerechnet. „Wissen Sie, ich war nicht immer allein. Ich war mit einem Mann aus der Geschäftsleitung einer Batteriefabrik in Berlin verheiratet. Er hat mich sehr verehrt. Ja, ja der Charles. Charles Bender. Er hat mich gut versorgt. Ich bin finanziell unabhängig. Darum möchte ich Sie einladen." Angela hob die Hand, und gab der Bedienung ein Zeichen. „Bitte noch eine Flasche Dom Perignon." Angela lächelte Karl an. „Bitte, Karl, lassen Sie mich bezahlen. Ich freue mich, Sie hier getroffen zu haben."

Karl fühlte sich hin- und hergerissen. Eben noch Yvonne, mit der er diesen Abend verbringen wollte. Nun Angela. Karl wusste selbst nicht, wie ihm geschah. Ihm war, als würde ihn jemand steuern. Er hatte doch nur ein wenig flirten wollen, so, wie er es immer getan hatte. Musste Yvonne so reagieren? Ach egal. Sie war zwar sehr verführerisch, aber er wollte sie schließlich nicht heiraten.

Diese Angela. Karl konnte es sich nicht erklären. Sie hatte so eine ungewöhnliche Ausstrahlung. Der Abend war noch jung und er glaubte, sie schon viel länger zu kennen.

Es war nun schon die dritte Flasche Champagner und Karl bemerkte die Wirkung.

„Angela, ich möchte Sie einladen. Ich möchte Sie noch näher kennenlernen. Die berühmte Tasse Kaffee reicht da nicht."

Angela grinste. „Die Tasse Kaffee schlage ich nicht ab. Es darf aber auch ruhig etwas mehr sein." Verführerisch glitt

Angelas Hand an Karls linkem Oberschenkel hinauf bis zum Gürtel, wobei sie in der Hüftgegend einige Sekunden verharrte.

Juni 1988

Karl vertraute Angela. Seit seinem ersten Treffen war er wie verwandelt. Hals über Kopf hatte er sich verliebt. Bei keiner seiner Bekanntschaften vorher hatte er derartige Gefühle verspürt. Angela war Karl sehr wichtig geworden. Er hatte in der Zeit, wenn sie nicht bei ihm war, viel über ihre gemeinsame Zukunft nachgedacht. Er wollte alles über Bord werfen. Seine One night stands. Karl wollte sein Leben ordnen. Vielleicht Familie, vielleicht Kinder? Mit Angela konnte er sich das vorstellen. Leider war sie von Anfang an nur gelegentlich in seinem Haus hier in Karlsruhe. Mal ein paar Tage, dann mal wieder zwei oder drei Wochen. Nie länger. Karl hätte sie aber gerne für immer bei sich gehabt.

Angela begründete ihre Abwesenheit mit ihrer Arbeit in diesem Institut für Friedensforschung. Karl kamen daran immer häufiger Zweifel auf, je länger sie ihn verließ.

Dann, nach einigen Monaten, dieses seltsame Ansinnen. Schon am ersten Tag, als Karl Angela kennenlernte, hatte er den Eindruck, sie interessierte sich mehr für seine Arbeit als für ihn. Karls Gefühle für Angela waren übermächtig. Deshalb verdrängte er diese Warnsignale in seinem Kopf. Sonst war Karl eher vorsichtig. Er wusste, dass seine Arbeit für die andere Seite von großem Interesse war. Karl schwebte wie auf Wolken. Er trennte nun strikt seine Arbeit von seinem Privatleben. Wenn Angela bei ihm war, wollte er so viel Zeit wie möglich, mit ihr verbringen. Karl war enttäuscht, wenn Angela immer wieder Fragen zu seinen Projekten stellte. Dann kam dieser Tag.

Drei Tage wohnte Angela mal wieder in Karlsruhe bei Karl. Es war ein Sonntag. Das Wetter war wunderschön. Die beiden saßen im Wohnzimmer, an dem Tisch vor der großen Glasscheibe. Angela kam Karl heute irgendwie anders vor. Sie war heute einsilbig. Sie schien über irgendetwas nachzudenken. Immer wieder hatte Karl Angst vor dieser, seiner Frage. Wie würde Angela reagieren? Hatte sie vielleicht die gleichen Gedanken wie er? Traute sie sich nicht sie auszusprechen? Nach dem Mittagessen hatte er eine Flasche Champagner geöffnet und bereits die halbe Flasche selbst getrunken. Nun nahm er all seinen Mut zusammen. „Angela, sag doch mal. Möchtest du deine Wohnung in Berlin nicht aufgeben? Ich darf dich dort auch nicht besuchen. Wir können doch hier gut leben. Du kannst deine Studien für deine Kunden auch von hier aus erledigen. Was meinst du?"

Angela reagierte nicht einmal, als Karl diese Frage stellte. Sie blickte in eine imaginäre Ferne und nahm einen Keks aus der Kristallschale auf dem Tisch. Angela biss in den Keks und schwieg weiterhin. Sie hob die Tasse, die noch halb mit Kaffee gefüllt war, trank und setzte sie behutsam wieder ab. Langsam drehte sie sich zu Karl um und blickte ihn an. Die Stille im Wohnzimmer wurde jäh unterbrochen, fast erschrak Karl, als sie antwortete.

„Karl, lass mir doch meine Freiheit. Ich brauche die Berliner Luft. Ich habe es dir noch nicht gesagt. Ich habe ein neues Projekt." Wieder schwieg sie. Angela lächelte plötzlich, fast unmerklich, dann sagte sie leise: „Dabei könntest du mir helfen."

Karl hatte damit nicht gerechnet. Wie gern würde er ihr helfen. Gerne hätte er Angela jetzt geküsst, aber er fühlte, dass das jetzt nicht der richtige Moment war. Trotzdem konnte er seine Emotionen kaum unterdrücken.

„Aber ja, wie kann ich dir helfen?", hörte er sich sagen.

„Wenn du mir dabei hilfst, könnte ich mich vielleicht doch entschließen, ganz hierzubleiben." Als sie das sagte, ergriff Angela seine Hände und zog ihn an sich.

Karl glaubte, nicht richtig zu hören. Fast hätte er sich gekniffen, um sicher zu sein, nicht zu träumen.

„Was kann ich für dich tun?" Wie aus der Pistole geschossen stellte er diese Frage.

„Ganz so einfach ist die Sache nicht. Wir sprachen schon einmal darüber. Es geht darum, das Gleichgewicht der Kräfte in Ost und West nicht kippen zu lassen. In vielen Gremien ist man der Meinung, der Westen hält die militärische Überlegenheit. Die Politik Gorbatschows erzeugt auch Unfrieden in der sowjetischen Armee. Besonders die sowjetischen Truppen der Westgruppe in der DDR sind alarmiert. Es geht um die Zukunft der Standorte der Garnisonen. Es gibt hohe Offiziere, die einen Putsch befürchten. Nicht nur Russen, sondern auch Offiziere der Nationalen Volksarmee."

Karl war wieder überrascht. Diesmal wich die Euphorie, die von ihm Besitz ergriffen hatte. Warum musste sie jetzt in dieser Stunde der Harmonie von Politik sprechen? Wieso interessierte sich Angela ausgerechnet jetzt so sehr für Stimmungen in den Armeen der Warschauer Vertragsstaaten?

Karl schluckte. Seine Stimme klang trocken, fast heiser. „Gut und schön, aber was kann ich dazu tun?"

Angela blickte Karl ernst an. „Du kannst eine Menge tun. Du entwickelst modernste Lasertechnik für Waffensysteme.

In den Armeen des Warschauer Paktes ist man da nicht so weit. Die Forschung und die Entwicklung dieser Technik verschlingt Ressourcen, die wir nicht haben."

„Wieso wir? Was hast du damit zu tun?"

„Eine ganze Menge. Ich möchte dazu beitragen, das Gleichgewicht der Kräfte wiederherzustellen. Dazu brauchen wir fertige Entwicklungen eurer Lasertechnik."

Karl war sprachlos. „Was verlangst du da von mir? Das ist Spionage, Angela."

Angela trank jetzt wieder Kaffee. „Wir haben schon oft über dieses Thema gesprochen. Immer nur diskutieren, aber nichts tun. Willst du wirklich einen Krieg in Europa riskieren, wenn eine Partei in diesem militärischen Schachspiel durchdreht? Überleg mal. Wenn ein Gegner fühlt, dass er unterlegen ist, was tut er dann? Er ist schlicht unberechenbar. Überleg mal, wie viel Beinahe-Auslösungen es schon gegeben hat. Nur durch rationale Entscheidungen Einzelner ist es nicht zur Katastrophe gekommen."

„Aber ich soll zum Spion werden? Was verlangst du da von mir?" Karls entsetztes Gesicht sprach Bände.

„Karl, jetzt mal Klartext. Du kannst dich hier und jetzt entscheiden. Entweder du besorgst mir die Unterlagen über eure Lasertechnik, dann bleibe ich hier bei dir. Wenn nicht, dann packe ich heute noch meine Koffer und du siehst mich nie wieder. Ich erwarte noch heute deine Entscheidung. Die Zeit drängt und die Lage wird immer dramatischer. Die DDR fühlt sich vom großen Bruder nicht mehr ausreichend unterstützt und muss jetzt eigene Wege gehen."

Karl war sprachlos. Plötzlich war da ein Geräusch. Es kam von der Bücherwand. Das dicke Buch „Krieg und Frieden" von Lew Tolstoi war umgefallen. Angela hatte es ihm geschenkt. War das ein Zeichen?

Es mochten zehn Minuten vergangen sein oder eine halbe Stunde? Karl Borodin löste sich aus seiner Lethargie. „Angela, lass mir Zeit. Ich muss darüber nachdenken. Das ist nicht einfach für mich. Verstehst du das?"

Angela blickte Karl verständnislos an. „Es ist deine Entscheidung. Du hast die Wahl. Ich werde dich jetzt verlassen. Du weißt, wo du mich erreichen kannst. Aber nur für den Fall, wenn du mich in meiner Sache unterstützen willst." Angela stand auf und ging hinaus. Ihr gepackter Koffer stand schon in der Diele. Wie durch Watte hörte Karl, wie Angela ein Taxi rief.

Es dauerte knapp eine Viertelstunde, als das Taxi vor der Tür stand und Angela ohne einen Gruß das Haus verließ.

Karl Borodin war allein in seinem Haus. Die Stille spürte er jetzt doppelt. Wie sollte er sich entscheiden? Der Tag hatte so wundervoll begonnen und nun das.

Karl holte eine Flasche Whisky aus der Bar und goss ein Glas randvoll. Er trank es in einem Zug aus.

Der Alkohol wirkte schnell und Karl versank in einen tiefen Schlaf.

Juli 1988

Die Zeit wurde in militärischer Hinsicht immer unberechenbarer. Das Gleichgewicht der Kräfte in Ost und West drohte zu kippen. Der NATO-Doppelbeschluss in den Achtziger-jahren beschleunigte den Rüstungswettlauf.

Auch auf dem Stöberhai sollte die Fernmelde-Elektroni-sche Aufklärung für das nächste Jahrtausend fitgemacht wer-den. Marko Greve beobachtete mit Sorge die Entwicklung und Modernisierung der Waffensysteme im Osten.

Seit diesem Vorfall im Jahr 1980 war Greve nicht mehr der Alte. Er hatte mit niemandem darüber gesprochen. Die Er-fassung eines kurzen Gespräches auf dem Stöberhai über eine Richtfunkverbindung vom Brocken nach Magdeburg. Vermutlich wurde verbotenerweise offen über diese redun-dante Verbindung gesprochen. Ein Angehöriger des MfS auf dem Brocken (Urian) rief einen Teilnehmer der Bezirksver-waltung des MfS in Magdeburg. Es war ein Name gefallen. Hermann Greve. Der Name seines unbekannten Onkels. Wenn es ihn überhaupt gab. Marko grübelte seitdem, wie er es anstellen könnte, diesen Hermann Greve zu befragen.

Ein jahrzehntelanger Wunsch würde in Erfüllung gehen, wenn sich dieser Mann tatsächlich als sein Onkel offenbarte.

Doch wie sollte er das anstellen? Wenn der Mann Angehö-riger des Ministeriums für Staatssicherheit sein sollte, verbot sich die Kontaktaufnahme, egal, in welcher Form.

Dennoch, der Versuch der Kontaktaufnahme ging ihm nicht aus dem Kopf. Nur was wären die Konsequenzen? Es war den Bediensteten auf dem Stöberhai strengstens verbo-ten, Kontakte in den kommunistischen Machtbereich herzu-stellen. Marko durfte auch keinen Schritt weder in die DDR noch in andere sozialistische Staaten tun.

Eines Tages, es war Routinebetrieb in der Erfassung, stand wieder einmal eine Funkübung auf dem Programm.

Ungefähr alle zwei bis drei Wochen fanden diese Übungen statt. Auf dem Berg in der Einsatzstellung befand sich ein Funkwagen mit einem leistungsstarken Kurzwellensender. Die Antenne, eine sogenannte Dipolantenne, war zwischen zwei Gebäuden gespannt. Die Aufgabe dieses Senders war, eine drahtlose Kommunikation zwischen dem Fernmelderegiment in Osnabrück und den Nachbarsektoren des Fernmeldesektor C herzustellen.

Wenn aus irgendeinem Grund die Fernmeldeverbindungen über die Drahtleitungen ausfielen, konnte die Meldeerstattung über diesen Sender erfolgen.

So wie damals der Mann auf dem Brocken Verbindung mit der Magdeburger Bezirksverwaltung aufnahm, konnte Marko es jetzt auch versuchen. Nur konnte er diesen Hermann Greve nicht gezielt anrufen. Der Sender auf dem Stöberhai hatte eine Leistung von 400 Watt. Das reichte, um unter günstigen Bedingungen rund um die Welt funken zu können. Der Brocken befand sich aber in nur ungefähr 16 Kilometern Luftlinienentfernung. Auf dem Brocken lauschen Jenissej, der Posten des sowjetischen GRU (die sowjetische Hauptverwaltung Aufklärung) und Urian, eine Empfangsstelle der Hauptabteilung III des Ministeriums für Staatssicherheit.

Wenn der Kurzwellensender auf dem Stöberhai aktiv war, registrierten das mit Sicherheit beide Dienste. Marko Greve glaubte das jedenfalls. Nur wie konnte er eine Verbindung mit seinem mutmaßlichen Onkel herstellen? Der Eröffnungsverkehr schied aus. Die Leitstelle in Osnabrück machte sich einen Spaß daraus, mit sehr hohem Tempo zu telegrafieren, weil die Soldaten dort wussten, dass in den Sektoren

Funker saßen, die nur zu diesem Zweck in Telegrafie Funkbetrieb ausüben mussten.

Wenn sich die teilnehmenden Stationen alle gemeldet hatten, wurde auf Verschlüsselung umgeschaltet und seitenweise irgendwelcher Unsinn übertragen. Da schaute dann niemand mehr hin, was übertragen wurde. Marko könnte kurz den Schlüssel herausnehmen und eine kurze Nachricht einstreuen.

Er hatte heute die Ehre, den Eröffnungsverkehr auf dem Stöberhai auszuführen. Marko Greve war Funkamateur, er funkte auch privat auf Kurzwelle und war einigermaßen fit, was das Tempo im Morseverkehr anbetraf.

Trotzdem brach ihm heute der Schweiß aus. Die Aufregung, etwas Verbotenes zu tun, brachte ihn fast zur Panik.

Glücklicherweise war Marko heute allein im Funkwagen. Die anderen Kameraden waren froh, wenn sie an der Funkübung nicht teilnehmen mussten.

Es war so weit. Marko stimmte den Sender auf die vereinbarte Frequenz, die sogenannte Tagwelle, ab. Die Senderöhre begann sanft rötlich zu glühen, ein Zeichen, dass der Sender seine maximale Leistung an die Antenne abgab.

Da begann es auch schon.

Die Leitstelle in Osnabrück haute den beteiligten Sektoren die Morsezeichen um die Ohren.

Marko quittierte den Empfang und war wie alle anderen Stationen sendebereit. Er war mit seiner Übermittlung als Letzter dran. Er schaltete die Verschlüsselung ein und begann unsinnige Texte zu übertragen. Jetzt kam es darauf an. Marko standen Schweißperlen auf der Stirn. Mit zitternden Fingern nahm er den Schlüssel kurz raus und legte den vorgeschriebenen Lochstreifen in den Fernschreiber.

„QRZ Hermann Greve, Hermann Greve, Hermann Greve, QRG 3690, DL4AAB QTC QTR 1800 täglich."

Das bedeutete: Hermann Greve sollte auf der Frequenz 3690 KHz um 18:00 Uhr täglich auf eine Nachricht von Marko warten. Diesen Lochstreifen legte Marko einige Male ein, nachdem er das Schlüsselgerät immer wieder ausgeschaltet hatte.

Nach ungefähr zwei Stunden war die Funkübung beendet. Marko ging es nicht gut. Er hatte sein Rufzeichen in den Nachrichtentext eingebaut. Wenn das von irgendeiner offiziellen Stelle mitgelesen wurde, war er fällig. Obwohl er sich herausreden könnte, das könnte ein zufälliger Text sein, der keine Bedeutung hatte. Marko glaubte aber nicht daran, dass irgendein Dienst im Westen diesen Text mitlas. Trotzdem war ihm sein Tun nicht geheuer.

Wenn nur der Hermann diese Nachricht erhalten würde ... Er hatte es jedenfalls getan. Jahrelang hatte er gehadert, etwas zu unternehmen, und wieder gab er seinem Vater die Schuld.

Marko stellte sich vor, sein Vater würde wissen, was er gerade getan hatte. Würde er reagieren? Nein, sicher nicht.

Die Tage nach der Funkübung folgten. Immer um 18:00 Uhr saß Marko Greve zu Hause an seinem Funkgerät auf der Frequenz 3690 KHz und horchte. Gelegentlich startete er auch mal einen allgemeinen Anruf in der Hoffnung, Hermann würde sich melden. Aber immer nur andere Funkamateure meldeten sich zu einem kurzen Plausch mit ihm. Es waren auch einige Funker aus der DDR, aber eben nicht Hermann. Jetzt wurde Marko bewusst, dass er auf dem Holzweg war. Niemals würde sich ein Angehöriger des MfS auf so etwas einlassen.

Tage und Wochen vergingen. Nichts geschah.

Bis er diesen seltsamen Brief in seinem Briefkasten fand. Das Kuvert, mit der Schreibmaschine beschriftet, trug seine Anschrift, aber ohne Absender.

Marko Greve lief es eiskalt den Rücken hinunter. Er riss das Kuvert auf. Ein Zettel, auch mit Schreibmaschine beschriftet, trug folgende Nachricht:

„Hier ist Hermann. Wenn du mich treffen willst, komm am Sonntag, den 4. September, um 12:00 Uhr in die Gaststätte Zur Traube in der Pichelsdorfer Straße 89 in Berlin.

Juli 1988

Karl zermarterte sich das Gehirn. Wochen waren vergangen, seit ihn Angela Neuberger verlassen hatte. Er konnte nachts kaum noch schlafen. Karl stürzte sich in die Arbeit wie nie zuvor. In seinem Team kannte man ihn nicht wieder.

Gut, früher, wenn sein Geld knapp war, blieb er auch länger in der Firma als nötig. Man kannte das schon. Die Kollegen witzelten dann hinter seinem Rücken. „Na, der Karl hat wieder Hormonstau, es wird Zeit für eine neue Bekanntschaft." Das lag auch daran, dass Karl keinen Hehl aus seinem Privatleben machte. Aber jetzt,war er irgendwie anders. Seine Kollegen merkten das, aber sie fragten ihn nicht, was los war. „Karl, der Workoholic", sagte man jetzt hinter seinem Rücken. Die Zusammenarbeit bei der Realisierung der Projekte wurde schwieriger, weil er in seinem Team mehr forderte, als er selbst gab. Karl forderte jeden Tag mehr Engagement von seinen Leuten.

Wenn er dann zu Hause allein war, quälten ihn diese Fragen. Wo mochte Angela sein? Ging es ihr gut? Hatte sie einen neuen Verehrer? Oder hatte sie sich wieder mit ihrem Charles getroffen? Albträume plagten Karl. Dann träumte er davon. Karl sah die beiden turteln, dabei lächelte ihn dieser Charles schadenfroh an, der Traum war eine einzige Demütigung für ihn. Karl träumte immer den gleichen Traum, er endete damit, dass dieser Charles auf ihn zustürmte und sein Gesicht zu einer hässlichen Fratze wurde.

Karl wachte dann schweißgebadet auf. Den Rest der Nacht verbrachte er schlaflos. Manchmal spürten das seine Teamkollegen, wenn er gereizt war und durch mangelnde Konzentration Fehler machte.

Karl entwickelte Leit- und Steuerungstechnik nicht nur für die Landstreitkräfte der Bundeswehr, auch Luftwaffe und Marine profitierten von seiner innovativen Entwicklungsarbeit. Karl wurde trotz seiner Schwächen der führende Mitarbeiter in der Entwicklungsabteilung. Oft bis spät in die Nacht blieb er im Betrieb, um Projekte voranzutreiben. Die Distanz zu seinen Mitarbeitern wurde immer größer. Das Betriebsklima wurde zunehmend schlechter.

Karl war nur noch ein Schatten seiner selbst. Eines Tages, es war an einem Samstagnachmittag, hielt er es nicht mehr aus. Angela Neuberger hatte ihm eine Telefonnummer gegeben. Nur für den Fall, dass er ihre Forderungen akzeptieren würde. Das war eine schwere Entscheidung. Karl wusste, er würde damit zum Verräter werden. Seine ganze Arbeit, der Erfolg seiner Firma, würde nichts mehr wert sein. Dann sah er wieder Angela vor sich. So oft hatten die beiden darüber gesprochen. Das Gleichgewicht der Kräfte. Wenn Ost und West die gleiche militärische Stärke hätten, würde ein Dritter

Weltkrieg nicht möglich sein. Angela war immer der Auffassung, der Westen würde früher oder später die sozialistischen Staaten überfallen. Wenn sie mit Karl darüber diskutierte und er ihr dann den Wind aus den Segeln nahm, brach sie das Gespräch meist schroff ab und schmollte. Er spürte ihren Zorn, den sie mit Mühe unterdrückte. Sie fühlte sich stets im Recht. Aber sie musste sich zügeln, damit sie ihren Erfolg nicht verspielte.

Karls Arbeit, seine Technologie, war das, was sie brauchte. Diese Gedanken gingen Borodin durch den Kopf, als er den Zettel mit ihrer Telefonnummer ergriff und ihn anstarrte wie eine gefährliche Waffe. Er wusste zwar, dass er sich auf einen verhängnisvollen Weg einließ, aber er konnte nicht anders.

Karl brauchte den Zettel nicht. Er hatte die Nummer längst im Kopf. Schon hatte er die Nummer eingetippt und gespannt lauschte er in den Hörer. Es rauschte, ratternde Geräusche der Selbstwähler verrieten eine Verbindung in ein Land, das abgeschottet war. Karl hoffte nur, irgendwo in Berlin würde jetzt gleich ein Telefon läuten und eine ihm vertraute Stimme erlöste ihn von seiner Einsamkeit. Eine Stimme, die er so lange vermisst hatte. Ein Glas Whisky stand vor ihm und er nahm einen tiefen Schluck. Da ertönte der Rufton. Drei, vier, fünfmal, dann wurde der Hörer abgehoben.

„Ja, hallo?" Es war eine weibliche Stimme. Karl kannte sie. Es war die Stimme Angelas. Dann die Ernüchterung. Kein wie geht es dir, keine Nettigkeitsfloskeln, nur ...

„Na Karl, hast du dich entschieden?" Die Stimme wirkte verführerisch, gleichzeitig aber auch kühl.

Karl zögerte einige Sekunden, wie ein Automat antwortete er. „Ja Angela. Ich will dir helfen. Was möchtest du von mir haben?"

„Gut, Karl. Heute ist es zu spät. Ich werde morgen in Karlsruhe sein. Wir können dann über alles sprechen. Nicht jetzt am Telefon. Bis dann." Ohne ein weiteres Wort, ohne eine Erwiderung Karls abzuwarten, wurde die Verbindung unterbrochen. Karl war überrascht und fassungslos zugleich.

Den Rest im Whiskyglas spülte er in einem Zug herunter. Und goss das Glas gleich wieder voll.

Erst am Sonntagmorgen wurde Karl wieder wach. Er erschrak. Er war auf seiner Couch eingeschlafen. Die Flasche Whisky war leer. So langsam kam sein Bewusstsein wieder. Sein Schädel tat fürchterlich weh. Stück für Stück kehrte die Erinnerung zurück. Sein Anruf. Angelas Ankündigung. Heute wollte sie kommen. Diese Erkenntnis traf ihn wie ein Blitz.

Karl verspürte Furcht und gleichzeitig Freude. Er stand auf, wollte ins Bad, als plötzlich sein Kreislauf versagte. Er stürzte auf den Teppich im Wohnzimmer. Eine Zeit lang lag er da. Er stöhnte. Dieser verdammte Alkohol. Der war schon einige Zeit sein Tröster. Jetzt spürte er, dass er damit aufhören musste. Nun würde alles anders werden, wenn Angela wieder da ist.

Karl stand auf und duschte erstmal. Er löste eine Alka Seltzer im Glas auf und trank es in einem Zug aus. Ein Frühstück brachte seine Lebensgeister einigermaßen zurück. Die Vorfreude verdrängte seinen Missmut, umso mehr er in seiner Wohnung Ordnung schaffte. Es vergingen zwei Stunden, dann legte er sich erneut auf die Couch, weil der Körper seinen Tribut forderte. Nach nur wenigen Minuten fiel er in einen leichten Schlaf.

2. September 1988

Marko Greve las den Text dieses Briefes wieder und wieder. Die Adresse des Treffpunktes lag in Berlin-Spandau. Also in Westberlin. Das beruhigte ihn. Nicht im Osten. Unter keinen Umständen durfte Marko Greve durch die DDR fahren. Westberlin war kein Problem. Heute war Freitag, der 2. September. Marko hatte sich ein paar Tage Urlaub genommen. Morgen wollte er fliegen, denn das war die einzige Möglichkeit für ihn, nach Westberlin zu kommen. Marko hatte sich im Reisebüro in Herzberg schon längst sein Flugticket besorgt. Markos Frau Barbara war überraschend einige Tage zuvor mit Freundinnen zu einer Busreise aufgebrochen und wusste nichts von seinem Trip nach Berlin. Der Brief, den er auf den Küchentisch gelegt hatte, erzählte den Grund für seine Reise. Noch vor seiner Rückkehr sollte Barbara ihn lesen. Nie hatte er sich getraut, über dieses Familienmitglied zu sprechen.

Marko hoffte, Barbara würde ihn verstehen. Über seine Pläne hatte er auch seinen Kameraden nichts gesagt. In der Freizeit war Marko oft mit Michael Seitlitz und Thomas Bünting zusammen. Die beiden waren sogenannte Drehzähler, die in der 8. Etage im Stöberhaiturm Dienst taten. Sie wussten auch nichts von der Erfassung des Gespräches auf der Richtfunkstrecke vom Brocken nach Magdeburg. Zu diesem Zeitpunkt waren die beiden noch nicht hier. Marko packte seine Tasche für die Reise, die für ihn ein Abenteuer war. Ständig warnte ihn eine Stimme in seinem Kopf, diese Reise anzutreten. Doch dieser Brief, den er erhielt, war die Bewältigung eines Traumas. Ein Risiko, das er bereit war, einzugehen, um ein Familiengeheimnis zu lösen. Trotzdem spürte Marko immer mehr die Gefahr dieser Reise ins Ungewisse. Selbst wenn er seinem Onkel begegnen sollte, war der ein Fremder. Fast wie sein Vater.

Aber Marko konnte jetzt nicht mehr zurück.

Der Samstag kam. Marko saß schon in seinem Wagen und startete eine Reise mit unbekanntem Ausgang. Er fuhr auf der B243 in Richtung Seesen und bog dort auf die Autobahn A7. Über Hildesheim erreichte er schnell das Autobahnkreuz Hannover Ost. Kurze Zeit später erreichte Greve den Flughafen Hannover-Langenhagen und parkte dort.

Die Boeing 737 der British-Airways-Fluggesellschaft hob pünktlich um 13:00 Uhr ab. Marko Greve war vorher noch nie geflogen und genoss dieses Erlebnis. Das Flugzeug gewann rasch an Höhe und flog in etwa 3500 Metern Höhe.

Das Wetter war sonnig und die Sicht war hervorragend. Marko saß am Fenster und konnte genau erkennen, als die Grenze zur DDR überquert wurde. Das Übungsgebiet in der Colbitz-Letzlinger Heide war klar erkennbar und erschien nur wenige Minuten nach dem Grenzüberflug. Es wirkte aus dieser Höhe wie eine Mondlandschaft. Die Oberfläche sah graubraun aus und zahlreiche Linien waren erkennbar. Die Linien stammten von Wegen, auf denen Panzer und andere Militärfahrzeuge fuhren.

Einige Minuten später erkannte Marko den sowjetischen Flugplatz Mahlwinkel. Diese fünfunddreißig Minuten Flugzeit waren kurzweilig, weil Marko vieles erkannte, von dem er auf dem Stöberhai nur etwas hören konnte. Die Vorbereitung zum Landeanflug begann. Das Flugzeug begann zu sinken und schon konnten Einzelheiten wie Häuser und Fahrzeuge am Boden erkannt werden. Minuten später erfolgte eine Durchsage des Flugkapitäns. „Meine Damen und Herren, das Wetter ist heute ausgezeichnet. Wir werden in wenigen Minuten in Berlin-Tegel landen."

Marko schaute hinunter. Er sah den Fernsehturm am Alexanderplatz und den Westberliner Funkturm.

Dann war es auch schon so weit. Die Maschine setzte auf der Landebahn auf und das Abenteuer konnte beginnen.

Plötzlich wurde Marko seine Einsamkeit deutlich bewusst. Nicht einmal seine Frau Barbara hatte er in seine seltsamen Reisepläne eingeweiht. Er fürchtete sich plötzlich vor seiner eigenen Courage.

Juli 1988

Es war bereits Nachmittag geworden. Karl hatte sich erholt. Das Wetter zeigte sich von seiner schönsten Seite, die Sonne wärmte und lud zum Spaziergang ein. Karl hatte keinen Blick dafür, er dachte nur an sie.

Jener Tag, an dem Angela ihn verlassen hatte, war so schön gewesen wie heute. Würde eine Fortsetzung folgen? Ein Leben, wie er es sich mit ihr wünschte? So, wie es ihm seine Vorstellung in den langen Monaten seiner Einsamkeit vorgegaukelt hatte?

Karl schaute durch das Wohnzimmer auf den Golfplatz. Er sah die Menschen dort, die den Tag genossen. Ein älterer

Mann mit seinem Caddie verbesserte offenbar sein Handycap.

Zuerst hörte er es nicht, dieses zaghafte Klopfen an der Tür. Jetzt wurde das Klopfen lauter. Karl schreckte hoch.

Angela. Nur sie konnte es sein. Er rannte fast zur Haustür und riss sie auf. Da stand sie, sie trug einen dunkelgrauen Blazer, der zu ihrer engen Jeans passte, die ihre Figur dezent betonte. „Hallo mein Lieber", hauchte sie.

Karl war einen Moment sprachlos, dann bat er sie lächelnd: „Angela, mein Liebes. Komm doch herein."

Angela zog einen Rollkoffer hinter sich her, was Karl zufrieden registrierte.

Beide setzten sich ins Wohnzimmer und schauten sich eine Zeit lang schweigend an. Angela lächelte, als sie die Stille unterbrach. „Na Karl, hast du dich entschieden? Bist du endlich zur Vernunft gekommen, das Richtige zu tun?"

„Angela, ich sage dir, wie ich es fühle. Ich möchte dich nicht verlieren. Außerdem hast du nicht ganz unrecht." Mit diesen Worten stand Karl auf und holte einen Aktenordner aus einem Schrank. Der Ordner war prall gefüllt. „Hier siehst du die Arbeiten meiner letzten drei Jahre. Es sind alles Entwicklungen der Leittechnik für lasergestützte Kanonen, die sich an Bord von Flugzeugen, Schiffen und Panzern befinden. Die Genauigkeit konnte durch die Lasertechnik wesentlich verbessert werden. Ach, ich vergaß. Angela, darf ich dir etwas anbieten? Sicher hast du Hunger."

Angela war bereits in den Ordner vertieft. „Nein, lass nur. Ich habe schon auf der Fahrt zu dir etwas gegessen." Es sah so aus, als wollte sie jetzt nicht gestört werden.

Karl verschwand in der Küche und wenig später strömte ein angenehmer Kaffeeduft ins Zimmer. Auf einem Tablett servierte er leckeren Kuchen, zusammen mit dem Kaffee. Angela studierte den Ordner gründlich und nahm kaum zur Kenntnis, als Karl ihr eine Tasse einschenkte.

Völlig verblüfft war Karl, als Angela an der Tasse nippte und beinahe gelangweilt fragte: „Karl, was weißt du über Mikrowellenwaffen?"

Karl war nun vollkommen verblüfft. Mikrowellenwaffen? „Was meinst du damit? Genügt dir nicht die Akte, die ich dir übergeben habe?"

„Wir werden sehen, was deine Arbeiten wert sind. Du weißt, du kannst alles von mir haben, wenn du mit mir zusammenarbeitest. Seit einigen Jahren gibt es auch bei unseren sowjetischen Freunden Waffen dieser Art. Bei euch in der BRD gibt es Firmen, die in dieser Richtung forschen. Leider ist die Waffenbrüderschaft im sozialistischen Lager nicht mehr dieselbe wie noch vor einigen Jahren. Seit dieser Michael Gorbatschow Generalsekretär ist und einen Kurs fährt, der nicht mehr mit unserer sozialistischen Entwicklung übereinstimmt, müssen wir eigene Wege gehen. Du weißt selbst am besten, dass die Unterstützung moderner Waffensysteme für die Luftverteidigung durch immer mehr rechnergestützte Systeme erfolgt." Angela war jetzt in ihrem Element. „Karl, ich baue auf dich. Du hast dich entschieden, mit uns zusammenzuarbeiten. Du wirst für uns eine große Hilfe sein. Es soll auch dein Schaden nicht sein. Denk einfach mal an das Gleichgewicht der Kräfte. Du möchtest doch auch, dass Millionen Menschen nicht sterben müssen und Europa in Schutt und Asche liegt."

„Nein, Angela, natürlich nicht. Ich stehe zu dir. Du wirst sehen, meine Arbeiten werden bei euch großes Interesse finden."

„Ich vertraue dir, Karl. Ich muss dich morgen noch mal kurz verlassen und deine Arbeiten übergeben."

Angela blickte Karl nun verführerisch an und ergriff seine Hand. „Lass uns jetzt nicht weiter über Waffen reden." Sie riss Karl an sich und küsste ihn leidenschaftlich. „Ich gestehe, ich habe dich vermisst und möchte dir jetzt meine Dankbarkeit beweisen."

Freitag, 2.September 1988

Marko saß im Bus der Linie 92. Er befand sich auf dem Weg in Richtung der Altstadt von Berlin-Spandau. Sein Hotel lag in der Nähe der Stößenseebrücke. Von hier aus waren es bis zum vereinbarten Treffpunkt nur wenige Kilometer.

Er hatte bereits sein Hotelzimmer betreten und schaute zum Fenster hinaus. Es war wunderschön hier. Hier spürte man nicht das Großstadtgetümmel. Erholung war hier angesagt und zahlreiche Boote auf dem See zeugten davon. Viele wohlhabende Berliner verbrachten hier ihre Wochenenden.

Die meisten dieser Menschen ahnten nicht die Bedrohung der Militärs hinter dieser Grenze, die Westberlin als eine Oase der Freiheit abgrenzte. Markos Beruf brachte es mit sich, über den Tellerrand hinauszusehen. Er konnte gar nicht anders. Die Grenze, die Berlin umgab, spürte man hier zwar nicht, sie war aber da, und die zahllosen Kasernen, die sich dahinter verbargen, kannte Marko. Viele der Radarausstrahlungen von Flugplätzen und funktechnischen Einrichtungen, rund um Berlin, verrieten auch auf dem Stöberhai ihre Aktivität.

Marko musste jetzt wieder an die Flugzeugentführung einer polnischen AN-24 denken, die im Jahre 1982 von Warschau nach Breslau fliegen sollte. Der Pilot dieser Maschine hatte die Absicht gehabt zu fliehen. Er flog einen Zickzackkurs und drehte vom Kurs nach Breslau ab in Richtung Stettin. Dann überquerte er die Grenze zur DDR und bald begleiteten ihn eine sowjetische MIG-23 und zwei MIG-21 der Nationalen Volksarmee.

Die 10. Etage der Fernmeldeaufklärung im Stöberhaiturm bemerkte das Vorkommnis durch den Alarmstart einer MIG-23 des Jagdregimentes Zerbst. Die MIG-23 und zwei MIG-21 des Jagdgeschwaders Marxwalde wurden an die Passagiermaschine herangeführt und versuchten sie abzudrängen. Das gelang jedoch nicht, weil der polnische Pilot vorgab, wegen technischer Schwierigkeiten in Berlin-Schönefeld landen zu wollen. Die MiGs verfolgten das Flugzeug noch bis in den Westberliner Luftraum. Die Landung gelang dann sicher in Berlin-Tempelhof.

Die Übungstätigkeit der Sowjets und der Nationalen Volksarmee, zusammen mit Ereignissen wie dieser Flugzeugentführung, bestärkten Marko, seinen Beruf richtig gewählt zu haben.

Als er draußen auf dem Balkon saß, holte ihn die Realität wieder ein. Das Treffen, mit wem auch immer, sollte in Westberlin stattfinden. Hier, in Spandau, kaum vier Kilometer von seinem Hotel entfernt. Wollte wirklich sein vermeintlicher Onkel mit ihm Kontakt aufnehmen? Furcht kroch jetzt wieder in ihm hoch. Marko beschloss, auf der Hut zu sein. Vielleicht hätte er doch seinen Freunden Michael Seitlitz und

Thomas Bünting reinen Wein einschenken sollen. Jetzt wusste niemand, wo er war, wenn er von der Bildfläche verschwand.

Sonntag, 04.09.1988

Marko Greve saß beim Frühstück in seinem Hotel am Stößensee in Berlin. Das Wetter war immer noch so schön wie am Tag seiner Ankunft. Die Berliner genossen ihren freien Sonntag und die Boote auf dem See schwärmten in alle Richtungen.

Wie schön wäre es, wenn die Boote auch ins Umland fahren könnten, dachte Marko. Eigentlich war die Welt ein Pulverfass. Immer wieder erzeugte man Funken, die diese Zündschnur anzünden konnten. Durch menschliches Versagen konnte eine Katastrophe entstehen. Ein Krieg, ausgelöst durch einen Computerfehler. Das soll die Zukunft der Menschheit sein? Soll diese Grenze immer so bleiben, mitten durch Deutschland? Gut, ich lebe von dieser Grenze. Marko war dieser Zwiespalt bewusst. Einerseits ein geteiltes Land mit einer Million Soldaten in Ost und West. Andererseits ein gemeinsames Deutschland, vielleicht sogar ein gemeinsames Europa, wenn dieser Eiserne Vorhang wegfiele. 1968 hatten es die Tschechen schon einmal versucht. Mit schlimmem Ausgang. Das darf nicht wieder passieren. Nur wenn es alle Menschen gemeinsam wollen, kann sich etwas ändern.

Während seines Frühstücks gingen Marko Greve diese Gedanken durch den Kopf. Seine Gedanken und das fröhliche Treiben um ihn herum ließen ihn einen Moment den Grund vergessen, warum er überhaupt hier saß. Das Treffen stand unmittelbar bevor. Marko trank den Rest seines Kaffees.

Jetzt brach er auf. Würde er heute noch seinen unbekannten Onkel kennenlernen? Es war schon nach zehn Uhr. Plötzlich war seine innere Unruhe wieder da.

Marko ging noch einmal in sein Hotelzimmer und zog sich um. An der Rezeption bestellte er ein Taxi. Es dauerte zehn Minuten, bis der Wagen vor dem Hotel parkte.

Greve wurde immer nervöser. Er stieg in den Wagen.

„Bitte zur Pichelsdorfer Straße 89.“

Der Fahrer war ziemlich gesprächig. „Na, zum ersten Mal in Berlin?“

Sein Dialekt war typisch für Berlin. Marko war in Gedanken versunken. Er antwortete nur einsilbig. „Ja, das erste Mal.“

„Soll ich Ihnen ein paar Tipps geben, wo was los ist?“

„Nein, danke, ich weiß schon, was ich vorhabe.“

„Ist ja gut, Meister. Ich will Sie nicht nerven. Sind Sie geschäftlich hier?“

„Nein, bin ich nicht. Ich suche einen Verwandten.“

„Einen Verwandten? Hier in Berlin? Sie wollen doch in die Pichelsdorfer. Sagen Sie bloß, Sie wollen in die Traube? Ist eine gute Wahl. Da kann man schon mal jemanden kennenlernen.“

Marko antworte nicht. Er schaute jetzt aus dem Seitenfenster. Das Taxi fuhr auf der Havelchaussee in Richtung Havel, wo es den Fluss überquerte. Von da aus ging es auf der Weißenburger Straße direkt auf die Pichelsdorfer.

Das Taxi hielt dort und zur Rechten blickte Marko direkt auf diese Kneipe. Marko bezahlte das Taxi und der Taxifahrer lächelte. „Na, Meister, dann wünsche ich Ihnen viel Erfolg bei Ihrer Suche und dass Sie Ihren Verwandten finden. Alles Gute."

Marko war jetzt gerührt und fast wären ihm die Tränen gekommen. „Dankeschön, vielen Dank, hat mir gut gefallen, Ihre Fahrt." Marko drückte ihm noch ein Fünfmarkstück in die Hand.

„Ich danke auch, Meister. Wenn Sie wieder ein Taxi brauchen, ich stehe Ihnen gerne zur Verfügung."

Markos Blick ging in Richtung Kneipentür. Sein Herz raste in Erwartung der kommenden Stunde.

Juli 1988

Karl war nun wieder allein. Den Rest des Sonntags hatten Angela und Karl im Bett verbracht. Karl war trotzdem nicht glücklich. Zwei Seelen wohnten in seiner Brust. Aber er hatte sich jetzt endgültig entschieden. Angela hatte ihn überzeugt. Dieser Rüstungswettlauf war der pure Wahnsinn. Der Westen würde über kurz oder lang den Ostblock überholen. Die Wirtschaft der Sowjetunion konnte sich diese Hochrüstung nicht mehr leisten und auch nicht die Satellitenstaaten. Die DDR hatte erst wieder einen Milliardenkredit erhalten, der ihren Zusammenbruch vorerst verhindert hatte. Karl fühlte sich jetzt wie jemand, der eine längst überfällige Entscheidung getroffen hatte. Die Entwicklungen seiner Waffentechnik, die Angela jetzt der Gegenseite aushändigte, würden überzeugen.

Karl würde sich zu einer Topquelle entwickeln, dessen war er sich sicher.

Angela hatte ihn gefragt, was er über Mikrowellenwaffen wisse. Natürlich wusste er, um was es ging. Die Technologie der Zukunft. Ein Quantensprung, seit der Erfindung des Schießpulvers. Diese Waffen würden nicht mehr Millionen Menschen töten. Sie würden nur noch das modernste Kriegswerkzeug außer Gefecht setzen. Die moderne Computertechnik war anfällig. Diese Mikrowellenwaffen zielten darauf und würden das elektronische Gehirn dieser Kampfgeräte ausschalten. Längst hatte er sich mit dieser Materie beschäftigt.

In einigen Wochen wollte er einen Prototyp vorstellen. „Diese Waffen könnten meine Entwicklungen, die Angela gerade ihren Auftraggebern übergibt, unwirksam machen", dachte Karl amüsiert.

Karl beruhigte damit sein Gewissen. Jetzt fühlte er sich fast wieder wohl. Das Klingeln des Telefons riss ihn aus seinen Gedanken. „Borodin. Was kann ich für Sie tun?"

„Günter Wohlers. Guten Tag, Herr Borodin. Können Sie bitte umgehend in die Firma kommen?"

„Tag, Herr Wohlers. Was gibt es denn? Ist es wichtig?"

„Oh ja, Herr Borodin. Wir haben den Militärischen Abschirmdienst im Haus. Wir brauchen Sie dringend."

„Ja, ich komme", hörte Karl sich sagen.

Borodins Gedanken zerplatzten wie eine Seifenblase.

Sonntag, 4. September 1988

Marko Greve betrat den Gastraum in der Traube. Die Fachwerkfassade des Gebäudes beeindruckte ihn. Eine Alt-Berliner Kneipe in Berlin-Spandau, die schon in den früheren

Jahrzehnten Besucher angezogen hatte. Marko setzte sich an einen Tisch, es gab heute nur wenige Besucher, obwohl es Sonntag war. Es lag wohl am Wetter, die Menschen waren lieber draußen, anstatt in einer Kneipe zu sitzen. Marko war das recht. Es war jetzt 11:30 Uhr. Der Wirt kam und fragte nach seinen Wünschen. Marko bestellte sich eine Berliner Weiße. Die Berliner Spezialität kam schnell, während Marko nach draußen schaute und den Unbekannten erwartete, der zu seiner Familie gehörte. Würde er vielleicht doch nicht kommen? Marko nahm einen Schluck dieses köstlichen Getränks. Die Minuten verrannen. Die Zeiger der Uhr näherten sich der Mittagsstunde. Es war jetzt 11:55 Uhr. Marko trank den letzten Rest aus seinem Glas. An der Theke standen zwei Männer, die sich lebhaft mit dem Wirt über ein Fußballspiel unterhielten, bei dem die Mannschaft der Hertha BSC verloren hatte. Unfreiwillig hörte Marko die Gründe dieser Niederlage. Sein Interesse für Fußball ging gegen null, er schnippte mit dem Finger nach einem weiteren Getränk. Da ertönte plötzlich hinter seinem Rücken diese Stimme. „Delta Lima vier Alpha Alpha Bravo?"

Marko drehte sich herum. Ein Mann stand hinter ihm. Ziemlich groß, schwarzes Haar und eine muskulöse Gestalt. Ein schwarzer Schnäuzer zierte sein Gesicht, der Mann machte einen verwegenen Eindruck. Er trug eine dunkle Lederjacke und eine verwaschene Jeans.

Marko schaute ihn einige Sekunden an, bevor er antwortete. „Ja, das bin ich."

„Gut, Herr Greve, bitte kommen Sie. Ich möchte Sie mit jemandem bekannt machen."

„Warten Sie, ich muss noch bezahlen."

„Das brauchen Sie nicht. Die Rechnung ist schon beglichen." Der Wirt gab Marko ein Zeichen zur Bestätigung.

Marko stand auf und folgte dem Unbekannten zum Ausgang der Kneipe. Ein schwarzer Citroen stand einige Meter entfernt vom Eingang der Traube. Sein Begleiter, der am Wagen stand, öffnete ihm die hintere Tür. Marko wollte sich gerade setzen, als ihm von hinten ein Tuch auf sein Gesicht gedrückt wurde. Die Bewusstlosigkeit setzte sofort ein. Marko fiel in die Polster und seine Beine wurden in den Fußraum gelegt. Der Hüne und sein Fahrer stiegen vorne ein und fuhren sofort los. Mit unbekanntem Ziel bewegte sich das Fahrzeug in südöstliche Richtung.

Juli 1988

Nach diesem Anruf war Karl nicht mehr der Alte. Der MAD war im Haus. In seinem Kopf wirbelten die Gedanken durcheinander. War man ihm schon auf die Schliche gekommen? Sollte Angela aufgeflogen sein? Nein, das konnte nicht sein.

Karl hatte in der letzten Zeit wie ein Berserker gearbeitet.

Man hatte ihm nahegelegt, einmal ein paar Tage auszuspannen. Das war der Grund, warum er Angela angerufen hatte. Karl hatte trotzdem Zeit, um über sich und sein Leben nachzudenken. Was lag gegen ihn vor? Der MAD konnte nur seinetwegen da sein. Irgendetwas musste durchgesickert sein. Er fuhr sehr schnell die kaum zehn Kilometer bis zur Adresse am Heegwald zu seiner Wirkungsstätte. Sollten die in der Firma seinen Ordner vermissen? Aber nein, das konnte nicht sein. Der Ordner sollte zwar die Firma msv nicht verlassen, aber weil Karl abends oft zu Hause noch arbeitete, brauchte er seine Unterlagen auch hier. Die Originale seiner Entwicklungen befanden sich im Tresor.

Schon hatte er den Parkplatz der Firma erreicht. Sein Kopf war jetzt leer, er wollte jetzt nur noch den Grund dafür erfahren, was wirklich los war.

Am Pförtner eilte Karl vorbei, der ihn freundlich grüßte. Karl nickte nur flüchtig und mit eiligen Schritten erreichte er die Räume der Geschäftsleitung.

Robert Wirthwein kam gleich auf ihn zu. „Hallo Karl. Schön, dass Sie kommen."

„Robert, was ist los? Was wollen diese Herren?"

Günter Wohlers kam dazu. „Herr Borodin, guten Tag, bitte kommen Sie, meine Herren. Die Herren des Militärischen Abschirmdienstes warten im Konferenzraum."

Wohlers ging voran. Er öffnete die Tür und die Männer betraten einen holzgetäfelten Raum, in dem bereits zwei Herren Platz genommen hatten. Die standen jetzt auf und blickten auf die Eintretenden.

Günter Wohlers wies auf Karl. „Meine Herren, das ist unser Entwicklungsingenieur Karl Borodin. Er wird Ihnen Ihre Fragen beantworten."

„Guten Tag Herr Borodin. Mein Name ist Frederick Bruski. Das ist mein Kollege Jan Spencer."

Karl wirkte unsicher. Er versuchte, selbstbewusst aufzutreten. Offensichtlich gelang ihm das aber nicht überzeugend.

„Sie sind vom militärischen Abschirmdienst? Was wollen Sie von mir?"

„Herr Borodin, sagt Ihnen der Name Yvonne Kučerová etwas?"

Karl wurde aschfahl im Gesicht. Er schwieg zunächst. „Yvonne Kučerová? Ja, die Dame kenne ich."

„Haben Sie mit Frau Kučerová über Ihre Tätigkeit in Ihrer Firma gesprochen?"

Karl hatte sich jetzt gefangen. Er war erleichtert. Wäre Angela Neuberger erwähnt worden, hätte er mit Sicherheit die Fassung verloren.

„Es ist mehr als ein Jahr her, als ich Yvonne Kučerová in Bregenz kennenlernte. Ich unternahm eine Kurzreise ins österreichische Vorarlberg. Wir hatten nur eine kurze Affäre. So viel kann ich sagen. Über meine Arbeiten in der Firma haben wir nicht gesprochen."

„Wie kommt es dann, dass Yvonne Kučerová sehr viel über Sie und Ihre Projekte weiß, Herr Borodin?" Bruski räusperte sich.

„Wie darf ich das verstehen?" Karl runzelte die Stirn.

„Gerd Kirschner kennen Sie"?

Borodins Gesichtsausdruck verfinsterte sich. „Natürlich. Der Mann gehört zu meinem Team."

„Kirschner ist offensichtlich mit Frau Kučerová liiert. Beide haben Sie kompromittiert. Kirschner wirft Ihnen vor, geheime Daten Ihrer Arbeiten nach draußen gebracht zu haben."

Karl hatte sich in der Gewalt. Obwohl dieser Vorwurf berechtigt war, konnte Kirschner nicht die Übergabe der Akten an Angela meinen.

„Gut, Herr Bruski, ich will Ihnen reinen Wein einschenken. Frau Kučerová hat unsere kurze Beziehung selbst beendet. Ich muss gestehen, ich habe sie oft in meiner Nähe gesehen. Vermutlich stellt sie mir nach. Ich habe aber seit gut einem Jahr nie wieder ein Wort mit ihr gewechselt. Allerdings habe ich Gerd Kirschner empfohlen, sie einmal anzusprechen, wenn sie wieder am Werkstor unserer Firma stand. Das hat

143

er auch getan. Ich habe die beiden zusammen gesehen. Wenn also die Kučerová etwas von unseren Projekten weiß, kann sie das nur von Kirschner erfahren haben. Vielleicht versucht sie, mich auf diese Weise für sich zu gewinnen."

„Das will ich Ihnen glauben, Herr Borodin. Aber da gibt es die Vorwürfe von Gerd Kirschner."

Karl überlegte. „Herr Bruski, ich muss da etwas weiter ausholen. Ich arbeite schon viele Monate mit Gerd Kirschner in meinem Team zusammen. Wir hatten seit unserer Zusammenarbeit stets Differenzen. Das betraf die unterschiedliche Beurteilung bei technischen Details in der Leittechnik. Hätte ich seine Ideen befürwortet, wären einige Projekte nicht verwirklicht worden. Es würde jetzt zu weit führen, Ihnen die genauen Details zu erklären. Herr Wohlers, unser Geschäftsführer wird Ihnen Gelegenheit geben, genaue Einblicke zu nehmen. Kurz zusammengefasst, Kirschner hat selten mit seinen Ideen Erfolg gehabt, meine Entwicklungen zu unterstützen. Ich arbeite oft zu Hause, abends und auch an Wochenenden. Deshalb nehme ich Akten mit nach Hause, weil ich dort in Ruhe arbeiten kann. Herrn Wohlers ist das bekannt, es besteht zwischen mir und der Geschäftsleitung ein besonderes Vertrauensverhältnis. Kirschners Verdacht besteht wohl offenbar deswegen. Er glaubt, wenn ich vertrauliche Unterlagen zu Hause habe, würde ich sie in fremde Hände geben. Das ist naiv zu glauben. Deshalb geht mein Verdacht in eine ganz andere Richtung. Ich vermute sogar, Kirschner hat ein Detektivbüro beauftragt, um mich zu beschatten. Die Bekanntschaft mit Yvonne Kučerová hat er vermutlich ausschließlich dazu genutzt, um mir zu schaden. Da kam ihm wohl dann die Eifersucht der Dame zu Hilfe. Zählen Sie eins und eins zusammen. Yvonne Kučerová und

Gerd Kirschner hatten unterschiedliche Motive, um mir nachzustellen. Kučerovás Eifersucht und der Zwang, mich zurückzugewinnen. Der Hass Kirschners, weil er sich in meinem Team nicht genügend gewürdigt fühlt. Das ist die einzige Erklärung, die ich Ihnen zu den Vorwürfen geben kann."

Günter Wohlers wandte sich jetzt an Frederick Bruski. „Herr Bruski, die Geschäftsleitung der Firma microwave science vision und ich sind von der Integrität Karl Borodins überzeugt. Es gibt überhaupt keinen Grund, ihn zu verdächtigen, Geheimnisverrat begangen zu haben. Herr Borodin arbeitet zurzeit an einem Projekt, das für unsere Firma und die Sicherheit der Bundesrepublik Deutschland bedeutend sein wird."

Bruski schaute auf Karl Borodin und Günter Wohlers. Seine Gesichtszüge verrieten ein leichtes Lächeln.

Sein Kollege Jan Spencer hatte bisher schweigend das Gespräch verfolgt, als plötzlich sein Handy summte.

„Spencer?" Jan Spencer drehte sich einige Schritte um und lauschte in den Hörer. Nur Sekunden später steckte er das Telefon in seine Jackentasche. Die Männer schauten ihn fragend an.

„Meine Herren, es ist etwas geschehen. Gerd Kirschner wurde tot aufgefunden. Nach den ersten Ermittlungen ist die Todesursache noch ungeklärt."

4. September 1988

Marko Greve erwachte langsam und wusste zunächst überhaupt nicht, wo er sich befand. Er lag auf einer Pritsche und war mit einer braunen Wolldecke zugedeckt. Nur bröckchenweise kehrte seine Erinnerung zurück. Zuerst hatte er den Geschmack der Berliner Weiße im Mund, als die Erinnerung an den Aufenthalt in der Berliner Kneipe „Traube" zurückkehrte. Es dauerte einige Minuten, bis Marko sich an den Mann erinnerte, der ihn abgeholt hatte. Einen schwarzen Wagen hatte er gesehen, bevor er das Bewusstsein verlor. Die Kopfschmerzen brachten sein Bewusstsein jetzt vollends zurück.

Dieser Raum war kahl, er glich einer Gefängniszelle. Marko fühlte die Angst, die in ihm aufstieg. War er noch in Westberlin? Ostberlin und die DDR waren in allen Himmelsrichtungen um ihn herum. Die Furcht wurde immer stärker, was hatte man mit ihm vor?

Marko wünschte sich, wieder das Bewusstsein zu verlieren. Eine bleierne Müdigkeit ergriff ihn. Marko kämpfte nicht dagegen an. War das sein Ende? Diese unterschwellige Furcht, ein Territorium niemals betreten zu dürfen und dort ausgeliefert zu sein, wurde jetzt zur Gewissheit.

Tränen rannen über sein Gesicht. Marko hatte den Bogen überspannt. Die Sehnsucht, einen Menschen kennenzulernen, der sein Onkel war, hatte vielleicht sein künftiges Leben zerstört? Wieder spürte Marko die Wut auf seinen Vater und seine Oma Lene. Nie hätte er sich auf diese Reise eingelassen, wenn beide für klare Verhältnisse gesorgt hätten. Nun fürchtete er sich vor den kommenden Stunden.

Er war Leuten ausgeliefert, die seine Sehnsucht zu ihren Gunsten ausnutzen würden. Einige Jahre würden sie ihn ins Gefängnis stecken. Niemand würde ihm seine Geschichte abnehmen, hierher zu kommen, nur um jemanden kennenzulernen. Dieses ständige, krankhafte Misstrauen zwischen Ost und West machte nicht vor den Gefühlen eines einzelnen Menschen halt.

Gedanken drängten sich ihm auf. Im Geiste formulierte Marko Argumente, wie er einem Richter seine Unschuld beteuerte. Nur um die Familie kennenzulernen, überschritt er eine Grenze, die für ihn tabu war.

Plötzlich waren da Geräusche. Als ob ein Schlüsselbund im Schloss gedreht wurde. War das schon eine Gefängniszelle? Quietschend öffnete sich eine Tür. In diesem Raum war es ziemlich dunkel. Marko konnte zuerst die Gestalt nicht richtig erkennen, die sich ihm näherte.

Jetzt stand sie an seiner Pritsche und beugte sich über ihn.

„Na Marko? Wie geht es dir?" Die Stimme klang freundlich, vertraut. Marko lag da wie vom Donner gerührt. Dieser Mann kannte ihn.

„Wer sind Sie?"

„Wer ich bin? Aber Marko. Ich bin es, Hermann. Hermann Greve."

„Sie ... du bist mein Onkel?"

„Ja, ich bin dein Onkel, mein Lieber."

„Wie heißt deine Mutter?"

„Na hör mal, meine Mutter ist die Lene. Die Lene aus Friedrichslohra."

„Hermann wo bin ich hier?"

„Hab keine Angst, du bist in Sicherheit. Niemand will dir etwas Böses. Ich weiß nicht viel über dich. Nur dass du da im Harz auf dem Berg Stöberhai Soldat der Bundeswehr bist."

Marko beruhigte sich jetzt etwas. „Ja bin ich. Hast du meine Nachricht erhalten?"

„Ja habe ich. Es war reiner Zufall. Immer wenn ihr eure Funkübungen macht, schauen wir mal kurz drauf. In diesem Fall haben wir eure Aussendung aufgezeichnet. Das Band habe ich an mich genommen. Es geht darum, euren Schlüssel zu knacken. Weil wir aber wissen, dass nichts Wichtiges übertragen wird, kennt niemand sonst den Inhalt. Ich weiß schon lange, dass es dich gibt. Lene hat mir heimlich Briefe geschrieben. Sie hat mir von dir berichtet. Auch von Kurt, meinem Bruder. Ich bin sechs Jahre jünger als Kurt. Wir haben als Kinder wenig gemeinsam gehabt. Ich habe damals viel gelesen und als dieser Hitler die Macht ergriffen hat, habe ich nur noch Hass empfunden. Aber jetzt sag du mir mal. Wie bist du auf mich gekommen? Von Lene habe ich nur erfahren, dass du den Beruf des Elektrikers erlernt hast."

„Das liegt schon lange zurück. Es war im Jahr 1980, als ich dich in einem Gespräch auf einer Richtfunkverbindung vom Brocken nach Magdeburg gehört habe. Ich war natürlich nicht sicher, ob du dieser Hermann Greve bist. Ich habe ja nie etwas von dir gehört."

Einen Moment zögerte Hermann, ließ Marko aber weitersprechen.

„Aber das ließ mir die ganzen Jahre keine Ruhe. Da fiel mir dann diese Möglichkeit ein. Ich war mir sicher, dass auf dem Brocken irgendjemand mithört. Und ich hatte ja Erfolg. Nun habe ich dich gefunden."

„Kuriose Geschichte, mein Lieber."

Jetzt konnte Hermann Greve ein Feixen nicht unterdrücken. Marko sah es in der Dunkelheit des Raumes nur undeutlich.

„Aber da sind noch ein paar offene Fragen, Marko. Warum hat dir niemand gesagt, dass es mich gibt? Kurt und Helene müssen mich kennen."

„Du machst dir die Sache ziemlich einfach, Hermann. Erstens ist zwischen uns diese Grenze. Du lebst doch in der DDR oder irre ich mich? Zweitens hat weder Lene, deine Mutter, noch haben Helene oder Kurt über dich gesprochen. Niemals. Nur wenn Helene zu viel getrunken hat, erwähnte sie gelegentlich deinen Namen. Deine Mutter hat dich mal in Gebeten erwähnt, die ich zufällig mitangehört habe. Mein Vater, Kurt, hat so gut wie nie mit mir gesprochen. Weder über dich noch bei anderen Gelegenheiten hat er das Gespräch mit mir gesucht. Wir haben immer wie Fremde in der eigenen Familie gelebt."

„Was macht dein Vater heute? Was ist mit Lene? Wie geht es ihr? Der Kontakt ist schon lange abgerissen. Ich glaube, Anfang der Siebzigerjahre habe ich das letzte Mal von ihr gehört."

„Du, Hermann, Lene, deine Mutter, ist 1975 gestorben. Dein Bruder Kurt, mein Vater, ist seit 1982 verstorben."

Hermann schwieg wieder einige Zeit. Er schien nachzudenken. „Ach so, das tut mir leid." Eine Gefühlsregung war in Hermanns Gesicht nicht zu erkennen. „Ihr seid schon eine seltsame Familie."

Marko ärgerte sich über diese Bemerkung. „Was soll das heißen? Bin ich etwa daran schuld, dass es diese merkwürdige Grenze gibt? Was kann ich dafür, wenn mein Vater nicht mit mir gesprochen hat? Oder wenn deine Mutter Lene nichts von dir erzählt hat? Deine Schwester Helene erwähnte dich höchstens mal im Suff. Ja, so gesehen hast du recht. Das ist schon eine seltsame Familie. Aber ich lasse mir das nicht vorwerfen. Im Übrigen bist du jetzt mal dran. Vielleicht sind deine Mutter und deine Geschwister wegen dir so merkwürdig. Erzähl mal was von dir. Wie war das damals in Friedrichslohra?"

Hermann schien jetzt etwas länger zu überlegen. Marko glaubte Verzweiflung, in seinen Gesichtszügen zu lesen. „Mein lieber Marko. Die Zeiten waren damals unglaublich hart. Ich bin 1927 geboren. Gut, ich war noch zu klein, um diese ganze Hoffnungslosigkeit in unserer Familie zu erfassen. 1930, als mein Vater starb, gab mich meine Mutter einfach weg. Eines Tages war sie einfach verschwunden. Zusammen mit Helene und Kurt. Ich kam bei einem Pfarrer unter. Mutter Lene kannte ihn wohl und glaubte, mich bei ihm gut aufgehoben zu wissen. Er behandelte mich gut. Irgendwann kamen dann Briefe von Mutter Lene. Wohl um Pfarrer Bruno wissen zu lassen, wo sie abgeblieben war. Er tat alles, um mich nicht von dieser braunen Bande verführen zu lassen. Ich wollte jedenfalls nicht zu meiner Mutter zurück und Bruno liebte mich, jedenfalls mehr als meine Mutter. Ich kannte sie ja kaum. Ich wusste nur von ihr, was mir Bruno erzählte. Dann kam 1933 dieser Hitler an die Macht. Zwar war ich noch ein kleiner Junge, aber durch den Einfluss Brunos empfand ich anders als die meisten meiner Altersgenossen. Irgendwie hat die Trennung von meiner Mutter und meinen Geschwistern meine Entwicklung stark beeinflusst. In diese Hitlerjugend musste ich eintreten, trotz zaghafter Weigerungen, um meinen Bruno nicht in Schwierigkeiten zu bringen. Wir wurden in Gemeinschaften mit Lagerfeuern, Gesang und Beschäftigungen betäubt, um uns zu begeistern. Sogar fliegen durften manche. Natürlich auch schießen, eben alles wurde veranstaltet, womit man Kinder in den Bann zieht. Viele von uns Kindern waren arm. Sie waren froh, wenn sie morgens wussten, was sie abends zu essen hatten. Ich musste nicht hungern, aber für manche war diese HJ mehr als eine Familie, weil sie dort eine Aufgabe hatten. Ich habe diesen Hitler von Anfang an gehasst und alles, was mit ihm zusammenhing. Die Hitlerjugend und der Bund Deutscher Mädel waren für mich Herdenvieh. Bund Deutscher Milchkühe nannten wir sie. Helene haben sie bestimmt auch aufgenommen, als meine Mutter in den Westen gezogen ist. In dieses Herzberg. Glücklicherweise gab es Jungen und Mädchen, ungefähr in meinem Alter, die sich nicht manipulieren lassen wollten. Ich versuchte, so gut es ging, mit denen meine Freizeit zu verbringen. Das war aber ziemlich gefährlich. Einige von uns wurden brutal verprügelt. Diese Hitlerjugend wurde gegen uns aufgehetzt, um uns in die gewünschten Bahnen zu lenken. Als ich zwölf war, suchte ich den Kontakt zu den Edelweißpiraten. Das war eine oppositionelle Gruppe gegen das Hitler-Regime. Aber auch von denen fühlte ich mich zunächst nicht unterstützt. Ich war, seit ich denken kann, vom Kommunismus überzeugt. Trotzdem blieb ich bei denen. Die HJ schmiss mich nach Kriegsbeginn raus. Ich konnte das Geschrei dieser Faschisten einfach nicht mehr ertragen. 1942 fand ich Gesinnungsgenossen bei den Edelweißpiraten in Halle, die mir sympathisch waren. Ich war schon fünfzehn und fürchtete, in diesen Krieg hineingezogen zu werden. Ich konnte auch nicht mehr nach Friedrichslohra zurück, weil mein Ziehvater Bruno verhaftet wurde. Er hatte jüdische Wurzeln und ich habe nichts mehr von ihm gehört. Wahrscheinlich ist er in einem dieser Konzentrationslager umgekommen. Ich fühle mich da auch schuldig, weil ich mich anfangs weigerte, der Hitlerjugend beizutreten. Sie diskriminierten Bruno, bis ich schließlich

151

eintrat. Ich ordnete mich bei denen nie unter und aus diesem Grund nahmen die Schergen Bruno unter die Lupe. Er wurde 1942 frühmorgens von einer Horde SA-Leute abgeholt. In Halle tauchte ich dann unter, weil ich befürchtete, das gleiche Schicksal zu erleiden. Ein befreundeter Pfarrer Brunos nahm mich auf, weil er Kommunist war. Er unterstützte uns Gleichgesinnte und unsere Aktivitäten. Ich muss zugeben, das Leben wurde für uns brandgefährlich. Wir lebten außerhalb von Halle in einer Scheune. Essen und Trinken gab es dort mehr, als ich es bei Bruno gewohnt war. Der Pfarrer und wir auf diesem Bauernhof arrangierten uns zum Schein mit dem braunen Gesocks. Das klappte ganz gut. Einmal hätten sie uns fast ausgehoben. Der Bauer hatte in einer Nacht schwarz ein Schwein geschlachtet. Das Quieken des Schweins blieb nicht ungehört. Der gute Draht zu den Nazis rettete uns. Ein halbes Schwein kassierten die zwar, aber die andere Hälfte blieb uns. Unser Werben für die kommunistische Partei war sehr schwer, weil die Menschen ein bolschewistisches Deutschland fürchteten. Viele glaubten, dieser Hitler würde wieder Ordnung schaffen, trotz Krieg und Zerstörung. In Halle und dem Umland gab es trotzdem viele Anhänger der Arbeiterparteien. Ich schaffte es tatsächlich bis Kriegsende, hier auf dem Hof in der Scheune in Illegalität zu leben. Der Bauer konnte sich auch mit den Zielen der SPD und der KPD anfreunden. Dadurch waren wir ihm immer wohlgesonnen, natürlich mussten wir auf dem Hof auch mitarbeiten. Niemals durften die Nazis unsere politische Gesinnung erkennen. Zwei von uns waren zu unvorsichtig. Die haben sie geschnappt und wir haben sie nie wiedergesehen. Wahrscheinlich sind sie wie Bruno im KZ gelandet, die armen Schweine. Es gesellten sich aber drei sowjetische

Kriegsgefangene zu uns. Die mochten uns und wir lernten auch etwas Russisch. Es dauerte nicht lange und wir konnten uns einigermaßen verständigen. Nur mussten die sich auch mit uns verstecken. Das Kriegsende in Halle war schrecklich. Die Bevölkerung hatte daran auch eine Mitschuld. Viele gingen den Nazis auf den Leim. Zum Beispiel als die Amerikaner vor der Stadt standen. Sie verteilten Flugblätter, in denen die Bevölkerung aufgefordert wurde, weiße Fahnen aus den Fenstern zu hängen. Blutvergießen sollte vermieden werden. Das wurde aber nicht gemacht. Im Gegenteil. Als die Amerikaner in die Stadt vordrangen, verhielt sich die Bevölkerung aggressiv. Sie unterstützten Truppen der Wehrmacht, speziell Scharfschützen, die amerikanische Soldaten erschossen. Es gab sehr viele Opfer auf beiden Seiten, die völlig sinnlos waren. Aufgehetzte Hitlerjungen stellten sich den Amerikanern entgegen, die ihr Tun mit dem Leben bezahlten. Die Amerikaner fackelten nicht lange und beschlossen, Halle zu bombardieren. Das machte wohl Eindruck und die deutschen Truppen zogen sich zurück, während die Amerikaner weiter in die Stadt eindrangen. Das gelang dann. Zwar mussten noch etliche den Vorstoß mit ihrem Leben bezahlen, aber so Ende April 1945 hatten die Amerikaner die Oberhand. Auch während dieser Tage hatten wir wieder unglaubliches Glück. Der Hof wurde in Ruhe gelassen. Wahrscheinlich glaubten die Amerikaner, dass es hier nichts zu holen gibt. Haus und Scheune sahen wirklich sehr schlimm aus. Die Kommandanten von denen nahmen lieber Häuser, die gut und vornehm aussahen. Da richteten sie dann ihre Stützpunkte ein. Kasernen gab es in Halle ja auch genug."

Hermann Greve schaute auf Marko. Er hatte sich in Rage geredet, die Erlebnisse in dieser Zeit hatten ihn wohl geprägt. „Sag mal, schläfst du?" Hermann rüttelte ihn.

Marko schlief tatsächlich. Das Betäubungsmittel wirkte offensichtlich noch. Marko schreckte hoch.

„Ja Hermann was ist? Ich habe dir zugehört, aber ich bin so müde."

Hermann lächelte, aber so, dass es kaum zu sehen war.

„Ich habe verstanden, dass du damals nach Halle gegangen bist. Warum bist du nach dem Krieg in Halle geblieben?"

„Weißt du, Marko, ich war froh, als im Juli 1945 die Rote Armee in Halle einmarschierte. Da trennte sich die Spreu vom Weizen in der Bevölkerung. Ich will nicht sagen, dass es keine Nazis in der Stadt mehr gab, aber das Blatt wendete sich eben. Als die Amerikaner noch die Herrschaft über Halle hatten, unterstützte der braune Sumpf weiterhin die Wehrmacht. Nach der Übergabe der Stadt an die Sowjets war es anders. Die sowjetische Militäradministration[12] hatte die Macht in der Stadt und die deutschen Kommunisten mussten sich nicht mehr verstecken. Das war unsere Stunde. Der Bauer und wir konnten jetzt mit den Organen der SMAD zusammenarbeiten. Wir erstellten Flugblätter, auf denen wir für die Freundschaft mit den Rotarmisten warben. Schließlich hatten die durch den Überfall auf die Sowjetunion ihre Heimat verloren und der Blutzoll war unermesslich.

Wir wollten unsere zerstörten Städte wiederaufbauen, aber auch beim Aufbau der russischen Städte unseren Beitrag leisten. Die Gemeinschaft der sozialistischen Staaten sollte die Zukunft sein. Nie wieder Krieg und ewige Freundschaft

---

[12] SMAD

mit der Sowjetunion. Das war mein Ziel und dafür wollte ich meine ganze Kraft einsetzen."

Marko hatte jetzt aufmerksam zugehört und schaute Hermann an. „Das erklärt vieles. Jetzt beginne ich langsam, unsere Familie zu verstehen."

Hermann Greve ging nicht darauf ein. Er sprach einfach weiter. „Weißt du, als 1949 die Deutsche Demokratische Republik gegründet wurde, war das für mich eine Sternstunde. Die Sowjetunion war jetzt unser Leitbild. Sie gab uns die Politik vor und wir unterstützten die Genossen mit unserer Arbeitskraft. Natürlich mussten wir auch Reparationsleistungen erbringen. Gleise, ganze Fabriken wurden abgebaut und in die Sowjetunion gebracht. Das waren wieder schwere Zeiten, aber ich war das gewohnt. Es gab genug zu essen, ich lebte ja noch auf dem Hof. Die Arbeit war sehr anstrengend, aber ich war jung und der Aufbau der DDR machte mich stolz. Man sprach mich an, einige Jahre in der Sowjetunion zu verbringen, um im Ministerium wichtige Aufgaben erfüllen zu können. Ich überlegte nicht lange, von 1950 bis 1952 lernte ich in Moskau von unseren sowjetischen Freunden, worauf es ankam. Ich weiß, ich möchte nicht zu sehr ins Detail gehen, wir sind eben in zwei verschiedenen Welten aufgewachsen. Ich möchte nur, dass du mich verstehst. Ich habe dir jetzt in groben Zügen mein Leben erzählt. Ich weiß auch nicht, ob du Verständnis für mich aufbringst." Hermann Greve hielt jetzt inne.

Marko war vollends wach und schaute Hermann ernst an. „Ich weiß noch nicht, ob ich dich verstehe. Du bist schließlich einige Jahrzehnte älter als ich und hast den Krieg erlebt. Dann bist du in Ostdeutschland aufgewachsen und lebst in der DDR. Ich kann mit diesem Sozialismus und Kommunismus nicht viel anfangen. Ich kenne nur unsere Welt in der Bundesrepublik. Ich fühle mich dort wohl und mache meine Arbeit gerne. Ich glaube, wir haben keine großen Gemeinsamkeiten. Sag mal, was passiert jetzt eigentlich mit mir? Wollt ihr mich einsperren? Ich bin doch in der DDR, oder etwa nicht?"

„Marko, lass nur. Ich will dir nichts Böses. Du bist an einem geheimen Ort. Ich sage dir auch nicht, wo du jetzt bist. Nur ich allein weiß, dass du hier bei mir bist. Euren Turm da auf dem Berg bei Bad Lauterberg kennen wir. Eure sogenannte Fernmelde-Elektronische Aufklärung ist in der Militärakademie in Dresden das Thema einer Dissertation gewesen und wird durch unsere Hauptabteilung III beobachtet. Unser zentraler Funkdienst in Dessau und die Empfangsanlagen unserer Hauptabteilung III arbeiten effektiver, als du dir das vorstellen kannst, das kannst du mir glauben. So, mein lieber Marko, es wird Zeit, dass du in deine Welt zurückkehrst. Du hast mich jetzt kennengelernt und so wollen wir auch wieder, jeder für sich, in seine Welt zurückkehren." Hermann drehte sich um und suchte etwas, was Marko nicht erkennen konnte. Hermann blickte jetzt wieder zu Marko und drückte ihm seine rechte Hand auf sein Gesicht.

Es dauerte nur Sekunden, bis eine gnädige Ohnmacht Marko ein zweites Mal ein schwarzes Tuch auf seine Augen legte. Eine tiefe Bewusstlosigkeit erlöste ihn von seiner Angst einen schrecklichen Fehler begangen zu haben.

Juli 1988

Karl konnte sich auf der Fahrt nach Hause nur schwer auf den Verkehr konzentrieren. Es war Montag am frühen Abend und die Menschen strömten von der Arbeit zu ihren Familien. Er grübelte und staunte über sich selbst. Die Vorwürfe eines Geheimnisverrats hatte er kaltblütig entkräftet. Im Gegenteil. Er ärgerte sich jetzt, Gerd Kirschner Bruski gegenüber nicht ebenfalls als Verräter verdächtigt zu haben. Die Möglichkeit hätte Kirschner schließlich genauso gehabt wie Karl selbst. Er war in die meisten Projekte vollumfänglich involviert.

Nun war er tot. Die Todesursache? Selbstmord? Nein, das konnte sich Karl nicht vorstellen. Der Kerl war abgebrüht, zugegeben, er war nicht dumm, aber missgünstig. Kirschner hatte Karl den Erfolg und sein Einkommen geneidet.

Wer hatte ein Motiv ihn zu töten? Hatte Kirschner Feinde? Sein Privatleben kannte Karl nicht so genau. Kirschner redete nicht viel über sich. Er lebte allein. Seine Ehe war schon vor einigen Jahren in die Brüche gegangen. Seine Frau hatte Kirschner wegen eines anderen verlassen.

Vielleicht doch Selbstmord aus Kummer? Nein, dazu war er viel zu sehr mit sich selbst beschäftigt. Kirschner war Funkamateur gewesen, er hatte zu Hause eine Kurzwellen-Funkstation betrieben und mit sehr großen Sendeleistungen gearbeitet, die riesigen Antennen verunzierten das Grundstück. Seine Nachbarn hatte er mit Störungen des Fernsehempfangs terrorisiert. Das war ihm egal gewesen, er musste in den entlegensten Winkeln der Erde immer mit einem stärkeren Signal als andere zu hören sein. Darin fand Kirschner seine Befriedigung. Seine Kenntnisse in der Hochfrequenztechnik befähigten ihn auch zur Mitarbeit in der Firma msv. Er hatte durchaus gute Ideen, aber er dachte oft nicht bis zu

Ende. Kirschners Teamfähigkeit war nicht sehr ausgeprägt gewesen. Ein freundschaftliches Verhältnis zu Karl hatte sich nie entwickelt.

Karl hatte schon die Auffahrt zu seinem Grundstück erreicht, fast wie in Trance war er gefahren, zu sehr hatten ihn die Geschehnisse beschäftigt.

Dass der Vorwurf des Geheimnisverrats gegen ihn berechtigt war, beunruhigte Karl nicht mehr. Er hatte ein neues Leben begonnen, zusammen mit Angela würde er die Welt aus den Angeln heben. Karl wollte gerade die Tür aufschließen, als diese sich selbst öffnete. Ein angenehmer Duft strömte ihm entgegen, als er eintrat. Angela trug nichts außer einem durchsichtigen Negligé, als sie Karl leidenschaftlich umarmte und ihn wortlos ins Schlafzimmer zog.

Dienstag, 6. September 1988

Marko Greve erwachte. Sein Bewusstsein kehrte nur langsam zurück. Wo war er? „Hermann? Wo bist du? Hermann?"

Seine Stimme klang heiser in dieser Räumlichkeit, es roch irgendwie medizinisch. War er immer noch in diesem düsteren Raum, nur auf dieser Pritsche? Nein, es war hell in diesem Zimmer. Weiße Wände. War das ein Krankenhausbett? Armaturen für Sauerstoff? Ja, offensichtlich befand sich Marko in einem Krankenhaus. Er blickte sich um. Neben ihm ein Tisch mit Schubladen, der Rollen hatte. Über ihm eine Art Fernbedienung. Ein roter Knopf sprang ihm ins Auge.

Wieso war er hier? Wo war Hermann? Marko war jetzt wieder bei vollem Bewusstsein. Er drückte den roten Knopf. Marko war allein in diesem Raum. Vielleicht fünf Minuten mochten vergangen sein, als sich die Tür öffnete. Ein blonder, hochgewachsener Mann im Arztkittel trat ein. Er trug eine Brille mit runden Gläsern und lächelte. „Guten Tag, Herr Greve. Ich bin Dr. Dräger. Wie fühlen Sie sich?"

Marko war verwirrt. Sein Erinnerungsvermögen gaukelte ihm Bilder vor, die nicht zu dem Aufenthalt in diesem Zimmer passten. „Wo bin ich? Was tue ich hier?" Marko sprach leise, als hätte er Furcht, gehört zu werden.

„Herr Greve, wir wissen auch nicht viel über Sie. Sie wurden heute Vormittag auf einer Parkbank am Landwehrkanal gefunden. Die Bank ist etwas im Grün versteckt, deshalb sind Sie nicht gleich entdeckt worden. Ihren Namen haben wir Ihrem Personalausweis entnommen. Sie befinden sich im Klinikum am Urban. Sie waren bewusstlos. Man hat Ihnen ein Sedativum verabreicht. Wir haben Sie zunächst intensivmedizinisch behandelt. Es besteht jedoch kein Anlass zur Besorgnis. Das Beruhigungsmittel ist in Ihrem Körper jetzt nicht mehr nachweisbar. Sie sind gesund, dennoch haben wir Sie zur Beobachtung hierher verlegt. Können Sie sich an etwas erinnern?"

„Ja, natürlich. Ich war in einer Gaststätte in Spandau. In der Pichelsdorfer Straße. Ich wartete auf einen Verwandten, den ich treffen wollte. Ein Mann holte mich ab, er betäubte mich mit irgendetwas, als ich in ein Auto einsteigen wollte. Dann wachte ich in einem Raum auf. Keine Ahnung, wo das war. Ein Mann sprach mit mir. Er gab sich als mein Onkel aus. Der Mann, den ich seit Jahren kennenlernen wollte. Wir sprachen miteinander. Dann wurde ich wieder betäubt. Das ist alles, was ich weiß, bis ich hier in diesem Zimmer aufgewacht bin."

„Hmmh, das ist seltsam. Was ist das für ein Verwandter? Warum sollte er Sie narkotisieren?"

Angst keimte in Marko auf. Er überlegte. Dieser Hermann war sein Onkel. Niemand sonst konnte diese Details von seiner Familie wissen. Dieser Hermann war Angehöriger des Ministeriums für Staatssicherheit der DDR. Marko war in die DDR oder nach Ostberlin verschleppt worden. Vielleicht auch nicht? Er wusste es nicht, konnte aber auch mit niemandem darüber sprechen. Marko würde seinen Dienst nicht mehr auf dem Stöberhai verrichten können, wenn sich das Treffen mit einem Bediensteten der Staatssicherheit offenbarte.

„Herr Greve, geht es Ihnen gut?" Dr. Dirk Dräger schaute besorgt zu Marko.

„Herr Doktor, keine Sorge, ich versuche nur, meine Gedanken zu sortieren. Ich glaube, es ist alles in Ordnung."

„Sind Sie sicher? Sollen wir die Polizei informieren?"

Marko erschrak bei dem Wort Polizei. „Nein, auf keinen Fall. Welcher Tag ist heute?"

„Heute ist Dienstag der 6. September."

„Ich muss morgen Vormittag zurück. Mein Flug geht um 13:20 Uhr. Ich muss morgen früh in Tegel sein."

„Das ist kein Problem, Herr Greve. Wir können Sie morgen früh entlassen."

Marko konnte nicht antworten, weil sich gerade die Tür zum Krankenzimmer öffnete. Eine Schwester trat ein. „Herr Greve, für Sie ist ein Fax eingegangen."

Sie übergab ihm einen DIN-A4-Zettel, der ein wenig zerknittert war.

„Verzeihen Sie, wir hatten einen Papierstau an unserem Faxgerät. Marko ergriff das Papier und traute seinen Augen

nicht, als er den Text las. *Marko, war nett unser Gespräch, viele Grüße aus dem Objekt.*
Juli 1988

„Karl, was ist los? Irgendwie bist du nicht bei der Sache."

Angela Neuberger hatte Karl ins Bett gezogen. Karls Gedanken waren immer noch in der Firma. Der Tod Gerd Kirschners ging ihm nicht aus dem Kopf. „Der militärische Abschirmdienst war in meiner Firma."

„Na und?" Karl war überrascht. Angela war überhaupt nicht ängstlich. Sie reagierte eiskalt. „Was sollen die schon von dir wollen? Du musst ab jetzt etwas anders denken. Du arbeitest mit uns zusammen. Wir sorgen dafür, dass unsere Zusammenarbeit funktioniert. Was wollten die denn von dir?"

„Ein Mitarbeiter aus meinem Team ist tot. Möglicherweise ermordet. Er hat mich verdächtigt, Material aus der Firma weitergegeben zu haben."

„Na und, hast du doch auch." Angela grinste amüsiert.

„Sag mal, bist du von allen guten Geistern verlassen?"

Angelas Grinsen gefror. „Man wird doch wohl mal einen Scherz machen dürfen. Mach dir nicht ins Hemd. Glaubst du etwa, die ermitteln wegen der Akte, die du mir gegeben hast?"

„Nein, natürlich nicht. Das kann ja gar nicht sein."

„Pass mal auf, mein lieber Karl. Unsere Zusammenarbeit hat gerade erst angefangen. Du musst dir nun ein dickes Fell anschaffen. Du musst jetzt sehr vorsichtig sein und dir jeden Schritt, den du tust, dreimal überlegen. Du darfst keinen Fehler machen, damit sie dir nicht auf die Schliche kommen. Vergiss nicht, alles, was du uns lieferst, ist zum größten Teil auf deinem Mist gewachsen. Deine Firma ist auch nur auf deine Entwicklungen angewiesen, damit sie einen Haufen Geld verdient. Wir verdienen kein Geld damit, sondern unterstützen unsere Nationale Volksarmee, damit sie der NATO Paroli bieten kann, vergiss das nicht. Was wollten die denn nun von dir? Du hast doch den Kerl nicht umgebracht, oder?"

Wieder erschreckte Karl diese Kaltschnäuzigkeit Angelas.

„Erinnerst du dich an die Dame im Palazzo Gourmet, an dem Abend, als ich dich kennenlernte?"

Angela grinste wieder. „Ach diese Furie, die Blondine mit der Reibeisenstimme, die vor Wut fast geplatzt wäre?"

„Ja, genau die. Die hat sich mit dem Toten, aus meinem Team, dem Gerd Kirschner, eingelassen."

„Na und, vielleicht hat die diesem Kirschner das Licht ausgeblasen. Hast du denen den Wind aus den Segeln genommen?"

„Meine Firma steht jedenfalls voll hinter mir. Kein Mensch glaubt, dass ich ein Verräter bin."

„Bist du auch nicht, mein Goldeselchen. Du bist ein Wohltäter. Du sorgst für das Gleichgewicht der Kräfte. Ach übrigens. Du hast doch ein neues Projekt. Ich vermute eine Mikrowellenwaffe."

„Angela, wie kommst du darauf? Genügt dir nicht das, was ich dir gegeben habe?"

„Mein lieber Karl. In deiner Firma sind sie doch nur dann zufrieden, wenn du so viel wie möglich entwickelst, damit der Gewinn immer weiter steigt. Bei uns ist das genauso. Wir müssen mit dem Stand eurer Rüstung mithalten können. Diese Mikrowellenwaffen sind die Zukunft. Ich weiß, dass viele Leben der Soldaten durch den Einsatz dieser Waffen geschont werden können. Also bitte, nicht mauern, sondern liefern."

„Ach Angela, meine Grundlagenforschung ist noch nicht abgeschlossen. Das dauert noch."

„Karl, belüg mich nicht. Unsere sowjetischen Freunde sind schon vor einigen Jahren damit in Erscheinung getreten. Seit dieser Zeit hat sich auf diesem Sektor etwas getan." Angela richtete sich jetzt im Bett auf und blickte Karl ernst an. „Pass auf, die Zeit drängt. In der DDR sind Dinge im Gange, die mir Sorgen machen. Der Sozialismus in unserer Republik wird kritisch beäugt. Wir sind Schild und Schwert der Partei. Die Genossen im Politbüro werden auch immer älter. Es wird Zeit, dass Jüngere unsere Sache weiterführen. Auch in unseren Bruderstaaten kriselt es. Revanchistische Stimmungen in der BRD treiben uns an. Dieser Milliardenkredit, den der Strauß uns großzügig gewährt hat, gleicht einer Erpressung. Wir sind nicht gewillt, uns kaufen zu lassen. Denk daran, du hast dich verpflichtet, uns zu unterstützen. Du musst nicht glauben, dass ich es leicht hatte als Frau. Das Ministerium für Staatssicherheit ist eine Männerdomäne. Ich komme aus einer Arbeiterfamilie. Mein Vater ist von der SS, Ende des Krieges, beinahe umgebracht worden. Meine Mutter ist in Leipzig aufgewachsen und hat zusammen mit meinem Vater und den vielen anderen Menschen Leipzig Stein für Stein wieder aufgebaut. Nur unser fester Glaube an den Sozialismus hat uns die Kraft gegeben. Ich habe mich in meiner Kindheit stets bemüht, allen Jugendlichen, mit denen ich zusammen war, unsere Republik als das bessere Deutschland zu erklären. Dadurch wurde das Ministerium auf mich aufmerksam. In den ersten Jahren war ich Sekretärin. Aber ich biss mich durch. Ich wollte immer mehr. Mein Einfluss reicht jetzt ziemlich weit. Deshalb sage ich dir jetzt: Wenn du mir über die Mikrowellenwaffen kein Material lieferst, wird dein Leben nicht mehr so weitergehen wie bisher. Du sitzt jetzt mit mir in einem Boot."

Karl Borodin saß im Bett wie versteinert. Seine Fassade bröckelte. Auf was hatte er sich da eingelassen?

Angela hatte ihn in der Hand. Er war nur noch eine Marionette, ein nützliches Werkzeug. Karls Gesichtszüge formten sich zu einer Grimasse.

„Geh jetzt", flüsterte er fast. „Geh jetzt, Hau ab!", schrie er plötzlich. Angela Neuberger schaute Karl staunend an, stand wortlos auf und zog sich an.

„Wie du meinst, Karl. Wir werden uns schon einig."

Minuten später fiel knallend die Haustür ins Schloss.

12. September 1988

Der Erfassungsraum der Drehzahl im Turm auf dem Stöberhai befand sich im Halbdunkel. Am sogenannten Gigahertz-Erfassungsplatz saß Marko Greve. Vor fünf Tagen hatte er Westberlin verlassen. War es wirklich Westberlin gewesen? Marko grübelte darüber nach, seit er in diesem Krankenhaus aufgewacht war. Diese Zusammenkunft mit Hermann Greve ... hatte die wirklich stattgefunden? Oder hatte er das nur geträumt? Ein sehr realer Traum, der mit einem Bewusstseinsverlust begann und aus dem er auch wieder erwachte.

Doch ein Traum verblasst meist unmittelbar nach dem Erwachen. Dieser jedoch nicht. Deshalb konnte sich Marko an alle Einzelheiten erinnern. Hermanns Geschichte. Seine

Flucht nach Halle damals. Der Wiederaufbau in den Nach-kriegsjahren. Hermanns Liebe zur DDR und dem sozialisti-schen System. Endlich wusste Marko, warum Hermann nicht mit in den Westen gekommen war. Marko hatte endlich sei-nen Frieden gefunden. Das Geheimnis seit seiner Kindheit schien gelöst, durch ein geradezu traumatisches Erlebnis. Das Eintauchen in eine Bewusstlosigkeit, dann die Verbrin-gung an einen unbekannten Ort. Die Begegnung mit Her-mann. Wieder Bewusstlosigkeit. Das Erwachen in einem Krankenhaus. Ein Erwachen wie nach einem langen, erhol-samen Schlaf.

Die Spuren seines Aufenthaltes waren verwischt. Der Krankenhausaufenthalt war bezahlt. Auch das Hotel in Span-dau, in dem er wohnte. Es schien, als wäre er gar nicht hier gewesen. Als sollte sein Aufenthalt in Berlin keine Spuren hinterlassen.

Trotzdem war sein Berlintrip nicht folgenlos geblieben. Markos Frau Barbara war nicht da, als er von Berlin nach Herzberg zurückkehrte. Ein Zettel lag auf dem Tisch.

Lieber Marko!

Wenn du das liest, bin ich in Berlin. Bei meinem Bruder Udo. Ich bin enttäuscht von dir. Du bist nicht aufrichtig zu mir. Warum hast du mir vorher nie etwas von deinem Onkel in der DDR erzählt? Du legst mir einen Brief auf den Tisch, der das erklären soll. Wir hätten zusammen einen Weg finden können, eine Lösung. Deine aberwitzige Idee dieser Kontakt-aufnahme mit ihm. Ich hätte dir doch geholfen. Ich hätte her-ausfinden können, ob es diesen Menschen überhaupt gibt.

Stattdessen gefährdest du deinen Job, indem du etwas Verbotenes tust. Ich brauche jetzt ein wenig Abstand. Ich muss nachdenken. Über uns. Das solltest du auch tun. Ich hoffe, du hast keinen Fehler gemacht.

Du weißt, ich liebe dich. Auch jetzt noch.

Tue bitte jetzt das Richtige, wenn du glaubst, etwas korrigieren zu müssen. Ich ahnte schon lange, dass du Probleme mit deiner Familie hast.

Ich meine dein Verhältnis zu deinem Vater.

Ich werde wieder zu dir zurückkommen. Bestimmt.

Dein lieber Schatz Barbara

Dieser Brief Barbaras riss Marko endgültig in die Realität zurück. Mehr als der Glaube an ein unwirkliches Erlebnis in Berlin erschütterte ihn jetzt die Flucht seiner Frau wegen seines unüberlegten Handelns.

Marko konnte keinen klaren Gedanken fassen. Würde doch jetzt Hermann wieder auf dieser Richtfunkstrecke vom Brocken nach Magdeburg ein Lebenszeichen schicken.

„Hallo Marko. Ich hoffe, du hörst mich. War schön, dich mal getroffen zu haben." Aber nichts dergleichen geschah. Die Richtfunkstrecke war tot wie immer.

Die einmalige Erfassung des Hermann Greve auf dieser Linie hatte Marko Greve bewogen, jetzt dauerhaft von der Elektronischen Aufklärung in der 11. Etage in die 8. Etage der Richtfunkerfassung versetzt zu werden. Er hatte darum gebeten.

Den Gigahertz-Arbeitsplatz bevorzugte Marko sehr oft. Ein fast unstillbarer Zwang trieb ihn, die Richtfunkfrequenz vom Brocken auf Aktivitäten zu überwachen.

Heute war er zum ersten Mal wieder auf dem Stöberhai im Dienst, seit seiner Berlin-Reise. Seine beiden Freunde Thomas Bünting und Michael Seitlitz waren ebenfalls anwesend und wunderten sich über den schweigsamen Marko Greve.

„Hallo Marko, altes Haus." Thomas schlug ihm auf die Schulter. „Mensch, nun erzähl doch mal. Was hast du in deinem Urlaub gemacht?"

Michael stand auf, er saß am Such- und Analyseplatz in der 8. Etage. Heute war nichts Besonderes los, kaum Flugbetrieb und nur die übliche Routine. Er gesellte sich zu Thomas. „Marko, nun sag doch schon. Hast du deine Stimme zu Hause gelassen?"

Marko drehte sich zu den beiden um. „Nein, keine Sorge, es ist alles gut."

Michaels Blick fiel auf die eingestellte Frequenz 1950 MHz und die Digitalanzeige 016 Grad der Azimuth-Anzeige der Antenne. „Sag mal, bist du schon wieder auf der Brockenfrequenz? Da ist doch noch nie etwas gekommen. Die übertragen ihre Kommunikation bestimmt über Draht."

„Einmal ist immer das erste Mal, Michael. Denk an die 316,5 MHz. Unsere Flugvorausmeldungen, die unsere Flugfunker immer dankbar nutzen, wenn wir sie bekommen. Zeitweise haben wir die Information, dann wieder nicht. Eine möglichst ständige Überwachung sichert uns die Erfassung, wenn deren Kabel mal wieder nicht funktionieren. Sogar unsere französischen Freunde beneiden uns um diese Frequenz."

„Du Marko, als du letzte Woche nicht da warst, haben wir einen Peilauftrag bekommen. Ziemlich geheimnisvoll. Du weißt schon, von wem." Thomas schlug sich vor die Stirn, als ihm das einfiel.

„Was für einen Peilauftrag?" Marko dachte gleich wieder an den Brocken.

„Die suchen Einkanäler mit 200 Baud Übertragungsgeschwindigkeit. Die Modulation ist Frequenzshiftkeying. Also FSK."

„Na und, habt ihr was gefunden?"

„Ja, natürlich. Auch von deinem Lieblingsberg, dem Brocken. 167,2 MHz."

Marko horchte auf. „Aha. Haben die was gesagt? Ich meine, für was die Dinger gut sind?"

„Ja, aber nur hinter vorgehaltener Hand. Man munkelt von Sendern für MfS-Agenten im Westen. Die sollen ihre Anweisungen darüber empfangen."

Marko dachte nach. „Ich sage euch, der Brocken ist für den Osten genauso wichtig wie der Teufelsberg in Berlin für den Westen. Die Politiker haben ihr Protokoll, wenn sie miteinander verhandeln. Aber hier, auf diesem Wege, wechseln Fakten zur jeweiligen Gegenseite, die nicht auf dem Protokoll stehen."

Marko schwieg jetzt wieder. Fast hätte er seinen Aufenthalt in Berlin erwähnt.

August 1988

Kriminalhauptkommissar Andreas Hofmeister grübelte.

Oberkommissar Günter Gerber saß neben ihm im Dienstwagen. Gerber und Hofmeister waren auf dem Weg zur

Firma msv. Die beiden Kriminalbeamten versuchten, die unklare Todesursache im Fall Gerd Kirschner aufzuklären.

Dieser Tote in Karlsruhe-Durlach. Todesursache Herzversagen. Das Obduktionsergebnis lag jetzt vor. Der ausgefallene Herzschrittmacher hatte das Herzversagen ausgelöst. „Andreas, warum glaubst du nicht an einen natürlichen Tod? Diese Herzschrittmacher sind technische Geräte, die auch mal ausfallen können. Also, ich würde mich nicht wohlfühlen, mit so einem Ding in der Brust."

„Der Mann war eigentlich, bis auf seine Herzschwäche, ziemlich gesund. Der Schrittmacher ermöglichte ihm sogar seinen Sport, Kirschner lief gelegentlich Marathon. Der Hersteller schloss einen Defekt des Schrittmachers kategorisch aus. Außerdem war das Gerät dort untersucht worden. Trotzdem setzte sein Herz plötzlich aus, weil der Schrittmacher keine Impulse mehr erzeugte. Was könnte den Ausfall des Gerätes ausgelöst haben?"

Andreas Hofmeister hatte wieder dieses untrügliche Gefühl, das ihm schon oft half, Kapitalverbrechen aufzuklären, die sonst wahrscheinlich als cold cases im Archiv gelandet wären.

Günter Gerber überlegte. „Der Mann war doch Funker. Besser gesagt Funkamateur. Die dürfen doch mit großen Leistungen auf der Kurzwelle funken. Ich glaube, das ist die Ursache. Die Nachbarn mochten den Mann nicht sonderlich. Er störte ziemlich oft den Fernsehempfang. Ein paar Mal war der Funkmessdienst der Post schon vor Ort und untersuchte die Gründe. Immer lag der Fehler bei den Beschwerdeführern. Unzureichende Abschirmung, Zimmerantennen und so etwas. Aber Kirschner lenkte auch nicht ein. Vielleicht kommt ein Nachbar als Täter in Frage."

„Günter, das ist absurd." Hofmeister zog eine Grimasse. „Das ist doch kein Grund, einen Menschen umzubringen. Außerdem, wie sollen der oder die Nachbarn das gemacht haben? Einen Herzschrittmacher zu zerstören?"

Günter Gerber ging nicht darauf ein. „Ich finde das interessant. Mit so ein paar Drähten die ganze Welt zu Hause zu haben." Gerber war begeistert. „Mit Gleichgesinnten in aller Herren Länder Kontakt zu haben. Stell dir das mal vor. Unser Einkommen reicht nicht, um die Welt zu bereisen. Aber du kannst mit jemandem auf so einer kleinen Insel im Pazifik sprechen? Dann noch mit selbst gebauten Funkgeräten. Das finde ich schon sensationell."

„Ja Günter, dann mach das doch auch. Einen Schrittmacher hast du ja nicht. Du brauchst keine Angst zu haben, dass der Elektrosmog dich killt. Ich will deine Begeisterung ja nicht dämpfen. Aber mach dir mal Gedanken, was wirklich die Ursache gewesen sein könnte."

Günter Gerber schmollte. „Nun, wir fahren jetzt in diese Rüstungsbude. Deren täglich Brot ist doch, Apparate zu entwickeln, die in einem Krieg so viele Soldaten wie möglich töten. Vielleicht ist da irgendetwas passiert? Was weiß denn ich? Alles, was die bauen, ist streng geheim. Keiner darf irgendetwas erfahren. Vielleicht finden wir da einen Anhaltspunkt." Hofmeister lächelte. Obwohl ihm nicht danach zumute war. Er wurde dieses ungute Gefühl nicht los. Gerd Kirschner hatte in der Rüstungsschmiede microwave science vision gearbeitet. „Günter, hör mal. Da gab es doch diesen Vorfall. Der militärische Abschirmdienst war hier in dieser Firma. Gerd Kirschner hat seinen Chef, Karl Borodin der Spionage beschuldigt. Seit einigen Monaten schon arbeitete

Borodin zusammen mit Kirschner an geheimen Rüstungs-
projekten. Das könnte ein Motiv sein, Kirschner umzubringen. Aber wie sollte der den Herzschrittmacher außer Gefecht setzen? Außerdem hat Karl Borodin einen ausgezeich-
neten Ruf in seiner Firma.

Mittlerweile waren sie am Eingangstor der Firma msv angekommen. Hofmeister zeigte dem Pförtner seine Karte.
„Guten Tag, Kriminalpolizei. Mein Name ist Hofmeister.
Das ist mein Kollege Gerber. Wir möchten zu Günter Wohlers."

Der Pförtner hob die Augenbrauen. „Bitte fahren Sie hundert Meter zum Verwaltungsgebäude. Herr Wohlers befindet
sich im ersten Stock. Die Geschäftsleitung erreichen Sie,
wenn Sie die Treppe hochgehen und gleich rechts das Sekre-
tariat hinter der Glastür betreten. Frau Schmolke wird Sie zu
Herrn Wohlers bringen."

„Vielen Dank." Hofmeister stellte den VW Passat auf dem
Besucherparkplatz vor dem Gebäude ab. Hinter der Glastür
stand bereits eine Frau, die etwas ängstlich nach draußen
schaute. Sicherlich hatte der Pförtner Frau Schmolke angerufen.

Andreas Hofmeister und Günter Gerber waren noch einige
Meter entfernt, als die Frau die Tür weit öffnete.

„Guten Tag, meine Herren. Sie sind von der Kriminalpolizei?" Die Frage klang eher wie eine Feststellung. „Bitte treten Sie näher. Herr Wohlers ist in seinem Büro. Darf ich
Ihnen etwas anbieten?"

„Nein danke." Hofmeister ging voran.

Frau Schmolke hatte bereits wieder hinter ihrem Schreibtisch Platz genommen. Sie drückte eine Taste der Sprechanlage. „Herr Wohlers, die Herren von der Kriminalpolizei sind da."

Es erfolgte keine Antwort, aber die dunkelrote, gepolsterte Tür öffnete sich. Ein Mann in Jeans und einem dunkelroten Hemd mit anthrazitfarbener Krawatte trat heraus.

„Guten Tag, meine Herren, mein Name ist Günter Wohlers. Aber das wissen Sie ja bereits."

„Guten Tag Herr Wohlers. Ich bin Hauptkommissar Hofmeister, das ist mein Kollege Oberkommissar Gerber."

Hofmeister und Gerber standen bereits vor dem Schreibtisch des Geschäftsführers. Wohlers hatte die Tür geschlossen. „Bitte setzen Sie sich. Was kann ich für Sie tun, meine Herren?"

Andreas Hofmeister überraschte die Frage. „Es geht um den Tod Gerd Kirschners, Herr Wohlers. Die Todesursache ist nach wie vor unklar. Sein Herzschrittmacher ist ausgefallen, obwohl das Gerät keinen Fehler aufwies. Was sagen Sie dazu?"

Günter Wohlers war erstaunt. „Da kommen Sie zu mir, Herr Hauptkommissar? Ich werde Ihnen da kaum weiterhelfen können."

„Kann es sein, dass durch die Entwicklungen Ihrer Produkte der Herzschrittmacher außer Tritt gebracht wurde?"

Wohlers wirkte jetzt fassungslos. Er runzelte die Stirn. „Das ist doch nicht Ihr Ernst. Unser ganzes Unternehmen ist zertifiziert. Auch die Produktionsverfahren hinsichtlich der Sicherheit für die Mitarbeiter."

„Ihre Entwicklungen sind geheim. Aber soweit das bekannt ist, arbeiten Sie mit Laserstrahlen oder Mikrowellen. Da besteht doch die Möglichkeit einer gesundheitlichen Beeinträchtigung."

„Also, meine Herren, das ist völlig abwegig. Die Mikrowellenstrahlung einiger Leitsysteme, die wir für die Landstreitkräfte und Marine bauen, ist ungefährlich für das Bedienpersonal. Dafür gibt es Datenblätter, aus denen Sie die Grenzwerte der Strahlung entnehmen können. Entschuldigen Sie, aber wenn Sie sich deshalb hierherbemüht haben, vergeuden Sie Ihre Zeit."

„Herr Wohlers, wir werden die Datenblätter prüfen lassen, aber wir haben noch andere Fragen."

Wohlers Ärger wich jetzt wieder, obgleich sein Lächeln künstlich wirkte. „Bitte, wie kann ich Ihnen helfen?"

„Das Verhältnis zwischen Gerd Kirschner und Karl Borodin war nicht das Beste. Es besteht doch die Möglichkeit, dass die Zusammenarbeit dadurch beeinträchtigt war. Was können Sie uns dazu sagen?"

Wohlers schwieg einen Moment. „Wissen Sie, ich bin von Herrn Borodin überzeugt. Ich habe von den Differenzen zwischen den beiden gehört. Aber beide haben im Team gute Arbeit gemacht. Gerade im Bereich der Mikrowellentechnik war die Performance Gerd Kirschners überragend. Es ist immer so ein Wetteifern zwischen den beiden, wenn ein Projekt kurz vor dem Abschluss steht. Die einzelnen Schritte, die Entwicklung der Teilkomponenten, diese zu einer funktionierenden Einheit zusammenzuführen, darin ist Karl Borodin der Bessere. Problematisch ist für uns durch den Tod Kirschners die Fertigstellung einer neuen Entwicklung, die kurz vor dem Abschluss steht. So viel kann ich Ihnen sagen. Es geht um eine sogenannte EMP-Granate. Hier war die Mitarbeit Kirschners sehr wichtig und fruchtbar. Ich bin aber sicher, Borodin wird das allein abschließen können." Günter Wohlers vergaß jetzt die eigentlichen Fragen Hofmeisters. Seine Sorge galt nun wieder mehr dem Wohlergehen der Firma.

„Herr Wohlers, ich vermute, der Besuch des militärischen Abschirmdienstes hing mit diesem Projekt zusammen. Denken Sie an die Vorwürfe Kirschners. Er hat schließlich Karl Borodin der Spionage bezichtigt. Wie sieht es mit dem Privatleben Borodins aus? Können Sie uns dazu etwas sagen?" Hofmeister ärgerte sich im Stillen. Günter Wohlers mauerte. Bis jetzt gab es kein konkretes Motiv für einen Mord an Kirschner.

„Ach, wissen Sie, Herr Hauptkommissar, der Borodin ist ein Einzelgänger. Gut, er ist kein Kostverächter, was flüchtige Bekanntschaften mit attraktiven Damen angeht. Aber seine Arbeit hat nie darunter gelitten. Im Gegenteil, wenn er finanziell klamm ist, wirkt sich das immer positiv auf seine Leistung in der Firma aus. Gerd Kirschner war da aus anderem Holz geschnitzt. Er war leidenschaftlicher Funkamateur und hat sicher schon mit Funkern aus fast allen Ländern der Welt kommuniziert. Die Liebe zur Hochfrequenztechnik war für uns ein Segen. Ich kann sagen, sein Beruf war sein Steckenpferd oder auch umgekehrt. Den Vorwurf der Spionage kann ich Ihnen erklären. Borodin hat oft Unterlagen seiner Arbeit mit nach Hause genommen. Er hat oft dort abends noch weitergearbeitet oder auch am Wochenende. So strebsam war Kirschner nicht. Er hat Arbeit und Freizeit strikt getrennt. Nicht zuletzt wegen seines Funkerhobbys. Trotzdem, weil auch Kirschner ehrgeizig war, stärkte das seine Unzufriedenheit. Er wusste dann, Borodin war ihm wieder einige

Schritte voraus, wenn er in die Firma kam und manchmal das ganze Wochenende an einem Problem getüftelt hatte. Zugegeben, manchmal war mir anfangs auch Gerd Kirschners Funkerei nicht geheuer und ich machte mir Gedanken, er könnte mit Funkern im Ostblock über seine Arbeit in unserem Betrieb sprechen. Ich habe mich dann mit diesem Amateurfunk einmal eingehend beschäftigt."

Jetzt mischte Gerber sich ein. Der Amateurfunk hatte ihn hellhörig gemacht. „Herr Wohlers, wenn der Gerd Kirschner mit Funkamateuren aus dem Ostblock gefunkt hat. Da hätte er doch durchaus über seine Arbeit sprechen können. Ich würde einen Geheimnisverrat nicht strikt ausschließen. Schon deshalb, weil Kirschner sein Hobby und seinen Beruf liebte und dabei vielleicht alle Vorsicht vergaß."

„Nein, Herr Oberkommissar. Ich lege meine Hand für Gerd Kirschner ins Feuer. Sie müssen sich vorstellen, auf der Kurzwelle können viele andere so ein Gespräch mithören. Noch dazu, wenn Kirschner mit hoher Feldstärke in vielen Ländern gehört wird. Nein, nein, das wäre Dilettantismus pur. Auch staatliche Stellen hören die Kommunikation auf diesen Frequenzen ab."

Gerber hatte plötzlich eine Idee. Hofmeister kannte ihn und merkte das. Günter schlug dann leicht mit der Hand auf seinen rechten Oberschenkel.

„Wir können um den heißen Brei herumreden, wie wir wollen. Es muss einen Grund geben, warum der Herzschrittmacher ausgefallen ist. Wenn die Ursache nicht hier im Betrieb zu finden ist, gibt es nur eine Erklärung. Gerd Kirschner ist zu Hause verstorben. Also ist es naheliegend, dort noch einmal zu suchen. Herr Wohlers, Karl Borodin ist doch in der

Lage nach dieser Stecknadel im Heuhaufen zu suchen. Eine Stecknadel, die einen Herzschrittmacher ausschalten kann."

Wohlers schaute irritiert. „Also, ich weiß nicht, wonach Sie da suchen wollen. Herr Borodin ist heute im Unternehmen." Wohlers wählte eine Nummer. Er schaltete den Lautsprecher ein, sodass man den Gesprächspartner hören konnte. „Borodin?"

„Herr Borodin. Zwei Herren von der Kriminalpolizei sind hier bei mir. Bitte kommen Sie, die Herren haben Fragen an Sie."

Karl Borodins Gesicht verfinsterte sich. Erst der Besuch des MAD, dann das Zerwürfnis mit Angela Neuberger. Jetzt die Kripo. Karls Unbehagen wuchs. Jetzt spürte er deutlich, dass die Weitergabe seiner Arbeiten ein Geheimnisverrat war, mit dem er zukünftig leben musste. Das konnte Karl nicht mehr rückgängig machen. „Ja, Herr Wohlers, ich bin unterwegs."

Der Weg in die Geschäftsleitung dauerte gut zwei Minuten. Die Entwicklungsabteilung war in der Fertigungshalle untergebracht.

Günter Gerber war jetzt nicht mehr zu halten. Das Thema Amateurfunk elektrisierte ihn.

„Der Kirschner muss noch etwas anderes zuhause haben. Wenn schon die Funkanlage den Vorschriften entspricht, Herr Wohlers, denken Sie an seinen Ehrgeiz. Er hat sicherlich auch zu Hause gearbeitet. An irgendwelchen Dingen, die seinen Schrittmacher beeinflusst haben. Vielleicht hat er an Schaltungen gearbeitet, die für die Projekte brauchbar waren."

Andreas Hofmeister staunte. So hatte er das noch gar nicht gesehen. Die Möglichkeit bestand natürlich.

Die gepolsterte Tür öffnete sich. Karl Borodin trat ein.

„Guten Tag." Karl schaute gleich zu Hofmeister und Gerber.

„Guten Tag Herr Borodin. Es geht um Ihren verstorbenen Teamkollegen Gerd Kirschner", begrüßte Hofmeister Borodin.

„Also, ich habe ihn nicht umgebracht, falls Sie deswegen hierhergekommen sind." Karl war der Besuch der Kripo unangenehm. Er ließ das die Beamten auch spüren.

„Das werfen wir Ihnen auch nicht vor. Es geht um den Ausfall des Herzschrittmachers. Können Sie sich als Techniker vorstellen, was dazu geführt haben könnte?"

Karl Borodin schaute ungläubig Hofmeister und Gerber an, dann Günter Wohlers. „Nein, das kann ich nicht. Wenn der Hersteller das Teil als einwandfrei erklärt hat, bleibt nur eine Beeinflussung von außen."

„Sie meinen also ein starkes elektromagnetisches Feld?" Gerber schaltete sich jetzt wieder ein.

„Wenn Sie so wollen, ja, das ist nicht ausgeschlossen." Andreas Hofmeisters Handy summte plötzlich.

„Grabow hier, Andreas, pass auf, die Yvonne Kučerová ist auf dem Kommissariat. Sie möchte mit dir sprechen. Es wäre wichtig."

„Gut, Peter, wir kommen, wir sind hier ohnehin fertig." Hofmeister unterbrach die Verbindung. Er wandte sich an Karl Borodin. „Wir melden uns bei Ihnen, wenn wir noch Fragen haben. Wir werden das Haus Gerd Kirschners noch einmal in Augenschein nehmen."

Gerber und Hofmeister erhoben sich. „Herr Wohlers, danke für Ihre Zeit. Sollte noch etwas sein ..."

Günter Wohlers unterbrach ihn. „… können Sie sich jederzeit an mich wenden."

Minuten später saßen die beiden in ihrem Wagen und fuhren zur Dienststelle in der Hertzstraße.

Peter Grabow empfing sie auf dem Gang. „Hallo ihr beiden. Die Kučerová ist ziemlich fertig. Irgendetwas brennt der auf den Nägeln."

Gerber und Hofmeister betraten den Vernehmungsraum. „Guten Tag, Frau Kučerová", sagte Hofmeister. „Was können wir für Sie tun? Oder besser gesagt. Was können Sie für uns tun?"

Yvonne Kučerová sah nicht gut aus. Sie wirkte niedergeschlagen, ihr gesundes Selbstbewusstsein war verschwunden. „Mir ist da noch etwas eingefallen, Herr Hofmeister." Ihre dunkle Stimme klang jetzt eher traurig als erotisch. „Als ich Gerd Kirschner kennenlernte, war ich wieder glücklich. Nicht nur deswegen, ich hatte in Karlsruhe ein neues Engagement gefunden. Im neuen Hoftheater Grötzingen. Ich hoffte zunächst, Karl Borodin wieder für mich zu gewinnen. Doch das klappte nicht. Vielleicht war es auch meine Schuld, weil ich mich so schroff von ihm abgewendet habe. Dann lernte ich Gerd Kirschner kennen. Manchmal glaube ich, der Karl hat das für mich eingefädelt. Der Gerd war mir nicht unsympathisch, aber Karl konnte ich nicht vergessen. Gerd lud mich in sein Haus ein. Er zeigte mir nicht seine Briefmarkensammlung, sondern sein Funkgerät. Ich hatte ihm erzählt, dass ich in Prag geboren bin. Er stellte augenblicklich eine Funkverbindung dorthin her. Dann noch etliche andere Kontakte. Nach Russland, nach Amerika an die Westküste, dann gelang sogar eine Verbindung nach Neuseeland. Ich war ziemlich beeindruckt. Er freute sich, als ich sein Hobby toll fand. Ich besuchte ihn dann immer öfter, es dauerte nicht lange, da kamen wir uns näher ... bis zu den Tagen, als ich gelegentlich bei ihm schlief. Erst war auch wieder alles ganz harmonisch, bis ich merkte, dass Gerd nicht mehr der Alte war. Er wurde immer unkonzentrierter, fahrig, hatte Ohrenschmerzen und war tagsüber müde. Nicht einmal seine Funkerei machte ihm mehr Freude. Einmal glaubte ich sogar, er würde mich nicht mehr erkennen. Er sagte mir, er würde merkwürdige Geräusche hören. Ich machte mir echt Sorgen um ihn. Deshalb schlief ich auch immer öfter bei ihm. Er wachte in der Nacht auf und begann wild zu zucken, wie bei einem epileptischen Anfall. Dann bemerkte ich auch Veränderungen an mir. Das ist der Grund, warum ich zu Ihnen gekommen bin. Irgendetwas stimmt dort in der Wohnung nicht. Ich konnte meine Texte für meine Rolle im Theater nicht mehr so schnell lernen. Das war eine Katastrophe. Je öfter ich bei Gerd schlief, desto schlimmer wurde meine Vergesslichkeit. Mir war mitten in der Nacht übel und ich hatte rasende Kopfschmerzen. Ich beschloss, zwei Wochen in Wien zu verbringen, um auf andere Gedanken zu kommen und meine Sehnsucht zu stillen. Es dauerte nur wenige Tage, bis es mir wieder besser ging. Nachdem ich wieder in Karlsruhe war und Gerd besuchte, erschrak ich. Es schien mir, als ob er nicht mehr er selbst war. Dann dieser unverhohlene Hass auf Karl Borodin. Die Spionagevorwürfe gegen ihn. Er schrie mich an, ich würde mit Borodin unter einer Decke stecken. Das war natürlich vollkommen absurd. Vermutlich wuchs seine Eifersucht, weil er merkte, dass ich Karl immer noch sehr verehrte. Er erzählte mir von den Projekten in seiner Firma. Karl würde ihn unterbuttern, er hätte nichts mehr zu melden. Bis zu dem Tag, als ich ihn tot in seinem Haus fand.

Ich hatte mittlerweile einen Schlüssel, weil ich auch Besorgungen für ihn machte. Er lag in seinem Funkzimmer. Das Mikrofon hing vom Tisch herunter, vermutlich war er während eines Funkkontaktes gestorben." Yvonne Kučerová weinte. „Verzeihen Sie bitte."

Hofmeister reichte ihr ein Taschentuch.

„Wie geht es Ihnen jetzt? Sie sind schon einige Tage nicht mehr in Kirschners Wohnung gewesen."

Günter Gerber stellte diese Frage.

„Ich glaube, es wird besser, meine Beschwerden sind nicht mehr so schlimm. Ich werde wohl in nicht allzu langer Zeit wieder nach Wien ziehen. Mit meinem Theater in der Josefstadt habe ich schon gesprochen. Wenn ich dort wieder unterkommen kann, bin ich sofort weg. In Wien gibt es aber auch noch andere Häuser. Ich bin guter Hoffnung, dort wieder Fuß fassen zu können."

„Gut, Frau Kučerová, ich danke Ihnen für Ihren Besuch und Ihren Hinweis. Wir werden die Wohnung Kirschners noch einmal eingehend durch Fachleute untersuchen lassen. Wenn tatsächlich dort etwas existiert, was Ihre Beschwerden und Kirschners Tod ausgelöst hat, wird sich das finden lassen. Es wäre gut, wenn Sie noch einige Tage in Karlsruhe sind oder uns wissen lassen, wo Ihr Aufenthaltsort ist."

„Natürlich. Auf Wiedersehen."

Yvonne Kučerová stand auf und verließ das Kommissariat.

Homeister und Gerber waren wieder allein.

„Sag mal, Andreas, du willst doch nicht etwa den Borodin in Kirschners Wohnung lassen? Schließlich gehört er zum Kreis der Verdächtigen, wenn Gerd Kirschner wirklich umgebracht worden ist."

„Nein, erstmal nicht. Das hängt aber nicht nur von unseren Entscheidungen ab. Wir werden die Wohnung mit allen technischen Einrichtungen auf den Kopf stellen. Der Schlüssel zu Kirschners Tod ist möglicherweise dort zu finden."

29. September 1988

Wieder war eine Schicht zu Ende. Drei Wochen waren nun schon wieder nach Marko Greves Berlin-Reise vergangen.

Der olivgrüne Bus fuhr von der Einsatzstellung Stöberhai in Richtung der Kaserne nach Osterode. An dieser Haltestelle in Herzberg, am Hotel „Englischer Hof", stiegen Soldaten aus, die in Herzberg wohnten. Auch Marko Greve stieg heute hier aus, weil er in Herzberg noch etwas zum Abendbrot besorgen wollte. Er war immer noch allein zu Haus, deshalb musste er selbst den Kühlschrank auffüllen. Marko schaute sich um, das Wetter war noch angenehm warm am frühen Abend, trotzdem saßen im Biergarten vor dem Hotel keine Gäste. In der Mitte der Woche hatten die Menschen in Herzberg offenbar keine Zeit oder Lust, den Feierabend hier zu genießen. Marko ging durch die Vorstadt in Richtung der Einkaufspassage. Den kleinen Mann, der ihm unauffällig folgte, bemerkte er zunächst nicht. Jedoch beeilte der sich offensichtlich, Marko einzuholen. Etwa in Höhe der Abzweigung zur Heidestraße hatte er nur noch zwei Meter Abstand.

„Guten Abend, Marko". Die Stimme klang freundlich, eben wie ein Mensch, der seinen alten Freund begrüßt.

Marko blieb stehen und drehte sich um. „Ja bitte? Wer sind Sie? Muss ich Sie kennen?" Irritiert blickte er den unscheinbaren Mann an. Dieser trug eine Sonnenbrille und einen Hut, der seinen spärlichen Haarwuchs verbarg. Er trug eine schwarze Cordhose und ein dunkelgraues Blouson, dazu schwarze Halbschuhe. Der Mann hatte eine etwas blasse Gesichtsfarbe, die Marko besonders auffiel.

„Marko, wir kennen uns nicht, aber ich möchte Ihnen Grüße von Hermann ausrichten."

„Hermann? Was für ein Hermann? Ich glaube, Sie verwechseln mich."

„Aber, Marko ... Ihr Onkel, der Hermann. Der aus dem Objekt."

Marko war wie vom Donner gerührt. „Was meinen Sie mit Objekt? Ich weiß nicht, was Sie von mir wollen."

„Marko, wollen wir uns mal in aller Ruhe unterhalten? Kommen Sie, da, dieser Biergarten am Hotel. Es ist gemütlich dort, ich werde Ihnen erklären, um was es geht. Es ist in Ihrem Interesse, sich anzuhören, was ich Ihnen zu sagen habe. Sie sollten meine Einladung nicht ablehnen."

Marko Greve stand da wie eine Salzsäule und blickte den freundlich lächelnden Mann an. „Okay, wir gehen dorthin und dann sagen Sie mir endlich, was Sie von mir wollen." Markos Überraschung hatte sich jetzt in Ärger verwandelt.

Der Mann hatte sich wortlos umgedreht und ging mit schnellen Schritten wieder zurück in Richtung des Biergartens.

Alle Tische waren immer noch unbesetzt. An einem Tisch unter einem Baum nahmen die beiden Platz und Marko vermied es, den Unbekannten anzusehen. Die Tische draußen wurden vom Hotelservice offenbar beobachtet, weil eine Kellnerin gleich zu ihnen kam und nach ihren Wünschen fragte.

„Na Marko, mögen Sie eine Berliner Weiße? Die hat Ihnen doch in der Traube in Spandau so gut geschmeckt."

Marko wurde wieder unsicher. Woher wusste der Mann das alles? Beide bestellten ein frisch gezapftes Pils. Die Getränke kamen schnell, es war wohl im Hotel nicht viel zu tun.

„Was ist jetzt? Was wollen Sie von mir? Wer sind Sie eigentlich?"

„Marko, zunächst einmal. Sie waren im Objekt. Der gute Hermann hat Sie ins Objekt bringen lassen. Dort haben Sie sich kennengelernt."

„Was ist das für ein Objekt? Mann, jetzt reden Sie endlich." Marko Greve war unsicher und verärgert zugleich. Aber auch die Angst kroch in ihm hoch. Er fühlte sich jetzt wieder wie in diesem dunklen Raum, zusammen mit Hermann. Was sollte das werden?

„Das Objekt ist in Gosen. In Ostberlin, wie Sie die Hauptstadt der DDR nennen. Ja Marko, Sie waren in Ostberlin. Ihr lieber Onkel hat Sie dorthin gebracht."

„Ich bin dorthin entführt worden. Gegen meinen Willen."

Der Mann lächelte jetzt umso mehr. „Aber ich bitte Sie, Marko. Das glauben Sie doch wohl selbst nicht. Sie wollten Ihren Onkel kennenlernen. Dazu haben Sie Funkfernschreiben ausgesandt. Fernschreiben, die eindeutig an Ihren Onkel gerichtet waren. Sie glauben doch nicht etwa, dass nur Ihr Onkel diese Fernschreiben gelesen hat. Sie als erfahrener Fernmeldeaufklärer!" Marko Greve schwieg. „Hermann konnte den Spruch gar nicht empfangen. Da hat er Sie angelogen. Das haben unsere sowjetischen Freunde auf dem Brocken getan. Sie registrieren immer Ihre Übermittlungen auf Kurzwelle. Obwohl sie diese Übermittlungen niemals für wichtig halten. Jedoch getreu dem Motto, zwischen faulen

Äpfeln könnte auch mal ein guter sein, beobachten sie diese Aktivitäten. Wie jenen Spruch für Hermann. Sie hielten das für eine Deckwortdurchgabe, mit der sie nichts anfangen konnten. So kam der Inhalt des Spruches zu uns. Na, was sagen Sie nun?"

Marko nahm einen tiefen Schluck aus seinem Glas und schaute jetzt zu dem Fremden. „Was wollen Sie jetzt von mir?"

„Marko, ich will Ihrer Karriere nicht im Weg stehen. Aber da sind diese Dinge, die Sie belasten. Der unerlaubte Funkspruch. Der Aufenthalt in Ostberlin oder, deutlich gesagt, in der Hauptstadt der DDR. Wie wollen Sie das Ihren Vorgesetzten erklären? Also, wir sind nicht geschwätzig. Wir können Geheimnisse genauso gut für uns behalten wie Sie Ihre Dienstgeheimnisse. Aber ein kleines Dankeschön für unsere Verschwiegenheit sollte Ihnen das schon wert sein. Nicht wahr?"

Marko trank den Rest im Glas mit einem Zug aus. „Was wollen Sie von mir? Wie oft soll ich das noch fragen?"

„Lieber Marko. Wir wissen eigentlich so gut wie alles von Ihnen und Ihrer Fernmelde-Elektronischen Aufklärung, wie Sie diese Spionage nennen. Wir kennen ihr umspannendes Netz mit den Türmen entlang unserer Staatsgrenze. Auch all die anderen Späher kennen wir, die dort ihr elektronisches Ohr haben. Das ist ja nichts Neues. Nur die Aktivitäten in den letzten Jahren, der Ausbau der Türme mit zusätzlichen Gebäuden, das interessiert uns. Sie haben diesen Projekten einen Namen gegeben. ELOKA 2000. Darüber würden wir gerne mehr wissen."

„Wenn Sie schon alles wissen, brauche ich Ihnen doch nichts mehr sagen."

„Sie enttäuschen mich. Wir wollen doch das Gleichgewicht halten. Sie wissen viel von uns und wir möchten auch viel von Ihnen wissen. Das Gleichgewicht der Kräfte."

„Von mir erfahren Sie nichts. Wie sind Sie überhaupt hierhergekommen? Sind Sie durch den Zaun gekrochen? Unsere Polizei wird sich sicher für Sie interessieren."

Der Mann lächelte unentwegt. „Aber, Marko ... Ich bin Deutscher, so wie Sie. Ich halte mich hier legal auf, genauso wie Sie. Ich sage Ihnen jetzt in aller Deutlichkeit. Wenn Sie so undankbar sind, werden Sie in der Zukunft nicht mehr so unbeschwert leben können wie bisher. Dazu haben wir die Mittel. Das können Sie mir glauben. Wir werden Ihnen von Zeit zu Zeit in immer kürzeren Abständen Gelegenheit geben, auf unsere Wünsche einzugehen. Glauben Sie mir, wir finden Mittel und Wege, unsere Informationen zu bekommen. Sie haben sich ein wenig zu weit vorgewagt und eine Grenze überschritten. Seien Sie ehrlich zu sich selbst."

Marko blickte kurz hinüber zum Juessee. Dann stand er auf und ging wortlos ins Hotel, ohne dem Mann mit der Halbglatze und der Sonnenbrille einen weiteren Blick zu schenken. An der Rezeption bezahlte er die Zeche und wählte eine Nummer.

Peter Grimmow lauschte angestrengt in den Hörer. Die Verbindung war wieder mal sehr schlecht. Der Teilnehmer in Prag meldete sich nicht. Noch nicht. Es knisterte und ratterte im Hörer. Die Geräusche verstummten plötzlich und eine männliche Stimme war jetzt undeutlich zu hören.

Der angerufene Mann sprach tschechisch. „Hallo Dominik. Ich kann dich wieder mal nur sehr schlecht hören."

Dominik Dvořák sprach nun Deutsch mit Akzent. „Dafür ist diese Verbindung abhörsicher. Bist du das, Grimmow? Was liegt an in Berlin?"

„Es geht um Kimme. Unser IM Kimme. Kannst du mir dazu etwas sagen?"

„Die Gefahr ist gebannt."

„Der Kerl ist liquidiert? Wie habt ihr das gemacht?"

„Das war nicht besonders schwierig, Peter. Der Kirschner war doch einer von diesen Funkamateuren. Auf dem Dyleň[13] wurde er oft gehört. Ein sehr geschwätziger Typ. Seit er eure Quelle in Gefahr brachte, haben wir ihn auf euren Wunsch genauer ins Visier genommen."

In Peter Grimmow stieg der Ärger hoch. „Moment mal, Dominik, für euch ist unsere Quelle genauso wertvoll. Tesla in Pardubice ist sicher an Schaltkreisen aus dem Westen interessiert. So haben wir doch alle etwas davon."

Peter Grimmow triumphierte im Stillen. Gerd Kirschner ist ausgeschaltet. Das ist gut. Aber unsere Hauptabteilung III hatte den noch nicht mal auf dem Schirm. Die Abteilung 10 wusste mal wieder von nichts. Die Genossen sind nicht mehr das, was sie mal waren, dachte er.

„Siehst du, Grimmow, deshalb ist die Zusammenarbeit zwischen uns auf dem Schwarzen Kopf[14] und euch auf dem Dyleň so wichtig. Es macht mir immer wieder Spaß, diese dekadenten Naivlinge auszuhorchen. Dieser Kirschner war einer von der besonderen Sorte. Wir hatten ihn schon länger im Visier, weil er oft anbot, Bauteile zu besorgen. Für Basteleien im Gigahertzbereich. Dann kam uns sein Kontakt mit

---

[13] Dyleň - Tillenberg – damaliger militärischer Aufklärungsposten im heutigen Tschechien
[14] Funkaufklärungszentrale Süd (FuAZ) S bei Zella-Mehlis

Marek Němec in Pardubice zu Ohren. Da hatte er sich den richtigen Gesprächspartner ausgesucht. Marek ist einer von unseren StB-Leuten[15]. Jetzt war der Kirschner an der richtigen Adresse. Marek äußerte natürlich sein Interesse an Bauteilen. Schnell hatte er diesen Mann durchschaut. Für uns ergaben sich nützliche Kontakte für Beschaffungen. Die sind natürlich auch für euch interessant. Aber das war nur der Anfang. Schnell bekam Marek heraus, wo dieser Gerd Kirschner beschäftigt war. Die Karlsruher Firma microwave science vision. Also Kimme! Kimme und Kirschner kannten sich also und arbeiteten sogar im Team. An den Projekten die unter IM Kimme geführt werden. Ein Volltreffer, als Marek Němec das merkte. Seine geschickte Befragung, natürlich immer unter dem Deckmäntelchen dieses Ham Spirit, wie die das im Westen nennen. Ich glaube, wir hätten Kirschner auch als direkte Quelle gewinnen können. Nur da hattet ihr ihn ja schon direkt an der Angel. So benutzte Marek den Typen, um mehr über Kimmes persönliches Umfeld herauszufinden. Marek konnte es nicht glauben. Kirschner plauderte, als ob er sich einer Boulevard-Zeitung aus dem Westen anvertraute. Kirschner und Kimme mochten sich nicht. Die Zusammenarbeit war nicht sehr fruchtbar, weil Kimme Kirschners Ideen nicht akzeptierte. Dann wurde es für Kimme gefährlich. Kirschner sprach von Maßnahmen gegen Kimme. Was für Maßnahmen, konnte Marek nicht herausfinden. Er schloss nicht aus, dass Kirschner Kimme an die Wäsche wollte. Da hat sich Kirschner bedeckt gehalten. Deshalb befürchtete Marek, die Quelle Kimme könnte versiegen."

„Was ist dann geschehen?"

---

[15] StB - Die tschechische Staatssicherheit Státní bezpečnost

„Ja, das möchtest du wissen, Grimmow. Wir haben da auf Technik der Russen vertraut. Seit ungefähr acht Jahren gibt es ein System, das zum Beispiel EDV-Anlagen lahmlegen kann. Auch elektronische Schaltungen in Waffensystemen. Das Haus Kirschners wurde mit gepulsten, elektromagnetischen Feldern intensiv bestrahlt. Der letzte Funkkontakt Kirschners mit Marek Němec erfolgte unmittelbar vor seinem Tod. Marek sagte, der Kontakt brach ohne eine Verabschiedung ab. Er hatte weiterhin Kontakt mit Funkamateuren in und um Karlsruhe und erfuhr Kirschners Silent Key."

„Silent Key?"

„Ja, das heißt bei denen, der Funker lebt nicht mehr."

Marko Greve trat von einem Bein auf das andere. Das Besetztzeichen ertönte im Hörer der Telefonzelle im Hotel Englischer Hof. Mann, geh ran, dachte Marko. Er wählte erneut. Nun klingelte es bei Michael Seitlitz in Bartolfelde.

„Seitlitz. Bist du es, Irina?"

„Michael, nein ich bin es, Marko. Du, ich muss dich dringend sprechen."

Michael Seitlitz fühlte die Nervosität seines Freundes.

„Marko was ist los? Bist du krank? Hast du einen Unfall gehabt?"

„Nein, nichts von alledem. Ich kann dir das nicht am Telefon erklären. Können wir uns treffen?"

„Ja, kein Problem, ich bin allein. Irina ist heute bei ihren Freundinnen. Da können wir ungestört plaudern."

„Du, mir ist nicht zum Plaudern zumute. Michael, ich bin auch allein. Meine Barbara ist schon seit Wochen bei ihrem Bruder in Berlin. Sie ist mit unserem Auto durch die DDR auf der Transitstrecke dorthin gefahren. Ich hoffe, sie kommt bald zurück. Heute ist etwas geschehen. Deshalb mache mir große Sorgen. Kannst du nach Herzberg kommen? Ich muss dir das erzählen."

„Kein Problem, Marko, jetzt gleich?" „Ja bitte, jetzt gleich. Also in fünfzehn Minuten bin ich zu Hause. Bis dann." Marko schmiss den Hörer auf die Gabel. Er rannte fast wieder nach draußen. War dieser Kerl noch da? Marko blickte auf die Tische des Biergartens vor dem Haus. Die beiden Biergläser standen noch da. Niemand war zu sehen. Ein Windhauch blies Marko ins Gesicht und es war ihm, als hätte sich der Unbekannte in Luft aufgelöst. Er wünschte sich insgeheim, es hätte ihn nie gegeben.

Karl Borodin war wieder allein. Allein mit sich und seiner Arbeit. Sein neues Projekt, die EMP-Granate, verlangte seine volle Aufmerksamkeit, außerdem lenkte ihn die Arbeit ab. Er vergaß dann, dass Angela ihn schamlos ausnutzte und er für die Hauptverwaltung Aufklärung (HVA) der DDR mit Sicherheit eine sehr geschätzte Quelle war.

Trotzdem, seine Gedanken waren stets bei ihr. Auch während seiner Arbeit konnte er seine Sehnsucht zu Angela nicht ausblenden. Schon machten sich Vorwürfe breit. Warum hatte er sie rausgeworfen? Gut, ihre Skrupellosigkeit hatte ihn erschreckt. Nie zuvor hatte er das bei seinen früheren Bekanntschaften erlebt. Plötzlich war alles anders. Seine innere Stimme warnte ihn davor, diesen Weg weiterzugehen. Aber es war jetzt zu spät. Einen wesentlichen Teil seiner Arbeiten hatte Karl Angela schon übergeben. Entwicklungen der letzten drei Jahre hatte der militärische Gegner in der Hand. Gut, es würden noch Monate, vielleicht Jahre vergehen, bis daraus im Ostblock vergleichbare Waffensysteme entwickelt werden.

Der Nachrichtendienst hatte zwar die Pläne, aber nicht die Bauteile, die für die Fertigung in großer Stückzahl nötig sind. Dieser Gedanke beruhigte Karl ein wenig. Doch jetzt gab es die Forderung nach Mikrowellenwaffen und nach seinem Projekt, der EMP-Granate. Eine Waffe, die in den Händen von Terroristen größtmöglichen Schaden anrichten kann, aber Menschen verschont. Die Waffenwirkung besteht nicht in der Vernichtung menschlichen Lebens, sondern durch massive Zerstörung empfindlicher elektronischer Bauteile.

Höchstens im Umkreis von zehn oder zwanzig Metern besteht die Gefahr, durch herumfliegende Splitter verletzt zu werden. Das Magnetfeld mit der enormen Feldstärke, das bei der Detonation entsteht, zerstört Computer und wichtige elektronische Geräte in Millisekunden. Sollten solche EMP-Granaten in falsche Hände gelangen, wäre dies eine Katastrophe.

Das Klingeln des Telefons riss ihn aus seinen Gedanken. Karl zuckte zusammen. Der Besuch des MAD in der Firma hatte ihn extrem verunsichert. Waren das etwa wieder diese Leute? Oder die Kriminalpolizei, die den Tod Gerd Kirschners untersuchte? Jetzt fiel es ihm wie Schuppen von den Augen. Karl gehörte zum Kreis der Verdächtigen. Welcher Kreis? Warum sollte er Kirschner töten? War es denn überhaupt ein Tötungsdelikt? Das Telefon läutete jetzt schon zum fünften Mal.

Karl ergriff den Hörer. „Ja, bitte?"

„Hallo Karl. Hier ist Angela. Na? Hast du dich wieder beruhigt? Wie geht es dir? Hast du immer noch diesen MAD oder die Polizei im Nacken? Viele Fragen, komm, lass uns wieder Freunde sein."

Karl war erleichtert. Er war innerlich zerrissen. Der Geheimnisverrat, der vor Sekunden noch an seiner Seele genagt hatte, war plötzlich wie weggeblasen. Angela war seine Droge. Die Freude, sie zu hören, war übermächtig.

„Hallo Angela. Entschuldige. Ich war einfach fertig. Der Besuch des MAD, dann der Tod meines Mitarbeiters, das war zu viel für mich. Kann ich das wiedergutmachen?"

„Karl, du musst dich nicht entschuldigen. Ich kann dich verstehen. Ich möchte dich sehen und jemandem vorstellen. Was hältst du von einer Reise nach Berlin?"

„Ja, gern. Möchtest du mir die Stadt zeigen?"

„Natürlich. Aber nicht nur. Ich möchte dich mit jemandem bekannt machen, der große Stücke auf dich hält. Es geht um unseren gemeinsamen Job, wie ihr das so flapsig sagt. Und noch etwas. Du musst etwas zu deinem neuen Projekt sagen. Bitte sag dazu jetzt nichts mehr hier über das Telefon. Das können wir dann in Berlin tun."

„Wo willst du mich denn treffen?"

„Ganz einfach. Du fährst direkt zum Bahnhof Friedrichstraße. Hab keine Sorge. Du begibst dich zur Einreise in die Hauptstadt. Du legst dort wie alle anderen deinen Pass vor und ich garantiere dir, du wirst ohne Formalitäten durchgelassen. Wir treffen uns am kommenden Sonntag, dem 25. September, um 12:00 Uhr auf dem Alexanderplatz an der Weltzeituhr."

Marko Greve war jetzt zu Hause angekommen. Er ließ seine Tasche fallen, riss den Telefonhörer an sich und wählte eine bekannte Nummer. Sein Schwager Udo in Berlin nahm ab.

191

„Fuchs. Hallo, wer ist da?"

„Hallo Udo, ich bin es, Marko. Ist Barbara da?"

„Ja, natürlich. Moment, ich gebe sie dir."

Udos Stimme klang nicht wie sonst. Marko spürte das sofort. Wahrscheinlich hatten Barbara und er über ihn gesprochen. Dieser heimliche Berlin-Besuch war der Stein des Anstoßes. Sofort waren seine Schuldgefühle wieder da. Jetzt fürchtete sich Marko fast, Barbaras Stimme zu hören.

„Ja, hier ist Barbara. Hallo Marko?"

„Hallo Barbara, mein Schatz. Wie geht es dir?"

Einige Sekunden der Stille vergingen. Fast glaubte Marko, Barbara würde wieder auflegen. „Hallo Marko, mein Lieber. Schön, deine Stimme zu hören. Was ist los? Du klingst so bedrückt."

„Barbara, es ist nichts. Besser gesagt, fast nichts. Ich wollte eigentlich wissen, ob es dir gut geht in Berlin."

„Natürlich, warum fragst du?"

„Ich muss das einfach wissen. Wie war die Kontrolle an der Grenze? Haben sie dich schikaniert?"

„Nein, eigentlich nicht. Es war wie immer. Die Passkontrolle. Dann die strengen Blicke. Der Verkehr war nicht so dicht. Deshalb ging alles ziemlich flott."

„Also hat keiner irgendwelche Fragen gestellt? Ich meine, es hat keiner nach meinem Namen gefragt?"

„Aber nein. Wie kommst du darauf? Hast du irgendetwas? Aber mal was anderes. Hast du die Zeit genutzt, um über uns nachzudenken? Was ist mit deinem Dienst? Hast du Probleme bekommen mit deinem Besuch in Berlin?"

Marko zögerte. Er beantwortete die Fragen seiner Frau nicht. „Barbara, nicht am Telefon. Wann kommst du zurück?

Es sind Dinge geschehen, über die wir reden müssen. Barbara, bitte. Es sind Dinge, die nicht uns beide betreffen. Ich liebe dich. Ich bereue, dass ich dir nicht alles gesagt habe. Ich hätte mit dir von Anfang an über meine Probleme sprechen müssen. Nur jetzt sind die Probleme größer geworden. Ich bitte dich. Komm so schnell wie möglich zurück. Wir müssen über alles reden."

Markos Stimme klang hektisch. So kannte Barbara ihren Mann nicht. „Marko, was ist mit dir? Geht es dir nicht gut?"

„Barbara, ich bitte dich um alles in der Welt. Komm bitte so schnell wie möglich zurück. Wir sind in Gefahr. Ich kann dir das jetzt nicht erklären."

„Marko, alles gut. Ich komme morgen zurück. Heute ist es schon zu spät. Du weißt, ich fahre nicht gern nachts. Aber morgen früh fahre ich gleich los."

„Danke, Barbara. Dann bis morgen. Pass auf dich auf. Ich liebe dich, komm, gib mir einen Kuss."

Barbara spürte förmlich die Furcht Markos, die sie niemals zuvor bei ihm erlebt hatte. „Bleib stark, Marko. Ich bin, so schnell ich kann, bei dir. Hab keine Angst. Bis morgen dann. Mach's gut." Barbara küsste den Telefonhörer zärtlich in ihrer Sorge.

„Danke Barbara. Grüße Udo bitte."

Marko legte nachdenklich den Hörer auf. Er war ein wenig erleichtert. Trotzdem blieb dieses ungute Gefühl. Barbara muss zurück durch die DDR. Hoffentlich geht das gut.

Das Klingeln an der Haustür schreckte Marko aus seinen Gedanken. Er öffnete die Tür.

„Hallo Michael, gut, dass du kommst. Lass uns ins Wohnzimmer gehen."

„Mensch, Marko, was ist los? So kenne ich dich ja gar nicht. Was ist geschehen? Ist was mit Barbara?"

Marko und Michael nahmen nun, statt im Wohnzimmer, auf der Terrasse Platz. Die Sonne meinte es noch gut.

Marko servierte ein kühles Bier. Beide tranken. Marko betrachtete Michael intensiv. „Mann, nun sag schon. Was ist?"

„Du warst doch bei der diesjährigen Regenbogentagung[16]. Die Veränderungen in den kommenden Jahren beschäftigen uns nun schon eine ganze Zeit. Ich meine dieses Konzept. ELOKA 2000. Was hat es da Neues gegeben?"

Michael schaute Marko verwundert an. „Was hat das jetzt mit deiner Nervosität zu tun? Ich erkenne dich kaum wieder. Hast du Angst vor einer Versetzung nach Osnabrück?"

„Ach, nein. Darum geht es doch jetzt gar nicht. Ich meine, gibt es etwas, was ich noch nicht weiß?"

„Die Planungen sind in vollem Gange. Ich rechne damit, dass wir in spätestens vier bis fünf Jahren nicht mehr im Turm auf dem Stöberhai sitzen. Wir haben doch schon so oft darüber gesprochen. Jetzt sag mir aber endlich, was mit dir los ist."

Marko fiel es schwer, einen Anfang zu finden. „Michael, ich habe euch einiges verschwiegen. Ich war kürzlich in Berlin. Nicht einmal Barbara habe ich das gesagt. Weil ich mich nicht traute, ihr das zu sagen."

Michael stand der Schrecken ins Gesicht geschrieben. „Du warst doch nicht etwa in ... Ostberlin?"

Marko antwortete nicht gleich darauf. „Sei beruhigt, ich war in Westberlin."

Michael atmete hörbar auf. „Was wolltest du in Berlin?"

---

[16] Deutsch-amerikanische Konferenz zum Austausch von Aufklärungsergebnissen

„Es begann vor acht Jahren. Ich war auf einer Richtfunk-frequenz vom Brocken. Du weißt, dieser RVG-924. Niemals haben wir da irgendetwas empfangen. Trotzdem schaute ich des Öfteren auf diese Linie. Und dann tatsächlich. Ich hörte jemanden in einem NF-Kanal sprechen. Ich weiß es noch wie heute. Ein Dieter sprach mit einem Hermann in Magdeburg. Die Richtfunkstrecke mit dem RVG-924 führt also direkt nach Magdeburg. Der auf dem Brocken meldete sich als Urian. Es ist also eine Kommunikationsverbindung der Staatssicherheit."

„Warum hast du mit uns niemals darüber gesprochen?", unterbrach Michael Marko.

„Also erstens wart ihr damals noch nicht hier und zweitens, Michael, du weißt, dass wir Nachrichtenverbindungen außerhalb unseres Auftrages nicht beobachten dürfen. Dazu gehören auch die Richtfunkverbindungen der Parteinetze und ich denke auch die der Staatssicherheit."

„Da wäre ich nicht so sicher. Mindestens hättest du das zum Fernmeldebereich 70 melden müssen."

„Aber es waren doch nur Belanglosigkeiten, über die gesprochen wurde."

„Okay, das ist acht Jahre her, was hat das mit deinem Besuch in Berlin zu tun?"

Marko drruckste herum. Er trank einen Schluck aus seiner Bierflasche. „Weißt du, Michael. Ich habe nie mit euch darüber gesprochen, ebenso wie mein Vater mit mir kaum gesprochen hat. Vielleicht liegt das auch an seinen Erlebnissen im Krieg. Darüber hat er mit uns auch nicht gesprochen. Genauso wortkarg war seine Mutter, meine Oma Lene. Sie hat zwei Kinder, meine Tante Helene und meinen Vater Kurt. Vor dem Krieg haben die drei in Friedrichslohra gewohnt.

195

Das ist in der Nähe von Nordhausen. Also in der heutigen DDR. Oma Lenes Mann ist schon ganz früh gestorben, er war Bergmann in Bischofferode. Ich kenne nicht einmal genau seinen Vornamen, ich glaube, Fritz hieß er. Als der starb, war mein Vater Kurt neun Jahre alt. Oma Lene hatte angeblich noch ein drittes Kind. Das war in meiner Kindheit so ein Gerede. Mein Vater Kurt hat uns nichts über dieses Kind erzählt. Auch Oma Lene nicht, weiß der Kuckuck, warum. Es ist immer mal der Name Hermann gefallen. Damals, vor acht Jahren, hieß der auf der Richtfunkverbindung in Magdeburg auch Hermann. Von da an wurde ich das Gefühl nicht mehr los, das könnte mein Onkel sein."

„Aber, Marko, das ist doch aberwitzig. Hermann ist doch kein seltener Name. Wie kommst du darauf, dass das dein Onkel sein könnte? Das ist eine fixe Idee von dir, Marko."

„Nein, ist es nicht." Marko schlug mit der Faust auf den Tisch. Michael war fast erschrocken. So kannte er seinen Freund nicht. „Michael, jetzt hör mal zu. Ich mache doch gelegentlich den Eröffnungsverkehr für die drahtlose Meldeerstattung der Sektoren im Fernmelderegiment 71. Im Frühjahr gingen die Gäule mit mir durch. Du weißt, dass ich Funkamateur bin. Ich streute mein Rufzeichen bei der Eröffnung ein. Aber erst, als schon der verschlüsselte Fernschreibbetrieb lief. Da hört dann von den beteiligten Sektoren niemand mehr rein. Ich nahm also kurz den Schlüssel wieder raus und streute mein Rufzeichen mit dem Namen Hermann ein. Ich vereinbarte eine Frequenz im 80m-Band um einen Rückruf. Den wollte ich dann hier zu Hause entgegennehmen. Es meldete sich aber niemand. Bis im August ein Brief kam. Mein Ruf wurde gehört. Ich sollte am 4. September um 12:00 Uhr in einer Gaststätte in Berlin-Spandau sein. Ich wurde tatsächlich dort abgeholt. Aber ich wurde betäubt. In einem Raum wachte ich wieder auf. Ich hatte keine Ahnung, wo ich war. Da stand plötzlich dieser Hermann vor mir. Und es war tatsächlich Hermann, mein Onkel. Er wusste alles von meiner Familie, von meinem Vater Kurt, Helene und seiner Mutter Lene. Er erzählte mir, warum er drüben geblieben war. Er ist Kommunist, seit frühester Jugend. Er war auch wirklich der Teilnehmer auf der Richtfunkstrecke zum Brocken. Er ist Angehöriger des Ministeriums für Staatssicherheit."

Michael sperrte Mund und Nase auf. „Ich fasse es nicht, Marko. Das ist ja eine unglaubliche Geschichte. Was geschah weiter?"

„Nach dem Gespräch mit Hermann wurde ich wieder betäubt. Ich wachte in einem Krankenhaus in Westberlin auf. Man hatte mich in einem Park auf einer Bank nahe des Urban-Klinikums gefunden. Ich war körperlich unversehrt. Einen Tag später wurde ich entlassen. Die Krankenhausrechnung war bezahlt, auch der Aufenthalt in dem Hotel in Westberlin. Ich flog dann, wie geplant, zurück nach Hannover."

„Das ist schier unglaublich, wenn ich dich nicht kennen würde, würde ich das nicht glauben. Aber jetzt mal weiter, was beunruhigt dich denn so? Mit dir stimmt doch etwas nicht."

Marko trank wieder einen Schluck und schwieg einen Moment. „Als ich heute von der Schicht nach Hause fuhr, geschah Folgendes: Ich stieg am Hotel Englischer Hof aus. Ich wollte mir noch etwas zum Abendessen besorgen. Da lief so ein komischer Typ hinter mir her. Er wollte mit mir sprechen. Er wusste alles." Marko stockte. „Er wusste von dem Zusammentreffen in Berlin. Er wusste von dem Funkspruch. Kurz gesagt, alles. Und er sagte mir, ich war in einem Objekt während des Treffens. In Gosen. Das ist in Ostberlin. Was mache ich denn jetzt nur?" Marko war ratlos. Er stützte seinen Kopf auf seine Hände. „Jetzt will der Typ Informationen. Speziell über das Projekt ELOKA 2000. Der Typ erpresst mich."

„Mann, was machst du nur? Es gibt nur eine Möglichkeit. Du musst dich offenbaren. Das Fernschreiben können sie dir natürlich vorwerfen, das hättest du nicht tun dürfen. Aber diese Entführung nicht, schließlich wurdest du ja gewaltsam an einen unbekannten Ort gebracht. Auch wenn das Ostberlin war. Du musst diesem Kerl den Wind aus den Segeln nehmen. Ich helfe dir dabei. Ich stehe dir bei."

Marko schluchzte jetzt. Michael hatte seinen Freund noch nie so gesehen. Er stand auf und fasste ihm auf die Schulter. „Da gibt es noch etwas anderes, Michael. Barbara ist doch bei ihrem Bruder in Berlin. Morgen will sie wieder zurückkommen. Sie muss mit unserem Auto über die Transitstrecke durch die DDR zurückfahren. Wenn die sie nun auf dem Kieker haben?"

Michael setzte sich wieder und schaute Marko fest an. „Das glaube ich nicht. Morgen früh meldest du dich in der Dienststelle beim S2 in der Sicherheit. Das ist jetzt ganz wichtig. Die werden dann sicher den MAD informieren, der weiter ermittelt. Du wirst bestimmt erstmal einige Tage vom Dienst freigestellt, bis die Sache untersucht worden ist. Mensch, halt die Ohren steif, so eine verrückte Geschichte habe ich noch nicht gehört."

„Komm, lass uns noch ein Bier trinken." Michael kannte sich aus und holte zwei neue Flaschen.

„Sag mal, Michael, ich frag dich jetzt noch mal. Hast du bei der Regenbogentagung, etwas Neues erfahren? Hermann hat behauptet, sie wüssten alles von unserer Aufklärung in den Türmen. Dieser Kerl will jetzt alles über ELOKA 2000 wissen."

„Grob gesagt soll die ganze Auswertung von den Türmen weg nach Osnabrück verlegt werden. Das heißt, eine Anbindung über Glasfaserkabel von den Türmen bis dorthin. Wir haben dann dort ein Lagezentrum, das alles digitalisiert anzeigt. Auf einer Karte erscheinen die aktivierten Radarstellungen, Frühwarn-, Flugabwehrsysteme, eben alles, was erfassbar ist. Neu ist die Integration der Flugplätze. Die Erfassung des Flugfunks wird in naher Zukunft nicht mehr analog erfolgen. Die Jägerführung bei der MIG-29 erfolgt schon heute digital. Man möchte die Nahfeldnavigation RSBN[17] mit den Boden- und Bordfrequenzen SWIFT ROD zusammen mit den Transpondersignalen der aktiven Luftfahrzeuge erfassen und digital auswerten. Es ist dann möglich, ein Flugzeug vom Start an bis zur Landung als Flugspur darzustellen. Natürlich nur, soweit die Boden und Bordausstrahlungen erfassbar sind. Die Kontrolle der Ein- und Ausflüge von Truppenrotationen für die Westgruppe der Truppen ist so uneingeschränkt möglich. Das betrifft jedenfalls alle Flugplätze in der DDR. Besonders bei Großübungen können die verschiedenen Ausstrahlungen, je nach Bedrohungsgrad, farbig markiert werden. Die Belastung des Erfassungspersonals wird so spürbar verringert und eine Darstellung der Lage in Echtzeit ist so jederzeit möglich."

Marko überlegte. „Schön und gut, aber diese Informationen werden der Gegenseite nicht genügen. Denen ist doch sicher die technische Realisierung des Ganzen wichtiger. Wie ist

---

[17] RSBN zu deutsch Funktechnisches Navigationssystem im lokalen Bereich

die technische Realisierung? Die Informationen könnte ich denen doch gar nicht liefern, selbst wenn ich das wollte."

„Marko, die bauen natürlich darauf, dass du dich schlaumachst. Wenn die dich einmal am Haken haben, kommst du nicht mehr los. Deshalb ist es wichtig, dass du deine Anbahnung sofort offenbarst." Michael war jetzt in seinem Element. „Diese ganzen Erfassungen im Lagezentrum haben einen weiteren Vorteil. Im Verteidigungsfall könnten die RSBN- und Transponder- Aussendungen vom Westen ebenfalls ausgestrahlt werden, um so die Navigation der Kampfflugzeuge zu stören und weitestgehend unmöglich zu machen."

„Im Osten haben die wahrscheinlich schon Wind davon bekommen. Deshalb wollen die genauere Informationen über ELOKA 2000 beschaffen, um Gegenmaßnahmen treffen zu können. Stell dir mal vor, die RSBN-Navigation wird gestört und die Jagdflugzeuge wissen nicht mehr, wo sie sich befinden." Marko hatte sich jetzt wieder gefangen. Der Alkohol zeigte Wirkung und er fühlte sich jetzt wie ein Opfer. Ihm wurde umso mehr bewusst, dass er erpresst werden sollte.

Würde er sich mit diesen Leuten einlassen, entfachte er einen Flächenbrand, der seine Karriere beendete.

Da fiel ihm Hermann wieder ein. Instinktiv vertraute Marko seinem Onkel, obwohl er Mitarbeiter der Staatssicherheit war. Wie war das in Berlin? Marko wurde von der Gaststätte abgeholt. Das war aber nicht Hermann. Also gibt es Mitwisser, die von seinem Aufenthalt in Ostberlin wussten. Vielleicht weiß Hermann gar nichts von diesem Erpressungs- oder Anwerbungsversuch.

„Marko, was ist los?" Michael schaute besorgt auf seinen Freund. Marko war still geworden und starrte die Tischplatte an. Seine Gedanken kreisten darum, was er machen sollte. Mehr zu sich selbst murmelte Marko: „Ich muss irgendwie mit Hermann Kontakt aufnehmen, aber wie? Es ist hoffnungslos. Was soll ich tun? Den MAD informieren? Mit Hermann Kontakt aufnehmen? Meine Karriere ist zu Ende, wenn ich Hermann noch einmal versuche zu erreichen. Vielleicht ist sie das auch jetzt schon. Das illegale Fernschreiben ist das Problem." Mit festem Blick schaute Marko Michael an. „Michael, ich habe Scheiße gebaut. Niemand wird verstehen, dass ich nur meinen Onkel kennenlernen wollte."

30. September 1988

Barbara Greve war nervös. Ihr Bruder Udo bemerkte das gleich, nachdem sie mit Marko telefoniert hatte.

„Barbara, was ist denn? Irgendetwas stimmt mit dir nicht. Geht es dir nicht gut?"

„Udo, du hast recht, eigentlich wollte ich noch zwei Tage bleiben. Aber Marko gefällt mir nicht. Als er mich anrief, hatte er etwas auf dem Herzen, er wirkte beinahe ängstlich, das habe ich gespürt. Ich kenne Marko genau. Aber so habe ich ihn noch nicht erlebt. Wenn ihn etwas bedrückt, spricht er nicht darüber, nicht mal mit mir. Jetzt war es anders. Er kehrte sein Inneres nach außen. Plötzlich spürte ich seine Gefühle, über die er sonst niemals spricht."

„Was willst du jetzt tun?"

„Udo, jetzt ist es zu spät. Aber morgen Vormittag fahre ich nach Hause. Ich muss wissen, was da los ist. Ich habe das Gefühl, Marko hat große Angst. Hoffentlich tut er sich nichts an."

Udo fuhr herum und blickte Barbara ernst an. „Wie meinst du das? Du meinst doch nicht etwa Suizid?"

Barbara nickte und schluckte. Sie fiel Udo in die Arme und weinte. „Weißt du, Udo, Marko frisst alles in sich rein. Ich habe auch Fehler gemacht. Ich habe ihn oft allein gelassen. Ich kenne seine Probleme mit seiner Familie, besonders mit seinem Vater. Als Kind konnte er nie über seine Probleme sprechen. Sein Vater sprach nicht mit ihm und bewies ihm nie, dass er ihn lieb hatte. Deshalb vertraute sich Marko ihm nie an. Schuld waren auch die Streitigkeiten bei der Verteilung des Erbes, als der Vater seiner Mutter Waltraud starb. Fast hätte sich seine Oma Anna deswegen umgebracht. Auch sein Onkel Kurtchen nahm sich später das Leben. Seine Eltern fühlten sich fast enterbt, obwohl sein Vater Kurt viel in der Landwirtschaft des Großvaters gearbeitet hatte. Der Ärger über diese Ungerechtigkeit belastete wohl nicht nur seine Eltern, sondern auch Marko als Kind. Sein Vater Kurt verdiente in der Fabrik nicht viel und die Familie musste jede Mark dreimal umdrehen. Deshalb musste auch seine Mutter mitarbeiten, um über die Runden zu kommen. Markos Mutter blieb wenig Zeit, um mit ihm über seine Probleme zu sprechen. Markos schulische Leistungen wurden dadurch immer schlechter. Diese Defizite vergruben sich in seiner Seele, von Kindheit an, bis er erwachsen war. Das habe ich in langen Gesprächen, manchmal mithilfe von etwas Alkohol, von ihm erfahren. Dann diese ständige Geheimniskrämerei in seinem Job. Nie sagt er mal, was er tagsüber in diesem Turm gemacht hat. Ich finde, diese Scheißgrenze tötet nicht nur Menschen, die versuchen, sie zu überwinden. Auch der Turm und die Arbeit dort oben bedrückt immer mehr die Soldaten, die dort ihren Dienst verrichten."

Udo drückte seine Schwester an sich und gab ihr einen Kuss auf die Stirn. „Wie meinst du das? Der Turm und die Arbeit dort? Eigentlich ist das doch eine interessante Arbeit."

„Bis vor einigen Wochen glaubte ich das auch. Es gehen Veränderungen vor. Die ganze Arbeit in diesen Türmen soll umstrukturiert werden. In nicht allzu ferner Zeit soll dort niemand mehr sitzen. Da werden wir wohl umziehen müssen. Aber das ist noch nicht alles.

Ich unternahm mit meinen Freundinnen eine Busreise. Als ich nach Hause kam, traf ich ihn nicht an. Ein Brief lag auf dem Tisch. Es war ein sehr langer Brief. Da stand vieles drin, was er mir nie gesagt hatte. Dieser Brief hat mich enttäuscht. Das war billig. Marko war nach Berlin aufgebrochen. Eine solche Reise hätten wir besprechen müssen. Es gibt eben Dinge, die uns beide etwas angehen. Das habe ich dir bis jetzt nicht gesagt. Ich wollte auch nicht allein in unserer Wohnung bleiben. Deshalb wollte ich auch nach Berlin. Etwas Abstand gewinnen. Du bist für mich ja auch immer ein sicherer Hafen hier in dieser Stadt. Nun weißt du auch den Grund, warum ich euch mal wieder einfach so überfallen habe und so lange geblieben bin. Ich wollte meine Gedanken sortieren, über unsere Beziehung nachdenken."

„Ja, aber ... was war mit seinem Trip? Was wollte er in Berlin? Hat er dir den Grund genannt in diesem Brief?"

„Ja, natürlich. Deswegen war der Brief ja so lang. Er wollte einen Onkel besuchen, der angeblich in Westberlin lebt und von dem er nichts weiß. In diesem Jahr ist das nun wieder richtig hochgekocht. Warum, weiß ich nicht. Ich weiß nur, dass Markos Vater ein seltsamer Mensch gewesen sein muss. Auch die Mutter seines Vaters. Auf Marko hat das abgefärbt.

Er ist, das weißt du vielleicht selbst, ein sehr stiller, introvertierter Mensch. Er liebt keine Feiern mit vielen Leuten und ist gerne auch mal allein. Wahrscheinlich ist er so durch das Verhalten seines Vaters geworden. Du weißt doch auch, dass sich Markos Bruder Horst nach dem Scheitern seiner Ehe umgebracht hat. Deshalb habe ich Angst um Marko."

Udo ließ Barbara los und beide setzten sich. „Dann solltest du fahren, Barbara. Ich würde das gleiche tun, wenn ich mir um meine Ute Sorgen machen müsste."

„Ich bin froh, dass du das sagst, Udo. Meine Sachen habe ich schon gepackt, das Auto ist vollgetankt. Bring mich runter und sag Ute einen schönen Gruß von mir. Sie soll nicht böse sein, weil ich mich so sang- und klanglos verabschiede."

„Mach dir keine Sorgen, Barbara. Sie wird das verstehen."

Barbara und Udo gingen die Holztreppe in dem alten Berliner Mietshaus herunter. In der Dieffenbachstraße in Kreuzberg war der übliche Alltagstrubel. Auf der Straße befanden sich die üblichen Graffitischmierereien an den Hauswänden. Barbara hatte mit Mühe hier einen Parkplatz gefunden. Sie lud ihre Reisetasche in den Kofferraum des Opel Manta und umarmte ihren Bruder noch einmal stürmisch. „Udo, das nächste Mal besucht ihr uns in Herzberg. Und wartet nicht so lange. Wenn nur diese verdammte Grenze nicht wäre. Mach's gut."

„Mach's gut, Schwesterherz. Keine Sorge, wir kommen bald einmal wieder in den Harz."

Barbara fuhr durch den dichten Verkehr, der aber nicht so anstrengend war wie der morgendliche Berufsverkehr. Schon bald näherte sie sich dem Grenzübergang Drewitz. Da fielen ihr wieder die besorgten Fragen Markos ein. „Haben sie dich etwas gefragt? Wollten sie meinen Namen wissen?" Diese Worte Markos drangen wieder in ihr Bewusstsein und sie sah Marko im Geist vor sich.

Barbara begann sich unwohl zu fühlen. Schon näherte sich der erste Kontrollposten, vor dem sie stehen blieb. Ein Grenzer winkte sie zu sich und sie fuhr an das Kontrollhäuschen heran. Barbara gab ihren Reisepass ab, der unter den Händen des Kontrollierenden verschwand. Der Mann blickte Barbara kurz, aber intensiv an und es war ihr, als huschte ein Lächeln über sein Gesicht. Auf seinen Wink fuhr sie weiter bis zum zweiten Kontrollpunkt. Dort bekam Barbara ihren Pass zurück, in dem sich ein Zettel befand. Sie nahm ihn und legte ihn auf die Ablage hinter dem Schaltknüppel. Keine Probleme. Barbara fiel ein Stein vom Herzen.

Die Fahrt durch die DDR begann. Der übliche Verkehr mit Geschwindigkeitsbegrenzungen zwang, sie langsam zu fahren. Auf zusätzliche Kontrollen durch die Volkspolizei hatte sie keine Lust.

Es fuhren viele Lkws, aber auch russische Armeefahrzeuge. Die olivgrüne Farbe dieser Autos beunruhigte Barbara gleich wieder. Aber keinerlei Zwischenfälle ereigneten sich. Einmal war kurz hinter Ziesar ein Lada der Volkspolizei hinter ihr. Barbara glaubte schon, jetzt würde sie angehalten werden, weil der Wagen ziemlich dicht hinter ihr war. Aber sie fuhr stur einhundert Stundenkilometer. Schließlich bog der Lada auf einen Parkplatz ab. Wieder sank Barbaras Stresspegel auf ein normales Maß. Schon war es nicht mehr weit bis zum Grenzübergang Helmstedt/Marienborn, der auch Checkpoint Alpha genannt wurde. Schon von Weitem wurden die umfangreichen Bauten sichtbar. Barbaras Puls beschleunigte sich wie bei einem Marathonlauf. Der erste

Kontrollpunkt kam auf sie zu. Sie blieb kurz davor stehen, bis der Grenzer sie heranwinkte. Am Posten blieb sie stehen.

Barbara reichte den Reisepass mit dem eingelegten Zettel einem Grenzer, dessen Gesicht wie versteinert wirkte. Der Mann in Drewitz mit einem Anflug eines Lächelns war ihr noch im Gedächtnis. Durchdringend starrte dieser Grenzer sie an.

Barbara wurde zunehmend nervöser. Jetzt telefonierte der Mann hinter der Scheibe. Es war ein kurzes Gespräch. Er legte den Hörer wieder auf die Gabel.

Barbara wartete auf die Rückgabe ihres Reisepasses. Der Grenzer blickte sie jetzt auch nicht mehr an. Sie kam sich auf einmal unglaublich hilflos vor. Ansprechen mochte sie den Mann nicht. Barbara hatte schon oft gehört, dass diese Menschen dann zu irgendwelchen Schikanen provoziert werden.

Sie blickte nach vorn in Richtung Westen. Die Entfernung bis zur Bundesrepublik kam ihr unendlich weit vor. Das Klopfen eines Grenzbeamten drang plötzlich in ihr Bewusstsein. Der Schreck fuhr wie ein Messer durch ihre Glieder. Sie kurbelte die Scheibe herunter.

„Barbara Greve?"

„Ja, das bin ich."

„Bitte fahren Sie das Fahrzeug zur Seite. Dann steigen Sie aus."

Barbara rutschte das Herz in die Hose. „Aber warum? Bitte geben Sie mir meinen Pass zurück."

Der Grenzer schaute sie streng an. „Sie haben keine Fragen zu stellen. Befolgen Sie diese Anweisung."

Barbara fuhr den Opel auf die Seite des Kontrollgebäudes. Der Grenzer folgte ihr. „Motor abstellen und aussteigen." Die Stimme klang nun noch unfreundlicher.

Barbara stieg aus und ging vor dem Mann her.

Eine Stahltür wurde sichtbar. „Stehenbleiben." Barbara nahm den barschen Befehl wie durch Watte wahr.

Der Beamte öffnete die Tür und Barbara sah einen zweiten Grenzer, der hinter einem Holztisch saß. „Hinsetzen."

„Was habe ich getan?"

Nachdem der Grenzer wieder hinausgegangen war, schaute der hinter dem Tisch kurz auf. Er blätterte in Papieren und es sah so aus, als ob er Barbara gar nicht registrierte.

„Was passiert denn jetzt?" Barbara blickte angstvoll in Richtung des Holztisches. Keine Reaktion. Nach gut einer Minute hob der Mann den Kopf und schaute Barbara kurz an. „Sie werden abgeholt. Verhalten Sie sich ruhig, sonst muss ich Ihnen Handfesseln anlegen."

Karl Borodin hatte den Grenzbahnhof Friedrichsstraße erreicht. Früh am Sonntagmorgen war er in den Zug nach Berlin eingestiegen. Dieser Bahnhof erschien ihm unwirklich. Eine Stahlwand trennte Ost- und Westberlin voneinander. Borodin folgt den Hinweisschildern zur Passkontrolle in die Hauptstadt der DDR. Also Ostberlin. Seine Reise hierher hatte Karl seiner Firma microwave science vision verschwiegen. Warum hätte er das auch sagen sollen? Die Weichen für Karl Borodins Weg in die Zukunft waren gestellt. Der Gegner kannte bereits seine Arbeiten der letzten Jahre.

Borodin reihte sich in die Schlange der Einreisenden ein. Es dauerte nicht so lange, wie er geglaubt hatte. In einer engen Kabine hinter einer Glasscheibe saß ein Uniformierter, der Karl Borodin kurz musterte. Karl legte seinen Reisepass auf den Tresen. Eine knappe Minute verging, bis der Kontrollierende den Pass zurückgab und einen Knopf betätigte.

Ein leises Summen öffnete die Ausgangstür. Mit einem Wink gab er das Zeichen zum Weitergehen.

Fast wurde Borodin vom hellen Sonnenlicht geblendet, als er aus dem Gebäude trat. Das war also Ostberlin. Nie war Karl zuvor hier gewesen. Alles war hier so anders als in Westberlin. Die Stadt wirkte, als ob die Zeit stehen geblieben war. Die alt aussehenden Autos mit ihren blauen Abgasfahnen verursachten einen ungewohnten Geruch. Die schmutziggrauen Fassaden der Häuser verstärkten die Tristesse in dieser Stadt. Borodin hielt Ausschau nach einem Taxi. Gab es das hier überhaupt? Er ging in Richtung Friedrichsstraße. Direkt gegenüber schaute er auf das Theater der Distel. Von rechts näherte sich eine schwarze Wolga-Limousine mit einem Taxischild auf dem Dach. Karl gab dem Fahrer ein Zeichen. Sofort stoppte der Wagen.

Er stieg hinten ein. „Na Verehrtester, wo soll es denn hingehen?"

Karl amüsierte sich im Stillen über den Berliner Dialekt.

„Ich möchte zum Alexanderplatz."

Der Fahrer mit der Ledermütze musterte seinen Fahrgast im Rückspiegel. Längst hatte er ihn als Westdeutschen durchschaut. Offensichtlich entlarvte ihn seine Kleidung.

„Ist gemacht, mein Herr."

Es mochte eine Viertelstunde vergangen sein, als das Taxi in der Nähe der Weltzeituhr stoppte. Karl Borodin gab dem Fahrer einen Zehnmarkschein Westgeld.

„Oh danke, mein Herr."

Mit der Weltzeituhr im Blick suchte Karl das bekannte Gesicht einer Dame. Es war 12:30 Uhr, um 12:00 Uhr sollte das Treffen sein, hoffentlich war es noch nicht zu spät.

Karl Borodin war jetzt direkt an dieser Uhr mit den unterschiedlichen Zeitzonen. Da tippte ihm jemand von hinten auf die Schulter. Karl drehte sich um und blickte auf ein strahlend lächelndes Gesicht einer Dame, die er kannte und liebte. „Hallo Angela, ich freue mich, dich zu sehen."

„Herzlich willkommen, Karl. Auch im Namen der Deutschen Demokratischen Republik. Du bist ein bisschen spät dran. Hast du Ärger an der Grenze gehabt?"

„Nein, überhaupt nicht. Ich bin ganz schnell durchgekommen."

„Dann komm, mein Lieber. Ich möchte dich mit jemandem bekanntmachen."

September 1988

Die riesigen Antennen des Hauses in Karlsruhe-Durlach verärgerten die Nachbarn schon ziemlich lange. Nach Meinung der Anwohner verschandelten sie den Anblick des Hauses. Und nicht nur das. Die ständigen Störungen im TV- und Radioempfang nervten. Immer war nicht der Verursacher schuld, sondern die gestörten Nachbarn. Das war nun vorbei. Der Funker Gerd Kirschner war tot. Seitdem verstummten die Gerüchte nicht in der Nachbarschaft. Manche behaupteten steif und fest, die Funkerei hätte ihn umgebracht. In den letzten Wochen vor Kirschners Tod fühlten sich die Nachbarn ohne erkennbaren Grund zunehmend unwohl. Andere waren heilfroh, jetzt wieder ohne Störungen leben zu können. Heute standen nun einige Fahrzeuge vor dem Haus, die diese Gerüchte wieder anheizten.

Ein gelber VW Bus mit einer Antenne auf dem Dach stand vor dem Haus. Davor ein weiterer von der Kriminalpolizei, der mit Material der Kriminaltechnik bestückt war. Zwei Pkws in Zivil fuhren gerade vor. Die Gardinen an den Fenstern der benachbarten Häuser bewegten sich und belegten das Interesse der Menschen an den Vorgängen im Funkerhaus.

Auch Hauptkommissar Andreas Hofmeister und Oberkommissar Günter Gerber waren gerade eingetroffen. Ein Messbeamter war in der Wohnung und hatte die Funkgeräte in Betrieb gesetzt. Die Messungen waren schon weit fortgeschritten. Andreas Hofmeister und Günter Gerber schauten in das Funkerzimmer.

„Guten Morgen. Hauptkommissar Hofmeister, das ist mein Kollege Günter Gerber. Wie sieht es aus? Haben Sie an den Funkgeräten etwas zu beanstanden?"

Der Messbeamte trug Kopfhörer. Offensichtlich war auch er Funkamateur. Hofmeister sprach sehr laut, sodass der Mann das hören musste. Der Messbeamte drehte sich um und legte den Kopfhörer zur Seite. „Ach guten Tag. Mein Name ist Peter Gairing. Beanstandungen? Nein, die Station ist im Bestzustand. Die Sendeleistung entspricht der zulässigen Obergrenze. Auch sonst erfüllt die Anlage die Vorgaben. Das, was erlaubt ist, wird hier genau eingehalten."

„Was meinen Sie? Kann der Benutzer der Anlage durch die elektromagnetischen Felder gesundheitlich beeinträchtigt worden sein?"

„Wie kommen Sie darauf?" Verblüfft sah Gairing Hofmeister an.

„Der Mann trug einen Herzschrittmacher."

„Nein, das halte ich für ausgeschlossen. Dafür sind die Feldstärken hier in dem Funkraum zu gering. Zumal die Antennen nicht fehlangepasst sind. Das heißt, die produzierte Sendeleistung wird fast verlustfrei an die Antenne abgegeben."

„Noch etwas anderes. Sie scheinen sich auszukennen. Gibt es ein Verzeichnis, in dem die Gespräche eingetragen sind, die Kirschner geführt hat?"

„Natürlich. Jeder Funker führt ein Logbuch, dort trägt er seine Verbindungen ein."

„Haben Sie dieses Logbuch gefunden?"

„Natürlich." Peter Gairing übergab Hofmeister ein recht dickes Heft mit einem blauen Umschlag.

„Darf ich mal sehen?" Günter Gerber blickte sich im Shack um, wie der Funkraum in Amateurfunkkreisen genannt wird.

Hofmeister gab das Heft seinem Kollegen. Gerber vertiefte sich in den zahlreichen Seiten.

„Eine Frage, Herr Gairing. Diese Zeichen am Anfang, was bedeuten die? Die Uhrzeiten und Namen verstehe ich und auch die Frequenzangaben."

„Sie meinen sicher die Rufzeichen. Jeder lizensierte Funkamateur hat ein Rufzeichen, an dem man erkennt, in welchem Land er sich befindet. Ist so ähnlich wie bei Flugzeugen, die auch solche sogenannten Landeskenner tragen."

„Interessant", murmelte Gerber. „Hier sind sehr viele, auch die aktuellsten beginnen mit den Buchstaben OK, was bedeutet das?"

„Das ist der Landeskenner der Tschechoslowakei."

„Aha, der Name Marek in Pardubice mit diesem Landeskenner taucht hier sehr häufig auf. Selbst die letzte Eintragung, das letzte Gespräch, hat Kirschner mit diesem Marek geführt. Da steht nur der Beginn des Gespräches und dieses Rufzeichen."

„Günter, die Kučerová hat Gerd Kirschner tot aufgefunden. Er ist vermutlich während des Gespräches gestorben."

Plötzlich war draußen lautes Geschrei zu hören.

Andreas Hofmeister drehte sich zur Tür. „Was ist denn da los?"

„Ich kann Ihnen da nicht helfen." Beschwichtigend redete Karl-Heinz Maasen, der zweite Messbeamte, auf einen Mann ein. Das Gebrüll wurde jetzt deutlicher. Ein grauhaariger Mann in schwarzer Manchesterhose mit breiten Hosenträgern stürmte in den Funkraum. Sein Gesicht war puterrot vor Erregung. „Da ist ja dieses Teufelszeug. Er hat uns krank gemacht, dieser arrogante Hund."

Hofmeister trat ihm entgegen. „Wer sind Sie denn?"

Der Alte beachtete den Hauptkommissar nicht und ging zu den Funkgeräten. Da stand eine leere Limonadenflasche. Die nahm er und wollte damit auf das Funkgerät schlagen. Günter Gerber griff rechtzeitig ein. Er ergriff den Mann von hinten an den Schultern, sodass die Flasche polternd zu Boden fiel. „Ganz ruhig, Verehrtester. Jetzt sagen Sie uns erstmal, wer Sie sind." Gerber hielt ihn weiter fest, sodass der Schreihals nach Luft schnappte. „Lassen Sie mich los, sind Sie von allen guten Geistern verlassen?"

„Ihren Namen bitte." Andreas Hofmeister sagte das leise, aber bestimmt. Gerber lockerte seinen Griff. „Ich heiße Brockmann, Heiner Brockmann. Endlich ist dieser Typ tot. Er hat uns das Leben zur Hölle gemacht."

„Können Sie mir das erklären?" Hofmeister blickte auf Brockmann, der jetzt auf einem Holzstuhl saß. Günter Gerber hatte ihn dort mit sanfter Gewalt hingesetzt.

„Ja, das kann ich. Unser Fernsehen … nicht mal Radio hören konnte man, wenn der gefunkt hat. Aus jedem Lautsprecher war das Gequake zu hören. Und das pausenlos. Kaum war der zu Hause, ging das los. Der war bestimmt ein Spion."

„Wie kommen Sie darauf?" Gerber schaute ihn verblüfft an.

„Ich konnte den deutlich hören. Mein Sohn hat mir so einen Empfänger geschenkt. Fernsehen und Radio hören war ja ohnehin nicht möglich. Damit wollte ich herausfinden, was die sich da erzählen."

„Deswegen glauben Sie, Gerd Kirschner war ein Spion?"

„Weiß ich nicht." Heiner Brockmann winkte ab. „Aber der unterhielt sich ganz oft mit so einem Tschechen. Wissen Sie, ich stamme aus dem Sudetenland. Eigentlich hasse ich die Tschechen, weil sie uns damals nach dem Krieg vertrieben haben. Ich bin dann lange in Süddeutschland herumgeirrt, bis ich hier eine Bleibe gefunden habe."

„Das erklärt aber nicht den Vorwurf der Spionage, Herr Brockmann."

„Ja, schon gut. Ich konnte aber mithören, seit ich diesen Empfänger habe. Ich hatte einen langen Draht im Zimmer verlegt, dann konnte ich auch diesen Tschechen hören, vorher habe ich nur den Kirschner gehört. Der Kirschner hat ganz oft von seiner Firma erzählt. Und von seinen Kollegen, mit denen er zusammengearbeitet hat. Den einen, den mochte er nicht, der hieß, glaube ich, mit Vornamen Karl. Den muss er gehasst haben. Aber dieser Tscheche, der war wohl auf seiner Wellenlänge. Der wollte immer wissen, was der Kirschner in seiner Firma so macht. Mir kam das so vor, als ob der den regelrecht ausgehorcht hat. Die haben doch irgendetwas für die Bundeswehr gemacht. So Steuerungen mit Laser und so etwas. Ich verstehe nichts davon. Aber der Tscheche wollte dann Bauteile haben. Der Kirschner sollte dem so elektronische Bauteile besorgen. Integrierte Schaltkreise, Transistoren und Dioden, glaube ich. Hier im Westen. Das kam mir dann schon komisch vor. Deswegen glaube ich, könnte der ein Spion sein."

„Was glauben Sie? Hat der Gerd Kirschner Bauteile besorgt?"

„Das weiß ich nicht. Schließlich habe ich ja nicht immer mitgehört. Dann war da noch etwas anderes."

„Was denn? Erzählen Sie."

Heiner Brockmann hatte sich jetzt wieder beruhigt. Offenbar war er froh, dass ihm mal jemand zuhörte. „Ja ich weiß auch nicht, wie ich Ihnen das erzählen soll. Das wurde immer schlimmer in den Wochen, bevor der Kirschner gestorben ist. Da kam ja immer so eine Frau bei ihm zu Besuch. Das hat mich auch gewundert. Sonst war der doch immer allein. Die Frau sah gut aus. Ich habe mich gewundert, was die an dem fand. Vielleicht hängt das aber auch mit diesem Tschechenfunker zusammen. Verstehen Sie? Auch deshalb glaube ich, der war ein Spion."

Hofmeister und Gerber waren genervt. „Herr Brockmann, Sie wollten doch noch etwas anderes erzählen. Was wurde immer schlimmer?"

„Ach so, ja. Ich hatte immer größere Beschwerden. Kopfschmerzen, die immer schlimmer wurden. Ich konnte nicht mehr schlafen, morgens war ich wie gerädert. Ich konnte morgens nichts mehr essen, weil mir speiübel war. Aber das Schlimmste waren diese Geräusche."

„Was denn für Geräusche? Die Funkstation?"

„Nein, nicht die Funkstation. Deshalb hatte mir mein Sohn ja diesen Empfänger besorgt. Wenn ich nachts nicht schlafen konnte, schaltete ich das Ding ein. Aber es war nichts. Der Kirschner schlief auch. Wenn er funkte, hatte ich keine Beschwerden. Es war immer nur nachts so schlimm. Da hörte ich dann so ein Tackern. So, als ob ein Specht in meinem Kopf sitzt."

„Waren Sie mal beim Arzt deswegen? Haben Sie ihm die Symptome geschildert?"

„Nein, was soll ich beim Arzt? Der kassiert doch sowieso nur. Da bist du drei Minuten drin und dann hat er dich nicht einmal angefasst. Er sagt nicht, was du hast und schreibt irgendetwas in seinen Computer. Außerdem geht es mir wieder besser, seit der Kirschner tot ist."

„Hmm, das ist seltsam. Haben Sie in der Nacht irgendwelche Beobachtungen gemacht? Irgendetwas, was Ihnen seltsam vorkam?"

Heiner Brockmann überlegte. „Ich weiß nicht. Da stand nachts so ein grauer Lieferwagen vor dem Funkerhaus. Den habe ich oft gesehen, aber ich habe mir nichts dabei gedacht. Ach Moment, warten Sie. Da ist noch etwas. Ich hatte mir diese Karre mal mit dem Fernglas angesehen. Der hatte kein deutsches Kennzeichen. Es könnte ein tschechisches gewesen sein."

30. September 1988

Barbara Greve saß immer noch in dem Zimmer und starrte auf den Grenzer hinter dem Holztisch. Plötzlich wurde die

Stille unterbrochen. Ein Uniformierter trat ein und wandte sich zu Barbara. „Aufstehen, kommen Sie mit."

Barbara stand auf und ging vor dem Grenzer her.

Die Stahltür öffnete sich wieder und Barbara suchte ihren Opel Manta. Der war jedoch verschwunden. Sie zögerte etwas.

„Weitergehen", klang barsch die Stimme des Uniformierten.

„Wo ist mein Auto?" Barbara wagte diese Frage. Jedoch kam keine Antwort. Sie versuchte es erneut. „Wo ist mein Auto?"

„Sie haben hier keine Fragen zu stellen. Weitergehen."

Nach gut hundert Metern tauchte der graue Barkas auf. Der Grenzer öffnete die Tür des fensterlosen Kastenaufbaus.

„Einsteigen." Barbara stieg in diesen engen Kasten und sofort schloss sich die Tür hinter ihr wieder.

Der Mann klopfte auf das Dach der Fahrerkabine.

Das knatternde Geräusch des Zweitaktmotors ertönte und mit einer blauen Abgasfahne verließ der Barkas das Gelände des Grenzkontrollpunktes. Die Fahrt war eine Tortur. Die Kabine war eng und stickig, zudem breitete sich, vermischt mit den Zweitaktabgasen ein ekliger Geruch aus.

Barbara wurde übel, weil das Fahrzeug auf der schlechten Straße hin und her schlingerte. Sie übergab sich und der Geruch des Erbrochenen verschlimmerte den Gestank in dem Barkas. Es mochte mehr als eine Stunde vergangen sein, als der graue Kastenwagen stoppte.

Die Tür wurde geöffnet und Barbara sah, wie dem Fahrer der Atem stockte. „Auch das noch. Jetzt kann ich die Sauerei wieder sauber machen. Los, vorwärts."

Der Mann betrat das graue, mehrstöckige Gebäude, Barbara ging vor ihm. Eine Treppe führte nach unten. Mit kurzen, knappen Kommandos lenkte er Barbara durch einen langen Gang mit Türen.

Plötzlich bellte er: „Halt. Rechts umdrehen." Er klopfte an eine Metalltür, die sich summend öffnete.

Barbara trat in einen Raum ein, in dem sich ein Schreibtisch befand. Hinter dem Tisch saß ein Mann ohne Uniform. Auf dem Tisch standen eine riesige Lampe, ein Telefon und ein Tonbandgerät. „Hinsetzen", befahl der Mann, der sie hierhergebracht hatte. Der hinter dem Schreibtisch gab ihm mit einer Handbewegung seine Entbehrlichkeit zu verstehen. Barbara war nun allein mit diesem Menschen, dessen Gesichtszüge sie in dem Halbdunkel nicht richtig erkennen konnte. „Guten Tag, Frau Greve. Haben Sie eine gute Fahrt gehabt?" Er schaltete nun die Lampe ein. Das zynische Lächeln des Mannes erschreckte Barbara.

„Was wollen Sie eigentlich von mir?"

Ihre Gefühle schwankten zwischen Angst und Zorn.

„Aber, Frau Greve ... Ich muss Ihnen ein Kompliment machen. Sie haben sehr gute Nerven. Sie vertrauen darauf, dass Sie unbehelligt die Deutsche Demokratische Republik passieren können."

„Ich habe nichts getan. Ich weiß gar nicht, was Sie von mir wollen."

„Ich bitte Sie, Frau Greve. Wie ist eigentlich das Verhältnis zu Ihrem Mann? Wissen Sie eigentlich, was er hinter Ihrem Rücken so treibt?"

„Er treibt nichts hinter meinem Rücken, wie Sie das ausdrücken."

„Wissen Sie eigentlich, wo Ihr Mann das Geld für Ihren Lebensunterhalt verdient?"

„Das geht Sie wohl nichts an."

Die Stimme des Mannes klang jetzt schärfer. „Das geht mich nichts an? Ich will Ihnen etwas sagen. Ihr Mann betreibt Spionage gegen die Deutsche Demokratische Republik. Er sendet verschlüsselte Botschaften an unsere sowjetischen Waffenbrüder. Er betreibt Zersetzung, indem er versucht unsere unverbrüchliche Freundschaft zur Sowjetunion in Frage zu stellen."

„Davon weiß ich nichts. Ich sage Ihnen nochmals. Ich habe nicht gegen Ihre Gesetze verstoßen. Ich verlange einen Anwalt."

„Ach, Frau Greve. Ich verstehe ja, dass Sie Ihren Mann nicht belasten wollen. Ich verlange auch nicht, dass Sie Ihren Mann auffordern, zu uns zu kommen. Er wird sich nicht für seine Verbrechen verantworten wollen. Ich mache Ihnen einen ganz anderen Vorschlag. Sie arbeiten mit uns zusammen. Sicher wissen Sie, dass in naher Zukunft die Spionagetätigkeit Ihres Mannes gegen unsere Republik eine neue Qualität haben wird."

„Davon weiß ich nichts und werde Ihnen auch nichts sagen."

„Aber, Frau Greve, Sie wissen doch, dass Sie bald umziehen werden, weil Ihr Mann seiner Agententätigkeit in Osnabrück nachgeht. Sicher haben Sie Ihr Haus in Herzberg schon zum Kauf angeboten?"

„Nein, das haben wir nicht und wir werden auch nicht umziehen. Jetzt lassen Sie mich endlich gehen."

„Sie sind mit jemandem verheiratet, der tagtäglich schwere Straftaten gegen die Deutsche Demokratische Republik begeht. Leider können wir Ihres Mannes nicht habhaft werden, um seine Taten ahnden zu können. Sie bleiben in Haft."

Es klopfte in diesem Augenblick an die Tür. Der Vernehmer betätigte einen Knopf.

Das Summen öffnete die Tür. Ein kleiner Mann mit einer Halbglatze trat ein. Er trug eine Uniform, auf der an der Brust einige Orden prangten. Barbara blickte sich zu ihm um.

„Guten Tag, Frau Greve. Schön, dass wir uns mal kennenlernen. Ich darf Ihnen Grüße von Ihrem Mann bestellen. Ja, schauen Sie nicht so überrascht. Wir haben uns in Herzberg getroffen. Wir haben auch gemütlich ein Bier zusammen getrunken. Ich kann Ihnen sagen, Ihr Mann ist sehr kooperativ. Er hat versprochen mit uns zusammenzuarbeiten. Sicher würde er es bedauern, wenn er von Ihrer Verhaftung bei uns wüsste. Ich bin überzeugt, er würde es ebenso begrüßen, Sie beide würden uns in unserer Arbeit unterstützen."

„Ich weiß nicht, wovon Sie reden."

Der Uniformierte schaute zu dem Vernehmer hinter dem Schreibtisch und nickte kaum merklich.

Der drückte wieder einen Knopf.

„Ach wissen Sie, Frau Greve, wir geben Ihnen Zeit, über unser Angebot nachzudenken. Schlafen Sie ein paar Nächte darüber und ich verspreche Ihnen, Sie werden Ihre Ressentiments verdrängt haben."

Wieder öffnete sich die Tür. Barsch klang der Befehl zu dem Eintretenden. „Abführen."

September 1988

Karl Borodin folgte Angela Neuberger durch eine Stadt, die so anders war. Die Häuser, der Geruch und die Menschen. Karl schaute in ihre Gesichter. In ihnen war keine Lebensfreude zu erkennen. Während in Westberlin um diese Zeit das Leben pulsierte, machte sich hier Eintönigkeit breit. Ein Überfluss an Waren, der im Westteil die Menschen eher langweilte, gab es hier nicht. Die Menschen funktionierten hier einfach, jedenfalls war das Karls Eindruck. Angela ging mit eiligen Schritten vor ihm, offenbar hatte sie es eilig, zu einem Treffen zu kommen, das ihr unglaublich wichtig war.

„Angela, hey, hast du es so eilig?" Karl konnte kaum mit ihr Schritt halten. Angela antwortete nicht, deshalb verkniff sich Karl eine Plauderei mit ihr über diese Stadt.

Hauptstadt der DDR, dieser Hinweis war unübersehbar an jeder Ecke zu lesen. Das hier herrschende Regime wies damit gebetsmühlenartig auf den Status dieser Stadt hin. Für Karl war das hier Ostberlin. Berlin war geteilt, die Mauer hier quer durch diese Stadt sah er zum ersten Mal.

Zweifel keimten in ihm auf. Mit der Weitergabe seiner Arbeiten an einen Nachrichtendienst der DDR hatte er diesen Status quo zweier waffenstarrender deutscher Staaten gefestigt. Wie sähe diese Stadt aus, wenn es diese Grenze nicht gäbe? Es gab Bücher, in denen Autoren sich vorstellten, wie es wäre. Friedliches Treiben in Ost und West. Wäre das Geld dafür nicht besser investiert als in immer neue, leistungsfähigere Waffensysteme, die zwar den scheinbaren Frieden auf beiden Seiten gewährleisten, aber im Ernstfall nur Leid, Tod und Verderben in ganz Europa verursachen?

„Karl, was ist mit dir? Komm, wir sind da." Angela stieß Karl beinahe zärtlich ihren Ellenbogen in seine Rippen.

Karl kehrte in die Wirklichkeit zurück. Tat er wirklich das Richtige? Es war zu spät. Zu tief war er in eine nachrichtendienstliche Abhängigkeit verstrickt.

Fast wie in Trance folgte er Angela durch eine schwere Holztür, die in das Innere eines alten Berliner Mietshauses führte. Drei Etagen stiegen die beiden eine ausgetretene Holztreppe hinauf. Sie standen vor einer Tür ohne Namensschild. Auch eine Klingel fehlte. Angela klopfte dreimal an die Tür. Fast wie ein Code, der einen bestimmten Besucher ankündigte. Die Tür öffnete sich, ohne dass jemand eine Klinke gedrückt hatte. Ein dunkler Flur führte in einen Raum, in dem es muffig roch. Offensichtlich wurde hier nicht gelüftet. Die Einrichtung schien aus längst vergangenen Zeiten zu sein. Ein hölzerner Tisch mit Stühlen, die geschwungene Beine hatten. Ein wuchtiger Schrank aus dunklem Holz füllte eine ganze Wandseite aus. An der anderen Wandseite stand ein Schreibschrank, dessen Pult zugeklappt war. Zwei kleine Fenster gaben durch schmuddelige Gardinen nur beschränkt einen Blick auf dieses Stadtviertel frei.

Angela ging in dem Zimmer auf einen Mann zu, der an diesem Tisch direkt an der Fensterseite saß. Er erhob sich nicht und ein flüchtiges Lächeln huschte über sein Gesicht. „Angela, ihr seid spät. Was ist los?"

„Entschuldige, diese große Baustelle in der Mainzer Straße. In unserer Hauptstadt ist heute viel Verkehr."

„Kommen wir zur Sache. Herr Borodin, Sie haben sich entschlossen, für uns zu arbeiten. Ihre bisherigen Arbeiten waren gut und brauchbar. Aber wir brauchen mehr. Ihre Arbeiten an der EMP-Granate. Daran sind wir interessiert."

„Die Forschungen sind noch Gegenstand meiner künftigen Arbeit, Herr ...“

„Nennen Sie mich einfach Markus. Ich hatte gehofft, Sie bringen uns schon etwas Brauchbares mit?“

Mit diesen Worten zog Karl aus der Brusttasche in der Innenseite seiner Jacke eine schwarze Mappe und reichte sie Markus. Erklärend führte Karl dazu aus: „Fertig ist bereits eine Handgranate, die mit der Wirkung des elektromagnetischen Impulses arbeitet. Die Granate enthält einen Flusskompressionsgenerator. Die Granate ist nur einmal verwendbar. Durch die erzeugte hohe Energie zerstört sich das System selbst. Der elektromagnetische Impuls wird durch das An- und Abschwellen eines sehr hohen Stromes bewirkt. Eine Kondensatorbatterie erzeugt durch einen Spannungsimpuls in einer Spule ein sehr starkes Magnetfeld. In der Spule befindet sich eine Kupferröhre, die mit Sprengstoff gefüllt ist. Das Magnetfeld bewirkt eine Entzündung des Sprengmittels. Die Kupferröhre dehnt sich durch die Explosion aus und schließt die Spule kurz. Durch den kurzzeitig erzeugten hohen Strom, bedingt durch den sehr niedrigen Widerstand der Spule, entsteht ein exorbitant starkes Magnetfeld, das eben für diesen elektromagnetischen Impuls verantwortlich ist. Bereits mit diesen Unterlagen sollte es Ihrer Industrie möglich sein, eine solche Waffe herzustellen. Meine Forschungen gehen allerdings noch sehr viel weiter. Die Technologie des Prinzips dieser Waffe wird mit Hochdruck ständig weiterentwickelt. In der Sowjetunion wird schon seit vielen Jahren an Waffen, die auf EMP-Basis arbeiten, geforscht und an deren Realisierung gearbeitet.“

Markus vertiefte sich intensiv in die Dokumentation der EMP-Granate, ohne auf Karls Erklärung einzugehen.

Angela warf Karl einen aufmunternden Blick zu.

„Fürs Erste soll uns das zufriedenstellen", sagte Markus plötzlich. Mit diesen Worten öffnete er das Pult des Sekretärs, und reichte Karl ein Kuvert. „Das soll Sie für Ihre Arbeit zunächst entschädigen, Herr Borodin. Ihre weiteren Arbeiten werden dringend gebraucht. Die Zeit drängt und wir benötigen weitere Entwicklungen dieser Waffen eher heute als morgen." Das erste Mal sah Markus Karl Borodin direkt an. „Wir gehen bedrohlichen Zeiten entgegen. Der Schutz der sozialistischen Staaten liegt immer mehr in unseren Händen. Die Sowjetunion unter Führung dieses Michael Gorbatschow lässt Zweifel an der Erhaltung der friedlichen Koexistenz unserer sozialistischen Staaten aufkommen. Revanchistische und imperialistische Einflüsse erhöhen die Gefahr besonders in der UDSSR und in unseren sozialistischen Bruderstaaten den Beginn einer Konterrevolution. Um dem zu begegnen, müssen die Armee und Organe unserer Deutschen Demokratischen Republik gestärkt werden. Ihre Arbeit wird dazu beitragen, Herr Borodin."

Donnerstag 6. Oktober 1988

Marko Greve war nur noch ein Schatten seiner selbst. Zwei quälende Wochen waren seit diesem Kontakt mit einem Mann vergangen, der alles wusste. Er hatte ihm eine Rechnung präsentiert. Eine Rechnung für die Überschreitung einer Grenze. Eine Grenze, die einmal überschritten, ein Tabubruch war. Streng gehütete Geheimnisse sollten als Bezahlung folgen. Das war aber nur der Anfang. Barbara war nicht aus Berlin zurückgekehrt. Niemand wusste, wo sie sich aufhielt. Barbaras Bruder war entsetzt, als Marko ihm ihr Verschwinden mitteilte. War Barbara der zweite Posten auf dieser Rechnung?

Marko hatte alle Hebel in Bewegung gesetzt. Vermisstenanzeige bei der Polizei. Krankenhäuser wurden befragt. Es war aber kein Unfall gemeldet und deshalb war auch der Verbleib ihres Opel Manta ungeklärt. Jeden Tag erkundigte sich Marko erneut bei der Polizei. Wo konnte sie sein?

Michael Seitlitz saß wieder einmal bei Marko zu Hause und stärkte ihm den Rücken. Es war ja nicht nur das Verschwinden Barbaras. Marko hatte sich entschlossen, seiner Dienststelle reinen Wein einzuschenken. Der Bereich S2 für Sicherheit bei der Bundeswehr wusste bereits von dem Anbahnungsversuch. Marko wurde seine richtige Handlungsweise bestätigt. Natürlich legte man ihm auch sein Fehlverhalten zur Last, weil er dieses manipulierte Fernschreiben abgesetzt hatte. Doch der Besuch in Westberlin war legal, da gab es keine Probleme. Für die Entführung konnte Marko nichts, das konnte man ihm nicht anlasten. Marko stand jetzt unter der Obhut des militärischen Abschirmdienstes. Bei einem weiteren Anbahnungsversuch wollte man aktiv werden, um dieser Leute habhaft zu werden. Deshalb war Marko zunächst auf unbestimmte Zeit beurlaubt.

Marko war jetzt auch in ärztlicher Behandlung, denn die Ereignisse hatten ihm psychisch zugesetzt.

Michael hatte eine Freischicht und hielt Marko über die dienstlichen Geschehnisse auf dem Laufenden.

„Michael, ich frage dich jetzt zum zehnten Mal. Hast du die Brockenfrequenz 1950 MHz beobachtet?"

„Ach, Marko, ich habe dir das jetzt auch schon zehnmal gesagt. Ich habe die Frequenz fest gerastet und extra einen

Slaveempfänger mit der Zwischenfrequenz 160 MHz aus der 11. Etage belegt. Der Masterempfänger darf nicht verstellt werden. In der 11. Etage weiß man Bescheid. Ein Spiegel, der exakt in 016 Grad ausgerichtet ist, sorgt für den sicheren Empfang, wenn sich auf dem Brocken etwas tut. Die Frequenz ist mit dem RVG-924 belegt und auf allen NF-Kanälen ist bisher Schweigen im Walde wie immer. Das heißt, eine Brockenaktivität gab es."

Marko trank und hätte sich fast verschluckt. „Was denn? Nun sag schon. Was war da los?"

Michael biss sich fast auf die Zunge. Er bereute jetzt seine letzte Äußerung. „Ach, Marko. Das war eine MI-8 der Grenztruppen. Der Hubschrauber kam aus Meiningen hoch und landete in Kreuzebra. Dann startete die Maschine wieder und flog in der Nähe des Brockens eine Schleife. Danach Rückkehr zum Flugplatz in Nordhausen."

„Ja und? Wie habt ihr davon erfahren? Aus dem Flugfunk?"

„Natürlich nicht. Wir hatten den RVG-950 mit der Frequenz 325,0 MHz noch gerastet, den du eingestellt hast. Da lief ein Fernschreiben in 16 KHz Normallage auf, das den Flug der MI-8 ankündigte. Auf der 316,5 MHz kam dann zusätzlich die Meldung des Hubschraubersfluges über den Brocken. Kurios war, dass der Name Brocken ganz leise und schnell buchstabiert wurde. Als ob der Name Brocken auf Richtfunkverbindungen nicht genannt werden darf."

„Aha." Marko war enttäuscht. Alles, was mit dem Brocken zusammenhing, elektrisierte ihn. Fast hätten sie wegen ihres Gespräches das Klappern des Briefkastens nicht gehört.

Gemächlich stand Marko auf und schaute, ob wieder ein neuer Stapel Werbeprospekte eingeworfen wurde.

Er kehrte zurück mit einem Brief, der ihm merkwürdig vorkam. Er enthielt keinen Absender. Seine Adresse war mit Schreibmaschine geschrieben.

„Was hast du da?" Michael schaute neugierig auf das Kuvert.

„Keine Ahnung. Kein Absender. Der Poststempel ... der ist vermutlich in Duderstadt eingeworfen worden."

„Nun reiß schon auf." Michael hatte jetzt die Neugier gepackt.

Marko öffnete das Kuvert vorsichtig. Es waren zwei weiße Bögen darin. Der eine Bogen enthielt eine Zeichnung. Der andere eine handgeschriebene Nachricht.

Marko las laut vor und ließ sich auf seinen Stuhl fallen.

Lieber Marko!

Ich möchte mich bei dir entschuldigen. Du musst mir das, was ich dir jetzt schreibe, glauben. Ich habe alle Hebel in Bewegung gesetzt, um ein Treffen mit dir zu ermöglichen. Glaub mir, als ich deinen Funkspruch las, wusste ich sofort Bescheid. Ich hatte dir gesagt, dass ich schon, seit Lenes Briefen von deiner Existenz weiß.

Jetzt wollte ich dich auch unbedingt kennenlernen.

Genauso, wie du mich kennenlernen wolltest.

Ich war ganz sicher, dass ich den Transport zu unserem Treffpunkt geheim halten konnte. Aber die Kerle, die dich in Westberlin abgeholt haben, waren von der Abteilung VIII in unserem Ministerium. Das sind die, die ihre Augen und Ohren überall haben. Die hatte ich niemals beauftragt. Irgendeine Indiskretion hatte dazu geführt, dass die kamen.

Ich hatte meinen Leuten vertraut, weil ich sie schon lange kenne. Ich war eben zu gutgläubig.

Sicher hast du von der Flucht dieses Werner Stiller gehört. Das war 1979. Seitdem weht hier im Ministerium ein anderer Wind. Der Mielke traut niemandem mehr über den Weg.

Jeder will sich profilieren. Da werden die engsten Freunde plötzlich zum Feind. So war das auch hier.

Du bist zwar von unserem Treffen wieder zurückgekommen, wie ich es mir gewünscht hatte, aber leider entwickelte sich die Sache anders, als du wieder in Westberlin warst.

Die HVA[18] muss Wind von deinem etwas unfreiwilligen Besuch in Gosen bekommen haben. Sicher wunderst du dich jetzt auch, dass ich hier so offen über die Interna unseres Ministeriums schreibe. Ich bin enttäuscht von der Entwicklung in unserer Republik. Ich bin einmal für unseren sozialistischen Staat mit ganzer Kraft eingetreten. Jetzt mehren sich die Vorzeichen einer Konterrevolution. Die Menschen sind unzufrieden. Viele neiden euch in der Bundesrepublik die Reisen in entlegenste Orte der Welt. Auch die Autos und diesen ganzen Konsum. Es kann sein, dass ich meine Aufgabe im Ministerium verliere, weil man mir misstraut.

Das soll dich aber nicht interessieren.

Doch nun komme ich auf den Punkt. Du vermisst deine Frau. Die Barbara. Ich habe erst durch mehrere Zufälle von der Verhaftung deiner Frau erfahren.

Auch daran sind diese zwei Typen schuld.

Die HVA hat vermutlich einen operativen Vorgang auf dich angesetzt. Es kann sein, dass du wegen deiner Tätigkeit in diesem Turm auf dem Stöberhai behelligt wirst. Sei bitte vorsichtig, wenn dich jemand anspricht, den du nicht kennst. Ich habe da keine Möglichkeit etwas zu erfahren. Die HVA ist selbst für mich ein Tresor mit sieben Siegeln.

---

[18] HVA Hauptverwaltung Aufklärung - Auslandsgeheimdienst des MfS

Aber nun zu deiner Frau. Die ist bei der Abteilung VI jetzt bekannt wie ein bunter Hund. Auch noch nicht sehr lange. Ihre Verhaftung kann mit dir etwas zu tun haben. Ich kann dich nicht fragen, ob du schon von jemandem angesprochen wurdest. Ich kann es mir aber gut vorstellen.

Ich habe mich wieder, so gut ich kann, in die Sache eingemischt. Es kann auch sein, dass mir mein Vorgehen endgültig das Genick bricht. Dieser Brief wird sehr wahrscheinlich das letzte Lebenszeichen sein, das du von mir hörst. Präg dir jetzt bitte das Folgende ein.

Der Brief enthält eine Karte, die du sicher schon gesehen hast. Unter einem Vorwand habe ich mir die bei unserer Abteilung VIII besorgt. Sie enthält eine sogenannte Grenzschleuse mit dem Namen Wurzel. Die befindet sich zwischen Hohegeiß und Zorge, ganz in der Nähe deines Wohnortes in Herzberg. Wenn du Zeit hast, fahr einmal hin und versuche, den Ort zu finden, der mit dem roten Kreuz markiert ist. Merk dir den 25. Oktober. Da musst du dort sein. Deine Barbara ist zurzeit in Berlin-Hohenschönhausen inhaftiert. Am 24. Oktober soll sie nach Magdeburg in die Bezirksverwaltung gebracht werden.

Den Transport dorthin werde ich machen. Jedoch werde ich nicht nach Magdeburg fahren, sondern nach Sülzhayn in den Harz. Von der Hauptabteilung II bin ich ermächtigt worden, dich zu übergeben. Es gibt da allerdings einen Haken. Die Übergabe kann nur erfolgen, wenn ich Material über euer System ELOKA 2000 bekomme. Das muss vorher übergeben werden. Es gibt da bei euch einen Kontaktmann. Einen Sigmund Maier in Brochthausen. Er kennt mich.

Auch dieser Brief ist über ihn zu dir gelangt.

Du darfst aber niemals einen persönlichen Kontakt zu ihm herstellen. Er hat einen landwirtschaftlichen Hof in dem Ort. Das Material, das du mir übergeben sollst, steckst du einfach in einen Kasten auf seinem Hof. In diesem Kasten sind frische Hühnereier, die er verkauft. Du nimmst dir einfach ein paar Eier und anstatt Geld steckst du etwas hinein. Was das ist, überlasse ich dir, das musst du selbst besorgen. Du musst das bis zum 20. Oktober erledigt haben, sonst platzt die Übergabe deiner Frau. Sei einfach am 25. Oktober um 05:00 Uhr an der Stelle mit dem roten Kreuz.

Lieber Marko, ich wünsche dir alles Gute und dass du deine Frau an diesem Tag wieder in die Arme schließen kannst.

Leb wohl und vergiss mich nicht.

Dein Hermann

Marko ließ das Blatt sinken und betrachtete die Zeichnung. Seine Gefühle bewegten sich von Hochstimmung zu totaler Verzweiflung. „Michael, lass mich jetzt bitte nicht allein. Was soll ich nur tun? Wenn ich nicht dieses verdammte Material besorge, sehe ich Barbara nie wieder." Marko sackte in sich zusammen und weinte hemmungslos.

Die Rüstungsspirale im Herbst 1988 begann sich immer schneller zu drehen. Das war jedenfalls der Eindruck der Fernmelde-Elektronischen Aufklärung entlang der innerdeutschen Grenze. Die Erfassungssektoren der Luftwaffe, zu denen der Turm auf dem Stöberhai gehörte, registrierten die Modernisierungen der sowjetischen Truppen in der DDR. Die Luftstreitkräfte der 16. Luftarmee verfügten über die modernsten Jagdflugzeuge MIG-29 FULCRUM, die in den

Divisionen Zerbst und Merseburg stationiert waren. Dazu kamen Jagdbomber des Typs SU-24 FENCER und MIG-27 FLOGGER-D. Schlachtflugzeuge des Typs SU-25 FROG-FOOT waren im Norden und Süden der DDR beinahe täglich im Flugbetrieb. Eine große Anzahl der modernsten Kampf-hubschrauber MI-24 HIND befanden sich in den Kampfhub-schrauberregimentern. Dieser Typ wurde fliegender Panzer genannt und hatte schon in Afghanistan seine Feuerprobe be-standen.

Auch die Luftstreitkräfte der NVA verfügten über MIG-29 am Standort Preschen im südlichen Brandenburg.

Aus Quellen der NATO-Partner erfuhr man von der Mo-dernisierung der Flugabwehrraketen für die Abwehr auch tieffliegender Flugzeuge. Erste Erfassungen der SA-11-Bo-den-Luft-Flugabwehrraketen im nahen Thüringen zeigten ei-nen Gürtel in den Standorten Gotha, Bad Langensalza und Mühlhausen. Weitere Stationierungen ließen nicht lange auf sich warten. Auch die Luftstreitkräfte der NVA legten nach und modernisierten ihre Luftverteidigung von den S75 SA-2-Systemen auf S125 SA-3 und S200 SA-5.

Baumaßnahmen im thüringischen Eckolstädt für die Instal-lation des S200 SA-5 Systems beobachteten die Soldaten im Turm Stöberhai im besonderen Maße. Wöchentliche Eins-ätze des amerikanischen Überschall-Aufklärers SR71 BLACKBIRD mit verschiedenen Einsatzprofilen erschreck-ten die Bevölkerung, wenn wieder mal ein Überschallknall zu hören war. Sowjetische MIG-25-FOXBAT versuchten vom Flugplatz Finow aus diese Maschine abzufangen, was jedoch nie gelang. Auch das E-3 Airborne Warning and Con-trol System (AWACS) flog fast wöchentlich an der inner-deutschen Grenze rauf und runter.

Die sowjetischen Luftstreitkräfte zogen nach und 1988 wurde die A50 MAINSTAY auf Basis der IL-76 CANDID sehr oft auf dem Flug vom litauischen Šiauliai in den Luftraum der DDR beobachtet. Dort fungierte sie als fliegender Gefechtsstand für die Flugzeuge der Divisionen in Wittstock, Zerbst und Merseburg. Die Fernmelde-Elektronische Aufklärung vermutete auch eine Zusammenführung der Luftlagedaten der MAINSTAY mit denen der bodengestützten funktechnischen Kompanien. Überraschenderweise erfolgte nach dem waghalsigen Flug des Matthias Rust 1987 in die Sowjetunion mit der Landung auf dem Roten Platz im Herzen Moskaus eine Umgestaltung.

Die Übermittlung der Luftlagedaten wurde schrittweise elektronisch, vermutlich in Echtzeit, in die rückwärtigen Auswertezentralen übermittelt. Die Parameter der Datenübertragungsverfahren der MAINSTAY und der bodengestützten Übertragungsmittel der funktechnischen Kompanien wiesen Ähnlichkeiten auf.

Die Erfassungsarbeit wuchs in allen Teilbereichen auf dem Stöberhai. Deshalb wurde die Überwachung der „Brockenfrequenz" 1950 MHz nur noch einige Tage gestattet.

Für die Umrüstungen der Flugabwehrraketen in Thüringen war die Beobachtung der Frequenzen im Gigahertz-Bereich unerlässlich. Michael bedauerte das, weil er insgeheim hoffte, von diesem Hermann etwas hören zu können.

Jedoch war das absurder, je länger er darüber nachdachte.

12. Oktober 1988

Der Brief Hermanns versetzte Marko in eine ständige Unruhe. Sofort fuhr er zu seiner Dienststelle, um den S2 über die neuerliche Entwicklung zu informieren.

Einen Tag später, nach dem Erhalt des Briefes von Hermann, fuhr Marko Greve an die markierte Stelle zwischen Hohegeiß und Zorge, um die Grenzschleuse „Wurzel" zu finden. Sie war schwer, zu finden, weil sich direkt hinter der Straße der sogenannte Kunzentalbach befindet. Er bildete die Grenze zur DDR. Gleich hinter dem Bach schließt sich dichtes Waldgebiet an. Das Waldgebiet erstreckte sich bis zum Kontrollstreifen, der frei von Bewuchs ist. In der Mitte dieses Kontrollstreifens befand sich der Metallgitterzaun, den viele Unkundige als eigentliche Grenze betrachteten. An dieser Stelle des Zaunes befand sich ein Tor. Das Tor wurde von Angehörigen der Grenztruppen geöffnet, um bestimmten Personen den Übergang von Ost nach West oder umgekehrt zu ermöglichen.

Marko blieb jedoch vor dem Kunzentalbach stehen, um nicht auch noch in die Hände von Grenztruppenangehörigen zu fallen. Im Geiste stellte er sich vor, hier seine Barbara in Empfang zu nehmen. Nachdem Marko eine Stunde an der Stelle verharrt hatte, fuhr er mit gemischten Gefühlen wieder in Richtung Herzberg. Kaum zu Hause angekommen, klingelte es an der Haustür seiner Wohnung.

Zwei Herren standen vor der Tür, die Marko bereits kannte. Siegfried Chronz und Gerhard Böhnke vom militärischen Abschirmdienst MAD.

„Guten Tag, Herr Greve. Sie haben Neuigkeiten für uns?"

Marko war fast froh, die beiden zu sehen. Das Alleinsein fiel ihm zunehmend schwerer. Michael Seitlitz hatte heute Dienst auf dem Stöberhai.

„Guten Tag. Ja, überraschende Neuigkeiten. Ich habe Post von der Gegenseite erhalten. Von meinem Onkel Hermann Greve, den ich in Berlin kennengelernt habe. Aber das wissen Sie ja." Marko holte den Brief aus einer Schublade und reichte den MAD-Bediensteten das Kuvert.

Chronz und Böhnke lasen gemeinsam die Nachricht.

„Was soll ich jetzt tun?" Marko stand die Verzweiflung ins Gesicht geschrieben.

Die beiden antworteten nicht sofort.

Böhnke ergriff das Wort. „Herr Greve, seien Sie unbesorgt. Wir haben Material, das wertlos für das MfS ist. Die technischen Angaben in den Dokumentationen sind nur von marginaler Bedeutung. Das ist jedoch nicht sofort zu erkennen. Dazu ist eine eingehende Evaluierung erforderlich. Diese wird sicher mehrere Tage brauchen und selbst dann kann das Material nicht als Muster ohne Wert erkannt werden. Die HVA wird dazu weiteres Material benötigen und vermutlich von Ihnen verlangen, es zu beschaffen. Sie werden diese Unterlagen rechtzeitig vor der geforderten Übergabe am 20. Oktober erhalten.

25. Oktober 1988

Marko Greve hatte eine schlaflose Nacht hinter sich. Michael Seitlitz war bei ihm. Michael hatte sich Urlaub genommen, um Marco zu unterstützen. Es war der 25. Oktober um 03:00 Uhr morgens. Der angebrochene Tag lag noch im Dunkeln.

Das Wetter war immer noch angenehm für Ende Oktober. Der wolkenlose Himmel mit den funkelnden Sternen und der strahlenden Venus als Morgenstern versprach einen schönen Herbsttag. Marko hatte dafür keinen Blick. Die Zeit saß ihm im Nacken, er lief im Wohnzimmer auf und ab und dachte an die erfolgte Übergabe des Materials vor fünf Tagen. Ein in wasserdichter Folie eingeschweißter Ordner war rechtzeitig angekommen. Marko Greve hatte den am 20. Oktober in Brochthausen übergeben. An diesem Tag war er am frühen Morgen dort aufgetaucht. Es war gerade so hell, dass man keine künstliche Lichtquelle brauchte, um sich zurechtzufinden. Hier befand sich ein unscheinbares Haus, dessen Bewohner Landwirtschaft betrieben. Wohl mehr zum Zeitvertreib, denn große landwirtschaftliche Geräte waren hier nicht zu finden.

Nirgends hinter den Fenstern war Licht zu sehen. Entweder war niemand da oder die Bewohner schliefen noch. Marko suchte diesen Kasten, in dem sich frische Hühnereier befinden sollten. Da stand etwas, in einer Ecke. Nicht besonders groß. Ein selbst gebastelter Holzkasten auf vier alten Tischbeinen. Eine Tür mit einer aufgemalten, krakeligen Schrift wies auf den Inhalt hin. *Frische Eier* stand da geschrieben. Darin befanden sich tatsächlich Hühnereier. Rechts daneben war ein schmales Fach, in das der Ordner gut reinpasste.

Ängstlich blickte Marko sich um. Er rechnete ständig mit dem Auftauchen einer Person, die ihn fragen könnte, was er hier tat. Es war aber niemand auf dem Hof zu sehen. Marko war das recht, denn er wollte auf keinen Fall mit dem Besitzer des Hauses in Kontakt treten. Das sollten andere tun.

Trotzdem war ihm mulmig zumute. Er fühlte sich wie in einem dieser Spionagefilme. Dann tauchten wieder die

Zweifel auf. Die Leute vom MAD waren überzeugt von der Glaubwürdigkeit des gelieferten Materials. Wenn es aber nun anders war? Diese Geheimdienstler waren keine Anfänger. Das waren eiskalte Profis. Barbara würde nie mehr freikommen, wenn dieses Spielmaterial durchschaut würde.

Das Knarren der Treppe brachte Marko wieder in die Wirklichkeit zurück. In weniger als drei Stunden hoffte er, Barbara wiederzusehen. Da gab es noch etwas. Plötzlich lief es Marko wie ein eiskalter Schauer über den Rücken. Barbara hatte in diesem Stasiknast gesessen. Wenn die DDR-Gefängnisse schon schlimmste Befürchtungen zuließen, was ist dann erst in dieser Haftanstalt zu erwarten? Wie würde sie Marko entgegentreten? War sie noch die alte, lebensfrohe Barbara, die allen Menschen ein Lächeln ins Gesicht zaubert, wenn sie auftauchen würde? Marko saß im Wohnzimmer und vergrub das Gesicht in seinen Händen. Da öffnete sich die Tür und frischer Kaffeeduft strömte ins Zimmer. Michael trug ein Tablett mit einer Thermoskanne, Tassen und aufgebackenen Brötchen. Marmelade, Käse und Streichwurst ergänzten das Frühstücksangebot. „Hier, mein Lieber. Damit du nicht von Fleisch fällst. Mehr habe ich in eurem Kühlschrank nicht gefunden. Es wird wirklich Zeit, dass Barbara wiederkommt."

Marko sah nicht zu Michael auf. Er schwieg und ließ sich nicht auf Michaels aufmunternde Worte ein.

„Marko, was ist los? Bald habt ihr euch wieder. Ich weiß das genau. Diese MAD-Leute wissen, was sie tun."

Jetzt blickte Marko Michael an. „Was ist, wenn sie Barbara in diesem Knast fertiggemacht haben? Wenn sie sie gebrochen haben? Diese Typen sind skrupellos."

Michael setzte sich neben Marko und legte seinen Arm auf seine Schulter. „Ach, Marko, Barbara ist stark. Ich fürchte, diese Knastwärter werden durch Barbaras Anwesenheit einen Knacks bekommen haben."

Tatsächlich musste Marko jetzt schmunzeln. Michael goss den Kaffee ein und lächelte. „Siehst du, so gefällst du mir schon besser. Los, jetzt iss und trink, wir müssen gleich los. Lieber etwas eher los, dann können wir mit den Grenzern noch ein Schwätzchen machen."

Kein Auto war auf der Straße zu sehen. Es war stockfinster, aber was sollte man Ende Oktober erwarten. Michael fuhr von Herzberg auf der B243 durch die Dörfer Barbis, Bartolfelde und Osterhagen. Über Neuhof in Richtung Walkenried rückte die innerdeutsche Grenze in ihr Blickfeld. Ein Übersichtspunkt bot einen Blick in das benachbarte Branderode. Hier befand sich direkt hinter der Leitplanke bereits DDR-Gebiet. Michael beobachtete Marko Greve auf dem Beifahrersitz. Er schaute in Richtung der Grenze in die Dunkelheit.

Alles war ruhig. Walkenried wurde in Richtung des Dorfes Zorge durchquert.

Nach dem Ortsausgang Zorge wurde Marko immer unruhiger. Er rutschte auf seinem Sitz hin und her.

Ungefähr vier Kilometer hinter Zorge war es dann so weit. Bisher waren ihnen keine zehn Autos begegnet. Michael hatte den Wagen auf dem Rastplatz Jägerfleck geparkt. Eine unheimliche Stille setzte ein, als das Geräusch des Motors erstarb. Es war jetzt 04:30 Uhr. In einer halben Stunde sollte die Übergabe Barbaras erfolgen. Michael und Marko verließen den Wagen und gingen das kurze Stück bis zur angegebenen Übertrittsstelle. Vogelschreie waren zu hören. Irgendetwas raschelte ständig im Gestrüpp.

Ein Wanderweg führte parallel zum Kunzentalbach in Richtung Zorge. Der markierte Punkt der Grenzschleuse war nun in unmittelbarer Nähe. Allerdings war der Metallgitterzaun von hier aus nicht zu sehen. Dichtes Gestrüpp verwehrte den Blick. Ein morscher Holzstamm lag an der Seite des Weges. Die beiden setzten sich darauf. Wieder breitete sich die Stille des Waldes aus. Es mochte 04:50 Uhr gewesen sein, als plötzlich ein lautes Geräusch in Richtung Kunzentalbach zu hören war. Marko sprang auf und wollte schon auf die andere Seite laufen. War das Barbara? Ein dunkler Schatten war zu sehen. Ein Wildschwein. Es rannte offensichtlich in Panik ein Stück des Wanderweges entlang in Richtung Zorge und verschwand dann wieder im dichten Bewuchs des Waldes. Marko blickte in Richtung des Tieres. Seufzend setzte er sich wieder auf den Holzstamm.

Michael Seitlitz überlegte. „Marko, pass auf. Wir haben uns ganz still verhalten. Wir haben das Schwein bestimmt nicht aufgeschreckt. Ich glaube, da tut sich was."

„Pst, sei mal still." Marko lauschte in den Wald hinein. Ganz leise raschelte es im Gestrüpp. Marko stand auf und ging in Richtung Kunzentalbach. Er stand jetzt direkt an der Grenzlinie zur DDR. Mal war das Rascheln zu hören, dann wieder Stille. Jetzt war wieder eine Zeit lang gar nichts zu hören. Michael schaute auf die Uhr. Es war schon 05:10 Uhr.

Michael war nun auch aufgestanden und stand neben Marko. Da war es wieder. Ein leises Plätschern war jetzt zu hören. Wieder dieses Rascheln. Einige Sekunden später waren schemenhaft Bewegungen der Zweige zu erkennen. Da schälte sich eine Gestalt aus dem Dunkel. Es war eine Frau.

Marko begann zu laufen. „Barbara!" Ein lang gezogener Schrei erlöste Marko Greve von den ausgestandenen Ängsten, als er seine Frau erkannte. Als die beiden sich erreichten, fielen sie sich stumm in die Arme. Beide weinten. „Ach Barbara, mein Herz. Ich habe dich so vermisst."

Barbara ging nicht darauf ein. Marko spürte, wie Barbara zitterte. Ihre Stimme klang rau. „Lass uns von hier verschwinden. Bitte schnell, die kommen sonst wieder und nehmen mich mit."

Marko Greve spürte die Angst Barbaras körperlich. Unwillkürlich begriff er, was das Ausmaß der schrecklichen Zeit in diesem Stasi-Knast mit ihr angerichtet hatte. Michael und Marko nahmen Barbara in die Mitte. Ihr ging es offensichtlich nicht schnell genug. Sehr zügig erreichten die drei den Parkplatz Jägerfleck.

Michael gab Gas und steuerte den Wagen in Richtung Zorge. Marko und Barbara saßen auf der Rückbank. Barbara schmiegte sich zunächst an Marko, der ihre vollkommen durchnässten Schuhe bemerkte.

Plötzlich sah sie Marko an und schob ihn von sich weg. „Weißt du eigentlich, Marko, dass ich dir diese schreckliche Zeit zu verdanken habe?"

2. November 1988

Der Regen hatte plötzlich eingesetzt. In Berlin-Lichtenberg erschienen die mächtigen Gebäude des MfS heute noch grauer als sonst. Im holzgetäfelten Dienstzimmer in der Hauptverwaltung der Abteilung II saß ein Oberst in Uniform hinter seinem Schreibtisch und schaute grimmig auf zwei Männer, die nicht glücklich waren, hier zu sitzen.

„Sag mal Greve, bist du von allen guten Geistern verlassen? Du bekommst frei Haus Zugriff auf eine Quelle, die für uns Informationen zu diesem neuen Konzept der Spionagetürme an unserer Staatsgrenze liefern könnte. Dann bringt die Hauptabteilung VIII die Quelle auf dem Silbertablett in unser Objekt in Gosen." Das Gesicht des Oberst färbte sich rot. Er schrie jetzt. „Welcher Teufel hat dich geritten, dass du den Kerl wieder nach Westberlin bringen lässt? Wen hast du dazu gebracht? Noch dazu alles inoffiziell, ohne unsere Abstimmung. Wie viele Jahre bist du eigentlich bei uns? Hast du dein Handwerk nicht gelernt?"

Hermann Greve wurde noch kleiner als sonst. „Ich habe die Quelle als nicht ergiebig befunden. Der Mann weiß nichts. Deshalb habe ich ihn wieder zurückbringen lassen. Ich habe das der Hauptabteilung I mitgeteilt. Die Fahrt nach Westberlin hat wieder ein Genosse der Hauptabteilung VIII ausgeführt. Alles korrekt unter Einhaltung des Dienstweges."

Das Gesicht des Oberst wechselte die Farbe in dunkelrot. „Das nehme ich dir nicht ab und verarsch mich nicht, Genosse."

„Genosse Oberst, ich weiß, wovon ich rede. Diese Leute machen ihre Erfassungen über alle Ausstrahlungen unserer Luftverteidigung und der Freunde, deren Truppenluftabwehr und das jeden Tag aufs Neue. Die wissen doch nur das, was wir auch schon längst wissen."

Sein Nebenmann warf ihm einen geringschätzigen Blick zu. „Darum geht es doch gar nicht, Genosse Greve. Die

Hauptabteilung VIII hat von der Hauptabteilung VI in Marienborn eine Information bekommen. Die Ehefrau der Quelle hatte die Transitstrecke nach Berlin-West befahren. Zu diesem Zeitpunkt war die Quelle noch im Objekt in Gosen. Dann lässt du den Typen nach Westberlin bringen. Ich weiß längst, warum du das getan hast. Dieser Marko Greve ist dein Neffe. Haben Sie das gewusst, Genosse Oberst? Ich habe versucht, zu retten, was zu retten ist."

„Feiser, es reicht. Du bist auch nicht viel besser als Greve. Dann arbeitet ihr auch noch gegeneinander. Greve, du hast alles versaut. Es gab einen operativen Vorgang."

Feiser witterte Morgenluft. „Den ich ausgeführt habe, Genosse. Ich war in Greves Wohnort in der BRD. Ich hatte ihn sicher an der Angel. Außerdem ist von der Quelle über IM Siggi Material übergeben worden. Ich habe Greve die Übergabe mitgeteilt."

Günter Feisers Unsicherheit war etwas gewichen.

„Greve, und du hattest nichts Besseres zu tun, als die Frau wieder zurückzubringen, auch das hast du eigenmächtig entschieden. Mann, können wir uns auf niemanden mehr verlassen?" Oberst Manfred Kohs schwoll die Zornesader an der Stirn. „Greve, wie hast du es eigentlich geschafft, die Hauptabteilung I dazu zu bringen, die Grenzschleuse Wurzel zu öffnen? In diesem ganzen unkoordinierten, stümperhaften Vorgehen gibt es eigentlich nur die Abteilung VI, die aufgepasst hat, indem man die Frau dieses Marko Greve festgesetzt hat. Steht ihr beide eigentlich noch auf unserer Seite? Wisst ihr eigentlich, welche Klimmzüge wir machen müssen, um unsere Werktätigen bei der Stange zu halten? Es wird immer schwerer, in der BRD gute Quellen anzuzapfen, um unsere Betriebe konkurrenzfähig zu halten. Immer mehr

Produkte unserer Volkswirtschaft müssen wir im Westen verkaufen, damit wir uns noch über Wasser halten können. Feiser, du musst nicht denken, dass du der Bessere von euch beiden bist. Das Material, das über diese Türme an der Grenze geliefert worden ist, taugt nichts. Greve, du bist ein Dilettant, nichts weiter. Deine Karriere im Ministerium ist beendet. Feiser, wir sprechen uns noch. Und nun schert euch aus meinen Augen."

Juli 1989

Mit gemischten Gefühlen fuhr Anatolij Denissow auf der Transitautobahn in Richtung Cochstedt. Erst drei Monate war er mit Unterbrechungen wieder in der DDR. Fast neun Jahre seit seiner Zeit der Betreuung der MI-8PP-Hubschrauber war er nicht mehr hier gewesen. Das Institut für Funktechnik und Elektronik in Frjasino bei Moskau hatte ihn in dieser Zeit in Anspruch genommen. Hier hatte Anatolij auch seinen alten Freund Sascha Makarow wiedergefunden. Seine Zeit als Navigator auf der TU-22 war Geschichte. Sascha konnte seinen Traum verwirklichen und arbeitete nun auch im Institut als wissenschaftlicher Mitarbeiter.

Anatolij ging dort in seiner Arbeit auf. Die nicht nukleare Waffenwirkung des elektromagnetischen Impulses hatte ihn fasziniert. Es gab jetzt durchschlagende Erfolge dieser Technologie. Sofort nach der Rückkehr in die DDR verschlug es Denissow nach Retschow in die Nähe der Ostseeküste. Das war der eigentliche Grund für die Rückkehr. Die Luftverteidigung der NVA erhielt ein neues Flugabwehrraketensystem mit der Bezeichnung S300-PMU. „ANGARA" war der

Tarnname dieser Waffe. 1988 wurde dieses System in den Truppendienst übernommen.

Anatolij pendelte zwischen den Orten Retschow und Prangendorf hin und her, weil die Ausbildung und Inbetriebnahme nur in Prangendorf stattfand. Im Juni wurde ein Raketenschießen in der UdSSR mit diesem System durchgeführt, bei dem die EMP-Technologie erprobt wurde. Die Flugabwehrraketen waren damit modifiziert worden. Die Raketen wurden bis in die Nähe des Luftzieles gelenkt und detonierten. Die Vernichtung durch Splitterwirkung wurde durch Erzeugung des elektromagnetischen Impulses ergänzt. Die Avionik des Zieles wurde dabei zerstört. Deshalb war ein Weiterflug unmöglich, auch wenn das feindliche Flugzeug durch die Explosion nicht flugunfähig wurde.

Die Ergebnisse der Wirkung dieses Systems auf dem sowjetischen Schießplatz waren beeindruckend. Natürlich trugen auch die Leistungen des Bedienpersonals zum Erfolg bei. Oberst Vladimir Iljitsch Winogradow war mit Anatolij Denissow zufrieden. Die Ereignisse vor neun Jahren waren vergessen. Wohl für den Oberst, aber nicht für Anatolij. Er hatte noch eine Rechnung mit einem Menschen offen, den er abgrundtief hasste. Gerda Gabler war seine erste Adresse in Schneidlingen. Sie wollte er deshalb unbedingt wiedersehen. Sicher hatte sie wieder jemanden gefunden. Sie war nicht unattraktiv und durchaus lebenslustig. Ihre Ehe mit Klaus Gabler war ohnehin eher nur eine Zweckgemeinschaft gewesen. Gerda wollte die Welt sehen.

Die politischen Veränderungen in der DDR verfolgten Anatolij auch. Immer mehr Menschen waren mit dem politischen Kurs der alten Männer des Politbüros nicht mehr einverstanden. Immer öfter hörte man den Wunsch der Einheit beider deutscher Staaten. Und wenn das wirklich geschehen würde? Sollte dieser Feiser die Situation ausnutzen und davonkommen? Günter Feiser war der Mörder von Robert Grassmann. Davon war Anatolij überzeugt.

Anatolij glaubte, bei Gerda eine Spur von ihm zu finden. Denissow wusste noch nicht, wie er ihn zu seiner gerechten Strafe zuführen könnte. Aber es war sein fester Wille, das zu tun. Seine erfolgreiche Arbeit hatte ihn gestärkt, die Schuld dieses Verbrechers zu sühnen.

Anatolij Denissow hatte sein erstes Ziel erreicht. Das Haus der Gerda Gabler. Die vergangenen neun Jahre hatten nichts verändert. Zugegeben, der Zaun um das Haus war jetzt noch morscher als früher. Die graue Fassade war wie damals.

Anatolij ging zur Haustür, da fiel ihm die kaputte Klingel ein. Er war überrascht über sich selbst. Warum hatte er das nicht vergessen? Würde sie jetzt funktionieren? Anatolij betätigte den Knopf. Es tat sich nichts. Mehrere Male versuchte er es noch. Tatsächlich. Es war, als wäre die Zeit hier stehengeblieben. Mit der Faust schlug Anatolij jetzt gegen die hölzerne Tür. Nach einiger Zeit waren schlurfende Schritte zu hören. Die Tür öffnete sich. Gerda Gabler stand wieder vor Anatolij. Die neun Jahre hatten sich in ihrem Gesicht eingegraben. Trotzdem war Gerda immer noch attraktiv. Sie trug eine Jeans, die aus dem Westen sein konnte. Auch die Bluse stand ihr und halblange Locken umrahmten ihr Gesicht. Jedoch schlug eine Alkoholfahne Anatolij entgegen.

„Wer sind Sie? Moment mal, das Gesicht ... Sag bloß, Anatolij? Bist du das?"

„Ja Gerda, ich bin es, Anatolij."

Der etwas unsichere Gang verriet ihren Alkoholpegel. Gerda umklammerte Anatolij. „Los, komm rein, in meine gute Stube. Wie kommt es, dass du wieder hier bist?"

Die beiden hatten jetzt die kleine Wohnstube erreicht. Anatolij setzte sich in den Sessel, der knarrende Geräusche von sich gab. Anatolij kam es vor, als ob er den letzten Besuch bei Gerda Gabler noch mal erlebte.

Dieser Kriminalpolizist, Karl Straatmann hieß er. Er saß damals in diesem Sessel. Die Geräusche erinnerten Anatolij an die Ereignisse vor neun Jahren.

„Ach weißt du, Gerda, es ist viel geschehen in diesen Jahren. Auch bei euch hier in der DDR tut sich was. Ich meine, es gärt in der Bevölkerung." Es war, als ob Anatolij mit dieser Feststellung bei Gerda etwas ausgelöst hatte. Ihre Augen blitzten und sie wirkte entschlossen.

„Ja Anatolij, es tut sich was. Endlich. Diese verlogenen Wahlen. Die in Berlin betrügen uns doch. Sie kleben an ihren Sesseln. Honecker und seine Mischpoke. Jahrelang haben sie uns etwas vorenthalten. Ich möchte auch endlich mal reisen und etwas von der Welt sehen." Mit diesen Worten ergriff sie die Flasche und goss sich einen doppelten Weinbrand ein. Gerda kippte das Glas in einem Zug herunter.

„Gerda, mal was anderes." Anatolij ergriff Gerdas Hand. „Günter Feiser. Was ist mit dem? Weißt du, was er macht?"

Gerda Gabler wurde auf einmal starr. Schnell goss sie sich erneut einen Weinbrand ein, dabei floss ebenso viel auf den Tisch, wie im Glas war. „Gerda, was ist mit dir?"

Anatolij blickte sie besorgt an. „Dieses Schwein", zischte sie und fing an zu weinen. „Ich weiß nicht, wo der Kerl ist. Ich habe das noch niemandem gesagt, Anatolij. Diese Sau hat mich vergewaltigt. Du warst noch gar nicht lange weg.

Da kam er plötzlich an. Er war anders als sonst. Du weißt, ich bin kein Kind von Traurigkeit, was Sex betrifft. Er behandelte mich wie Dreck und fing an, mich fürchterlich zu beschimpfen. Endlich ist dieser verdammte Russe weg. Du hast dich mit ihm eingelassen. Deinen Klaus hast du nie ernsthaft geliebt. Du bist eine Schlampe. Dann hat er mich furchtbar verprügelt. Danach soff er meinen Schnaps aus und brüllte herum. Er sei jetzt im Ministerium. Er wird dafür sorgen, dass in der DDR das Leben wieder auf sozialistische Füße gestellt wird. Da hätten Weiber wie ich keinen Platz. Dann ist er über mich hergefallen. Als er fertig war, sagte er noch: Ich lasse dich am Leben. Nicht so wie diesen Grassmann. Er war ein Spion, der sich vom Westen kaufen ließ. Er wollte Beweisstücke verschwinden lassen, die ihn sonst verraten hätten. Solche Typen haben in unserer DDR keinen Platz." Gerda Gabler weinte jetzt hemmungslos. Die Erinnerung an dieses schreckliche Erlebnis drang wieder in allen Einzelheiten in ihr Bewusstsein. Anatolij Denissow nahm sie in seine Arme. „Sei mir nicht böse, Anatolij, aber mir ist nicht nach Sex zumute. Halt mich einfach nur fest."

Anatolij streichelte Gerda über ihr Haar. „Liebe Gerda, verlass dich darauf, ich werde diesen Hund zur Rechenschaft ziehen. Ich weiß zwar noch nicht, wie, aber dafür wird er bezahlen."

„Anatolij, wenn du etwas erfahren willst, ich habe hier die Anschrift von Karl Straatmann. Zu ihm habe ich noch Kontakt."

Gerda goss sich wieder einen Weinbrand ein. „Weißt du Anatolij, der Feiser hat mich nicht nur gedemütigt, indem er mich vergewaltigt und geschlagen hat. Nein, er hat auch in ganz Schneidlingen und Umgebung Lügen über mich verbreitet und meinen Ruf geschädigt. Ich habe keine Freunde mehr, weil ich Russenliebchen genannt werde. Ich sage dir ganz offen, weil ich weiß, du trägst es nicht weiter: Ich möchte weg von hier. Raus aus dieser DDR. Vielleicht wird diese entsetzliche Grenze eines Tages geöffnet und ich kann meine Schwester in Dortmund besuchen. Was machst du in Zukunft, Anatolij? Musst du bald wieder nach Russland zurück?" Beinahe angstvoll starrte Gerda Anatolij an.

„Ich bleibe erstmal in Cochstedt. In der Hubschrauberstaffel gibt es Arbeit. Neue Technik muss eingebaut werden und dabei werde ich die Mechaniker anleiten und unterstützen. Sei also unbesorgt. Die nächsten Monate bin ich sicher hier in Cochstedt."

Das Klopfen an der Tür war nicht zu überhören.

„Wer kann das sein?" Angstvoll schaute Gerda zur Tür.

Anatolijs Gesicht verfinsterte sich. Beide hatten die gleiche Befürchtung. Günter Feiser?

August 1989

Marko Greve war wieder im Dienst. Er war noch mal mit einem blauen Auge davongekommen. Den Eröffnungsverkehr für die drahtlose Meldeerstattung durfte er erstmal nicht mehr machen. Das war für die übrigen Soldaten bedauerlich, denn Marko war derjenige, der am schnellsten im Tastfunk war. Schnelles Geben und Hören, das war für ihn kein Problem.

Abschließend betrachtet war die Erfassung dieses Verkehrs durch die Sowjets auf dem Brocken aufschlussreich. Es zeigte doch, wie engmaschig die Aufklärung durch den Gegner war. Doch Geheimnisse wurden nicht verraten und darüber hinaus wurde ein gewisser Sigmund Maier in Brochthausen verhaftet. Er kam aber nach Vernehmungen wieder auf freien Fuß, weil bei einer Hausdurchsuchung kein belastendes Material gefunden wurde. Die Übergabe des Materials von Marko stritt er ab.

Marko Greve schaute auch nicht mehr auf die sogenannte Brockenfrequenz, diesen RVG-924. Da würde nie mehr etwas kommen, weil die Gegenseite sicher davon ausging, dass diese Richtfunklinie ständig beobachtet wird. Das Erfassungsgeschehen konzentrierte sich nun auf andere Dinge. Auf dem Gigahertz-Arbeitsplatz mussten jetzt sehr viel höhere Frequenzen beobachtet werden. In Eckolstädt in Thüringen wurde an der Modernisierung eines Flugabwehrraketensystems gearbeitet.

Mit der Inbetriebnahme des S-200 WEGA oder sogar des S300-PMU ANGARA wurde täglich gerechnet. Die Erfassung eines bestimmten Richtfunkgerätes, das Klärung darüber bringen konnte, würde dann endgültig Gewissheit über die Variante des geplanten Systems bringen.

Der Austausch über den Stand der Baumaßnahmen konnte auf dem Stöberhai lückenlos mitgehört werden. Aber nicht nur darüber war etwas zu hören. Die Unzufriedenheit über die DDR-Regierung wurde immer deutlicher. Das zeigte sich auch bei den Soldaten der NVA. Der Fortgang der Arbeiten am Standort Eckolstädt wurde immer häufiger gelähmt durch kritische Fragen der Bevölkerung. Die Kommandeure waren erbost und irritiert über diese für sie vollkommen ungewohnten Vorkommnisse.

Marko Greve war trotz des glimpflichen Ausgangs seiner Verfehlung nicht mehr der Alte. Seine Frau Barbara war schon einige Wochen in psychiatrischer Behandlung in Göttingen. Der Aufenthalt in diesem Stasi-Gefängnis hatte Spuren hinterlassen. Barbara war jedoch eine starke Persönlichkeit. Sie würde darüber hinwegkommen. Marko hoffte das inständig. Er besuchte Barbara, sooft er konnte. Sie machte auch Fortschritte. Über die schreckliche Behandlung im Gefängnis sprach sie kaum noch. Den Verlust ihres Opel Manta, der in der DDR geblieben war, bedauerte sie jetzt mehr als den Gefängnisaufenthalt.

Marko jedoch war unsicher. Er spürte diese Narbe in ihrer Seele, wenn er mit Barbara das gemeinsame Leben Revue passieren ließ. Ihre Heiterkeit und ihre Lebensfreude hatte sie noch lange nicht wiedergefunden. Diese Defizite veranlassten ihn, seinen Dienst mit noch mehr Aufmerksamkeit als vorher auszuüben. Es war, als müsste er seinen Fehler wiedergutmachen.

Marko wünschte sich nichts mehr, als noch einmal etwas Neues zu erfassen. Ein Erfolgserlebnis, um Pluspunkte zu sammeln. Heute schien sein Wunsch in Erfüllung zu gehen. Er saß am Gigahertz-Arbeitsplatz. Plötzlich schnellte Marko von seinem Stuhl hoch, als er auf die Panoramaanzeige schaute. Im Frequenzbereich zwischen 5,2 - 5,6 GHz war ein starkes Signal auf dem Display der Panoramaanzeige zu sehen. Die Peilung 143 Grad wies in Richtung Eckolstädt.

Schnell synchronisierte er die Pulsfolgefrequenz 224 KHz und triggerte die Anstiegsflanke der Rahmenfrequenz von 8 KHz. Die Analyse stellte zweifelsfrei die Erfassung des Zeitmultiplex-Richtfunksystems „ZIKLOIDA" mit 28 Kanälen fest. In Thüringen war es also so weit. Der Beweis war erbracht. Der Fortgang eines Testes zeigte untrüglich die Parameter einer Richtfunkstrecke zur Datenübertragung im System S200-WEGA.

„Hallo Gerda. Ich bin es, Karl Straatmann."

Anatolij Denissow war einmal mehr überrascht. Es waren nicht nur die Geräusche und der Defekt an der Hausklingel, die an seinen Aufenthalt vor etwa neun Jahren bei Gerda Gabler erinnerten. Nun also auch noch der Besuch dieses Oberleutnants. Gerda wankte zur Tür. Der Alkohol hatte ihr nun doch deutlich zugesetzt. „Guten Tag, Karl", lallte sie. „Komm rein. Ich habe lieben Besuch. Den kennst du sicher auch noch."

Straatmann trat ein und setzte sich in der kleinen Wohnstube an den Holztisch, der mit dem verschütteten Weinbrand bedeckt war. „Gerda, hast du schon wieder getrunken?" Karl Straatmann schaute Gerda mitleidig an.

„Karl, darf ich dir Anatolij Denissow vorstellen? Vor vielen Jahren haben wir drei hier auch zusammengesessen."

Straatmann überlegte. „Natürlich. Entschuldigen Sie Herr Denissow, weil ich Sie nicht gleich erkannt habe. Aber ich muss ein wenig auf Frau Gabler aufpassen. Sie trinkt ein bisschen zu viel."

Gerda schaute Karl Straatmann vorwurfsvoll an. „Karl, wir haben über schlimme Dinge gesprochen. Das, was mir dieser Feiser angetan hat. Da kann ich dann nicht anders."

„Herr Straatmann, schön, dass wir uns hier treffen. Ich hätte Sie sonst aufgesucht. Gerda hat ihn schon erwähnt. Diesen Günter Feiser. Ich denke, wir sind uns darüber einig, dass er den Robert Grassmann ermordet hat. Außerdem hat er es

Frau Gabler gestanden. Wissen Sie, wo sich der Kerl aufhält? Warum haben Sie nicht weiter gegen ihn ermittelt?"

Straatmann hatte sich eine Zigarette angezündet und Gerda Gabler auch ein Stäbchen angeboten. Beide rauchten und Straatmann blies den Rauch nach einem tiefen Zug aus. Er wirkte fassungslos.

„Herr Denissow, leider sind mir die Hände gebunden. Bereits kurz nach Robert Grassmanns Ermordung geriet Feiser in Verdacht der Mörder zu sein. Sein Alibi war nach der Aussage Gerdas ohnehin geplatzt. Feiser ist dann abgetaucht. Er wurde oder war schon Mitarbeiter der Bezirksverwaltung des Ministeriums für Staatssicherheit in Magdeburg. Ich habe da auf Granit gebissen. Weitere Ermittlungen wurden mir aus der Hand genommen. Grassmann wurde der Spionage beschuldigt. Vermutlich wurde weiter nichts mehr unternommen und nun ist Gras über die Sache gewachsen. Ich habe aber immer mal wieder versucht, herauszufinden, wo Günter Feiser geblieben ist. Mein Vorgesetzter, Hauptmann Michael Strelitz, ist eingeweiht. Zunächst untersagte er mir, weitere Ermittlungen anzustellen. Ich blieb jedoch hartnäckig. Ich weiß, auch er wollte seinen Posten nicht verlieren. Genau wie ich. Das Ministerium saß am längeren Hebel. Günter Feiser war seit dem Verbrechen an Robert Grassmann fester Mitarbeiter beim Ministerium in Magdeburg. In den Jahren danach habe ich nichts mehr von ihm gehört. Erst in diesem Jahr hat mich Strelitz informiert. Offensichtlich kennt er einen Mitarbeiter in der Bezirksverwaltung. Über seine Quelle dort verliert er kein Sterbenswörtchen. Nur so viel: Nach den Wahlen im Mai wuchsen die Unruhen in der Bevölkerung. Die Menschen glauben nicht mehr an den ordnungsgemäßen

Ablauf der Wahlen. Wahlbetrug wird immer offensichtlicher. Natürlich haben immer noch viele Angst vor dem Ministerium. Aber selbst dort ziehen nicht mehr alle an einem Strang. Offenbar gibt es diese undichte Stelle deshalb. Günter Feiser hat lange Zeit dort seinen Dienst getan. Was er da genau gemacht hat, darüber gibt es nur Spekulationen. Er hat wohl viel mit der Grenzkontrolle, dem Reise- und Touristenverkehr zu tun gehabt. Sein Wunsch war wohl die Arbeit als Offizier im besonderen Einsatz bei der Hauptverwaltung A (HVA) in Berlin-Lichtenberg. Die Arbeit im Ausland, vorzugsweise in der BRD, hat ihn wohl am meisten fasziniert. Das muss er wohl der Quelle von Michael Strelitz anvertraut haben. Wahrscheinlich wurde über so etwas bei feuchtfröhlichen Zusammenkünften mal gesprochen. Fakt also ist: Günter Feiser ist schon längere Zeit in Berlin. Allerdings ..." Straatmann machte eine bedeutungsvolle Pause. „In diesem Jahr muss etwas passiert sein. Ob das mit den Unruhen im Politbüro und Differenzen mit dem Ministerium für Staatssicherheit zusammenhängt, ist unklar. Feiser ist wieder in Magdeburg. Seine Zeit in Berlin scheint vorbei zu sein. Es sieht so aus, als ob man ihn kaltgestellt hat. Ich werde nichts unversucht lassen, ihn vor Gericht zu bringen. Wenn das Ministerium nicht mehr seine schützende Hand über ihn hält, besteht die Möglichkeit, ihn zur Verantwortung zu ziehen. Wichtig ist dabei deine Aussage, Gerda. Du musst bestätigen, dass er zur Tatzeit nicht mehr bei dir war. Darum bitte ich dich: Trink nicht mehr so viel. Wenn es eine Verhandlung gegen ihn gibt, musst du vor Gericht glaubwürdig sein."

Gerda war überrascht und erschrocken zugleich. „Der Kerl ist wieder in Magdeburg? Dann wird er auch in Cochstedt wieder auftauchen. Oh Gott, Karl, ich habe Angst. Er wird sicher wiederkommen und seinen Frust an mir auslassen."

09. August 1989

Der helle Feuerschein in Schneidlingen war nicht zu übersehen. Eine Sirene heulte in der Ferne. Wenig später fuhr ein Tanklöschfahrzeug W50 der Brandstelle entgegen.

Ein kleines Haus brannte lichterloh. Als die Feuerwehr eintraf, war nicht mehr viel zu retten. Der Dachstuhl war bereits eingestürzt und Fensterscheiben zerbarsten. Dennoch versuchten die Feuerwehrleute, den Brand so schnell wie möglich zu löschen. Nach einer halben Stunde war der Brand unter Kontrolle. Eine ankommende Streife der Volkspolizei blickte nur noch auf rauchende Trümmer. Der Wartburg der Volkspolizei parkte hinter dem W50 der Feuerwehr. Ein weiterer Wartburg kam jetzt vor der Brandruine zum Stehen. Ihm folgte ein grauer Barkas.

Karl Straatmann stieg aus dem zweiten Wartburg. Seine Miene war düster. Das Haus gehörte Gerda Gabler. Straatmann befürchtete das Schlimmste. Die Besatzung des W50 drang bereits mit Atemschutz in das Haus. Nach fünf Minuten kam einer der Männer wieder aus dem Haus. Er schüttelte den Kopf. Straatmann ging auf ihn zu. „Ist jemand im Haus gewesen? Haben Sie mehrere Personen gefunden?"

„Herr Oberleutnant, nur eine verkohlte Leiche liegt im Haus. Es ist nicht mehr zu erkennen, ob es sich um eine Frau oder einen Mann handelt." Der Feuerwehrmann wirkte betroffen. Offenbar hatte er vorher noch kein Brandopfer gesehen.

„Das wird die Gerichtsmedizin in Magdeburg klären", murmelte Straatmann mehr zu sich selbst.

Die Streife der Volkspolizei kam jetzt hinzu.

„Wer hat Sie alarmiert?" Straatmann richtete die Frage an den Truppführer der Feuerwehr.

„Ein Bürger aus Schneidlingen hat die Alarmierung ausgelöst." Der Streifenpolizist wandte sich zu Karl Straatmann. „Das ist das Haus von Klaus und Gerda Gabler. Klaus Gabler ist allerdings tot. Er ist 1980 unter mysteriösen Umständen ums Leben gekommen."

Straatmann nickte. „Ich weiß. Der Leichnam im Haus ist mit größter Sicherheit seine Frau Gerda Gabler. Mich interessieren im Moment folgende Fragen. Die Brandursache, war es Brandstiftung? Wie ist die Frau zu Tode gekommen? Durch den Brand oder schon vor dem Brand? Das muss jetzt so schnell wie möglich geklärt werden."

Karl Straatmann brannte ein fürchterlicher Verdacht auf seiner Seele. Für ihn war es längst sicher. Es war Tod durch Fremdeinwirkung. Musste Gerda Gabler leiden? Er machte sich Vorwürfe. Die Beobachtung des Hauses wurde vernachlässigt.

Die Volkspolizei musste die ständigen Demonstrationen der Bevölkerung gegen die SED-Regierung verhindern. Die Bezirksverwaltung des MfS in Magdeburg verhängte immer rigidere Maßnahmen. Dabei hatte Straatmann immer eine Person vor seinem geistigen Auge. Günter Feiser.

Hatte er hier seine Finger im Spiel?

19. August 1989

Im Jahr 1989 zog es viele Ostdeutsche im Sommerurlaub weniger an die sonst so beliebte Ostseeküste. Viele brachen in Richtung Tschechoslowakei und Ungarn auf. Der Grund war naheliegend. Es hatte sich herumgesprochen, dass Ungarn seine Grenze bereits im Juni nach Österreich geöffnet hatte. Gegen die Massenflucht der werktätigen Menschen konnte die Regierung in Ost-Berlin nichts mehr ausrichten.

Die DDR war im sozialistischen Lager immer noch das Kettenschloss, während der Eiserne Vorhang anderswo überall löcherig wurde. Der 19. August hatte im Verlauf der Ereignisse eine besondere Bedeutung. Oppositionelle DDR-Bürger planten ein gesamteuropäisches Picknick. Das sollte in Grenznähe zu Österreich stattfinden. Die geplante Grenzöffnung um 15:00 Uhr für drei Stunden verbreitete sich wie ein Lauffeuer. Tatsächlich ging um 15:00 Uhr die Grenze auf. Unbehelligt durch Grenzsoldaten konnten mehrere hundert DDR-Bürger mit ihren Autos die Grenze nach Österreich passieren. Die Abgasfahnen der Trabis verhüllten das Grenztor mit einem blauen Dunst. Einem grünen Lada gelang ebenfalls die Flucht über diese temporäre Grenzöffnung. Der Mann mit der Halbglatze und dem Hut lächelte. Er war allein. Eine lange Fahrt lag jetzt vor ihm. Die Fahrt nach Gießen in ein Aufnahmelager für DDR-Flüchtlinge. Im Kofferraum seines Autos hatte er alles, was er brauchte. Vielleicht konnte er vom Westen aus mit dem MfS wieder Kontakt aufnehmen. Eigentlich fuhr er ins Blaue hinein. Aber augenblicklich gab es in der DDR keine Möglichkeit mehr für Günter, seine Karriere fortzusetzen. Außerdem hatte er Leichen im Keller. Die Ermordung Grassmanns. Das

MfS hatte ihn in Schutz genommen. Nur, konnte der Schutz in Zukunft noch Bestand haben? Er musste untertauchen, aber auch seine Zukunft planen. Es würde ihm schon etwas einfallen. So war es doch bisher immer.

Nur die schmerzende Brandwunde an seiner Hand erinnerte ihn jetzt wieder an seine zweite Leiche. Nach langer Zeit war er wieder bei der Gabler gewesen. Als er die Haustür aufbrach, kam sie ihm stockbesoffen entgegen. Sie erkannte ihn nicht einmal. Sie hielt ihn für diesen Anatolij. Das war zu viel. Er schlug ihr mit voller Wucht ins Gesicht. Da lag sie nun auf dem Boden. Auf dem Tisch stand noch diese volle Weinbrandflasche. Er ergoss den Inhalt der Flasche auf die Gabler. Dann rauchte er die letzte Zigarette in diesem Haus. Die Kippe drückte er auf Gerdas Brust aus. Sie merkte das nicht mehr. Auch nicht, als das Feuerzeug ihre mit Weinbrand durchtränkte Kleidung in Brand setzte. Dabei war er zu unvorsichtig. Sein Ärmel hatte etwas von dem Fusel abbekommen, der gleich lichterloh brannte. Egal, die Spur war endgültig verwischt. Selbst, wenn das MfS ihn nicht mehr schützen konnte, konnte man ihm nichts beweisen.

Diese Frau konnte ihm jedenfalls nichts mehr anhaben. Niemand sonst konnte sein Alibi in Frage stellen.

Da ertönte der Song „Looking for freedom" im Radio. Feiser drehte laut auf und sang mit, so laut er konnte.

09. November 1989

Der 09. November war eine Zeitenwende. Die Mauer in Berlin war offen. Die Apokalypse für den Staat DDR war nun da. Das Ministerium für Staatssicherheit erlebte den größten

Albtraum seit Gründung der Deutschen Demokratischen Republik. Auch alle anderen staatlichen Organe der Republik waren fassungslos über die Macht des eigenen Volkes. Es herrschte Anarchie an diesem Tag. Die Menschen überwanden diese Grenze ohne Angst und lebten nur für diesen Moment.

Es gab aber auch Menschen wie Karl Borodin. Ein Mann, der sich vor mehr als zwei Jahren für einen Dienst verpflichtet hatte, ohne rational zu überlegen, was die Konsequenzen sein könnten, wenn ein Fall wie dieser eintritt. Die Öffnung der Mauer zwischen zwei deutschen Staaten, mit der kaum jemand so schnell gerechnet hatte. Wo stand er jetzt? Über diese Frage konnte er mit niemandem reden. Seine Angela, die ihn verführt hatte, war plötzlich verschwunden. Angela war geflohen, weil sie vielleicht mehr wusste oder ahnte? Noch bis vor drei Monaten hatte Karl ihr seine Arbeiten übergeben, die sein Lebenswerk waren. Jetzt war diese Arbeit auf der anderen Seite. Karl Borodin hatte einen Tröster. Eine gute Flasche Whisky. Er trank und überlegte. Wie soll das werden? Wenn die beiden deutschen Staaten verschmolzen, war dann seine Arbeit trotzdem an der richtigen Stelle? Von zwei Armeen würde nur noch eine übrig bleiben. Karl kam nach einer halben Flasche des guten Whiskys zu diesem Schluss. Er fühlte sich nicht schuldig. Diese Beruhigung, die ihm sein alkoholumnebeltes Gehirn suggerierte, versöhnte ihn mit der augenblicklichen Realität. Dieser Markus, den er vor mehr als einem Jahr in Ost-Berlin kennengelernt hatte, war auch Bürger der Bundesrepublik, wenn die DDR in Deutschland einig Vaterland untergeht. Wo war Angela?

Gerne hätte Karl mit ihr diese Fragen und Gedanken besprochen. Aber Borodin war allein in seiner Wohnung in Karlsruhe.

Er trank den Rest des letzten Glases aus. Der Schlaf erlöste ihn aus seinen Gedanken. Die Mehrzahl der Deutschen würden seine Gedanken zu diesem Zeitpunkt nicht verstehen, sie waren in einem Rausch. Ein Rausch, der den Übergang in ein neues Europa einleitete. Diese Glücksgefühle übertünchten die Verbrechen, die ungesühnt waren. Die Deutschen wollten in dieser Nacht nicht über Verfehlungen richten, die durch diese unnatürliche Grenze entstanden waren.

04. Dezember 1989

Die Zentrale der HVA in der Berliner Normannenstraße war für Nikolai Roschkow jetzt schon eine Woche lang der ständige Aufenthaltsort. Das Ministerium für Staatssicherheit gab es nicht mehr. Hans Modrow hatte die Umwandlung im November vorangetrieben. Das Amt für Nationale Sicherheit war jetzt der neue Name für ein Amt, das keine Zukunft mehr hatte. Roschkow war von Anfang an dabei. Er konnte an nichts anderes mehr denken. Der Glaube an die Zukunft der DDR mit den Strukturen der Vergangenheit war Wunschdenken. Aber es gab noch viele Genossen, die sich an ein Weiterbestehen klammerten. Zu groß war die Furcht vor einem System, das wie ein Feuer das wenige Wasser verdampfen wird. Wenn man die Wirtschaft der DDR mit diesem Wasser vergleicht. So dachte Roschkow. Er konnte sich nicht vorstellen, vom Klassenfeind geschluckt zu werden.

Diese Siegerjustiz würde ihn vielleicht noch auf die Anklagebank bringen, weil er mit der festen Überzeugung für ein Land eintrat. Ein Land, das mit dem Sozialismus, nach seiner Auffassung, als die einzig richtige Gesellschaftsform für die Menschheit ausgestattet war. Nur die kapitalistischen Staaten, die mit imperialistischen Bestrebungen ihren Einflussbereich immer weiter auszudehnen versuchten, waren ein Pfahl im Fleisch der friedlichen DDR. Die BRD, deren Revanchismus jetzt die Menschen in der DDR verblendete, hatte die Konterrevolution eingeleitet. Nikolai Roschkows Selbsterhaltungstrieb war längst hellwach. Er würde sich nicht einlullen und mit Geld kaufen lassen. Er wollte selbst bestimmen, wen er kaufte und wen er fallen ließ. Es gibt im MfS zu viele Menschen, die gerade jetzt ihren Vorteil suchten. Der Apparat wurde immer mehr aufgebläht in den letzten Jahren. Erich Mielke hatte Fehler gemacht. Er hatte das Ministerium einfach nicht mehr im Griff. 1986 hatte Markus Wolf das Handtuch geworfen. Mielke war Wolfs Lebenswandel, insbesondere seine Beziehungen zu Frauen, ein Dorn im Auge. Wolf war Roschkows Vorbild. Deshalb nannte sich Roschkow gerne „Markus".

Markus Wolf war für ihn der Inbegriff der Hauptverwaltung Aufklärung. Seine Erfolge im Kampf gegen die kapitalistische Welt waren legendär.

Dann kam Werner Grossmann. Für Roschkow der Anfang vom Ende. Vielleicht hatte alles seine Zeit. Die Menschen entwickeln sich eben von Generation zu Generation anders. Der Einfluss der technischen Revolution bringt das mit sich. Marx, Engels und Stalin. Die lebten in einer anderen Zeit.

Das Problem war und ist, den Sozialismus an die Wünsche und Erwartungen der Menschen anzupassen. Nicht umgekehrt. Das MfS war stets Schild und Schwert der Partei. Aber das Zentralkomitee und das Politbüro hatten diese notwendigen Veränderungen nicht verstanden. Sie schärften ständig die Klinge des Schwertes. Nur der Schild war zu schwach. Ihr Altersstarrsinn hinderte sie, den künftigen Kurs für die jetzige, junge Generation zu bestimmen. Vielleicht war das ein Problem aller Politiker, die zu alt waren, um ein Land zu führen.

Ein Geräusch riss ihn aus seinen Gedanken. Heute war es so weit. Drei Robur-Lastwagen standen bereit, vollgepackt mit Dokumenten auf Mikrofilmen, die vor der Vernichtung geschützt werden mussten. Hier konnte das Material nicht bleiben. Nur drei Personen waren betraut, den Abtransport dieser Dokumente zu veranlassen. Nikolai Roschkow, Manfred Kohs und Angela Neuberger. Die Zeit drängte. Angela hatte in aller Frühe die Behälter mit den Dokumenten bereitgestellt. Roschkow wunderte sich über diese Frau. Sie wollte unbedingt bei der Verladung dabei sein und war schon viel früher im Keller, wo diese Behälter gelagert wurden.

Noch war das Gebäude vor den Vandalen sicher. Die Gefahr, dass Bürger hier irgendwann eindrangen und Material stahlen oder vernichteten, war zu groß. Nikolai Roschkow, als einer der drei Auserwählten, lächelte. Er hatte längst vorgesorgt. Kopien der Mikrofilme waren sicher verwahrt. In den letzten sechs Monaten hatte er Zugriff auf die wichtigsten Panzerschränke. Zeit genug, bedeutende Karteien vor der Vernichtung zu sichern, aber auch vor diesem Abtransport.

Im Dezember wurde das Chaos in der HVA immer größer.

Die Konsequenz, die daraus folgte, war der Jackpot für Nikolai Roschkow. Das waren nicht irgendwelche Mikrofilme, auf denen Informationen über kleine Fische gespeichert waren. Hier ging es um Persönlichkeiten, die ihre Karrieren in der Wissenschaft und Industrie-Konzernen fortsetzen wollten. Ihr Makel war, sich mit der Hauptverwaltung Aufklärung eingelassen zu haben. Diese Mikrofilme waren Gold wert. Nur hochrangigen Personen wie Erich Mielke, Werner Grossmann und Zuträgern war bisher der Zugriff auf diese Mikrofilme möglich. In Stahlbehältern wurden diese Mikrofilme kühl und dunkel im Keller gelagert. Die Ungewissheit der Ereignisse, die 1990 auf das MfS zukommen würden, bedeuteten höchste Gefahr für diesen hochsensiblen Datenbestand. Man war sich sicher, nur das KGB konnte jetzt noch einen sicheren Ort für die Mikrofilme garantieren.

Roschkow hatte seit jeher einen guten Draht zum KGB in Berlin Karlshorst. Dem Berliner Kreml. So wurde die größte Auslandsresidentur des sowjetischen Geheimdienstes in der DDR genannt. Roschkow war Ewgenij Semjonov als KGB-Verbindungsoffizier in guter Erinnerung. Er war auserwählt, die Mikrofilme nach Moskau schaffen zu lassen. Sollte doch in dem neuen Deutschland passieren, was wollte. Hier waren die Mikrofilme sicher. Das war die Meinung der HVA, die Nikolai nicht teilte.

Er traute niemandem mehr. Auch den Russen nicht, die schon seit Jahren nicht mehr unverbrüchlich mit der politischen Führung der DDR verbunden waren

Zu lange bestand die kommunistische Ära seit der Oktoberrevolution in Russland. Vielleicht würde die Wandlung in eine kapitalistische Wirtschaft noch krasser ausfallen, als sie der DDR und anderen Bruderstaaten bevorstand. Es gab

Menschen, die lieber heute als morgen im Geld schwimmen wollten. Deshalb war Roschkow klug genug, einen bedeutenden Teil der Mikrofilme für sich zu behalten.

Nikolai sprang ins kalte Wasser. Mit diesen Mikrofilmen hatte er den Fuß in der Tür für seine gesicherte Zukunft in diesem kapitalistischen Gesamtdeutschland. Die Übergabe der Mikrofilme an das KGB würde das Wohlwollen der Sowjets sichern. In diesen Zeiten durfte die Verbindung zu einflussreichen Leuten nicht abreißen. Alte Seilschaften waren das Fangnetz, das den Aufbruch in diese unbekannte Zukunft absicherte.

Das Tor wurde für die drei Robur-LKWs geöffnet. Nikolai Roschkow schaute ihnen nach. Sie fuhren in die noch verbotene Stadt Wünsdorf, die sowjetische Militärstadt, südlich von Berlin.

Januar 1990

Das Wetter im Januar 1990 spiegelte die Lage der politischen Führung in der DDR wider. Der höchste Berg im Harz, der Brocken, spürte das besonders. Ein mächtiger Orkan fegte mit Böen von mehr als 200 km/h über den Gipfel. Seit dem 03. Dezember 1989 war der Gipfel keine militärische Festung mehr. Es gab zwar noch das Gebäude des „Urian" und die Objekte des „Jenissej", aber die Menschen hatten noch vor Weihnachten 1989 den „Pik Lenin" wiedererobert.

Das größte Ohr der Sowjets befand sich noch hier, auf dem Berg der Deutschen, fast in der Mitte Deutschlands. Es gab jemanden, für den der Horchposten der militärischen Hauptverwaltung Moskaus (GRU) fast zur zweiten Heimat geworden war. Aleksej Kusnezow. Dessen Zuhause befand sich im weißrussischen Vitovka im Minskaja Oblast.

Kusnezow kannte nichts anderes als den Kalten Krieg, der Europa in Ost und West teilte. Die elektromagnetischen Schwingungen überquerten die Grenze, weiterhin in beiden Richtungen, deren Funktion und Inhalt auf beiden Seiten registriert wurden. Als Soldat der sowjetischen militärischen Hauptverwaltung Aufklärung gehörte er zur 82. funktechnischen Aufklärungsbrigade. Das Soldatenleben, hier an der Grenze zum kapitalistischen Ausland, hatte sein Leben geprägt.

Schon als junger Mensch war er ein glühender Anhänger des Sozialismus. Er hielt diese Ideologie für das beste System, denn es gibt darunter, seiner Meinung nach, weder arm noch reich, sodass alle Menschen von den Bodenschätzen und Errungenschaften der arbeitenden Bevölkerung gut leben konnten. Kusnezow konnte nicht verstehen, dass nur ein kleiner Teil der Menschen im kapitalistischen Ausland wie die Made im Speck lebte und Ressourcen vergeudete, während andere in bitterer Armut dahinvegetierten. Das Bündnis der sozialistischen Sowjetrepubliken war, wie er glaubte, für den Rest der Welt ein Vorbild. Dafür wollte er immer und auch jetzt noch seinen Beitrag leisten. Das war seine felsenfeste Überzeugung.

Aleksej hatte bisher seinen Dienst auf dem Brocken im Harz immer vorbildlich ausgeübt, bis sich dann im November diese Mauer öffnete, für ihn ein Garant der Erhaltung einer friedlichen Welt. Das Gleichgewicht der militärischen Stärke in Ost und West zu erhalten, erforderte immer mehr Opfer.

Das Schritthalten mit der Hochrüstung des Gegners im Westen belastete die Wirtschaft der sozialistischen Staaten. Diese aggressive Aufrüstung der kapitalistischen Welt war schuld daran. Rohstoffe und Produktionsmittel wurden der Bevölkerung zur friedlichen Verwendung vorenthalten. Das war und blieb seine Motivation, die Aufklärung der militärischen Aktivitäten des Westens akribisch mit moderner Technik zu betreiben. In den Achtzigerjahren spitzte sich die Situation immer weiter zu, als durch den NATO-Doppelbeschluss und die Stationierung von Pershing II-Raketen auf dem Gebiet der BRD Gegenmaßnahmen der sowjetischen Streitkräfte in der DDR unausweichlich wurden.

Eine wichtige Errungenschaft zu dieser Zeit war die Inbetriebnahme des Systems KRTP-81 mit dem Decknamen Ramona, das im Harz auf dem Brocken, in Sophienhof und bei Nordhausen installiert wurde. Die Aufklärungsarbeit mit dieser Technik war sehr erfolgreich und das System wurde danach weiter modifiziert. Dann aber überraschten ihn jetzt in diesen Tagen die Ereignisse. Aleksej Kusnezows Welt brach wie ein Kartenhaus zusammen. Diese hochgeheime, militärische Aufklärungseinrichtung wurde vor vier Wochen plötzlich von einer Menschenmenge belagert. Wenigstens hielt die Mauer rund um das Objekt dieses Getümmel davon ab, sensible Bereiche zu betreten. Kusnezow war nahe dran, von seiner Schusswaffe Gebrauch zu machen. Keiner von denen sollte hier hereinkommen. Plötzlich aber öffneten die Deutschen das Tor in der Mauer und der Pulk eroberte das Sperrgebiet, das den meisten jahrzehntelang verwehrt gewesen war. Glücklicherweise kamen die Eindringlinge nicht in die sensiblen Bereiche der Aufklärung, in die er sich zurückgezogen hatte.

Ein Hoffnungsschimmer blieb Aleksej noch. Die Modernisierung der Anlage und eine Vergrößerung der Fläche auf dem Brocken waren geplant. Weitere Arbeitsplätze und Antennensysteme sollten installiert werden. Aber würde das wirklich so kommen?

Kusnezows Zweifel wurden immer größer. Seine Eltern hatte er schon lange nicht mehr gesehen. Seine Gedanken überschlugen sich. Würde er irgendwann kein Soldat mehr sein? Was sollte er dann tun? Zurück nach Hause in den Minskaja Oblast nach Vitovka? Aleksej verrichtete schon so lange seinen Dienst auf dem Brocken. Seine Unterkunft war in Quedlinburg-Quarmbeck. Eigentlich fühlte er sich dort auch wohl. Aber es war eben nicht seine Heimat.

Manchmal sehnte sich Aleksej den Minskaja Oblast zurück, zu seinen Eltern. Hier war er aufgewachsen, in Vitovka sehnten sich seine Eltern bestimmt nach ihm. Sein Vater Wladimir Dmitrijewitsch war Soldat im Großen Vaterländischen Krieg. Er hatte mehr Glück als andere. Ohne schlimme Verletzungen konnte er wieder nach Vitovka heimkehren.

Wladimir Dmitrijewitsch war immer Aleksejs Vorbild gewesen, nach dem Krieg hatte er wieder seine Felder bestellt und dafür gesorgt, dass alle ordentlich zu essen hatten. Aleksej war immer sein guter Sohn. Seine Mutter Darja Sergejewna hatte als Traktoristin in der Sowchose gearbeitet. Auch heute noch bauten sie sicherlich auf ihrem kleinen Stück Land ihr Essen selbst an. Ob sie noch gesund waren?

Plötzlich fuhr Aleksej jäh der Schreck in die Glieder.

Sehr lange habe ich nichts von meinen Eltern gehört. Wie geht es meiner Schwester Vera? Ob sie wohl schon einen Mann hat?

Die dunklen Wolken, die von Westen in Richtung des Brockens zogen, verhießen nichts Gutes. Dumpfes Donnergrollen kündigte ein Wintergewitter an. Heftige Böen zerrten an den Kuppeln, die sich zu bewegen schienen.

Aleksej blickte ängstlich in den Himmel. Waren die schweren Stürme schon zu Beginn dieses Jahres ein Zeichen, ein Wink des Schicksals? Unvermittelt schlug ein mächtiger Blitz irgendwo auf dem Plateau ein. Der ohrenbetäubende Donnerschlag erfolgte fast gleichzeitig. Aleksej Kusnezow hatte schon immer an Phänomene geglaubt, die sich nicht erklären ließen. Die unheimlichen Wolkengebilde auf dem Brocken mit ihren Mythen trugen dazu bei. Er glaubte plötzlich, die Stimmen seiner Eltern zu hören.

Entsetzt rannte er zur Baracke und riss die Tür auf. Ein verlöschender Funkenregen war kurz sichtbar, übrig blieb eine Rauchwolke, die oberhalb der Kuppel über dem Lkw mit dem Kastenaufbau die Sicht vernebelte. Russische Schreie und Flüche hallten durch den Raum.

Aleksej war immer noch fasziniert von dem Funkenregen und bemerkte nicht die zwei Soldaten, die vor ihm regungslos am Boden lagen. Da hörte er wieder die Stimmen.

Nicht die Stimmen seiner Eltern, sondern der Kameraden, die am Boden lagen. „Алексей, помогите нам!" „Aleksej, hilf uns!" Kusnezow erstarrte vor Schreck. Er sah seinen Vater vor sich, der regungslos vor dem Stall lag. War das nur Einbildung, die ängstliche Stimme seines Vaters?

Jetzt sah er auch seine Mutter, die sich zu ihrem Mann herunterbeugte. Sekunden später erfasste er die reale Lage. Aleksej schaut nach unten und kniete jetzt vor den scheinbar bewusstlosen Soldaten. Er rüttelte sie und prüfte ihre Atmung. Sie atmeten. Sekunden später schlugen sie wieder die Augen auf. „Aleksej, wo sind wir?"

„Ruht euch aus. Ihr habt einen elektrischen Schlag erlitten."

„Der Blitz hat bei uns eingeschlagen."

Es dauerte nicht lange, da erhoben sich die beiden wieder. Ungläubig schauten sie nach draußen. Der Regen peitschte über den Gipfel und die Türme auf dem Brocken waren kaum noch zu sehen. Urplötzlich stand der Starschina vor Kusnezow. „Aleksej, du musst runter in die Wohnzone. Dein Vater ist wohl nicht mehr am Leben."

Februar 1990

Markus alias Nikolai Roschkow hatte guten Grund, sich zu verbergen. Wie mit den Oberen des MfS vereinbart, hatte Nikolai veranlasst, die Mikrofilme dem KGB-Verbindungsoffizier Ewgenij Semjonov zu übergeben. Von Roschkows eigenmächtig angefertigten Kopien wusste niemand etwas. Ewgenij Semjonov kontrollierte die Anzahl der übergebenen Mikrofilme. Bereits bei der Ankunft in Wünsdorf stellte er einen Fehlbestand fest.

Semjonov vertraute sich einem KGB-Oberst an. Sein Name war Grigorij Suchanow. Suchanow ließ sich nicht hinters Licht führen. Er musste, wie Semjonov, den kompletten Bestand der Mikrofilme gekannt haben. Dann plötzlich diese Aufforderung der Russen, zu einem Treffen zwecks Klärung eines nicht genannten Problems. Roschkow war sicher, den kompletten Bestand übergeben zu haben. Die Neuberger hatte doch noch mal alles kontrolliert. Sollte die etwa ...?

Nikolai alias Markus waren gewisse Machenschaften im Berliner Kreml in Karlshorst nicht fremd. Niemand konnte wissen, ob die Russen die Wahrheit sagten. Was wollten sie? Waren die Mikrofilme wirklich nicht vollständig? War das Ganze nur ein Vorwand? Roschkow traute dem großen Bruder keinen Millimeter über den Weg.

Suchanow forderte Nikolai Roschkow auf, zum Treptower Ehrenmal zu kommen. Roschkow verfügte über ein gesundes Misstrauen, dass hier etwas faul war. Verspürte er jetzt tatsächlich so etwas wie Furcht?

Die Temperatur im Februar war fast zwanzig Grad minus. Suchanow hatte die Uhrzeit des Treffs morgens um 05:00 Uhr angegeben. Das war schon merkwürdig. Roschkow fürchtete um sein Leben. Konnte es bei dem Treffen nur um die Mikrofilme gehen? Die Vorgehensweise des KGB war für ihn in diesem Fall vorhersehbar. Es wäre nicht der erste Fall, der so ablief. Die Entführung Roschkows an einen entlegenen Ort. Dann eine Befragung nach den angeblich fehlenden Mikrofilmen unter Folter. Es gab nur eine Konsequenz. Roschkow hätte unter der Folter seinen eigenen, illegalen Bestand an Mikrofilmen preisgegeben. Er hätte weitere Geheimnisse ausgeplaudert, die das KGB interessierte. Jedoch gab es Dinge, die auch sie nicht wissen mussten. In diesem Jahr 1990 würde sich das Amt für Nationale Sicherheit vom KGB distanzieren.

Nikolai Roschkow war eben in Dinge involviert, die das KGB noch auf jeden Fall erfahren wollte. Sicher war das der Grund dieses Treffens. Eine Abrechnung mit einem Geheimdienst, der sich in Kürze in Bedeutungslosigkeit verlieren würde. Nikolai Roschkow spielte jetzt keine Rolle mehr.

Sein Leben wäre so oder so keinen Pfifferling mehr wert gewesen. Sein Leben als Markus sollte aber jetzt nach der Arbeit im besten Geheimdienst der Welt endlich eine angenehme Wendung nehmen. Markus Wolf war in der UdSSR untergetaucht. Das wollte und konnte Nikolai nicht riskieren, es wäre sein sicheres Todesurteil gewesen. Außerdem war der Aufenthalt in den alten Bundesländern sehr angenehm. Hier wurde ihm ein Lebensstandard nach seinem Geschmack geboten. Es gab einen gravierenden Unterschied zwischen ihm und Markus Wolf. Markus Wolf war der ehrenvolle Abgang nach einer langjährigen Arbeit in einem legendären Geheimdienst sicher. Denn der hatte eine lange Tradition mit dem KGB in der Sowjetunion.

Nikolai Roschkow würde sich als Parasit herausstellen, der das MfS und das KGB um die Früchte einer jahrzehntelangen Arbeit gebracht hatte. Niemals würde Markus Wolf diesen Nikolai Roschkow alias Markus eines Blickes würdigen.

Mittwoch 10. Oktober 1990

Der 03. Oktober war schon wieder Geschichte. Die sich überschlagenden Ereignisse, die zur Einheit Deutschlands führten, überraschten nicht nur die Menschen in der DDR. Auch in den alten Bundesländern gab es nicht wenige, die missmutig in die Zukunft schauten.

Nikolai Roschkow gehörte weder zu denen, die jetzt Bürger in den neuen Bundesländern waren noch zu jenen, die mit ihrem Schicksal haderten. Roschkow lebte auch nicht mehr im Gebiet der ehemaligen DDR. Er war umgezogen. In den Schwarzwald. In Freudenstadt in der Wildbaderstraße gab es ein Haus, das seinen Erwartungen entsprach. Eigentlich sollte niemand seinen neuen Wohnort kennen. So wie im MfS nur wenige seine Wohnung in Berlin-Johannisthal kannten. Er war eben „Markus". So wie sein Idol Markus Wolf, der Mann ohne Gesicht. Markus Wolf, dessen Gesicht erst durch diesen Werner Stiller enthüllt wurde.

Roschkow fühlte sich hier sicher. Das KGB würde sicher auch jetzt noch nach ihm suchen. Sein Vorbild war auch hier wieder Markus Wolf. Er war, wie er, im Frühjahr 1990 untergetaucht. Das Verschwinden von der Bildfläche war seine Lebensversicherung. Das KGB sollte seine Spur verlieren. Sein Aufenthalt in der Tschechoslowakei dauerte einige Monate, in der er seinen künftigen Wohnsitz plante. Dominik Dvořák, ein ehemaliger Angehöriger der tschechischen Staatssicherheit Státní bezpečnost, kurz StB, half ihm dabei.

Allerdings beschaffte er Roschkow nur eine Bleibe in Rokycany, in der Nähe von Pilsen. Seinen künftigen Wohnsitz sollte niemand von den alten Seilschaften erfahren. Zu brisant war sein Erbe, das schließlich seine Zukunft sichern sollte. Auch hier dachte Roschkow, wie früher, mit Weitblick an künftige, unvorhergesehene Geschehnisse.

Sein Erbe sollte sicher sein wie das Fort Knox, in dem die Goldreserven des Schatzamtes der Vereinigten Staaten liegen.

Nikolai Roschkow wuchs über sich hinaus. Niemand sollte ihm zukünftig etwas vorschreiben. Der Ort Freudenstadt gefiel ihm. Die Menschen hier waren freundlich und unbedarft. Das glaubte Nikolai jedenfalls.

Die ehemalige innerdeutsche Grenze war weit weg.

Schon nach kurzer Zeit hatte er sich im Schwarzwald eingelebt. Die Einrichtung seines Hauses hatten türkische

Handwerker ausgeführt. Zuverlässige Kontakte in der Residentur in Istanbul hatten ihm diese Leute verschafft, die für die Arbeiten nach Deutschland kamen. Nikolai Roschkow konnte sich nun in aller Ruhe auf seine zukünftigen Betätigungsfelder konzentrieren. Das glaubte er jedenfalls.

Montag, 22. Oktober 1990

Günter Feiser war wieder nach Berlin zurückgekehrt. In seine frühere Wohnung im Bezirk Prenzlauer Berg konnte er nicht mehr zurück. Aber das war ihm egal. In der Immanuelkirchstraße hatte er eine kleine Wohnung gefunden. Sie war zwar renovierungsbedürftig, aber das war nicht wichtig.

Die Geschehnisse nach dem August 1989 hatten sein Leben auf den Kopf gestellt. Die Dinge liefen nicht so, wie er sich das gewünscht hatte. Frühzeitig hatte er für sich erkannt, dass er im Ministerium für Staatssicherheit keine Zukunft mehr hatte. Trotzdem war seine Flucht von Ungarn nach Österreich unüberlegt. Was sollte er denn im Westen? Einen Hilfsarbeiterjob annehmen? Irgendwelchen arroganten Wessis Honig ums Maul schmieren? Dann lieber wieder zurück zu seinen Wurzeln.

Aber wohin dort? Die Kontakte in Magdeburg waren verbrannt. Die Genossen in der Bezirksverwaltung gab es nicht mehr. Die meisten hatten mit ihrer Vergangenheit abgeschlossen. Viele waren jetzt in der BRD. Feiser verurteilte sie. Sie gaben vor, Tschekisten zu sein, waren aber nur Opportunisten, die ihren persönlichen Vorteil suchten.

Es konnte nicht sein, dass es keine ehrenhaften Mitstreiter mehr gab. Ein Mann fiel ihm ein. Er war zwar nicht sein

Freund, aber Feiser bewunderte ihn. Trotz widriger Umstände, die noch gar nicht solange zurücklagen. Manfred Kohs von der Hauptabteilung II der Spionageabwehr. Der hatte sicher noch Einfluss und Möglichkeiten.

Die alten Seilschaften gab es noch in Berlin. Da war die Sache mit Greve und dieser ELOKA 2000 Geschichte. Kohs hatte ihn deswegen zur Sau gemacht. Für Feiser war dieser operative Vorgang ohne großen Wert. Kleine Fische. Nicht so wie die Sache in Cochstedt damals. Da feierte er seinen großen Triumph. Diese Sonden, die dort auf dem Acker lagen. Die Sache hatte sich aufgeklärt und er hatte dazu beigetragen. Aufklärungssonden der Amerikaner in der DDR. Die Hubschrauber in Cochstedt hatten ihr Interesse geweckt. Die Russen in Wünsdorf hatten überraschenderweise mit dem MfS in dieser Angelegenheit zusammengearbeitet.

Feiser hatte Bruchstücke dieser Sonden „gefunden", die in Russland später untersucht wurden. Das hatte seinen Karrieresprung enorm beschleunigt. Grassmann musste ins Gras beißen, aber wen juckte das schon. Bedeutende Dinge geschehen oft unverhofft.

Das war jetzt geschehen. Feiser bekam einen Anruf. Es war zu seiner Überraschung dieser Manfred Kohs, der sich nicht in Berlin aufhielt, sondern in Hohegeiß. Kohs bat ihn um ein Treffen.

Günter Feiser brach umgehend in den Harz auf. Er grübelte darüber nach, warum Kohs ausgerechnet von ihm etwas wollte. Da gab es doch diese Grenzschleusen Zwerg und Wurzel, in der Nähe von Hohegeiß, die für diese Übergabe der Barbara Greve so wichtig waren. Sollten die der Grund für diesen Treffpunkt in dem Harzörtchen sein? Sicher nicht. Die Grenze war nun bedeutungslos. Es gab sie nicht mehr.

Feiser fiel es immer noch schwer, sich mit diesem wiedervereinigten Deutschland abzufinden. In Hohegeiß gab es einen großen Parkplatz, direkt an der ehemaligen Staatsgrenze. Hier schauten früher die Wessis immer nach Osten. Wohl in der Hoffnung, es könnte etwas passieren. Zum Beispiel eine Flucht hautnah im Kugelhagel mitzuerleben. Diese Zeiten waren nun vorbei. Feiser war jetzt schon gut eine Stunde hier. An dem Imbissstand hatte er eine Currywurst mit Pommes gegessen. Da glaubte er plötzlich, seinen Augen nicht zu trauen. Der große Mann, der auf ihn zukam, schaute Günter nicht an und ging an ihm vorbei. Ungläubig blickte Feiser hinter ihm her. „Manfred Kohs?" Ungewöhnlich laut entfuhr Feiser dieser Ausruf.

Der Mann blieb abrupt stehen und drehte den Kopf zu Feiser.

„Wer sind Sie?"

„Aber, Genosse, ich bin Günter Feiser. Wir sind doch verabredet."

Manfred Kohs war ungewöhnlich blass. „Kommen Sie", zischte er. In zwanzig Metern Entfernung stand ein metallicgrauer Mercedes 280 SE, der blitzte und blinkte.

Beide setzten sich auf die Vordersitze. Sie schauten sich an und schwiegen sekundenlang.

„Na Feiser, ich bin erstaunt Sie noch lebend anzutreffen. Hier im Harz ticken die Uhren ja noch ein wenig anders. Vielleicht können Sie etwas für uns tun."

Feiser schaute Kohs missmutig an, wurde aber hellhörig. „Da bin ich ganz Ohr. Was haben Sie denn für mich, Genosse?"

„Erst mal lassen wir das mit dem Genossen. Die Zeiten sind vorbei. Da gibt es eine ganz große Sache, Feiser. Ich weiß nicht, ob das nicht eine Nummer zu groß für Sie ist. Vielleicht habe ich mir auch den falschen Mann ausgesucht." Kohs schaute zur anderen Seite, ohne Feiser eines Blickes zu würdigen. Der war das gewohnt. Empathie zu zeigen war in Kreisen des MfS nicht üblich.

„Ich glaube schon, ich bin der Richtige für Sie. Was kann ich für Sie tun?"

„Ich nenne Ihnen jetzt mal ein paar Namen. Ewgenij Semjonov, Grigorij Suchanow, Nikolai Roschkow."

Kohs nannte die Namen langsam, fast zum Mitschreiben.

„Klingelt da was bei Ihnen?"

Feiser überlegte. „Die beiden Russen kenne ich. KGB-Leute aus dem Berliner Kreml. Aber Nikolai Roschkow?"

„Alexander Grossmann? So nannte er sich auch."

Feiser kratzte seine Halbglatze. „Ach, der Möchtegern-Wolf. Ja, den habe ich kennengelernt, als ich nach Berlin gekommen bin. Aber jetzt weiß ich immer noch nicht, was ich tun kann."

„Die Sache ist hochbrisant, Feiser. Es geht um Mikrofilme. Da sind Personen gespeichert, deren Potenzial zur Abschöpfung erheblich ist. Die Russen sind ziemlich sauer. Roschkow war im Dezember 1989 ermächtigt, den kompletten Bestand den Russen zu übergeben. Das war unter Mielke und Grossmann vereinbart worden. Ich hatte neben einer weiteren Person diese Ermächtigung der Übergabe. Roschkow konnte aber die Übergabe ohne uns in die Wege leiten. Aus gutem Grund. Fünfundfünfzig Mikrofilme sind seitdem verschwunden. Die Russen waren sehr genau über die Anzahl der Filme informiert. Vermutlich gab es damals schon beim MfS eine undichte Stelle. Ab 1986 war die Zusammenarbeit mit dem KGB mit Vorsicht zu genießen. Jetzt hat auch der

CIA Wind von den Mikrofilmen bekommen. Ein Mann, der sich Charly Woodland nennt, hat mit Suchanow Kontakt aufgenommen. Der Zustand der Sowjetunion wird mehr und mehr ungewiss. Litauen hat sich bereits unabhängig erklärt und ein weiterer Zerfall der UdSSR ist nicht ausgeschlossen."

Feiser hatte konzentriert zugehört. „Manfred, was soll ich jetzt tun?" Feiser duzte ihn jetzt einfach.

„Na kannst du dir das nicht denken? Es geht um diese fehlenden fünfundfünfzig Mikrofilme. Das scheinen die Filetstücke aus dem ganzen Bestand zu sein. Wenn du es schaffst, uns diese Filme wiederzubeschaffen, könnte dich das zu einem reichen Mann machen."

„Ein verlockendes Angebot, Manfred. Wen meinst du mit uns?"

„Na dich und mich. Es gibt sonst niemanden mehr, mit dem ich teilen will."

„Weiß man denn, wo sich dieser Roschkow aufhält?"

„Das ist das Problem, Feiser. Das sollst du herausfinden." Kohs überreichte Feiser einen Zettel. „Hier sind meine Kontaktdaten. Melde dich aber nur bei mir, wenn du etwas weißt. Die Kohle gibt es erst bei Übergabe der Mikrofilme."

Feisers rötliche Gesichtsfarbe signalisierte seine Gehirntätigkeit. Er überlegte fieberhaft. Eine Aufgabe, ganz nach seinem Herzen. Wie konnte er diesen Roschkow und die Mikrofilme finden?

„Feiser, da gibt es noch etwas, was du wissen musst. Ich gebe dir einen Tipp, wie du den Roschkow finden kannst. Es gibt da eine Frau. Angela Neuberger. Die war früher auch in der Hauptabteilung II. Sie war die Dritte von uns, die Zugriff auf die Mikrofilme hatten. Damals hatte die einen ziemlich dicken Fisch an der Angel. Einen Ingenieur in Karlsruhe. Den hat sie nach allen Regeln der Kunst gemolken. Ich habe in den letzten Wochen 1989 eine deutliche Auseinandersetzung zwischen Roschkow und der Neuberger mitbekommen. Dem Roschkow war die Dame nicht gewachsen. Sie soll jetzt in Nustrow in Mecklenburg-Vorpommern leben. Er hat sie in einem leer stehenden Objekt eines verstorbenen Hauptamtlichen untergebracht. Sie soll sich dort ihr Dasein schönsaufen. Vielleicht ist sie bereit, dir den Aufenthaltsort Roschkows zu nennen. Sie ist die Einzige, die das überhaupt möglich machen könnte. Aber da ist eben dieses Problem. Die Neuberger ist ziemlich fertig. Der Untergang der DDR hat ihr wohl mächtig zugesetzt. Direkt wirst du an die nicht herankommen. Das geht nur über diesen Ingenieur in Karlsruhe. Der heißt Karl Borodin. Da müsstest du den Hebel ansetzen. Denk dir eine Legende aus, damit du bei dem landen kannst. Wenn er dann die Neuberger dazu bringt, den Wohnsitz dieses Roschkow zu ermitteln, sind wir einen Schritt weiter. Seine Anschrift steht auf dem Zettel."

„Sag mal, Kohs, wenn du das alles so genau weißt, warum versuchst du nicht selbst, an diesen Borodin ranzukommen?"

„Feiser, ich sage dir eines. Die Beschaffung dieser Mikrofilme ist nur die eine Seite der Medaille. Wenn wir viel Geld dafür bekommen wollen, müssen wir die richtigen Leute dafür finden. Dieser Charly Woodland ist mein Goldesel. Allerdings ist die Sache nicht ungefährlich. Die Russen wissen mit Sicherheit, dass die CIA an den Mikrofilmen interessiert ist. Die CIA will die Filme unbedingt haben. Die wissen natürlich nicht, dass die Russen nicht alle Mikrofilme haben. Meine Sache ist es, alle Mikrofilme diesem Woodland zu übergeben. Deshalb musst du versuchen, die fünfundfünfzig

Filme zu bekommen. Geld gibt es erst, wenn wir alle Filme den Amerikanern übergeben können. Roschkow wird sicher alle Filme in seinem Besitz haben. Er wird nochmals Kopien angefertigt haben. Mir ist auch nicht klar, warum ausgerechnet fünfundfünfzig Mikrofilme fehlen, wenn Roschkow den gesamten Bestand hat. In jedem Fall muss es mit diesen Filmen etwas Besonderes auf sich haben. Es wäre gut, wenn du das herausfinden könntest. Also, Feiser, mach deine Sache gut. Keine Mikrofilme, kein Geld."

Donnerstag, 18.Oktober 1990

Karl Borodin hatte es sich zu Hause in Karlsruhe in seinem Wohnzimmer gemütlich gemacht. Mit einem dezenten Ton machte das Telefon auf sich aufmerksam.

„Guten Abend, Karl. Schöne Grüße von Angela."

Karl war wie vom Donner gerührt. „Wer sind Sie?"

„Erinnern Sie sich nicht mehr? Ja, ich muss zugeben, wir haben uns nur einmal gesehen. Unser Treffen in Berlin vor zwei Jahren. Zusammen mit Angela. Ich bin Markus. Ich gebe zu, es sind ereignisreiche Zeiten ins Land gegangen. Die DDR gibt es nun nicht mehr. Aber ich kann mir nicht vorstellen, dass Sie alles vergessen haben. Ihre Unterstützung für die Hauptverwaltung Aufklärung zum Beispiel."

„Was wollen Sie von mir? Ich kann nichts für Sie tun."

„Karl, ich bitte Sie. Der Kalte Krieg ist zwar zu Ende. Aber denken Sie an Ihre Indiskretion. Sie können das doch nicht ungeschehen machen. Bitte erschrecken Sie nicht. Ich will nur das Beste für Sie. Sie möchten doch Angela einmal wiedersehen. Oder etwa nicht?"

„Wo ist Angela? Ist sie bei Ihnen? Nun sagen Sie es endlich."

„Sagen wir, ich weiß, wo sie ist." Die Stimme von Markus klang freundlich, aber bestimmt.

„Sagen Sie mir endlich, wo sie ist."

Karl konnte seine Gefühle nur schwer unterdrücken. Allzu lange hatte er sich nach ihr gesehnt. Angela, die ihm keine Wahl gelassen hatte, seine Arbeiten, sein Lebenswerk der Hauptverwaltung Aufklärung zu überlassen. Die Ereignisse der letzten drei Jahre zogen wie in einem Film vor seinem geistigen Auge vorbei. Die Rückkehr in sein unbeschwertes Leben, wie zuvor war ein Trugschluss. Angela gab es noch. Aber auch dieses Spinnennetz, in dem sich Karl verfangen hatte. Und diese Spinne, dieser Markus, lebte noch.

Seine Beschwichtigungen sich selbst gegenüber, die ihn betäubt hatten, waren von einer Sekunde zur anderen weggewischt. Karl sah Angela wieder vor sich. Wenn sie sich von ihrer liebenswerten Seite zeigte, konnte sie Karl so leicht um den Finger wickeln. Aber dann zeigte sie ihr wahres Gesicht.

Sie liebte Karl nicht. Nur dieses eiskalte Geschäft. Seine Entwicklungen in der Firma. Das war es, was sie wollte. In diesen Sekunden wurde Karl Borodin die Tragweite seiner Handlungen in dem ganzen Ausmaß bewusst. Der Albtraum war noch nicht vorbei. Er fing erst an.

„Hallo Karl? Sind Sie noch da?"

Karl hatte die ganze Zeit geschwiegen. Er war wie in Trance und hörte die Stimme im Hörer kaum.

„Karl, kurz gesagt, ich weiß wirklich, wo Angela ist. Das ist aber nicht der Grund, warum ich Sie anrufe. Ich weiß alles von Ihnen. Sie haben Karriere gemacht, Karl. Sie verdienen gutes Geld in ihrer Firma. Damals wie heute. Oftmals stand

Ihnen früher das Wasser bis zum Hals. Ihr Lebenswandel verbrauchte eine Menge Geld. Sie haben zu Ihrem Gehalt mit der Weitergabe Ihrer Arbeiten dazu noch ein nettes Sümmchen verdient. Denken Sie an Angela, wenn sie Ihnen finanziell aus der Patsche geholfen hat. Denken Sie nur an die schöne Zeit, die Sie beide verbracht haben. Ich glaube, jetzt sind Sie mir auch etwas schuldig."

„Warum soll ich Ihnen etwas schuldig sein"?

„Sie sind doch ein heller Kopf, Karl. Aber jetzt enttäuschen Sie mich. Sie leben im wiedervereinigten Deutschland. Ich werfe Ihnen nicht vor, was ich Ihnen jetzt sage. Sie haben damals Ihrer Firma schwer geschadet. Sie haben Ihrem Land schweren Schaden zugefügt. Ich mache Ihnen daraus bestimmt keinen Vorwurf. Das ist mir eigentlich auch egal. Ihre Firma weiß nichts von Ihrem zusätzlichen Verdienst, von der Weitergabe Ihrer Arbeiten. Auch die Regierung dieses neuen Deutschlands weiß das nicht. Sie haben einen tadellosen Ruf. Sie wollen doch sicher, dass das so bleibt?"

Karl packte die nackte Angst. Er trank das Glas Whisky auf dem Tisch in einem Zug aus. Kalter Schweiß breitete sich auf seiner Stirn aus. Er hörte sich sprechen. Es war, als ob sein Unterbewusstsein die Oberhand gewann. Seinen heimlichen Wunsch sprach er unwillkürlich aus. „Sagen Sie mir, wo Angela ist. Wenn Sie das Beste für mich wollen."

„Langsam Karl. Sie sehen selbst, wir können uns gegenseitig helfen. Sie möchten Angela einmal wiedersehen. Ein verständlicher Wunsch, den ich Ihnen gerne erfüllen möchte. Ich kann aber auch noch mehr für Sie tun. Das betrifft nun wieder die Vergangenheit. Ich möchte Sie vor großem Ungemach bewahren. Alles soll so weitergehen wie bisher.

Auch für mich war dieses Leben in diesem neuen Deutschland nicht einfach. Es hat mich eine Menge Geld gekostet, wieder Fuß zu fassen. In einer Welt, die so anders ist als unsere vertraute DDR. Karl, es gibt da ein Erbe. In der DDR waren Sie ein Vertrauter. Oder besser gesagt, ein Förderer des Friedens. Sie haben dazu beigetragen das Gleichgewicht zu halten. Darüber gibt es eine Kartei. Die Liste der Förderer unserer Republik. Diese Liste möchten heute viele Leute gerne sehen. Sie ist aber bei mir in sicherer Obhut. Ich könnte mir viel Geld verschaffen, wenn ich diese Kartei aus der Hand gebe. Weil ich Sie mag, möchte ich das aber nicht. Es wäre nämlich sehr zu Ihrem Nachteil. Ihre guten Taten würden in der jetzigen Gesetzeslage einen Straftatbestand erfüllen. Auch Ihre Firma wäre nicht sehr glücklich, wenn sie davon erführe. Was meinen Sie? Was ist Ihnen meine Verschwiegenheit wert?"

Karl sank in die Kissen seiner Couch. Mit zitternden Händen goss er sein Whiskyglas erneut randvoll. Wieder trank er einen großen Schluck. „Was wollen Sie von mir? Ist es nur Geld, das Sie jetzt von mir wollen?" Die Stimme Karls wurde heiser.

„Ach, Karl. Die Zeiten sind doch vorbei. Kein Eiserner Vorhang mehr. Wir sind auf dem Weg in ein friedliches Europa."

„Jetzt sagen Sie schon, wie viel wollen Sie? Stehe ich wirklich in dieser Kartei?"

„Natürlich, ein gewisser Karl Borodin ist hier auch vermerkt. Sie haben sogar ein Sternchen, Karl. Sie müssen dem Ministerium schon etwas wert gewesen sein."

Karl sackte in seinem Sessel zusammen. „Jetzt sagen Sie mir endlich, wie viel Sie von mir wollen, Sie elender Erpresser."

„Das ist jetzt nicht nett von Ihnen. Ich möchte schließlich, dass Sie nicht im Gefängnis landen. Da kämen wohl ein paar Jährchen zusammen. Und wenn Sie dann wieder herauskommen, ist Ihre Karriere beendet. Sie wollen doch sicher im Alter gut versorgt sein, meinen Sie nicht?"

„Wie viel wollen Sie?"

„Ach Karl, ich bin bescheiden. Jetzt im ersten Jahr erstmal 20.000 DM. Dann noch mal weitere 20.000 DM für die Adresse Angelas. Ich finde, das ist ein fairer Preis."

„Sie Blutsauger. Wo soll ich das Geld hernehmen?"

„Ich bitte Sie ... Das ist doch nur etwas mehr als Ihre Portokasse. Sie brauchen aber nicht zu zahlen. Dann kommt eines Tages der Staatsanwalt. Auch der stellt Forderungen. Stellen Sie sich vor, einige Jahre in Vollpension in einer engen Zelle. Vielleicht noch zusammen mit einem Ganoven, der Ihre Intimsphäre beeinträchtigt. Die Aussicht ist auch nicht so schön wie bei Ihnen. Das Essen ist nicht so schmackhaft, wie Sie es gewohnt sind. Im Alter wieder draußen, sieht es dann auch nicht mehr so gut aus. Wollen Sie das wirklich? Jetzt müssen Sie doch zugeben, dass ich um Ihr Wohlergehen besorgt bin. Seien Sie doch froh, dass ich Zugriff auf Ihre Datei habe. Ein anderer würde, ohne zu überlegen, Ihre Daten dem Verfassungsschutz übergeben. Wenn wir uns einig werden, werde ich Ihren Karteieintrag wie einen Schatz hüten. Das garantiere ich Ihnen."

„Wie soll das funktionieren? Wann wollen Sie das Geld haben?"

„Sie bekommen Post. Da steht, wo Sie das Geld in kleinen gebrauchten Scheinen hinterlegen sollen. Wenn Sie Angela wiedersehen möchten, fügen Sie die Summe dafür bei. Sie werden sehen, Karl, ich bin ein fairer Geschäftspartner. Der erste Brief kommt in einigen Tagen. Wenn Sie das Geld am benannten Ort hinterlegen, geht Ihr Leben so weiter wie bisher. Sollten Sie versuchen, das Abholen des Geldes zu überwachen, egal, ob von Ihnen selbst oder durch jemand anderen, können Sie schon einmal das Nötigste für Ihren neuen, gut bewachten Aufenthaltsort einpacken."

Karl legte den Hörer an die Seite und sank wieder in die Polster seines Sofas. Sein Schicksal schien besiegelt.

Donnerstag, 25. Oktober 1990

Karl Borodin war ausgelaugt. In der Firma microwave science vision war er zwar jetzt noch Teamleiter, aber seit den Vorfällen war sein Ruf angeschlagen. Die Ermittlungen der Kriminalpolizei und des militärischen Abschirmdienstes in der Firma nährten die Gerüchteküche. Der Tod Gerd Kirschners und der junge Ingenieur, der neu im Team war, waren der Gesprächsstoff in der Belegschaft. Dazu kam Karls früherer Lebenswandel. Hinter Borodins Rücken begann man zu tuscheln. Doch sein Chef Günter Wohlers machte sich große Sorgen um ihn. In einem vertraulichen Gespräch nannte Karl ihm seine Erschöpfung durch Arbeitsüberlastung. Wohlers empfahl ihm einige Wochen Urlaub, damit er sich für die anstehenden Projekte wieder erholen konnte. Der junge Ingenieur, der Zugang in sein Team gefunden hatte, konnte die Abwesenheit Karl Borodins überbrücken. Doch war nicht ausschließlich übermäßige Arbeit der Grund für Borodins Schwäche. Die Sehnsucht nach Angela und die mögliche Entlarvung seiner Agententätigkeit belasteten ihn. Seine anfängliche Abgebrühtheit wich nun Schuldgefühlen. Er hatte das uneingeschränkte Vertrauen seiner Firma missbraucht.

Nun auch noch diese eiskalte Erpressung. Karl konnte nach dem Anruf dieses Markus an nichts anderes mehr denken.

Jeden Tag dämmerte er der Postzustellung entgegen. Post von Markus. Wie sollte er das Geld übergeben? Wie viel, das hatte er längst entschieden. Die geforderten 40.000DM hatte er schon von seiner Hausbank geholt.

Die Aussicht, Angela wiederzusehen, beflügelte ihn. Eigentlich war dieses Gefühl das Einzige, was ihn noch am Leben hielt. Den Gedanken, Schluss zu machen, hatte er schon öfter gehabt.

Heute lag gegen Mittag ein braunes Kuvert im Briefkasten. Mit zittrigen Fingern riss er es auf und starrte auf den weißen Zettel mit dicken schwarzen Buchstaben.

Morgen, am Freitag, steht auf dem Parkplatz des Golfplatzes Hofgut um 14:00 Uhr für eine halbe Stunde ein schwarzer Mercedes mit Münchener Kennzeichen. Die linke hintere Tür ist offen. Dort legst du das Geld in den Fußraum des Wagens. Du tust das genau um 14:00 Uhr. Mach dir nicht die Mühe und bleib stehen, um zu sehen, wer diesen Wagen fährt. Denk daran, was passiert, wenn entweder das Geld nicht übergeben wird oder du dich nicht an diese Anweisung hältst.

Karl konnte ein Glücksgefühl nicht unterdrücken. Er glaubte, nun seinem Ziel ganz nah zu sein. Angelas Stimme zu hören. Sie zu spüren. Seine Einsamkeit endlich zu beenden.

Heute, bereits am Nachmittag, begann Karl, sich mit Alkohol zu betäuben, um die Zeit totzuschlagen. Sein benebeltes Gehirn gaukelte ihm nun eine rosige Zukunft mit Angela vor.

Karl schlief irgendwann ein, als die Whiskyflasche leer war.

Er erwachte und wusste zunächst nicht, wie lange er geschlafen hatte. Karl blickte auf die leere Flasche, die er wie eine schadenfrohe Fratze wahrnahm. Nach und nach kam die Erinnerung wieder.

Der Freitag war endlich da. Der Golfplatz Hofgut war nur knapp einen Kilometer von seinem Haus entfernt. Karl Borodin ging zu Fuß zum Parkplatz. Er war ungefähr fünf Minuten vor vierzehn Uhr angekommen. Bereits aus cirka 100 Metern Entfernung sah er den Wagen. Den schwarzen Mercedes. Immer schneller ging er die letzten Schritte bis zu dem Benz.

Das Kennzeichen trug tatsächlich den Buchstaben M für München. Unmerklich leise schlich sich Karl an die hintere Tür und zog den Griff. Die Tür öffnete sich. Karl blickte sich um. Kein Mensch war auf dem Parkplatz zu sehen. Er legte den Umschlag mit dem Geld in den Fußraum des Fahrzeugs. Ganz vorsichtig schloss er die Tür wieder, als ob er befürchtete, jemand könne das Geräusch hören. Ohne sich noch einmal zu dem Mercedes umzudrehen, ging er mit zügigen Schritten wieder in Richtung seines Hauses.

Dienstag, 30. Oktober 1990

Drei Tage waren vergangen, als Karl erneut ein braunes Kuvert in seinem Briefkasten fand. Kurz darauf summte sein Telefon. Die vergangenen stillen Tage ließen ihn schon wieder verzweifeln, er hatte die Hoffnung auf eine Reaktion fast aufgegeben.

„Hallo Karl, wie geht es Ihnen?" Die Stimme war die von Markus. Fest hatte sie sich in sein Gedächtnis eingegraben.

Er ging auf die Frage nicht ein. „Ich habe Ihnen das Geld übergeben. 40.000 DM, wie Sie verlangt haben. Mit dem Wunsch, Angela wiederzusehen." Karl war selbst überrascht über seine Wortwahl. Noch vor wenigen Jahren war er selbstbewusst gewesen und ließ unverschämte Zeitgenossen von seiner Wachshaut abperlen. Jetzt war er nur noch ein ängstliches Bündel Mensch, der nichts mehr mit seinem früheren Wesen gemein hatte. Seine Angst vor der Entdeckung seines Verrates und nicht zuletzt der Alkohol hatten seine Persönlichkeit verändert.

„Ich habe gute Nachrichten für Sie. Sie können Angela sehen, wenn Sie wollen. Allerdings müssen Sie zu ihr hinfahren."

Karl glaubte nicht recht zu hören. „Wohin muss ich fahren?"

„Karl, nicht so schnell. Angela ist ziemlich krank. Das neue Deutschland ist für sie nicht einfach. Es ist nicht mehr die Angela, die Sie kennengelernt haben. Ich habe dafür gesorgt, dass sie nicht unter die Räder kommt. Das sollten Sie wissen, bevor Sie sie wiedersehen. Sie lebt ganz zurückgezogen in einem Dorf in Mecklenburg-Vorpommern. Die Adresse finden Sie in dem braunen Kuvert, das Sie heute bekommen haben." Damit war die Verbindung unterbrochen.

Karl Borodin ließ das Telefon sinken. Er trank das Glas Whisky in einem Zug aus und ließ sich in die Polster seines Sessels fallen. Ein tiefer Schlaf erlöste ihn und verschaffte seinem Körper etwas Erholung. Doch ungefähr zwei Stunden später klingelte erneut das Telefon. Der Rufton war nicht sehr laut, sodass Karl Borodin nicht gleich abhob.

„Borodin? Wer ist da?"

„Guten Tag, Herr Borodin. Mein Name ist Günter Feiser. Sie werden mich nicht kennen. Aber ich kann Ihnen zu einem angenehmen Leben verhelfen."

Karl glaubte nicht richtig zu hören. Vielleicht noch ein Erpresser?

„Wer sind Sie? Was wollen Sie von mir?" Karl Borodin klang ziemlich unfreundlich.

„Herr Borodin, ich verstehe Sie. Ich kenne Angela Neuberger. Sie wollen sie doch wiedersehen oder irre ich mich?"

Karl Borodin wurde mit einem Schlag munter. Er schwieg und überlegte.

Feiser sprach weiter. „Übrigens, ich bin in Karlsruhe. Kann ich zu Ihnen kommen? Ich habe ein Angebot für Sie. Ein Angebot, das Ihnen zusagen wird. Davon bin ich überzeugt. Wie wär's?"

Karl Borodin sah einen Silberstreifen am Horizont. Er spürte instinktiv eine Verbesserung seiner augenblicklichen Lage. „Ok, Herr Feiser. Sie können zu mir kommen. Wissen Sie, wo ich wohne?"

Ohne Borodins Frage zu beantworten, beendete Feiser das Gespräch.

Montag, 05. November 1990

Wieder einmal saß Anatolij Denissow am dampfenden Samowar und dachte nach. Der köstliche Tee beflügelte ihn. Die dunklen Wolken am Himmel der Zukunft beschleunigten seinen Selbsterhaltungstrieb. Gründe, länger in Deutschland bleiben zu können, schmolzen zusammen. Was hielt ihn hier noch? Die Hubschrauberstaffel in Cochstedt würde nicht bleiben. Ihre Tage waren gezählt. Es gab keinen Grund mehr für die weitere Stationierung. Die Hubschrauber mit ihrer speziellen Ausrüstung für den funkelektronischen Kampf wurden an anderen Orten benötigt. Deshalb wurde weiterhin an Modifizierungen der Technik gearbeitet. Es ging das Gerücht um, dass die Entwicklungsarbeit in Deutschland einfacher sei. In der Sowjetunion und auch in Wünsdorf war man durch den drohenden Zerfall der Sowjetunion sehr besorgt. Wenn sich ehemalige Sowjetrepubliken abspalten, was würde dann mit der Sowjetarmee geschehen? Besonders heikel war die Zukunft der strategischen Raketentruppen mit nuklearen Sprengköpfen. Nukleare und chemische Munition musste an andere Orte verlegt werden. Offiziere der Westgruppe, die lange mit ihren Familien in der DDR gelebt hatten, machten sich große Sorgen. Was würden sie in der Sowjetunion vorfinden? Wo und wie würden sie dort leben können? Diese Umstände machten eine sofortige Rückführung der Westgruppe unmöglich. Zudem die große Anzahl der Waffen und Menschen eine Verlegung in kurzer Zeit ausschloss. Diese Gründe erklärten, warum kein genaues Datum für die Rückführung der Hubschrauberstaffel genannt wurde. Vielleicht im nächsten Jahr? Aus Wünsdorf hatte er noch nichts gehört. Oberst Vladimir Iljitsch Winogradow war sehr einsilbig, was die Dauer der weiteren Stationierung betraf. Anatolij hatte in diesem Jahr einen Offizier der Dienststelle Jenissej des GRU kennengelernt. Aleksej Kusnezow. Jenissej betrieb weiterhin die Aufklärung im Harz auf dem Brocken, ungeachtet der Vereinigung der beiden deutschen Staaten. Denissow hatte ihn in Quedlinburg-Quarmbeck besucht. Der Kontakt war durch Oberst Nikolai Andrejewitsch Komarov zustande gekommen.

Denissow und Kusnezow brachten gemeinsam Klarheit in mysteriöse Vorkommnisse, ohne voneinander zu wissen. Die Einsätze der Hubschrauberstaffel in Cochstedt vor cirka zehn Jahren und die Beobachtung durch Sonden der amerikanischen Streitkräfte war ein Thema, das die beiden zusammenschweißte. Denissow war erstaunt über die Erfassung von Datenbursts durch Kusnezow auf dem Brocken. An der Aufklärung der Parameter dieser Bursts im moskaunahen Institut in Frjasino war Anatolij maßgeblich beteiligt. Anatolij Denissow trug aber noch ein weiteres Problem mit sich herum. Es hatte nichts mit seiner Arbeit zu tun. Gerda Gabler war ums Leben gekommen. Durch den Kontakt mit Oberleutnant Karl Straatmann hatte er tiefere Einblicke in diese Brandkatastrophe gewonnen. Straatmann und Denissow waren dabei Freunde geworden. Beide hassten Günter Feiser und wollten seine Verurteilung. Gerda Gabler war jämmerlich in ihrem Haus verbrannt. Die Brandursache war immer noch ungeklärt. Brandstiftung schloss Straatmann zwar nicht aus, jedoch wurde nichts gefunden, was den Tatbestand erhärtete.

Straatmann kam zu der Ansicht, Gerda Gabler könnte durch ihre Alkoholsucht den Brand selbst ausgelöst haben.

Spuren auf fremde Täter gab es nicht. Für Denissow allerdings stand der Täter trotz allem fest. Das war Günter Feiser. Gerda Gabler war eine lästige Zeugin. Feiser war Denissows Erzfeind, der nicht nur Gerda auf dem Gewissen hatte. Auch seinen Freund Robert Grassmann hatte er umgebracht. Beide Morde konnte man ihm nicht nachweisen.

In der Bezirksverwaltung des MfS gab es ein Papier, das Grassmann als Spion eines ausländischen Nachrichtendienstes bezeichnete. Sämtliche weiteren Ermittlungen waren deshalb eingestellt worden.

Mit Aleksej Kusnezow hatte Denissow über diesen Fall gesprochen. Anatolijs etwas aberwitzige Überlegung war die Erfassung einer Fernmeldeverbindung, die Auskunft über den Verbleib Feisers gab. Konnte Kusnezow ihm helfen? Er machte ihm aber keine Hoffnungen. Anatolij bemühte sich, den Kontakt mit Karl Straatmann wieder herzustellen. Er hatte ihn während eines flüchtigen Treffens wiedergesehen. Straatmann hatte zahlreiche Lehrgänge besucht. Die Wiedervereinigung Deutschlands war auch an ihm nicht spurlos vorübergegangen. Straatmann wollte seinen Dienst bei der Kriminalpolizei fortsetzen. Sein Ziel war ein Dienstposten beim Landeskriminalamt in Magdeburg. Die Dienststelle gab es aber noch nicht. Wenn er seine Ausbildung erfolgreich abschloss, hoffte er, im nächsten Jahr dort seinen Dienst beginnen zu können. Die Aufklärung ungeklärter Mordfälle blieb oberflächlich durch die Umstellung. Es entstand zeitweise in den neuen Bundesländern ein rechtsfreier Raum. Die Aufklärung von Straftaten sank dadurch in den zweistelligen Bereich. Anatolij Denissow machte diese Entwicklung betroffen. Sollte dieser Verbrecher tatsächlich durch die Vereinigung der beiden deutschen Staaten davonkommen?

Anatolij dachte immer häufiger an die Rückführung in die Sowjetunion. Konnte er überhaupt in das Institut in Frjasino zurückkehren? Seine ganze Zukunft hing in der Luft.

Mehr als ein Jahr war Anatolij jetzt wieder in Deutschland. Die Zeiten waren anders als noch vor zehn Jahren. Damals gab es für ihn nur die Hubschrauberstaffel in Cochstedt. Er spürte die Veränderung und war erstaunt, wie schnell sich die Menschen an die neue Regierung anpassten.

Es gab viele Probleme durch Abwicklungen der volkseigenen Betriebe und dadurch Arbeitsplatzverluste, aber für Anatolij war diese neue Freiheit der Menschen ungewohnt und aufregend. Plötzlich konnten alle frei reisen, wohin und wie oft sie wollten. In der Sowjetunion war das alles anders.

Wenn Anatolij Denissow morgens erwachte, erschrak er gelegentlich über einen Gedanken, der sich ihm aufdrängte. Einen Gedanken, der einen Wunsch enthielt. Den Wunsch, hier in diesem Deutschland zu bleiben. Das war aber nicht einfach. Er war Staatsbürger der Sowjetunion. Er war Geheimnisträger. Die Arbeiten an der EMP-Technologie für moderne Waffensysteme machte ihn systemrelevant. Vladimir Iljitsch Winogradow und Nikolai Andrejewitsch Komarov hatten gute Kontakte zum KGB. Anatolij Denissow vertraute Winogradow. Er würde ihm nicht schaden wollen. Davon war er überzeugt. Komarov jedoch war schwer einzuschätzen.

Wenn Anatolij beschloss unterzutauchen, konnte er nicht ausschließen, dass der KGB ihn suchen würde. Winogradow und Komarov waren ihm bis jetzt wohlgesonnen. Vielleicht würde sich das in diesem Fall ändern. Winogradows Einfluss würde niemals so weit reichen können, ihn zu decken.

Er würde sich in diesem Fall selbst schaden. Winogradow und Denissow hätten bei ihrer Rückführung ins russische Reich eine hohe Strafe zu erwarten. Eine langjährige Verbannung in ein Straflager oder gar die Todesstrafe drohte beiden.

Einen Vorteil hatte Denissow. Es gab keine Angehörigen mehr in Russland, die auf ihn warteten. Ganz egal, was die Zukunft bringen würde.

Die Verbrechen Günter Feisers wollte Denissow gesühnt wissen. Da erreichte ihn der Anruf aus Wünsdorf. Vladimir Iljitsch Winogradow. Sein Besuch in Cochstedt stand unmittelbar bevor.

„Guten Tag Herr Borodin." Der Mann mit der Halbglatze stand im Flur.

Borodin war skeptisch. Was wollte der Mann? Wieso kannte er Angela Neuberger? Beide setzten sich ins Wohnzimmer des Hauses.

„Schön haben Sie es hier", bemerkte Günter Feiser.

„Deswegen sind Sie doch wohl nicht hergekommen." Karl blickte den Mann unfreundlich an. „Woher kennen Sie mich? Sagen Sie mir, was Sie von mir wollen. Bitte ohne Umschweife. Geschwafel möchte ich mir nicht anhören."

„Gut, dass Sie das sagen, Herr Borodin. Das ist auch nicht meine Art. Ich bin ganz offen zu Ihnen. Ich bin ehemaliger Mitarbeiter der Hauptverwaltung Aufklärung. Also des Ministeriums für Staatssicherheit der DDR. Ich weiß, dass Sie durch Angela Neuberger kompromittiert wurden."

„Kompromittierung ist wohl harmlos ausgedrückt." Karls Gesichtsausdruck verfinsterte sich. „Aber das war ja euer Geschäft. Ja, so war das. Angela hat meine Arbeiten der

Staatssicherheit übergeben. Jetzt sagen Sie mir aber endlich, was Sie von mir wollen. Wollen Sie Geld? Für Ihre Verschwiegenheit? Da sind Sie nicht allein. Vielleicht kommen ja noch ein paar von Ihrer Sorte, die ihr Wissen in klingende Münze verwandeln wollen."

„Keine Sorge, im Gegenteil. Ich möchte Ihnen helfen, wenn Sie mir helfen. Es geht um einen Mann namens Nikolai Roschkow. Vielleicht kennen Sie ihn auch nur unter seinem Decknamen Markus." Der Name Markus löste Bestürzung bei Karl aus. Günter Feiser registrierte das genau. „Ihrer Reaktion entnehme ich, dass Markus Sie bereits erpresst. Vielleicht auch mit der Adresse der Neuberger? Kennen Sie die?"

Karl wirkte jetzt betroffen. Feiser hatte in ein Wespennest gestochen. „Er erpresst mich mit meiner Verfehlung. Er will mich ans Messer liefern, wenn ich nicht zahle."

„Haben Sie denn schon gezahlt?" „Natürlich, zwanzigtausend Mark. Und weitere zwanzigtausend für die Adresse der Angela Neuberger."

Feisers Gesichtszüge hellten sich auf. „Vielleicht hat er da schon einen Fehler gemacht, Herr Borodin. Oder darf ich Karl sagen?"

„Ja, von mir aus. Wieso hat er einen Fehler gemacht?"

„Karl, kein Problem. Nennen Sie mich Günter. Sein Fehler ist, dass er Sie sich als Opfer ausgesucht hat. Sie sind jemand, der ihm sein Handwerk legen kann. Roschkow fühlt sich zu sicher. Er hat sich illegal eine Kartei angeeignet. Diese Kartei, bestehend aus Mikrofilmen, enthält außer Ihrem Namen viele weitere, die er wie Sie erpresst. Er hofft, so eine Menge Geld zu ergaunern. Er lässt sich seine Verschwiegenheit gut bezahlen. Die Sache ist für ihn ziemlich gefährlich. Denn der Personenkreis, den er erpresst, weiß sich zu wehren. So wie

Sie. Nicht jeder wird zahlen, sondern versuchen, ihn ausfindig zu machen. Das könnte sich sehr nachteilig auf seine Gesundheit auswirken. Dann gibt es noch eine weitere Gefahr für ihn. Das KGB ist auf der Suche nach den Mikrofilmen, die er besitzt. Die sind seit Monaten auf der Suche nach Roschkow. Ob sie ihn tot oder lebendig finden, ist denen ziemlich gleichgültig. Nur diese Mikrofilme müssen ans Licht kommen. Aber nicht nur die Russen sind scharf auf die Karteien. Auch der CIA ist stark an den Mikrofilmen interessiert. Wenn Nikolai Roschkows Aufenthaltsort bekannt ist, wird ihm das Geld nichts mehr nützen. Zwei konkurrierende Geheimdienste versuchen, die Mikrofilme zu bekommen. Ein Menschenleben spielt da keine Rolle. Vielleicht weiß er gar nicht, in welcher Gefahr er sich befindet."

„Wissen Sie denn, wo sich der Kerl aufhält?" Karl Borodin schöpfte wieder Hoffnung.

„Leider nein. Aber Angela Neuberger könnte das wissen. Roschkow hat auch sie betrogen. Die Weitergabe der Mikrofilme an die Russen hat er allein veranlasst. Die Neuberger und einen weiteren Offizier des MfS hat er dabei übergangen. Er hat zwar Mikrofilme übergeben, aber die wichtigsten für sich behalten."

„Wie ist Ihr Plan? Was soll jetzt passieren?" Karl Borodins Interesse war geweckt.

„Karl, ich möchte weitere Erpressungen gegen Sie und andere Personen verhindern. Sie müssen Angela Neuberger finden und versuchen, seinen Aufenthaltsort zu erfahren. Vergessen Sie eines nicht. Der Mann ist eiskalt. Er lässt sich nicht hinters Licht führen. Das ist aber nur eine Sache. Ich möchte die Mikrofilme, um sie den Amerikanern übergeben zu können. Schließlich hat die HVA auch Menschen in den

USA angeworben. An deren Enttarnung ist die CIA sehr interessiert. Nur über diese Angela Neuberger können wir an Roschkow herankommen und ihm sein Handwerk legen. Die Zeit ist knapp. Wir müssen das vor den Russen schaffen. Sie können dabei nur gewinnen, wenn Sie herausfinden, wo Roschkow wohnt, und uns seinen Aufenthaltsort mitteilen. Eine kleine Mühe für Sie. Sie werden nicht mehr erpresst und wir können Ihnen Ihr Geld zurückgeben."

„Wer ist eigentlich wir?" Borodin traute dem Mann nicht.

Günter Feiser ging nicht auf Karls Frage ein. „Vertrauen Sie mir, Karl. Denken Sie nur an die Rückgabe Ihres Geldes und daran, dass Sie in Zukunft in Ruhe gelassen werden. Wir bleiben in Verbindung. Ich werde Sie immer wieder in kurzen Abständen anrufen."

Feiser stand auf und verschwand, so schnell er gekommen war.

Mittwoch, 07. November 1990

Karl Borodin hatte seinen Koffer gepackt. Er hatte Günter Wohlers Angebot angenommen und drei Wochen Urlaub genommen. Immer wieder hielt er den Zettel aus dem braunen Kuvert vor sein Gesicht. Angela Neuberger – Nustrow, Dorfstraße 33a

Wie sie wohl aussehen mochte?

Sein Gepäck war nun in seinem silbernen Mercedes 190 verstaut. Dieser Günter Feiser ging ihm nicht aus dem Sinn. Konnte er ihm trauen? Konnte er wirklich diesem Markus das Handwerk legen? Borodin fühlte sich gut. Besser als in den vergangenen Tagen. Insgeheim machte er Zukunftspläne mit Angela. Gedanken, sie könnte seine Gefühle nicht erwidern, ließ er nicht zu. So wie 1987, als er sie kennenlernte. Vielleicht würde sie jetzt ihre Liebe zu Karl entdecken.

Das Motiv einer Anwerbung gab es ja nicht mehr. Angela und er könnten noch einmal ganz von vorne beginnen.

Seit Langem waren dies wieder rosarote Gedanken. Karl Borodin beschloss, sein Leben neu zu ordnen. Er musste dem Alkohol entsagen. Hochprozentiges war in der letzten Zeit allzu oft sein Tröster geworden. Auch die Arbeit in seiner Firma litt eine Zeit lang darunter. Der Tod Gerd Kirschners erschwerte die Arbeit in seinem Team zunächst. Recht bald wurde dieser neue Ingenieur für das Team in der Firma msv gefunden. Der spürte Karls Probleme, nutzte seine Schwäche aber nicht aus. Jedenfalls hoffte das Karl. Er war ihm dankbar für seine Unterstützung.

Eine lange Fahrt in die Ungewissheit hatte jetzt begonnen. Karl fuhr in Karlsruhe auf die Autobahn A5, die über Frankfurt, Gießen und Bad Hersfeld in die A4 mündete.

Weiter führte der Weg vorbei an Eisenach, in Richtung des Berliner Ring. Von da ging es nach Norden bis kurz vor Rostock. Es folgten wenige Kilometer, bis dieser kleine Ort Nustrow erreicht wurde. War das der nun längste Abschnitt einer Reise in die Vergangenheit mit einem glücklichen Ende? Karl sehnte sich nach einem Happy End seines Liebesdramas. Eine zerstörerische Liebe, der er blindlings verfallen war.

Nach Stunden hatte er sein Ziel erreicht. Eine schlechte Teerstraße ging quer durch das Dörfchen bis zum Ortsausgang. Karl schaute auf ein kleines, unscheinbares Grundstück. War hier das Ziel? Wohnte hier Angela? Seine Geliebte, mit der er jetzt wieder bereit war, alles zu teilen, was er besaß?

Sein Auto bog auf die schmale Einfahrt zu dem Grundstück. Karl schluckte. Alles hier wirkte verwahrlost. Die Einfahrt zum Wohnhaus war mit hohem Gras bewachsen. Ein Holzschuppen mit einer schiefhängenden Tür bot ein trauriges Bild. Verrostetes Gartengerät befand sich darin, eine Schaufel lag vor dem Schuppen. Auch der Zaun, der das Grundstück umgab, hatte schon lange keine Farbe mehr gesehen. Einzelne Zaunpfosten hingen schief an den Querlatten. Sein Wagen stand nun wenige Meter vor dem mausgrauen Haus. Karl hatte den Motor abgestellt und überlegte, ob das hier die richtige Adresse war.

Plötzlich öffnete sich die Haustür. Eine Frau blickte auf den Wagen, dann auf Karl. Karl war erschrocken. Das soll Angela sein? Graues, ungepflegtes Haar hing ihr wirr ins Gesicht. Ein schmutziggraues Sweatshirt passte zu der schmuddeligen Jeans, die in halbhohen Stiefeln steckte. Eine filterlose Zigarette war nur noch ein Stummel, den sie jetzt achtlos wegwarf. Die Frau starrte auf den Wagen, als Karl die Tür öffnete und sie ungläubig betrachtete.

Karl hörte Markus plötzlich sprechen. „Angela ist krank. Sie werden Sie nicht wiedererkennen."

„Wer sind Sie? Was wollen Sie hier?"

Die Stimme dieser Frau erschreckte Karl. Kein Zweifel. Es war die Stimme Angelas. Sie klang wie damals, aber sonst erinnerte ihn diese Person nicht mehr an die Frau, die er liebte, die er in seiner Erinnerung verehrte. „Guten Tag Angela", hörte er sich sagen. „Erkennst du mich nicht mehr?"

„Was wollen Sie von mir? Woher kennen Sie meinen Namen?"

„Angela, ich bin's, Karl. Du hast mich verlassen, in Karlsruhe. Ich wollte dich wiedersehen."

Sekunden verharrte Angela wie versteinert. Langsam trat sie die kleine Treppe vor der Haustür herunter.

„Karl? Du bist es? Wie kommst du hierher? Wie hast du mich gefunden?"

Karl Borodin hatte jetzt die Autotür geschlossen und trat auf Angela zu. „Ja Angela, ich bin es wirklich."

„Wenn du willst, komm rein, aber mach dir keine Hoffnungen." Ihre schroffe Stimme erschreckte Karl, keine Freude über das Wiedersehen war erkennbar. Angela behandelte Karl wie einen Fremden. „Bei mir ist es nicht so komfortabel wie bei dir. Den Krieg habt ihr schließlich gewonnen. Ihr habt uns gekauft, aber meine Leute sind vergessen worden. Dieser Gorbatschow hat unsere Gesellschaftsordnung einfach verkauft."

Angela drehte sich um und ging wieder zurück zur Haustür. Beinahe sah es so aus, als ob sie Karl vor der Tür stehenlassen wollte. Er ergriff den Türknauf und ging wortlos hinter ihr ins Haus. Die ganze Wohnung machte einen verkommenen Eindruck. Beide gingen in ein Zimmer, das wohl das Wohnzimmer sein sollte. Der Teppich in dem Raum strotzte vor Flecken, Ein wackliger Tisch und drei Sessel, die auch nicht viel sauberer waren als der Teppich, ergänzten das Mobiliar. An einer Wand stand ein Schrank, der auf dem Sperrmüll nicht aufgefallen wäre. Karl erschrak innerlich, als er das Zimmer betreten hatte.

„Setz dich oder bleib stehen, wenn du dir deine Klamotten nicht versauen willst. Jetzt sag mir endlich, was willst du hier?"

„Ich wollte dich sehen, Angela. Du bist im letzten Jahr einfach verschwunden. Warum hast du dich nicht wieder gemeldet?"

„Sag mal, meinst du das im Ernst? Die BRD ist jetzt überall, auch in unserem Land. Du hast uns Dinge geliefert, die uns bei einem Krieg vor euch geschützt hätten. Wenigstens hätten deine Entwicklungen unserer Volksarmee einen guten Dienst getan."

Karl Borodin runzelte die Stirn. „Getreu dem Motto, die Kapitalisten werden noch mal den Strick liefern, an dem sie aufgehängt werden." Karl sagte das mit unüberhörbarem Sarkasmus.

Angela warf ihm einen geringschätzigen Blick zu. „Das hat Lenin gesagt, nicht du. Wenn du Pech hast, wirst du auch mal in einem Raum leben, der nicht so gemütlich ist wie diese Behausung." Angelas Augen funkelten, das war wohl die Retourkutsche auf Karls Bemerkung.

Karl zuckte zusammen. „Wie meinst du das?"

„Eine Zelle im Knast ist auch in der BRD nicht gerade komfortabel. So meine ich das." Die Schadenfreude in ihrem Gesicht war unübersehbar. „Außerdem hast meine Frage noch nicht beantwortet. Was willst du hier? Gut, du hast mich ja nun gesehen. Nur, wie hast du mich gefunden?"

„Meine liebe Angela. Dein Markus stellt jetzt Forderungen. Ich glaube, du weißt das genau. Vor zwei Jahren noch habt ihr beide meine Arbeiten gerne angenommen. Moderne Waffen für eure Nationale Volksarmee. Nun gibt es diese Armee nicht mehr. Markus verlangt Geld. Für seine Diskretion.

Hätte ich nicht schon gezahlt, müsste ich mich wahrscheinlich wegen Landesverrats verantworten. Das Geld habe ich ihm gegeben. Auch für deine Adresse musste ich viel Geld bezahlen. Nur deshalb habe ich dich gefunden. Ich liebe dich immer noch, Angela. Ich musste dich einfach wiedersehen."

In Angelas Gesicht war keine Gefühlsregung zu sehen. „Du hättest dein Geld lieber sparen sollen. Wenn Markus dich erpresst, geht mich das nichts an. Karl, du hast mir nichts mehr zu bieten. Ich bin jetzt ganz ehrlich zu dir. Es war damals mein Auftrag, deine Arbeiten für unsere Hauptverwaltung Aufklärung zu bekommen. Das war meine Aufgabe und das hat mich viel Kraft gekostet. Ich war damals eine Julia-Agentin. Du warst ein harter Brocken. Es hat sich aber gelohnt. Nun ist alles anders. Wir leben in einer anderen Welt. Markus interessiert mich nicht mehr."

Der letzte Satz kam trotzig über Angelas Lippen.

„So einfach ist das nicht, Angela. Markus erpresst mich. Ich könnte mich einfach stellen und er hätte keinen Grund mehr, weiteres Geld zu fordern. Er hat eine Kartei mit Personen, die ihr damals auf dem Schirm hattet. Viele von denen, so wie ich, fürchten ihre Enttarnung. Ich weiß inzwischen einiges über euch. Dieser Markus oder Nikolai Roschkow, du und noch ein weiterer Offizier aus eurem Stasi-Ministerium waren ermächtigt, diese Karteien weiterzugeben. Deshalb, lüg mich nicht an. Du weißt genau, um was es geht. Dieser Markus hat euch ausgetrickst. Er hat die Karteien an sich genommen, damit er mit Erpressungen viel Geld ergaunern kann. Ich möchte wissen, wo sich der Kerl aufhält. Ich bin auch bereit, eine Menge Geld dafür zu bezahlen, wenn ich glaubhaft aus dieser Kartei entfernt werde."

Karl schaute Angela mitleidig an.

„Du siehst so aus, als könntest du etwas Geld gebrauchen.
Auf meiner Fahrt zu dir hatte ich die vage Hoffnung, du
hast wirklich einmal etwas für mich empfunden. Wenn ich
mich an unsere Zeit damals erinnere, war ich wirklich von
deiner Liebe für mich überzeugt. Unsere gemeinsamen Lie-
besnächte, unsere Reisen, war das alles nur deine Arbeit?
Um mir so viel wie möglich zu entlocken? Dann muss ich
sagen, das war wirklich professionell. Deine Genossen können wirklich stolz auf dich sein."

Angela schaute in die Ferne, ohne Karl direkt anzusehen.
Karl Borodin spürte die Kälte fast körperlich, die von Angela
ausging. Er schnappte nach Luft. Ihre Gefühllosigkeit
machte ihn wütend.

„Dieser Markus scheint wieder alle Fäden in der Hand zu
haben. Du hast mich vor der Wende angeworben. Bestimmt
in seinem Auftrag. Ich kenne die Strukturen in eurem Ministerium nicht, aber so viel weiß ich schon. Du musstest nach
seiner Pfeife tanzen. Ich weiß nicht, wie viele von euch Stasi-
Menschen heute wieder Fuß gefasst haben und schon wohl-
habend geworden sind. Eben solche wie dieser Markus. Du
scheinst nicht dazuzugehören. Mal ehrlich: Spürst du nicht
Hass auf diesen Kerl? Du hast mich erpresst. Jetzt erpresst
dieser Markus mich. Aber er hat die besseren Karten."

Plötzlich schlug Angela mit der Faust auf den Tisch. „Moment!", fuhr sie Karl in die Parade. „Ich habe dich nicht erpresst. Ich habe dir lediglich angeboten, für uns zu arbeiten.
Du hättest das nicht tun müssen. Du wolltest etwas von mir
und ich habe dich vor die Wahl gestellt. Ein bisschen Le-
benslust, Sex und ein paar Annehmlichkeiten. Das war doch
vor mir auch dein Hauptinteresse. Ich habe dich nie gebeten,

dein Leben mit mir zu verbringen. Das war wirklich alles. Wie kommst du dazu zu sagen, ich hätte dich erpresst?"

„Du hast doch mit Leuten wie diesem Markus zusammen-gearbeitet. Jetzt mach mal etwas für mich."

Angela spreizte die Beine und sah auf Karls Schoß.

„Willst du vögeln? Na komm, ich mach es dir. Ich will ja nicht so sein. Du warst damals ja ganz gut im Bett."

Karl Borodin ging nicht darauf ein. „Angela, ich möchte zwei Dinge von dir. Die Adresse von diesem Markus und diese Karteien. Wie gesagt. Es soll dein Schaden nicht sein."

Angela sah Karl durchdringend an. Sie schlug jetzt wieder die Beine übereinander. „Ach, weißt du, ihr Kapitalisten glaubt, alles mit Geld regeln zu können. Geh doch einfach mal in dich. Steh zu deinen Taten. Ich habe meinem Land gedient, indem ich deine Arbeiten für uns bekommen habe. Das war meine Pflicht. Ich bin dir auch nicht dankbar für das, was du geliefert hast. Ich habe Genugtuung empfunden. Für den Sieg über den Klassenfeind. Hass empfinde ich für eure Art zu leben. Ich hasse ein System, das Arbeiter und Bauern um ihren gerechten Lohn betrügt. Wo Konzerne und Leute, die noch nie ihr Geld mühsam verdient haben, belohnt wer-den. Belohnt mit dem Geld, das anderen Familien mit Kin-dern fehlt. Kinder, die hungern müssen, weil ihre Eltern keine Arbeit finden, mit der sie ihren Lebensunterhalt ver-dienen können. Und das blüht uns jetzt auch. Unsere volks-eigenen Betriebe werden verramscht. Schon damals mussten wir euch unsere Waren unter Wert verkaufen. Jetzt werden unsere Betriebe geschlossen, weil die Waren niemand mehr haben will. Noch vor einem Jahr war das völlig anders. Un-ser Volkseigentum wird privatisiert, wie ihr das nennt. Tat-sache ist, es wird Leuten, die unermesslich reich sind, fast geschenkt. Die Arbeitslosigkeit, die bei euch die Menschen in Armut stürzt, wird bei uns genauso Einzug halten. Vielleicht in einem viel stärkeren Ausmaß. Ich gebe zu, die Menschen waren geblendet. Von euren Kaufhäusern, der Reisefreiheit, euren dicken Westautos. Aber wenn bei uns die Menschen jetzt keine Arbeit mehr haben, was nützt denen dann ein buntes Schaufenster? Kaufen können sie nichts, reisen können sie nicht, sie können nur ihren Frust diesen sogenannten Politikern ins Gesicht schreien. Das ist dann die sogenannte Freiheit. Die Euphorie zurzeit ist noch groß, weil bei uns Menschen Geld gespart haben und es jetzt in einem Rausch ausgeben. Aber glaub mir, die Zeit ist nicht mehr fern, dann kommt das böse Erwachen. Die Menschen werden sich in eine Zeit zurücksehnen. An eine Zeit, in der sie nicht um ihre Existenz bangen mussten. Jetzt werden aus eurem reichen Westdeutschland Leute kommen, die ihr sogenanntes Eigentum zurückhaben wollen. Sie werden Familien aus ihren Häusern vertreiben, in denen sie ihr ganzes, bisheriges Leben verbracht haben. Du bist doch auch nicht anders. Du arbeitest für eine Firma, die Waffen herstellt. Waffen gegen uns. Du stellst nichts her, was den Menschen Wohlstand ermöglicht. Menschen, die Dinge für andere produzieren, damit es ihnen gut geht, zu denen gehörst du nicht. Wir haben versucht den Sozialismus als eine Gesellschaftsform zum Wohl für alle Bürger in unserer Republik zu gestalten. Aber immer waren wir von eurem Revanchismus und vor allem diesem Imperialismus bedroht. Nur deshalb haben wir uns gewehrt und euren Drang, uns wieder zu besitzen, bekämpft. Das war die Aufgabe unseres Ministeriums für Staatssicherheit. Ich prophezeie dir, die Welt wird nicht besser werden. Die Raffgier der Menschen, das Streben nach Macht, wird nicht aufhören. Es wird eine Zeit geben, da wird es Geldscheine regnen. Aber für das Geld wirst du dir nichts mehr kaufen können. Schau mal in die Natur. Da hat alles seinen Sinn und nichts wird verschwendet. Das kann viele tausend Jahre so weitergehen. Aber nicht bei uns Menschen. Ich gebe es zu, in der DDR ist auch nicht alles so gelaufen, wie es der Sozialismus vorgegeben hat. Auch bei uns gab es Raffgier und den Wunsch nach immer mehr. Dann hat das Schwert unseres Ministeriums eingegriffen. Nur ihr wart stärker. Immer mehr Waffen konnten wir uns nicht mehr leisten. Das hat unsere DDR zugrunde gerichtet. Das ist meine feste Überzeugung. Du hast eine ganz andere Einstellung. Leben auf Kosten anderer. Deshalb würden wir niemals zusammenpassen. Ich empfehle dir, dich deiner Rechtsordnung zu stellen. Wenn du deine Strafe abgesessen hast, kannst du deinem Staat wieder in die Augen sehen. Markus wird dich dann in Ruhe lassen. Ich stehe zu dem, was ich für meinen Staat getan habe. Daran kann eure Siegerjustiz nichts ändern. Und jetzt tu mir einen Gefallen. Lass mich allein und komm nicht wieder hierher. Es gibt keine gemeinsame Zukunft für uns."

Angela stand jetzt auf und zeigte auf die Ausgangstür.

„Geh jetzt. Mach, dass du rauskommst. Auf Nimmerwiedersehen."

Karl Borodin wirkte wie erstarrt. Diese Abfuhr hatte er nicht erwartet. Wortlos stand er auf und ging zur Haustür. Die kleine Treppe vor der Haustür hätte er fast übersehen. Er stolperte, fing sich aber wieder. Angela stand noch kurz an der Haustür und sah Karl nach. Die Tränen, die sich in ihren Augen bildeten, sah er nicht mehr. Auch das leise Läuten des Telefons hörte er nicht.

14. November 1990

Anatolij Denissow saß in seinem Kabinett. Das sogenannte Kabinett war ein kleines Zimmer. Es befand sich in einem neu errichteten Staffelgebäude im Nordwesten des Flugplatzes Cochstedt. Hier zog sich Denissow zurück, wenn er ein Problem zu lösen hatte oder seine Gedanken sortieren musste. Das kam jetzt immer öfter vor, seit dem 03. Oktober 1990. Die Einheit Deutschlands brachte das mit sich. Das Leben in der sowjetischen Staffel wurde freizügiger.

Früher war Zivilpersonen das Betreten der militärischen Einrichtungen streng verboten. Solche Personen hätten sich bei Missachtung in akute Lebensgefahr begeben. Denissow erinnerte sich noch an das Vorkommnis vor etwa zehn Jahren, als zwei Angehörige der amerikanischen Militärmission durch eine mysteriöse Explosion getötet worden waren. Sie wollten die Hubschrauber der Staffel beobachten. Die Amerikaner legten offiziell Beschwerde ein, wie es in solchen Fällen üblich war. Von russischer Seite wurde jedoch jegliche Schuld zurückgewiesen. Die Spannungen zwischen den Amerikanern und Sowjets entspannten sich, als sich herausstellte, wer die Schuld trug. Licht in die Sache brachte Aleksej Kusnezow auf dem Brocken. Er war der Erste, der Datensignale dieser Apparaturen erfasste, die an ein amerikanisches Aufklärungsflugzeug gesendet wurden. Anatolij Denissow half bei der Analyse des Dateninhalts und konnte abschließend den Zweck der Ausspähung enträtseln.

Die Sonden waren für die Beobachtung der Hubschrauber in Cochstedt ausgebracht worden. Die Sache war so geheim, dass nicht einmal die Militärverbindungsmissionen in Kenntnis gesetzt wurden. Aleksej Kusnezow und Anatolij

Denissow waren durch ihre Zusammenarbeit Freunde geworden.

Die Explosionen dieser Sonden waren gewollt. Schließlich befand sich dieses Equipment in der DDR. Die NSA (National Security Agency) musste den Sowjets oder der NVA den Zugang zur Technik der Sonden unmöglich machen. Deshalb zerstörten sich die Geräte selbst, wenn ihr Einsatzzweck erfüllt war. Dass nun Amerikaner durch ihre eigenen Sonden getötet wurden, war außerordentlich peinlich. Anatolij dachte an die Familien der Getöteten. Sicher wurde ihnen nicht der wahre Grund ihres Todes mitgeteilt.

Ein solcher Vorfall würde nun hier nicht mehr geschehen, denn die Konfrontation war mitten in diesem neuen Deutschland zu Ende. Es galt jetzt, Freundschaften statt Feindschaften zu knüpfen. Wann immer es ging, luden die sowjetischen Fliegerkräfte in der ehemaligen DDR die Bevölkerung ein. Es konnte alles besichtigt werden, einschließlich der modernsten Kampfflugzeuge, wie der MIG-29. Der Armeestab in Zossen-Wünsdorf hatte das erst vor Kurzem verfügt. Die Rückverlegung der Westgruppe der Truppen würde noch Jahre dauern. Der freundliche Umgang mit der Bevölkerung hatte deshalb jetzt oberstes Gebot. Die Deutsch-Sowjetische Freundschaft existierte bisher nur auf dem Papier. Alle mussten dazu beitragen, das Verhältnis zu verbessern. Diese Gedanken gingen Anatolij durch den Kopf, während er den herrlichen grusinischen Tee genoss, den ihm Vladimir Iljitsch Winogradow aus Wünsdorf geschickt hatte.

Da klopfte es an die Tür seines Kabinetts. Verwundert stand Anatolij auf und öffnete. Wer konnte das sein?

„Hallo Anatolij. Wie geht es dir?"

Oberst Vladimir Iljitsch Winogradow blickte in das entgeisterte Gesicht Anatolijs.

„Anatolij? Was ist mit dir? Bin ich ein Geist?"

Denissow hatte diesen Oberst Winogradow noch nie so freundlich lächeln gesehen. Wie ein väterlicher Freund.

„Entschuldigen Sie. Es geht mir gut. Es wurde zwar Ihr Kommen angekündigt, aber ich habe nicht so schnell mit Ihnen gerechnet."

Denissow war erschrocken, ließ sich das aber nicht anmerken. Der Oberst hatte sich verändert. Er wirkte niedergeschlagen und tiefe Falten hatten sich in seinem Gesicht eingegraben.

„Bitte setzen Sie sich. Möchten Sie einen Tee trinken? Es ist der grusinische, den Sie mir geschickt haben."

„Ja, bitte, Anatolij." Winogradow saß in einem Stuhl am Fenster des Zimmers. Die Start- und Landebahn war von hier aus nicht zu sehen, jedoch die Häuser des kleinen Ortes Hecklingen. Anatolij goss den Tee ein und starrte währenddessen auf den Oberst. Jetzt schaute auch der Oberst Anatolij ernst an. „Ja, Anatolij, ich spüre deine Blicke. Um ehrlich zu sein, so wie du dir Sorgen um mich machst, mache ich mir Sorgen um dich. Es geht um die Zukunft der Staffel in Cochstedt. Aber erstmal etwas anderes. Ich ahne, was du denkst. Es geht mir nicht gut. Ich habe Blutkrebs. Ich weiß nicht, wie lange ich noch zu leben habe. Als ich noch Pilot in Welzow war, hatte ich oft Berührung mit den strahlenden Radargeräten und Störsystemen. In Frjasino habt ihr diese Wirkung der ionisierenden Strahlung auf den menschlichen Körper erforscht. Damals habe ich mir nichts daraus gemacht. Das Fliegen bedeutete mir alles. Aber es ist nicht nur meine Krankheit. Seit Litauen im März dieses Jahres unabhängig geworden ist, ist für mich nichts mehr so wie früher. Weißt du, ich bin in Vilnius geboren. Jetzt gehört mein Geburtsort nicht mehr zur Sowjetunion. Dieser Gorbatschow richtet unsere Sowjetunion zugrunde. Es ist keine Geschlossenheit mehr da. Diese sogenannte Glasnost verunsichert die Bevölkerung. Die Menschen werden über alles Mögliche informiert und wissen nicht mehr, wem sie noch glauben sollen. Denk nur an diesen Unfall im Kernkraftwerk Tschernobyl. Die sozialistische Ordnung bricht auseinander. Wenn ich nur an den Flug dieses Deutschen denke. Er landete auf dem roten Platz in Moskau und niemand hat ihn daran gehindert. Aber ich will dich nicht langweilen, Anatolij. Du bist noch jung und kannst daran mitarbeiten, die Welt besser zu machen. Trotzdem, ich bin besorgt um dich. Du hast schon so viel Gutes für unsere Luftwaffe getan. Niemand darf das hören, was ich dir jetzt sage. Du solltest nicht nach Russland zurückkehren. Niemand weiß, was aus unseren Soldaten wird, die Deutschland bald verlassen müssen. Die deutsche Regierung versucht, uns die Rückkehr schmackhaft zu machen. Sie wollen Wohnungen für uns bauen. Aber in unserer Heimat geht alles drunter und drüber. Du solltest dein Leben hier fortsetzen. Hinter vorgehaltener Hand wird darüber gesprochen. Über den Wunsch hierzubleiben. Viele von uns haben Angst vor der Rückkehr. Sie haben Angst um ihre Familien. Nur sind diese Gedanken sehr gefährlich. Das KGB wird Offiziere, die desertieren, gnadenlos verfolgen. Die werden sterben so wie ich, wenn sie verhaftet werden. Dann haben ihre Familien keinen Vater mehr. Mich werden diese Höllenstrahlen töten und sie trifft die Kugel. Anatolij, du hörst von mir. Wenn du willst. Ich habe nichts mehr zu verlieren. Es gibt jemanden, der sich um euch kümmern wird. Es darf niemand wissen, wer das ist. Er kümmert sich um die, die leben wollen. Deutschland ist ein freundliches Land. Hier können unsere Soldaten als friedliche Menschen weiterleben und diesem Land auch etwas zurückgeben. Anatolij, wir bleiben in Verbindung, solange ich lebe. Bis mich dieser Krebs besiegt hat. Das ist nur die eine Sache, die ich dir sagen wollte. Der KGB hat in einer anderen Sache ermittelt, von der ich dir berichten will. Ich habe alles versucht, um von hier aus Klarheit in die Sache zu bringen, die dich belastet. Dieser Günter Feiser, der sich zu deinem schlimmsten Feind gemacht hat. Vor zehn Jahren hat er einen Deutschen erschossen. Das haben die Deutschen in dem Magdeburger Ministerium vertuscht. Seine Mitarbeit in dem früheren Staatssicherheitsministerium der Deutschen ist dem KGB bekannt. Er ist nicht nur ein Mörder. Er hat auch Kontakt zu einer weiteren Person. Das ist Nikolai Roschkow, ein Abtrünniger dieses Ministeriums. Er wirbelt seit einiger Zeit viel Staub auf. Der Mann ist für die Weitergabe bedeutender Karteien verantwortlich. Die Leitenden des Ministeriums der Deutschen veranlassten die Weitergabe der Karteien nach Moskau. Sie sollten in sicherer Obhut bleiben. Diese Karteien enthalten Daten von Menschen, die auch für uns sehr wichtig sind. Der größte Teil dieser Karteien ist zwar von diesem Roschkow übergeben worden, jedoch fehlt ein Teil wesentlicher Informationen, die darauf gespeichert sind. Ein weiterer Deutscher versucht, diese Dateien zu bekommen. Sein Name ist Manfred Kohs. Er war auch Angehöriger dieses Ministeriums in Berlin. Der KGB hat herausgefunden, dass dieser Günter Feiser mit Manfred Kohs in Verbindung steht. Kohs und Feiser versuchen mit allen Mitteln die Karteien, die Roschkow besitzt, zu bekommen. Es ist zu befürchten, dass die beiden weitere Verbrechen begehen, um in den Besitz dieser Karteien zu kommen. Nikolai Roschkow erpresst damit seit einiger Zeit Personen, die in den Karteien eingetragen sind. Gegen Zahlung hoher Summen behält er ihre nachrichtendienstlichen Verstrickungen für sich. Er möchte wohl so viel Geld wie möglich bekommen, nur allein dafür benutzt er das Material. Das KGB versucht jetzt fieberhaft, den Aufenthalt Roschkows zu finden. Ich weiß nicht, wie lange sie dazu brauchen, aber wenn sie es wissen, wird er nicht mehr lange leben. Ich will meine verbliebene Lebenszeit dafür einsetzen, diese Karteien zu beschaffen. Damit kann ich das KGB ablenken. Denn ich setze mich für unsere Offiziere ein. Für die, die hierbleiben wollen. Anatolij, du weißt, wie du mich erreichen kannst. Wir dürfen aber nicht telefonieren, wenn es etwas zu besprechen gibt. Ich muss dich jetzt schon wieder verlassen. Meine Ärzte im Krankenhaus in Beelitz versuchen mich zu therapieren. Ich weiß, dass meine Heilung nicht möglich ist. Aber ich will so lange leben, wie es geht, um meine Ziele zu erreichen. Ich wünsche dir alles Gute, Anatolij."

Anatolij Denissow hatte Tränen in den Augen. „Lieber Vladimir Iljitsch, alles Gute auch für Sie. Sie sind ein guter Mensch. Ich vergesse Sie nie."

Still verließ Vladimir Iljitsch Winogradow das Kabinett. So schnell, wie der Oberst gekommen war, verschwand er wieder.

Das Gespräch mit Vladimir Iljitsch Winogradow hatte Anatolij Denissow völlig aus der Fassung gebracht. Er weinte hemmungslos. Der Oberst hatte bei Anatolij einen Nerv getroffen. Er wollte ihm den Verbleib in Deutschland ermöglichen. Andererseits vermisste Anatolij auch das Institut in Frjasino. Wie sollte er sich entscheiden?

Das zweite Problem bestand nun darin, diesen Nikolai Roschkow zur Verantwortung zu ziehen.

Das KGB mit seinem langen Arm hatte erste Schritte eingeleitet. Dafür wollte sich Anatolij notfalls mit seinem eigenen Leben einsetzen. Für seinen Oberst Vladimir Iljitsch Winogradow würde er sich opfern, wenn es sein musste. Denissow hatte seine Eltern nie kennengelernt. Dieses Gespräch hatte die väterliche Verbundenheit umso mehr gefestigt.

Das Klingeln des Telefons riss Anatolij aus seinen Gedanken. „Hallo?“ Dieses kurze Hallo war bei den Russen üblich. Der Angerufene nannte seinen Namen meist nicht. Anatolij erwartete nichts Wichtiges mehr. Sicher ein Anruf aus der Staffel. Irgendein Problem, bei dem die Techniker nicht weiterkamen. „Ja, hier Straatmann, Karl Straatmann. Anatolij, hast du Zeit? Es gibt Neuigkeiten. Neuigkeiten, die uns beiden am Herzen liegen.“

Zwischen Karl Straatmann und Anatolij Denissow hatte sich ein freundschaftliches Verhältnis entwickelt.

„Ich möchte das aber nicht am Telefon besprechen. Nur ganz kurz. Es geht um Feiser.“

Anatolij Denissow glaubte, nicht richtig zu hören. Erst das Gespräch mit Vladimir Iljitsch Winogradow und jetzt Karl Straatmann. „Hör zu, Karl. Auch bei mir gibt es Neuigkeiten. Ab 18:00 Uhr können wir uns treffen. Kennst du die Gaststätte in Hecklingen am Bahnhof, Ecke Poststraße?“

„Ja, die kenne ich. Also dann bis 18:00 Uhr. Wir sehen uns.“

Es knackte im Hörer. Straatmann hatte die Verbindung unterbrochen. Denissow hatte jetzt nur noch einen Gedanken. Günter Feiser. War es jetzt nur noch eine Frage der Zeit, ihn seiner gerechten Strafe zuzuführen? Ihn hinter Schloss und Riegel zu wissen? War jetzt Anatolijs Verbleib in Deutschland in große Nähe gerückt? Es gab vielleicht diese Möglichkeit. Anatolijs Gemütslage war geradezu euphorisch. Denissow würde sich in einem sauberen Deutschland nur wohlfühlen können, wenn Feiser hinter Schloss und Riegel saß. Der Gedanke war verlockend und befriedigend zugleich. Aber Feiser war nicht zu unterschätzen. Seine Verhaftung zu erreichen, war kein leichtes Unterfangen. Feiser in Freiheit zu wissen, dagegen ein Albtraum.

Die Kneipe in Hecklingen war gut besucht. Seit dem dritten Oktober, dem Tag des wiedervereinigten Deutschlands, wurde plötzlich vieles anders in diesem Ort. Hier entwickelte sich ein beliebter Treffpunkt. Es gab jetzt schmackhafte Speisen, mehrere Sorten Bier, Weine, Sekt, eben alles, was man zu Hause nicht so ohne Weiteres vorfindet.

Die Wirtsleute hatten das erkannt und konnten sich vor Gästen kaum retten. Anatolij Denissow trat ein und blickte sich um. Karl Straatmann saß an einem Tisch in einer Ecke. Straatmann hatte diesen Tisch mit Bedacht gewählt, damit nicht jeder hören konnte, was die beiden zu besprechen hatten. „Hallo Karl." Freudig begrüßte Anatolij den Kriminalbeamten.

„Sei gegrüßt, Anatolij."

Die freundliche junge Kellnerin in der Kneipe erkundigte sich nach den Wünschen der beiden.

Anatolij bestellte sich eine Borschtschsuppe und danach köstliche Pelmeni. Die russische Küche war hier durch die

Nähe der Hubschrauberstaffel gefragt und die Gerichte wurden lecker zubereitet. Karl bevorzugte das klassische Schnitzel mit Champignonsauce und Salat. Dazu gab es Pommes Frites.

Beide tranken ein bayerisches Weizenbier, das auch erst seit Kurzem auf der Getränkekarte stand. Anatolij verlangte ein großes Glas Wodka dazu. Ein hundert Gramm Glas, wie in Russland nicht unüblich.

„Karl, spann mich bitte nicht auf die Folter. Was hast du mir zu sagen?"

„Ich kann selbst kaum glauben, dass ich einen Mann traf, der schon vor zehn Jahren mein Vertrauen in die Organe unserer DDR erschüttert hat. Ich habe ihn in Magdeburg getroffen. In einer Straßenbahn. Aber nicht als Fahrgast, sondern der Mann fuhr die Straßenbahn. Ich habe ein gutes Personengedächtnis. Dieses Gesicht hat sich bei mir eingeprägt."

„Karl, du machst mich rasend. Komm auf den Punkt."

„Ich bin in der Bahn sitzen geblieben, obwohl ich einige Haltestellen vorher hätte aussteigen müssen. An der Endstation habe ich mir ein Herz gefasst und den Mann angesprochen. Selbst als Kriminaler ist mir das nicht leichtgefallen."

„Karl, bitte. Was war dann?"

„Wir haben uns im Betriebshof der Straßenbahn zusammengesetzt. Der Mann war nicht mehr derselbe wie vor zehn Jahren. Er heißt Hugo Borchers. Er war Major in der Bezirksverwaltung des MfS in Magdeburg. Stellvertreter des Leiters der Abteilung II für Spionageabwehr. Er war der Mann, mit dessen Hilfe ich vor zehn Jahren das Alibi Günter Feisers überprüfen wollte. Der mich klipp und klar abgewiesen hat."

Die Getränke waren in der Zwischenzeit bereits serviert worden. Anatolij leerte das große Glas Wodka in einem Zug,

311

was Karl Straatmann staunend zur Kenntnis nahm. „Weiß der Mann vielleicht, wo Feiser ist? Da könnte er doch der Kriminalpolizei den entscheidenden Hinweis geben."

Lauernd betrachtete Anatolij seinen Freund Karl.

Straatmann spürte die Entschlossenheit Anatolijs fast körperlich, den Mörder jetzt dingfest machen zu wollen.

„Pass auf, Anatolij, ich muss dir mal etwas erklären." Karl Straatmann machte ein betrübtes Gesicht. „Ich bin immer noch nicht übernommen in das neue, geplante Landeskriminalamt. Schon deswegen habe ich augenblicklich keine Handhabe, da etwas zu unternehmen. Borchers erklärte mir, damals wurde in Abgrenzung zu diesem operativen Vorgang eine operative Personenkontrolle durchgeführt. Es gab danach einen Abschlussbericht über Robert Grassmann. Grassmann wurde als inoffizieller Mitarbeiter[19] Anatol angeworben. Grassmann wurde oft in der Nähe der Hubschrauberstaffel gesehen. In der Zeit eines Großmanövers im Herbst 1980 gab es diese mysteriösen Explosionen in der Nähe der Staffel. Drei Personen kamen dabei ums Leben."

Anatolij nickte wissend.

Straatmann schaute ihn fragend an. „Weißt du davon?"

„Ja, das weiß ich. Diese Explosionen sind geklärt. Damit hat weder Feiser noch Grassmann etwas zu tun."

Karl Straatmann war irritiert, sprach aber weiter. „Zwei der Toten waren Amerikaner. Die waren von der amerikanischen Militärverbindungsmission. Grassmann hat mit denen gesprochen. Das muss wohl beobachtet worden sein. Deshalb hat man ihn verdächtigt, Verbindung mit dem Klassenfeind aufgenommen zu haben. Grassmann hat in der Nähe der Leiche Klaus Gablers Trümmer gefunden. Feiser hat Grassmann

---

[19] IM

wohl mit diesen Bruchstücken ertappt. Grassmann wollte flüchten und hat Feiser angeblich bedroht. Wie er ihn bedroht hat, ist nicht bekannt. Feiser hat ihn dann in Notwehr erschossen. Der Verdacht der Spionage gegen Grassmann ist zwar geäußert worden, aber nicht ausdrücklich vermerkt. Die Version Feisers, es habe sich um Notwehr gehandelt, wurde nicht widerlegt. Feiser wollte diese Bruchstücke. Das Interesse für diese Teile war so groß, dass alles andere in den Hintergrund geriet. Das MfS hat wohl die Sicherstellung der Bruchstücke als Notwehr ausgelegt. Es hätte ja sein können, dass Grassmann die Trümmer für sich behält und die Klärung der Geschehnisse dadurch verschleiert."

Anatolij Denissow dachte nach. „So, wie du mir die Geschichte erzählt hast, ist die Sache völlig klar. Er konnte damals nicht verhaftet werden, weil sein Alibi durch die Bezirksverwaltung bestätigt wurde. Zusätzlich hat die Staatssicherheit das Mäntelchen des Schweigens über die Geschichte ausgebreitet. Grassmann hat Trümmer dieser Sonden gefunden. Feiser hat Grassmann die Trümmerteile abgenommen. Dabei hat er ihn mit der Waffe bedroht. Grassmann wollte die Sachen sicher nicht herausgeben. Das war der Grund für die Liquidierung. Ich kenne Feiser, weil er oft in der LPG bei den GST-Unterweisungen anwesend war. Er wollte immer im Mittelpunkt stehen. Mit diesen Trümmern der Sonden hätte er viele Pluspunkte sammeln können. Feiser ist jemand, der sich immer auf Kosten anderer in den Vordergrund gestellt hat. Wie war das eigentlich mit der Leiche Grassmanns? Ist die denn untersucht worden? Dabei fällt mir ein. Wir haben beide die Leiche gesehen. Sie wies zwei Einschüsse auf. Ein Treffer hinten am Oberschenkel war nicht tödlich. Erst der Schuss in die Brust gab ihm vermutlich den

Rest." Anatolij sah Straatmann ernst an. „Das spricht ohnehin nicht für Notwehr. Hast du mal darüber nachgedacht?"

„Ja, das habe ich. Es gibt aber nichts Schriftliches mehr darüber. Die Leiche ist damals auf Anordnung der Bezirksverwaltung des MfS sofort in die Gerichtsmedizin nach Magdeburg gebracht worden. Ein Bericht über die gerichtsmedizinische Untersuchung ist damals sicher zur Bezirksverwaltung geschickt worden. Leider sind dort, wie in Berlin, sehr viele Akten vernichtet worden. Alles, was ich dir jetzt gesagt habe, ist die Erinnerung dieses Hugo Borchers. Wenn ich diesem Mann das so glauben soll. Bei den MfS-Leuten weiß man nie, ob sie mauern."

„Hat dir dieser Hugo Borchers etwas über seine Verbindungen zum KGB erzählt?"

Denissow nahm einen tiefen Schluck aus dem Weizenbierglas. Da unterbrach die attraktive Kellnerin das Gespräch. Sie servierte die Speisen und wünschte guten Appetit.

Anatolij und Karl betrachteten einige Sekunden die liebevoll angerichteten Teller. Anatolij probierte die köstliche Borschtschsuppe und schaute dabei erwartungsvoll zu Karl. Der zögerte kurz und überlegte, ob er sofort antworten sollte. Der Duft seines Fleischgerichtes hinderte ihn, er vergaß aber die Frage nicht. „Nein, hat er nicht. Aber das ist natürlich möglich, Anatolij. Als Stellvertreter des Leiters der Abteilung II für Spionageabwehr ist das sogar sehr wahrscheinlich. Warum fragst du? Eigentlich musst du doch das besser wissen als ich?"

Anatolij lächelte siegessicher. „Ich habe einen einflussreichen Freund. Das KGB könnte Beweise liefern und damit Günter Feiser für den Mord an Robert Grassmann schwer belasten. Es wird aber den Teufel tun, diese Beweise der deutschen Staatsanwaltschaft zukommen zu lassen. Dennoch, glaub mir, Feiser wird sich verantworten müssen. Wir brauchen eigentlich nur herauszufinden, wo der Kerl ist. Hugo Borchers wird früher oder später aussagen, dass Feiser der Mörder ist."

Karl Straatmann schaute überrascht. „Hat das dein einflussreicher Freund gesagt?"

„Hugo Borchers stand immer im Fokus der Beobachtungen des KGB. Jedoch wird das der Kriminalpolizei nicht helfen, Feiser die Morde nachzuweisen. Das KGB hat zu allen Zeiten Informationen über wichtige Personen gesammelt. Eben auch die der Bezirksverwaltung in Magdeburg. Das KGB und das MfS sind in einem Punkt gleich. Wissen ist Macht. Die MfS-Leute wurden immer beobachtet. Das MfS wird auch seine Fühler vorsichtig ausgestreckt haben."

„Ich bin auch noch nicht fertig, Anatolij. Lass mich weitererzählen. Der Borchers hat geredet wie ein Wasserfall. Als er sah, dass seine Zeit beim MfS vorbei war, muss er wohl in sich gegangen sein. Sein Sinneswandel hat ihn zu einem anderen Menschen gemacht. Ich denke auch, wenn er dem Feiser den Mord nachweisen kann, wird er das tun. Ich bin sicher, dass er Beweise vorlegen kann. Günter Feiser war ihm nie sympathisch. Auch bei der Bezirksverwaltung des MfS in Magdeburg hat Feiser mit allen Mitteln versucht, nach oben zu kommen. Sein Ziel war, in die Hauptverwaltung Aufklärung in Berlin aufgenommen zu werden. Das hat er ja auch geschafft. Borchers hatte immer gute Kontakte zur HVA nach Berlin. Sowohl zur Hauptabteilung II, der Spionageabwehr und zur Hauptabteilung III, der Funkaufklärung. Er konnte den Weg Feisers stets weiterverfolgen. Günter Feiser war ab 1988 Offizier im besonderen Einsatz. Er erfuhr

1988 von einem Fall, der normalerweise in das Ressort der Abteilung IV der HVA fiel. Es ging da um einen Mitarbeiter dieser Aufklärungseinrichtungen der bundesdeutschen Luftwaffe an unserer Staatsgrenze. Der Turm befindet sich im Harz, auf dem Berg Stöberhai. Der Mann versuchte, Kontakt zu einem Mitarbeiter der Bezirksverwaltung Magdeburg, Abteilung III, herzustellen. Grund war die Klärung eines Verwandtschaftsverhältnisses zwischen den beiden. Feiser bekam Wind davon und wollte die Gelegenheit nutzen, um Informationen über ein neues Konzept der sogenannten Fernmelde-Elektronischen Aufklärung der Bundeswehr-Luftwaffe abzuschöpfen. Pikant ist, dass der Mitarbeiter der Abteilung III in Magdeburg den Mann zum Zweck des Kennenlernens illegal nach Gosen bringen ließ. Da befand sich noch bis vor Kurzem eine Schule der HVA. In einem Bunker dort sprachen die beiden miteinander, ohne dass Informationen über die gegnerische Dienststelle des Mannes aus der BRD gewonnen wurden. Es ging wirklich nur um das Kennenlernen der beiden. Der Mitarbeiter aus dem Westen wurde nach diesem Gespräch illegal wieder nach Westberlin gebracht. Feiser war außer sich, als er davon erfuhr. Nun versuchte er mit allen Mitteln, die ihm zur Verfügung standen, zu retten, was zu retten ist. Er suchte den Mann in der Bundesrepublik auf und kompromittierte ihn mit dem Aufenthalt in Ostberlin. Außerdem arrangierte er die Verhaftung der Ehefrau dieses Mannes. Die war zufällig auf der Transitstrecke von Westberlin in die Bundesrepublik unterwegs. In Marienborn wurde sie festgenommen. Jedoch konnte dieser Mitarbeiter der Bezirksverwaltung auch sie nach einigen Schwierigkeiten im Tausch gegen Informationen über das

Aufklärungskonzept dieser Türme in die Bundesrepublik zurückbringen. Im Nachhinein stellten sich diese Informationen als wertlos heraus. Die Abwehr der Bundesrepublik war offenbar involviert."

„War das alles, Karl?" Anatolij war ganz Ohr.

„Da gibt es noch einiges. Dieser Mitarbeiter der Bezirksverwaltung, der seinen Verwandten eingeschleust hatte, ist verschwunden. Er heißt Hermann Greve. Als diese Schleppergeschichte zu Ende war, mussten sich Greve und Feiser bei Manfred Kohs verantworten. Manfred Kohs war Oberst der HVA Auslandsaufklärung. Für Feiser ging die Sache glimpflich aus, weil er Schadensbegrenzung betrieb. Für diesen Greve sah die Sache schlechter aus. Er ist seit diesem Vorfall in der Versenkung verschwunden. Niemand weiß, wo er geblieben ist. Seine persönliche Katastrophe war, dass Kohs ihn absägte. Auch Feiser muss eine mächtige Wut auf ihn gehabt haben. Er sah seine Karriere in Berlin durch diesen Greve gefährdet. Borchers gab an, nichts über seinen Verbleib zu wissen. Vielleicht könnte er ermordet worden sein. Feiser hatte, wie auch Manfred Kohs, ein Motiv, ihn zu töten. Aber das ist nur eine Vermutung, sagte er. Günter Feiser jedenfalls ist unglaublich nachtragend. Wenn er der Meinung ist, jemand hat ihm geschadet, muss derjenige das büßen. Er geht kalt lächelnd über Leichen."

„Karl, wieder nur ein Verdacht. Wenn das alles zutrifft, hat der Kerl schon drei Menschen auf dem Gewissen. Robert Grassmann und Gerda Gabler gehen sicher auf sein Konto, vielleicht auch dieser Hermann Greve."

„Günter Feiser ist umtriebig wie kaum ein anderer. Borchers sagte, er ist vermutlich schon lange vor Öffnung der Mauer in den Westen abgehauen. Allein daran siehst du, dass er immer nur seinen eigenen Vorteil sucht. Er ist auch nicht dumm. Lange vor seinen Genossen hat er das Ende des MfS geahnt. Nicht so wie jene, die das nicht wahrhaben wollten. Wenn wir Feiser erwischen wollen, gibt es nur eine Möglichkeit. Wir müssen an diesen Manfred Kohs und Nikolai Roschkow herankommen. Roschkow ist ein ähnliches Kaliber wie Feiser. Er könnte Feisers gegenwärtigen Aufenthaltsort kennen. Sicher ist, alle wollen jetzt in dem neuen Deutschland ihre Schäfchen ins Trockene bringen."

„Hallo meine liebe Angela. Wie geht es dir?"

Angela trocknete ihre Tränen. Die Stille vor ihrem Haus war jetzt wieder wie immer. Karl Borodin würde nie wiederkommen. Jetzt glaubte sie, nicht recht zu hören und drückte den Hörer fest an ihr Ohr. „Bist du das Hermann? Mein Hermann? Du lebst?"

„Ja, ich lebe, Angela. Sag, hast du geweint? Du klingst so bedrückt."

„Ja, es war jemand da. Ein Mann aus der BRD. Als unsere HVA noch funktionierte, war der Wachs in meinen Händen. Der glaubte tatsächlich, meine Gefühle für ihn waren echt. Da kam mir jetzt wieder diese ganze Hoffnungslosigkeit zu Bewusstsein. Der Untergang unserer Deutschen Demokratischen Republik. Das geht mir immer so, wenn ich an die alten Zeiten denke. Aber nun zu dir. Wie ist es dir ergangen? Wo bist du jetzt?"

„Ach, Angela, ich wohne zurzeit im Harz. In Sachsen-Anhalt. In einem Haus, mitten im Wald. Da ist Hohegeiß im Westen, Sorge und Benneckenstein im Osten. Die drei Orte bilden ein Dreieck. In diesem Dreieck, nahe Hohegeiß, ist das Haus. Es gehört Hugo Borchers. Kennst du ihn?"

Angela überlegte. „Flüchtig. Der war mit dir in der Bezirksverwaltung Magdeburg, richtig?"

„Richtig, mein Engel. Ich musste erstmal Abstand gewinnen. Hugo Borchers ist der Einzige, dem ich noch vertraue. Bei ihm konnte ich untertauchen. Er würde mich nie verraten, wo ich bin. Weißt du, im letzten Jahr, kurz bevor unser antimperialistischer Schutzwall eingerissen wurde, habe ich einen Fehler begangen. Es gibt in der BRD jemanden, mit dem ich verwandt bin. Ich habe mich mit ihm getroffen und das wurde mir zu meinem Nachteil ausgelegt. Ich hätte sein Wissen als Mitarbeiter einer Spionageeinheit der BRD-Bundeswehr abschöpfen müssen. Ich tat es nicht. Die Gefühle gingen mit mir durch." Greve machte eine Pause und seufzte. „Ich hatte plötzlich Skrupel, meinen Neffen zum Opfer machen zu müssen. Das war mein Ende beim MfS. Ich brauchte erstmal Ruhe und Zeit zum Nachdenken. Deshalb bin ich von der Bildfläche verschwunden. Seit Ende Juli 1989 wohne ich jetzt hier. Borchers lässt mich hier in diesem Haus wohnen. Es war eine Zeit lang als konspirative Wohnung benutzt worden. Außer Borchers weiß niemand, wo ich bin. Wenn sich jemand nach meinem Verbleib erkundigt, sagt er, ich bin wahrscheinlich tot. Glücklicherweise hatte ich Geld gespart. Der Geldumtausch in diese Kapitalistenwährung, ein Jahr später, verschaffte mir etwas Luft. Ich muss schließlich leben und Borchers Miete zahlen. Wie wir alle, musste auch Borchers nach der Auflösung des MfS, sein künftiges Leben neu einrichten. Deshalb schrumpften seine Ersparnisse für die Zeit der Überbrückung zusammen und er war auf meine Unterstützung angewiesen. Ich glaube, er fährt jetzt eine Straßenbahn in Magdeburg. Diese Feierlichkeiten, die Vereinigung unserer Republik mit der BRD haben mir sehr zugesetzt."

„Wem sagst du das? Mir geht es genauso. Ich wohne jetzt in Mecklenburg-Vorpommern. In Nustrow. Knapp 50 Kilometer südlich von Rövershagen. Jetzt, wo ich deine Stimme höre, denke ich wieder an unsere Zeit in Golm. Als wir uns 1978 in der Hochschule Potsdam kennenlernten. Das war für mich die schönste Zeit damals. Ich habe mich so wohl und sicher gefühlt in unserer DDR. Dann habe ich mich unsterblich in dich verliebt. Ich habe dich immer vermisst. Warum hast du dich nie gemeldet Hermann?"

„Ach, Angela ... Ich wurde nach unserer Zeit des Studiums an der juristischen Hochschule Golm in der Bezirksverwaltung Magdeburg eingesetzt. Ab 1983 war mein Platz in der Hauptabteilung III. Das war die Zeit, als die Abteilung III Funkaufklärung mit der Abteilung Funkabwehr zusammengelegt wurde. Ich war mit der Weiterleitung der automatisierten Auswertung der Erfassungen vom Urian[20] nach Magdeburg und Berlin betraut. Du kamst nach Berlin. Ich habe dich, genauso wie du mich, aus den Augen verloren. Wir mussten doch beide, mit ganzer Kraft, unsere Republik vor den subversiven Kräften des kapitalistischen Auslands schützen. Und doch haben wir es nicht geschafft."

„Hermann, sag mir bitte. Woher hast du meine Telefonnummer? Ich war mir sicher, nur Markus kennt meine Adresse."

„Deine Telefonnummer habe ich von Hugo Borchers. Woher er sie hat, kann ich dir nicht sagen. Auch er möchte mit

---

[20] Brocken

Leuten abrechnen, mit denen ich noch ein Hühnchen zu rupfen habe. Dazu verfolgt er Spuren von unseren Leuten, die ihm nützlich sein könnten. Ich plane einen Rachefeldzug. Genau wie er. Die Zeit ist jetzt gekommen. Es gibt drei Männer, denen ich ihr Leben in diesem neuen Deutschland nicht leicht machen möchte. Sie sollen so leiden, wie wir leiden müssen. Du kennst sie sicher auch. Der Erste ist Manfred Kohs aus der Abteilung II der HVA. Der hat mich abserviert. Ich habe in dieser übereilten Handlung Fehler gemacht. Das war aber kein Grund, mich kaltzustellen. Der zweite ist Günter Feiser. Entweder er oder ich. Der ist noch schlimmer als Kohs. Kohs hätte mich nicht so behandelt, wenn Feiser mich nicht so schlecht gemacht hätte. Der dritte ist Markus. Er hat nicht nur einen beträchtlichen Teil unseres Parteivermögens veruntreut, sondern auch Material, mit dem er Personen aus der BRD erpressen will."

„Der Markus ist gefährlich. Sei vorsichtig, wenn du dich mit dem anlegst."

„Keine Angst, ich habe Gregorij Sorokin vom KGB in Karlshorst auf meiner Seite. Er weiß, wo sich Markus aufhält, und wird ihm bald auf die Pelle rücken. Sag, was hält dich da oben an der Küste? Komm doch zu mir in den Harz. Wir beide zusammen können vielleicht wieder diese neue Bundesrepublik aus den Angeln heben. Was meinst du? Wenigstens in aller Bescheidenheit können wir zusammenleben. Von alten Zeiten träumen und so tun, als gäbe es die DDR noch. Das machen doch heute so viele. Man hat uns die Zukunft genommen, aber wir können eine Opposition mit denen bilden, die auf unserer Linie liegen."

„Das ist ein guter Plan, Hermann. Vor allen Dingen können wir die bekämpfen, die wir hassen. Hermann, ich habe auch noch ein paar Ersparnisse, ich überlege mir das. Und ich habe noch einen Trumpf im Ärmel, von dem niemand etwas weiß. Darüber möchte ich dir aber nichts am Telefon erzählen. Deine Rachepläne möchte ich unterstützen. Die Bruchbude, in der ich wohne, gebe ich Markus zurück. Allerdings geht es mir gesundheitlich nicht so gut. Das ist die Folge dieser furchtbaren Entwicklung bis heute. Ich sage es ganz offen. Ich habe angefangen zu trinken."

„Angela, hör auf damit. Ich hole dich. Pack deine Koffer und warte auf mich. Bis bald, mein Liebes."

„Hermann, ich freue mich. Ich liebe dich immer noch."

Karl Borodin war erschüttert. Eine Welt war für ihn zusammengebrochen. Angela hatte ihn hinausgeworfen.

Er steuerte seinen Mercedes sehr schnell auf der Landstraße in Richtung Europastraße. Eigentlich nahm er die Fahrbahn gar nicht mehr wahr. Bilder der Vergangenheit liefen vor seinem geistigen Auge ab. Die Fernstraße in Richtung Berlin hatte Karl längst erreicht. Hätte ihn jemand gefragt, wie er bis jetzt hierhergekommen war, er hätte es nicht sagen können. So setzte Karl seine Fahrt viel zu schnell fort. In Höhe des Dorfes Kritzkow geschah es dann. Vor ihm scherte ein BMW zum Überholen aus. Offenbar hatte er Karl nicht gesehen. Borodin bremste viel zu spät und fuhr dem BMW ins Heck. Der Mercedes stellte sich quer und der überholte Lkw schleuderte ihn in die Leitplanke auf den Randstreifen. Glücklicherweise war kaum Verkehr, sodass keine weiteren Fahrzeuge in den Unfall verwickelt wurden. Karl war bewusstlos, weil er durch den Aufprall des Lkws mit dem Kopf gegen die Türsäule seines Wagens stieß. Die anderen Fahrer der beteiligten Fahrzeuge blieben unverletzt.

Rettungswagen und Polizei waren rasch alarmiert und so gelangte Karl Borodin aus seinem Fahrzeugwrack in eine Klinik in Rostock. Er hatte eine Gehirnerschütterung und ein Schleudertrauma erlitten.

Während seines Krankenhausaufenthaltes hatte Karl Borodin Zeit zum Nachdenken. 40.000 DM hatte er diesem Markus in den Rachen geschmissen. 20.000 DM allein für die Adresse Angelas. Es würde nicht dabei bleiben. Weitere Geldforderungen würde dieser elende Erpresser stellen.

Weiterleben in Angst oder ein Neubeginn? So, wie Angela ihn abserviert hatte, hatte er sich für ein neues Kapitel seiner Zukunft entschieden.

Etwas mehr als zwei Wochen verbrachte Karl im Krankenhaus. Er zog einen Schlussstrich. Karl zwang sich förmlich, die Vergangenheit abzulegen und einen Ausweg zu finden, der ihm eine Chance bot, ein neues Leben zu beginnen.

Zu Hause in Karlsruhe trat er seinen Bußgang nach Canossa an. Karl zeigte sich selbst an. Die Geschäftsleitung und sein Team in der Firma microwave science vision (msv) fielen aus allen Wolken.

Karl war vollumfänglich geständig. Die Zeit bis zur Urteilsverkündung durfte Borodin zu Hause verbringen, weil keine Fluchtgefahr bestand. Die Verhandlung seines Landesverrats war die schwerste Zeit in seinem Leben.

„Mein lieber Nikolai, ich freue mich, dich zu sehen. Schön hast du es hier. Dieses neue Deutschland überrascht mich immer wieder. Wir haben doch immer gut zusammengearbeitet. Ach, entschuldige, soll ich lieber Markus zu dir sagen? So magst du es doch am liebsten."

Nikolai Roschkow glaubte zu träumen. Der Mann vor seiner Haustür war ein alter Bekannter.

„Gregorij, bist du das? Wie hast du mich gefunden?" Völlig entgeistert starrte er sein Gegenüber an.

„Ja, ich bin es wirklich, Markus. Wann haben wir uns das letzte Mal gesehen? War es in Karlshorst? Na, was meinst du? Dein alter Freund Gregorij Sorokin. Oder gilt das jetzt nicht mehr? Bist du jetzt im Westen und kannst dich an unsere frühere Zusammenarbeit nicht mehr erinnern?"

„Was willst du von mir? Die alten Zeiten sind vorbei. Auch für euch. Eure Sowjetunion wird bald Geschichte sein."

„Lass mich erstmal rein. Unsere Arbeit geht immer weiter. Dann kriegt das Kind eben einen anderen Namen. Aber was anderes. Ich möchte dir einen Vorschlag machen."

Nikolai Roschkow hatte nicht mit diesem Mann gerechnet. Gregorij Sorokin, ein General des KGB in Berlin-Karlshorst. Es gab ihn noch. Dieser eiskalte Hund, der vor nichts zurückschreckt. Nikolai ging voraus. Durch eine Diele, deren Wände mit goldglänzenden Tapeten verziert war. Eine Vitrine und ein Lowboard im orientalischen Stil schmückten eine Wand. An der anderen Wand stand ein Schrank, dessen Türen, wie die der Vitrine und des Low Boards, mit orientalisch wirkenden Verzierungen versehen waren.

Sorokin schien von diesem Einrichtungsstil beeindruckt. Er fühlte sich in seine Zeit in Istanbul zurückversetzt. Die Einrichtung im Wohnzimmer erinnerte an ein Märchen aus tausend und einer Nacht. Nikolai schätzte seine Privatsphäre und die Zurückgezogenheit.

„Gregorij, setz dich. Kann ich dir etwas anbieten? Einen Tee oder besser einen Wodka? Wie kann ich dir etwas Gutes tun?" Roschkow hatte sich jetzt wieder gefasst. Die Überraschung war gewichen. Sorokin war unberechenbar. Ein Menschenleben bedeutete ihm nichts. Vor allem, wenn der Mensch seinen Plänen im Weg stand. So war es auch hier. Im Augenblick betrachtete Sorokin das Innere dieses Hauses mit Bewunderung. Auf Roschkows Angebot antwortete er nicht. „Markus, wir haben immer gut zusammengearbeitet. Ich verstehe dich auch. Die Zeit seit November 1989 war nicht leicht für euch. Der Zusammenbruch, euer Ministerium existiert nicht mehr." Sorokin blickte sich wieder in diesem Raum um. „Aber wenn ich das hier so sehe, hast du doch die Kurve gekriegt, oder?"

„Glaub mir, auch ich hatte Rücklagen für den Fall, der eingetreten ist. Wir haben immer mit der Konterrevolution gerechnet. Unsere Genossen im Zentralkomitee unserer Republik waren alt und haben die Zeichen der Zeit nicht erkannt. Bei euch ist das anders. Euer Michael Gorbatschow will dem Kapitalismus Tür und Tor öffnen. Ich dagegen war immer ein Tschekist und bin es auch heute noch."

Sorokin lachte schallend. „Ach, Markus, verarsch mich nicht. Du bist auch nicht besser als die anderen in eurem Apparat. Ich bin auch nicht hier, um dir den Spiegel vors Gesicht zu halten. Es geht um etwas ganz anderes. Die Mikrofilme. Erst glaubten wir noch fest an eure Integrität. Als die Mikrofilme in Wünsdorf eintrafen, kam uns unser Vladimir Iljitsch Lenin in den Sinn. – Vertraue, aber prüfe nach. Du weißt doch selbst, dass eine solche Handlungsweise die Maxime bei unserer Arbeit ist. Und siehe da ... es fehlten Mikrofilme. Fünfundfünfzig Stück. Euer Mielke war immer ehrlich zu uns. Das wussten wir zu schätzen. Nun frage ich dich: Wo sind diese Filme? Wir wissen noch viel mehr. Du machst mit den Personen, die da auf der Liste stehen, gute Geschäfte. Ja, ich weiß, diese Menschen wollen auch leben. In diesem neuen Deutschland. Ihnen ist jetzt peinlich, mit euch zusammengearbeitet zu haben. Das lassen sie sich etwas kosten. Es sind ja keine Armen. Sie möchten weiter für gute Arbeit gutes Geld bekommen. Das ist auch in deinem Interesse. Nur eines hast du vergessen. Unsere Interessen. Wir brauchen diese Filme, weil wir sie anbieten wollen. Nicht so profan wie du. Da geht alles mit rechten Dingen zu. Da gibt es keine Alleingänge eines Schweinehundes."

Roschkow zuckte bei diesem letzten Satz zusammen. Gregorij Sorokin schaute an die Zimmerdecke und betrachtete dieses prächtige Gemälde. Er sah nicht die Waffe, die Roschkow plötzlich in der Hand hielt und auf ihn richtete. Dreimal peitschte der Knall der abgefeuerten Projektile, die Sorokins Brust blutig färbten.

Das Erstaunen in seinem Gesicht war noch Sekunden zu erkennen, als er Nikolai Roschkow ansah. Dann sackte sein Körper leblos in dem plüschbesetzten Sessel zusammen.

Markus beobachtete den Körper, als ob er befürchtete, er könne trotz der Schüsse noch zu einer Gegenwehr fähig sein.

Einige Minuten blieb Nikolai Roschkow so sitzen und betrachtete den zusammengesunkenen Mann. Seine Gedanken schlugen Purzelbäume. Wie viele Menschen mochte dieser Kerl auf dem Gewissen haben? Zehn, fünfzig oder hundert? Niemand konnte das wissen. Skrupel hatte Roschkow nicht. Eher fühlte er Genugtuung. Seine eigenen Verbrechen kamen ihm nicht in den Sinn. Und doch war plötzlich ein Gefühl der Trauer da. Das KGB kannte seinen Aufenthaltsort. Plan B musste jetzt in Kraft treten. Roschkow hatte das schon in seinem Exil in der Tschechoslowakei eingeplant. Ein

Mann wie er musste einfach so denken. Hier konnte Nikolai nicht mehr bleiben. Die nächsten Tage oder Wochen würde er nicht überleben. Er hatte einen General des KGB getötet. Würden sie ihn finden, würde Nikolai einen besonders grausamen Tod erleiden. Da gab es Leute, die auf stunden- oder tagelange Folterungen spezialisiert waren. Trotzdem wäre er gern etwas länger hier in Freudenstadt in seinem Versteck geblieben. Eine Unsicherheit blieb. Wie hatte der KGB seinen Aufenthaltsort in Freudenstadt gefunden? Wahrscheinlich durch einen Mitwisser aus der Bezirksverwaltung in Magdeburg. Nikolai Roschkows nächste Bleibe würde zwar nicht so komfortabel sein, aber sicher. Der Schutz seines eigenen Lebens hatte schließlich Vorrang.

Hermann Greve genoss den Nachmittag mit Kaffee und Kuchen. Vormittags war er in Braunlage gewesen. Seine Besorgungen erledigte er mit dem Taxi. Auch heute hatte er wieder mindestens für eine Woche Lebensmittel eingekauft. Den leckeren Kuchen musste er einfach mitnehmen. Die Kaffeestunde war ein Versuch, die dunklen Gedanken mal eine kurze Zeit zu verdrängen. Ein eigenes Auto hatte er nicht. Hermann musste mit seinen Ersparnissen sorgsam umgehen. Große Extratouren konnte er sich nicht leisten. Seit seinem Anruf bei Angela Neuberger fühlte er sich gut. Vielleicht machte sie es wahr und kam zu ihm in den Harz. Da gab es aber noch jemanden. Seinen Neffen Marko mit seiner Frau Barbara. Die beiden wohnten in diesem Städtchen Herzberg. Nur war da diese Geschichte mit Barbara. Hermann mochte den beiden nicht unter die Augen treten. Barbara war unschuldig verhaftet worden. Sie hatte in diesem Stasi-Knast gesessen. Ihr Auto war weg. Das MfS hatte es einfach beschlagnahmt. Die Sehnsucht, die beiden zu besuchen, wurde immer stärker. Aber es gab noch zu viele Hemmnisse. Marko war Angehöriger der Bundeswehr. Das war zwar jetzt nicht mehr wichtig, aber Hermann fürchtete, bei den beiden nicht willkommen zu sein. Außerdem war Hermann im Herzen Kommunist. Das konnte er nicht einfach mit der Wiedervereinigung der beiden deutschen Staaten ablegen. Jedes Gespräch mit Barbara und Marko würde durch das Leben in zwei grundverschiedenen Staaten zu Spannungen führen. Hermann mochte sich mit den beiden nicht streiten. Ein Leben mit Abstand zueinander war besser. Die Zeit würde vielleicht die Wogen glätten. Außerdem wussten die beiden gar nicht, dass Hermann hier in der Nähe lebte.

Der Kaffeeduft zog durch Küche und Wohnzimmer, denn die Räume in diesem alten Lehmhaus waren nicht sehr groß. Hermann jedoch fühlte sich hier wohl. Ob das in Zukunft so bleiben sollte, wusste er nicht. Hugo Borchers könnte das Haus vielleicht selbst benötigen. Allerdings war das nicht sehr wahrscheinlich. Borchers hatte seine Wohnung in Magdeburg und Kinder hatte er nicht. Hermanns Geld für Miete und seinen Lebensunterhalt reichte noch eine ganze Weile.

Durch seine Arbeit bei der Hauptabteilung III der Bezirksverwaltung in Magdeburg hat er gute Kenntnisse in der Nachrichtentechnik allgemein und der Richtfunktechnik. Einen Job als Fernsehtechniker oder bei der Bundespost Telekom konnte er sich vorstellen. Vielleicht könnte er sogar auf dem Brocken eine Arbeit finden. Außerdem war da die Furcht. Es war noch kein Gras über die Machenschaften gewachsen. Es konnte immer noch sein, dass plötzlich sein Leben zu Ende war. Seine Feinde lauerten irgendwo.

Geräusche draußen rissen ihn aus seinen Gedanken. Ein Taxi fuhr vor das Haus. Durch die etwas vergilbten Gardinen konnte Hermann niemanden erkennen. Wer konnte das sein?

Sein Selbsterhaltungstrieb ließ seinen Adrenalinspiegel steigen. Vielleicht Kohs? Oder gar Feiser? Nein, das war unmöglich. Hugo Borchers würde ihn nie verraten. Vielleicht doch? War er schwach geworden? Oder hatte man ihn gezwungen?

Hermann stellte mit zitternden Händen Tasse und Teller neben die Kanne mit dem handgefilterten Kaffee. Das Schnarren der Klingel an der Haustür war ein ungewohntes Geräusch, das Hermann zusammenzucken ließ. Die Vergangenheit mit unschönen Ereignissen war daran schuld. Es würde noch lange dauern, bis dieses Vorleben verblasste. Immerhin war Hermann ehemaliger Angehöriger eines Geheimdienstes. Hermann öffnete die Tür. Plötzlich waren alle Ängste und Sorgen verschwunden. Angela Neuberger stand vor ihm. Drei Koffer standen neben ihr. „Hermann, da bin ich. Du wolltest mich haben und nun bin ich da." Hermann war erst erschrocken, als er Angela sah. Natürlich hatte er sie anders in Erinnerung. Die beiden fielen sich in die Arme.

Dabei nahm Hermann den leichten Alkoholgeruch aus ihrem Mund wahr. „Angela, das hast du richtig gemacht. Du glaubst nicht, wie ich mich freue, dich zu sehen. Wie bist du hierhergekommen? Mit dem Zug?"

„Du, das war ziemlich kompliziert. Erst mit dem Zug über Rostock nach Hamburg, dann über so ein kleines Kaff, ich glaube Kreiensen, weiter nach Goslar und Bad Harzburg. Da war dann Schluss. Von dort fuhr ein Bus nach Braunlage. Weiter bin ich mit dem Taxi gefahren. Ich musste dem Fahrer in etwa beschreiben, wo du wohnst. Der kannte sich aber gut aus. Ich glaube, der ist einer von uns. Er kennt die Gegend hier in unserer DDR ganz genau."

„Komm, setz dich erstmal. Erzähl etwas von dir. Wir haben uns so lange nicht gesehen. Hast du Probleme? Mit Markus? Oder mit sonst jemanden?"

Angela lächelte. „Hermann, ich habe keine Probleme. Probleme haben vielleicht andere. Ich habe gut vorgesorgt. Mein Trumpf ist hier in einem Koffer."

„Was hast du da? Oder bin ich zu indiskret? Willst du mir das nicht sagen?"

„Ach, Hermann, ich bin zu dir gekommen. Wir wollen doch in Zukunft zusammenleben. Ich habe auch Ersparnisse. Aber mehr noch. Ich habe Mikrofilme."

Hermann erschrak. „Du hast was? Mikrofilme? Das ist nicht dein Ernst."

„Doch, das sind Mikrofilme, um die sich im Moment sehr viele reißen, besonders die Russen. Ihnen fehlen die nämlich. Im Dezember 1989 sollten diese Mikrofilme von Grossmann und Mielke an die Sowjets übergeben werden. Die Übergabe war in der Verantwortung Nikolai Roschkows. Manfred Kohs hätte das auch machen können, aber der war wohl zu diesem Zeitpunkt mit sich selbst beschäftigt. Mich als Frau nahmen die beiden ohnehin nicht ernst. Ich hatte genau aufgepasst. Roschkow hatte schon Wochen vorher den gesamten Bestand der Mikrofilme kopiert. Und noch einiges mehr. Er glaubte, niemand hat das mitbekommen. Aber ich war ihm auf Schritt und Tritt auf den Fersen. Da spürte ich wieder deutlich die Überheblichkeit von euch Männern. Entschuldige, aber es ist so. In der ganzen Zeit hatte ich es beim MfS schwerer als die Männer. Ich hätte es als Mann sicher zum Oberstleutnant gebracht. Allein mein IM Kimme. Der war eine Goldgrube für uns. Der war mir regelrecht hörig. Aber ich schweife ab. Nikolai Roschkow versuchte ich auch um den Finger zu wickeln. In der Beziehung seid ihr Männer doch alle gleich. Ein nackter Damenoberschenkel reicht schon, um euch aus der Fassung zu bringen. Ich war oft mit ihm allein in seinem Kabinett. Auch intim, weil ich dann mal länger dort sein konnte. Deshalb hatte ich oft günstige Gelegenheiten, wenn er mal für einige Minuten abwesend war. Als es um die Übergabe der Mikrofilme an die Russen nach Wünsdorf ging, war da ein neuer Name auf seinem Schreibtisch. Ewgenij Semjonov sollte die Filme über die Luftbrücke von Sperenberg nach Moskau bringen. Der neue Name war Charly Woodland. CIA stand in krakeliger Schrift dahinter. Die Amerikaner waren auf die Mikrofilme aufmerksam geworden. Dafür gab es handfeste Gründe. Die HVA hatte auch Leute angeworben, die in den USA für sie arbeiteten. Die sollen natürlich besser gestern als heute enttarnt werden. Ich vermute, dass dieser Charly Woodland Grigorij Suchanow bestechen wollte. Suchanow setzte nun alle Hebel in Bewegung, weil diese Mikrofilme in meinem Koffer Hinweise auf diese Personen liefern. Ich vermute, Nikolai Roschkow hat er auch unter Druck gesetzt. Nikolai hat mich ganz zaghaft gefragt, ob ich was von dem Fehlbestand wüsste. Da habe ich Tacheles mit ihm geredet. Er war ja ganz wild darauf, die Übergabe allein zu machen. Was er aber nicht wusste: Ich war schon früh am Morgen der Übergabe im Keller und hatte Gelegenheit, diese fünfundfünfzig Mikrofilme herauszunehmen. Aus folgendem Grund. Es gibt noch einen zweiten Amerikaner. Den kenne nur ich. Jack Kensington. Es gab schon seit Ende der Fünfzigerjahre den Weißenseer Arbeitskreis. Dieser Jack Kensington stand dem

Arbeitskreis sehr nahe. Das war eine kirchliche Bruderschaft in Berlin. Die Mitglieder bemühten sich um eine Zusammenarbeit der Kirche mit dem SED-Staat. Sie standen der SED nahe und das MfS förderte natürlich die Zusammenarbeit. Jack Kensington ist Mitarbeiter des CIA. Die Amerikaner erhofften sich durch diesen Arbeitskreis Einblicke in Kreise der SED-Funktionäre zu erhalten. Das wirst du jetzt nicht glauben. Ich habe mit dir in unserer gemeinsamen Zeit in Potsdam-Golm an der Hochschule nie darüber gesprochen. Mein Vater war in der BRD geboren und siedelte in den Fünfzigerjahren als überzeugter Kommunist in die DDR über. Trotzdem glaubte er an Gott und vermied es, mit den überwiegend atheistischen Mitgliedern der SED darüber zu sprechen. Er bemühte sich ernsthaft, den Kontakt der SED mit dem Weißenseer Arbeitskreis zu erhalten. In den Achtzigerjahren wurde die Zusammenarbeit immer schwieriger. Die Theologen vertrauten der SED nicht mehr. Jack Kensington lernte ich 1989 durch meinen Vater kennen. Als der Schutzwall in Berlin gefallen war, offenbarte er sich mir. Kensington lebt in Westberlin, kam aber recht häufig nach Weißensee, um den Kontakt zu halten. Er weiß von der Existenz der Mikrofilme. Diese Filme enthalten tatsächlich die Namen der Agenten, die in den USA für die HVA gearbeitet haben. Lange vor der Übergabe an die Russen habe ich die Mikrofilme überprüft und selektiert, die dafür in Frage kommen. Es sind insgesamt fünfundfünfzig."

Angela Neuberger blickte nun auf den kleinsten ihrer drei Koffer.

Hermann war sprachlos und erschrocken. „Angela, weißt du, was du da hast? Das Material ist gefährlicher als Sprengstoff."

In Freudenstadt in der Wildbaderstraße war der Teufel los. Mehrere heftige Explosionen erschütterten das prächtige Haus. Feuerwehr, Polizei und Rettungswagen waren vor Ort. Das Gebiet um das Haus wurde weiträumig abgesperrt, weil man weitere Explosionen befürchtete. Da war nichts mehr zu retten. Das Haus oder, besser gesagt, was davon übrig war, brannte lichterloh. Die Einsatzkräfte waren entsetzt. Es dauerte fast drei Stunden, um den Brand unter Kontrolle zu bringen. Erst dann war es möglich, in das Innere der Brandruine zu gelangen. Personen oder Leichen wurden nicht aufgefunden.

Brandermittler waren jetzt vor Ort, um die Brandursache herauszufinden. Das würde vermutlich noch Tage dauern. Der Besitzer des Hauses, ein Alexander Grossmann, war nicht aufzufinden. Die Polizei vermutete ein Waffenlager in dem Haus. Alles war so gründlich zerstört, dass außer Spekulationen keine sichere Aussage möglich war. Der Mann war erst vor Kurzem aus Ostberlin nach Freudenstadt gekommen. Der Staatsschutz wurde in die Ermittlungen einbezogen. Alles war denkbar. Eine Woche lang wurden die Überreste förmlich durchsiebt. Gefunden wurde eine sowjetische, selbstladende Spezialpistole vom Kaliber 7,62 x 42mm, die eigentlich nur von sowjetischen Spezialeinsatzkommandos verwendet wird. Denkbar war auch ein KGB-Agent. Die Waffe war schallgedämpft, recht klein und eignete sich für unauffällige Einsätze. In den Trümmern wurden Knochensplitter eines Menschen gefunden. Ob das dieser Alexander Grossmann war, konnte nicht ermittelt werden. Auch Hinweise auf weitere anwesende Personen in dem

Haus gab es nicht. Was sich dort abgespielt und was zu dieser gewaltigen Explosion geführt hatte, konnte nicht geklärt werden. Die Anwohner in der Nähe waren noch nach Tagen verstört und konnten auch keine Hinweise liefern. Ein solch schreckliches Unglück hatte sich seit Kriegsende in dieser friedlichen Stadt noch nicht ereignet. Die Adventszeit stand kurz bevor. Daher war der Schock für die Einwohner noch größer.

In der Presse wurde bundesweit darüber berichtet.

05. Dezember 1990

Seit Tagen waren die Zeitungen voll davon. In den Boulevardblättern prangten die Schlagzeilen mit allerlei Mutmaßungen. Diese Katastrophe in Freudenstadt. Das zerstörte Haus mit dem vermuteten Waffenlager regte die Fantasie der Sensationsjournalisten an. Der Fund einer russischen Pistole. Knochensplitter eines Menschen.

Warum war das geschehen? War vielleicht die frühe Vereinigung der beiden deutschen Staaten der Grund?

Die Geheimdienste mussten sich in der Situation neu orientieren, denn in der Sowjetunion wurde die politische Situation immer unsicherer. Der Irak marschierte in Kuwait ein. Die Rote Armee Fraktion beging immer noch Anschläge und Morde. Die Welt war keineswegs friedlich zu Beginn der Adventszeit. Und das nun auch in Freudenstadt?

Günter Feiser las darüber in der Zeitung. Nikolai Roschkow war sein erster Gedanke. Sein Aufenthaltsort war nun bekannt, wenn auch verbrannt.

War der Kerl jetzt tot? Und waren die Mikrofilme nun zerstört? Karl Borodin war auch nicht mehr zu erreichen. Er meldete sich nicht. Borodin war seine ganze Hoffnung, um ihn zu finden. Er musste Kohs anrufen. Zwar hatte er kein Ergebnis, aber er kam einfach nicht weiter.

Günter Feiser war immer noch in Hohegeiß. Der Harzort gefiel ihm. In Berlin war nur noch Hektik. Von der Mauer war schon nicht mehr allzu viel zu sehen. Feiser überlegte, vielleicht doch dauerhaft im Harz zu bleiben. In der Cochstedter Gegend war er ja oft und dorthin war es nicht weit. Damals in der DDR gab es bedeutendere Gründe, die beschauliche Gegend zu verlassen.

Feiser hatte den Zettel in der Hand. In der Telefonzelle wählte er die Nummer. Es rappelte im Hörer. Der Rufton ertönte. „Ja, wer ist da?"

„Feiser hier, Manfred. Du hast sicher davon gehört. In Freudenstadt. Das zerstörte Haus. Ich kann es zwar nicht beweisen, aber da hat Roschkow gewohnt. Was meinst du? Hat der Kerl ins Gras gebissen?"

„Was nützt dir, was ich glaube? Da du ja nichts lieferst, habe ich Erkundigungen eingeholt. Ich habe mit Grigorij Suchanow gesprochen. Unsere Freunde sind stinksauer. Die Mikrofilme sind weg und Gregorij Sorokin ist sehr wahrscheinlich tot. Die Pistole in dem Haus gehörte mit Sicherheit ihm. Er hatte den Auftrag, Roschkow zu finden und die Mikrofilme sicherzustellen. Nun ist das KGB so schlau wie wir. Ich bin dagegen schon einen Schritt weitergekommen. Ich habe Hugo Borchers in Magdeburg besucht. Wir waren damals drei bei der Übergabe. Diese Angela haben wir vollkommen unterschätzt. Angela Neuberger. Die hat der Roschkow nach Mecklenburg verbannt. Die Alte säuft und viel los ist mit der auch nicht mehr. Das Haus in Mecklenburg steht aber leer. Das weiß ich, weil mir eine Brieftaube etwas verraten hat. Die heißt Markus. Dann hatte ich mit Borchers ein freundschaftliches Gespräch. Gut, er sieht jetzt im Gesicht nicht mehr so gut aus wie vorher, er hat aber gesungen wie eine Lerche. Nun bin ich immer noch in Magdeburg. Wo bist du, Feiser?"

„Ich bin in Hohegeiß."

„Das trifft sich gut. Ich komme dahin. Wir treffen uns wieder auf dem Parkplatz an der Grenze. In etwa eineinhalb Stunden bin ich bei dir. Dann sage ich dir, was wir machen werden. Hugo Borchers und die Taube haben mir ein romantisches Lied gesungen. Wir werden ein Liebespärchen besuchen, das ein Schätzchen für uns bereithält. Darum wird uns das KGB beneiden."

„Angela, hast du die Zeitung gelesen? Diese Explosion da in Freudenstadt. Das kommt mir sehr bekannt vor. Sicher hat dort das KGB seine Finger drin."

Angela Neuberger hatte ein Glas Wodka in der Hand. Schnell trank sie es aus, Hermann Greve sollte es nicht sehen. Sie wusste längst, was da im Gange war. Das Telefon klingelte leise. Der Hörer war direkt neben ihr.

„Hallo, wer ist da?" Zunächst war nur Stöhnen zu hören. „Wer ist denn da?"

Die Stimme im Hörer klang wie die eines Sterbenden. „Hermann, bist du da? Pass mal auf. Du musst verschwinden. Der Kohs und vielleicht auch der Feiser. Die sind auf dem Weg zu dir." Ein Poltern wie das Kippen eines Stuhles war zu hören. Wieder Stöhnen. Hermann war jetzt da. Angela reichte ihm den Hörer.

„Hugo, bist du das? Was ist mit dir?"

„Hermann, du bist nicht allein? Ist die Neuberger bei dir? Haut ab aus dem Haus. Kohs war hier. Er hat mich gefoltert. Ich war zu schwach. Ich habe ihm gesagt, wo du bist." Wieder das Stöhnen. „Er ist auf dem Weg zum Haus. Er sucht die Mikrofilme. Macht schnell, dass ihr wegkommt. Er wird euch sonst töten."

Die Verbindung wurde unterbrochen. Hermann ließ den Hörer sinken.

Angela hatte mitgehört und wurde einige Sekunden ganz still. Sie nahm den Hörer und wählte eine Nummer. Eine endlose halbe Minute verging, bis sich jemand meldete. Angela Neuberger sprach jetzt englisch.

„Hallo Jack. Wir müssen uns sehen. Ich habe die Mikrofilme, die ihr wollt. Mein Partner und ich sind in Gefahr. Zwei Ehemalige des MfS sind uns auf den Fersen. Wenn die uns finden, töten sie uns. Hast du eine Idee? Bitte hilf uns."

Jack Kensingtons Stimme war ganz ruhig. „Pass auf. Ich bin in Berlin. Wo seid ihr?"

„Wir sind im Harz in Hohegeiß. In einem Haus, das einem unserer Leute gehört. Der war in der Bezirksverwaltung Magdeburg. Das Haus war früher eine konspirative Wohnung."

„Angela, bleib ruhig. Ihr müsst euch verstecken. Irgendwo im Wald. Ich werde über unsere Dienststelle Verstärkung anfordern. Ich brauche ungefähr drei Stunden bis zu euch. Habt ihr kein Auto?"

„Nein, wir haben kein Auto."

„Besorgt euch ein Taxi. Ich kenne mich dort im Harz nicht aus. Ich habe eine Landkarte. Wo können wir uns treffen?"

„Pass auf. Der Parkplatz heißt Dreibode. Der ist rechts an der Straße L519 zwischen St. Andreasberg und Sonnenberg. Du fährst von Berlin kommend in Richtung Bad Harzburg. Von Bad Harzburg fährst du auf der B4 über Torfhaus in Richtung Braunlage. Hinter Torfhaus biegst du nach sechs Kilometern ab nach rechts in Richtung Sonnenberg. Dann nach drei Kilometern biegst du in Sonnenberg nach links ab in Richtung St. Andreasberg. Schaffst du das?"

„Natürlich, Angela. Ich werde Himmel und Hölle in Bewegung setzen, damit ihr Schutz habt, bevor ich komme. Macht euch keine Sorgen."

„Wir fahren dorthin. Auf dem Parkplatz werden sie uns hoffentlich nicht vermuten. Da ist es sicherer, als sich im Wald zu verstecken. Bis nachher."

Angela trennte die Verbindung. Hermann telefonierte nach dem Taxi. Die Verbindung kam schnell zustande. Es war der Fahrer aus Braunlage, der Angela hierhergebracht hatte. Deshalb brauchte Hermann ihm nicht lange den Weg zu erklären. Angela nestelte an einem ihrer Koffer. Eine Makarow kam zum Vorschein. „Für alle Fälle, Hermann. Ich werde unsere Haut teuer verkaufen."

Eine halbe Stunde mochte vergangen sein. Das Taxi aus Braunlage hielt vor dem Haus, in dem für Angela und Hermann die Sekunden zu Stunden wurden. Sofort sprangen die beiden in Richtung des Fahrzeugs. Der Fahrer wunderte sich.

„Na, habt ihr beiden es eilig?"

Angela warf den Koffer in die Gepäckablage. „Reden Sie nicht, Mann. Fahren Sie."

„Wo soll es denn hingehen?"

Hermann saß vorne und gab die Richtung an. „Parkplatz Dreibode. Kennen Sie den?"

„Na aber ja. Der ist in der Nähe von St. Andreasberg."

Jetzt mischte Angela sich ein. „Pass auf, mein Lieber. Wir haben es nicht nur eilig, es ist auch gefährlich für uns. Fahr, so schnell du kannst. Da ist dann ein Extrabonus drin, wenn du so schnell wie möglich dort ankommst."

Der Fahrer ließ sich das nicht zweimal sagen. Mit quietschenden Reifen katapultierte er das Taxi auf die Kirchstraße in Hohegeiß, die in die B4 mündete. Nur Sekunden später sah Hermann den Mercedes 280 SE, der von dem großen Parkplatz an der ehemaligen Grenze auf die B4 einbiegen wollte. Er erstarrte vor Schreck, als er den Fahrer erkannte. Es war zweifellos Manfred Kohs. Der Taximann fluchte, als ihm der Mercedes die Vorfahrt nehmen wollte, und trat das Gaspedal bis auf das Bodenblech durch. Das Taxi machte einen Satz nach vorn und konnte um Haaresbreite eine Kollision vermeiden. Hermann Greve schaute nach hinten.

Kohs hatte Hermann ebenfalls registriert. Im Rückspiegel war zu sehen, wie Kohs in der Mercedes-S-Klasse Vollgas gab. In einer Staubwolke schleuderte der Wagen auf die Bundesstraße. In halsbrecherischer Geschwindigkeit fuhren beide Fahrzeuge in Richtung der B242. In Rekordzeit erreichte der Taxifahrer die Abzweigung nach Sonnenberg.

Der Abstand der beiden Fahrzeuge verringerte sich stetig. Angela sah jetzt auch aus den Augenwinkeln den Fahrer. Es war eindeutig Manfred Kohs. „Fahr, fahr, fahr!", schrie sie den Fahrer an. Leicht schleudernd nahm das Taxi die Kurve in Richtung St. Andreasberg.

Sicher hatte aber auch Manfred Kohs jetzt Angela Neuberger erkannt. Im Rückspiegel wurde der immer kleinere Abstand des Mercedes deutlich sichtbar. Schlingernd näherte er sich dem Taxi durch die Kurve. Vielleicht nur noch beängstigende fünfzig Meter.

Der Taxifahrer lächelte. Die Fahrt war offensichtlich ganz nach seinem Geschmack.

In waghalsigem Tempo fuhren beide Autos in immer dichter werdendem Abstand auf den Parkplatz zu. Vergeblich versuchte das Taxi, den Verfolger abzuhängen.

Der Parkplatz war fast erreicht. Manfed Kohs hatte vielleicht nur noch zehn Meter Abstand zu dem Taxi. Angela Neuberger hatte die hintere Seitenscheibe heruntergekurbelt. Jetzt trat dem Taxifahrer doch der Angstschweiß auf die Stirn, als er die Pistole in der Hand der Frau sah.

Angela feuerte zweimal und traf die Windschutzscheibe des Mercedes. Die Scheibe splitterte. Auf dem Beifahrersitz saß jemand. Es war nun nicht mehr zu erkennen, wer das war. Dennoch wurde von dort das Feuer erwidert. Ein kurzer Feuerstoß ließ die Scheibe des Seitenspiegels am Taxi zersplittern. Trocken, mit etwas zitternder Stimme, sagte der Fahrer: „Das müsst ihr mir aber bezahlen."

Der Parkplatz Dreibode war erreicht und schleudernd fuhr das Taxi auf den Platz. Der Platz war leer. In diesem Moment feuerte Angela Neuberger den Rest ihres Magazins in Richtung des Mercedes.

Der Kugelhagel erfolgte in beide Richtungen. Der Beifahrer in der S-Klasse feuerte mit einer Maschinenpistole zurück.

Der Taxifahrer konnte den Wagen mit der jetzt zerborstenen Heckscheibe durch eine Vollbremsung stoppen. Der

Verfolger-Mercedes war schwer getroffen. Die Windschutzscheibe war total zerstört, sodass der Fahrer nichts mehr sehen konnte. Trotzdem fuhr der Wagen mit Vollgas. Das Fahrzeug schoss über die hintere Begrenzung des Parkplatzes hinaus und knallte frontal gegen einen Fichtenstamm. Für einige Sekunden kehrte eine gespenstische Stille ein. Da öffnete der Taxifahrer die Tür und sprang heraus. Er schrie irgendwelche Laute, die unverständlich waren. Jetzt fuhren zwei Pkw auf den Parkplatz. Zwei Insassen des einen Wagens liefen zu dem am Baum stehenden Mercedes, dessen Motorraum bedenklich qualmte. Der zweite Wagen fuhr zum Taxi. Ein drittes Auto fuhr jetzt auf den Platz. Der wie von Sinnen kreuz und quer laufende Taxifahrer wäre dem zuletzt angekommenen Wagen fast vor den Kühler gelaufen. Sein Fahrer telefonierte. Offenbar verfügte er über ein Autotelefon. Sein Beifahrer kümmerte sich um den verstörten Taxifahrer. Etwa fünf Minuten waren vergangen, als ein Streifenwagen mit zuckendem Blaulicht auf den Parkplatz fuhr. Eine Minute später kündigte ohrenbetäubendes Sirenengeheul Feuerwehr, zwei Rettungswagen und zwei Streifenwagen der Polizei an.

Der Parkplatz war nun komplett mit den Einsatzfahrzeugen ausgefüllt. Der Rettungsdienst und zwei Notärzte kümmerten sich um die Verletzten. Die Feuerwehr hatte den Mercedes rasch gelöscht. Der Wagen hatte nur noch Schrottwert.

Um die beiden Insassen war es nicht gut bestellt. Der Mann auf dem Beifahrersitz hatte eine Schusswunde mitten in der Stirn. Er war tot. Der Fahrer hatte eine Schussverletzung in der Schulter und war ansprechbar.

Ein Polizist kam auf den Mann zu, als ihn die Rettungssanitäter bereits auf die Trage gelegt hatten.

Der Mann stammelte ständig: „Es ist vorbei, endlich vorbei."

„Was ist vorbei? Wer sind Sie? Können Sie mir Ihren Namen sagen?" Der Notarzt schaute etwas frostig, sagte aber noch nichts.

Der Mann hob leicht den Kopf, den der Sanitäter wieder zurückdrückte. „Ich heiße Manfred Kohs. Manfred Kohs. Wer sind Sie?"

„Ich bin Polizist. Herr Kohs, Sie sind in Sicherheit. Wer ist Ihr Beifahrer? Können Sie mir seinen Namen sagen?"

„Polizei? Wieso? Nehmen Sie die da vorn fest. Das sind Ganoven. Mein Beifahrer ist Günter Feiser. Hören Sie? Günter Feiser. Wir suchen Nikolai Roschkow. Haben Sie den schon gefunden? Das KGB sucht ihn. Machen Sie schnell."

Nun trat der Notarzt dazwischen. „Es reicht jetzt. Der Mann steht unter Schock und muss sofort ins Krankenhaus. Bleiben Sie jetzt zurück." Er drängte den Polizisten zurück.

Der ging nun zu dem Taxi, an dem drei weitere Polizisten standen. Eine Frau vom Rücksitz des Taxis war soeben geborgen worden. Sie war tot. Sie war von drei Kugeln getroffen worden. Eine Kugel hatte ihr Genick getroffen.

Hermann Greve auf dem Beifahrersitz hatte nur einen Streifschuss an der Schulter abbekommen. Er starrte auf Angela Neuberger. „Angela, meine Angela. Sag doch etwas. Was ist mit dir? Bitte, bitte, sag etwas?"

Der Rettungsdienst hatte seinen Arm hochgekrempelt und gab ihm ein Beruhigungsmittel. „Der Mann steht unter Schock. Er muss ins Krankenhaus. Für die Frau können wir nichts mehr tun. Sie ist tot."

Greve hatte das offenbar gehört. „Was sagen Sie da? Angela ist tot? Tot? Aber nein, das kann nicht sein." Plötzlich wurde er ganz ruhig und begann wie ein Automat zu sprechen. „Ich bin Hermann Greve vom Ministerium für Staatssicherheit. Bezirksverwaltung Magdeburg. Hauptabteilung III. Das ist Angela Neuberger, auch vom Ministerium der Staatssicherheit, HVA Offizier im besonderen Einsatz. Verhaften Sie unsere Verfolger. Manfred Kohs und Günter Feiser von der HVA Auslandsaufklärung. Sie bedrohen uns."

Plötzlich sank sein Kopf zur Seite. Er war bewusstlos.

Der Notarzt schirmte ihn ab. „Die Sedierung wirkt jetzt. Sie können jetzt keine Fragen mehr stellen. Lassen Sie uns bitte durch, meine Herren."

Die Rettungssanitäter und die zwei Notärzte gingen zu ihren Fahrzeugen. Die Polizeibeamten kümmerten sich jetzt aufgrund der bedrohlichen Lage um Verstärkung. Hier gab es für den gewöhnlichen Streifenpolizisten nichts mehr zu tun. Kräfte des Landeskriminalamtes und des Verfassungsschutzes mussten anrücken. Die Beamten hatten sich die Namen notiert, die Hermann Greve genannt hatte. Aus dem Gestammel der verletzten Männer sowie der aufgefundenen Waffen ließ sich ein bedeutender Bedrohungscharakter erkennen.

Nach einer Stunde hatte sich die Situation auf dem Parkplatz verändert. Fahrzeuge des Landeskriminalamtes Hannover und der Kriminaltechnik untersuchten die Fahrzeuge. Ein weiterer Rettungswagen hatte den Taxifahrer medizinisch versorgt und abtransportiert. Auch zwei Bestattungswagen waren angekommen. Die Medien ließen auch nicht lange auf sich warten. Findige Journalisten stellten gleich den Zusammenhang zwischen der Explosion in dem Haus in Freudenstadt und dem Vorfall hier im Harz her. Neben dem Landeskriminalamt übernahm auch das Bundeskriminalamt die Untersuchungen in diesem Fall.

06. Dezember 1990

Einen Tag später wurde die Bevölkerung bundesweit durch die Schlagzeilen in den Zeitungen in Schrecken versetzt. Erst im Schwarzwald und jetzt im Harz, hieß es im Aufmacher in der Zeitung mit den großen vier Buchstaben. Karl Straatmann las die Meldungen und hörte die Nachrichten in Funk und Fernsehen. Er hatte nach erfolgreich absolvierten Lehrgängen jetzt seine Zusage für den Dienst im Landeskriminalamt Magdeburg. Ende Januar sollte die neue Dienststelle ihre Arbeit beginnen.

Die Vorfälle in Freudenstadt und bei St. Andreasberg hatten seinen Verdacht erregt. Sofort nahm er mit Anatolij Denissow Kontakt auf. Er war sicher, zusammen mit Anatolij Denissow Licht ins Dunkel der Ereignisse zu bringen.

Die beiden stellten sich den Behörden.

13. Dezember 1990

Straatmann und Denissow saßen eine Woche später im Landeskriminalamt Hannover. Die Hauptkommissare Klaus Koch und Günter Pechstein führten die Ermittlungen. Pechstein erläuterte den bisherigen Stand.

„Herr Straatmann, Sie sind künftiger Kollege in Magdeburg. Ich freue mich, Sie kennenzulernen. Herr Denissow,

Sie sind sowjetischer Staatsbürger in einer sowjetischen Hubschrauberstaffel. Auch Ihnen danke ich für Ihr Kommen. Über den Zusammenhang der jüngsten Vorkommnisse wollen Sie beide eine Aussage machen. Die Explosion eines Hauses in Freudenstadt und den Schusswechsel zwischen zwei Fahrzeugen auf einem Parkplatz bei St. Andreasberg. Was können Sie mir dazu sagen?"

Anatolij Denissow fühlte sich angesprochen. „Herr Hauptkommissar, ich bin ziviler Mitarbeiter der sowjetischen Luftstreitkräfte. Mir sind Hinweise bekannt, die auf den Tod eines Generals des KGB hindeuten. Der war in dem Haus in Freudenstadt anwesend. Der Besitzer des Hauses ist auch ein früherer Mitarbeiter des deutschen Ministeriums für Staatssicherheit. Er heißt Nikolai Roschkow alias Alexander Grossmann. Das KGB will unter allen Umständen Mikrofilme zurückbekommen, die dieser Roschkow gestohlen hat. Es gibt nun zwei Möglichkeiten. Roschkow hat den General getötet und sich selbst mit dem Haus in die Luft gesprengt. Wahrscheinlicher ist aber, dass er sich mit diesen Mikrofilmen an einen unbekannten Ort abgesetzt hat."

Karl Straatmann ergänzte die Ausführungen Denissows.

„In den Zeitungen war zu lesen, dass die Frau in dem Taxi auch Mikrofilme bei sich hatte und zwei Männer diese in ihren Besitz bringen wollten. Sind die Personalien der Insassen in den Fahrzeugen festgestellt worden?"

„Die Identitäten der Personen in den Fahrzeugen sind nach Ermittlungen durch das Bundeskriminalamt zweifelsfrei festgestellt. Der Fahrer des Taxis ist in dem Zusammenhang nicht von Bedeutung. Im Taxi befanden sich eine Frau Angela Neuberger und ein Mann namens Hermann Greve.

Beide waren Angehörige des Ministeriums der Staatssicherheit. In dem anderen Fahrzeug befanden sich zwei Männer. Sie versuchten, die Personen in dem Taxi zu töten. Der Name des einen ist Günter Feiser. Der andere heißt Manfred Kohs. Auch die beiden Männer waren Angehörige des Staatssicherheitsdienstes der DDR. Es ging wohl um geheimdienstliche Streitigkeiten. In dem Koffer der Frau Neuberger wurden tatsächlich Mikrofilme gefunden. Ein Angehöriger der Central Intelligence Agency kam später zur Unfallstelle auf den Parkplatz. Ein Jack Kensington. Mit ihm ein weiterer Vertreter des U.S. Departments of State. Der nahm die Mikrofilme an sich."

Günter Pechstein wandte sich an Anatolij Denissow. „Herr Denissow, woher haben Sie die Kenntnisse über den Besitzer des Hauses in Freudenstadt?"

Anatolij wurde jetzt unsicher. War es richtig, diese Aussage zu machen? „Herr Hauptkommissar, ich kann Ihnen nur das sagen, was ich aus sicherer Quelle weiß. Ich weiß auch nicht, ob ich Ihnen das sagen darf. Es sind Ermittlungen des KGB. Man arbeitet dort mit Hochdruck daran, diesen Mann ausfindig zu machen. Mehr kann ich Ihnen leider auch nicht sagen. Aber dass der Mann in Freudenstadt Nikolai Roschkow ist, gilt als sicher. Auch dass die Leichenteile in dem Haus von Gregorij Sorokin stammen. Er war General des KGB. Alles Weitere ist auch mir nicht bekannt. Das können Sie sich sicherlich vorstellen."

Pechstein machte sich Notizen. „Die Quelle Ihrer Informationen werden Sie mir nicht mitteilen?"

Eine Pause entstand. Anatolij senkte seinen Kopf. Seine Stimme wurde brüchig. „Nein, das kann ich nicht. Ich sage Ihnen das ganz offen. Ich würde dann nicht mehr lange leben.

Suchen Sie diesen Nikolai Roschkow. Wenn Sie ihn nicht finden, wird er seinen Weg mit weiteren Leichen pflastern."

Pechstein wirkte entschlossen. „Wir werden alle Hebel in Bewegung setzen, das können Sie mir glauben. Herr Straatmann, nun zu Ihnen. Was können Sie uns sagen?"

„Herr Pechstein, es gibt einen Mann in Magdeburg, der die Personen kennt, die in der Schießerei auf dem Parkplatz im Harz verwickelt waren. Er heißt Hugo Borchers. Als Angehöriger des Ministeriums für Staatssicherheit war er in der Bezirksverwaltung Magdeburg Oberst der Spionageabwehr. Borchers ist eine Schlüsselfigur. Er kennt auch Nikolai Roschkow. Er ist wohnhaft in Magdeburg."

Pechstein blickte Straatmann erstaunt an. „Was können Sie über Borchers sonst noch sagen?"

„Nur das, was ich von Borchers erfahren habe. Ich kenne ihn seit mehr als zehn Jahren. Er war in seiner Funktion als Oberst des MfS knochenhart. Er hat zum Beispiel diesen Günter Feiser gedeckt. Feiser hat einen Mann getötet, der seine Pläne gestört hat. Ich konnte ihm den Mord nicht beweisen. Das MfS hat Feisers Alibi gedeckt. Sonst weiß ich von seiner Zeit beim MfS so gut wie nichts. Als das MfS aufgelöst worden war, habe ich ihn getroffen. Er ist jetzt ein anderer Mensch."

Günter Pechstein schaute Straatmann ernst an. „Das Bundeskriminalamt hat uns über die Angehörigen dieser Bezirksverwaltung umfassend informiert. Wir konnten Borchers bis jetzt noch nicht vernehmen. Er ist schwer misshandelt, wenn nicht gar gefoltert worden. Der Täter konnte noch nicht ermittelt werden."

Karl Straatmanns Miene verfinsterte sich. Pechstein sprach weiter. „Wie Sie sicher aus den Zeitungen wissen, meine Herren, sind Günter Feiser und Angela Neuberger tot."

Straatmann und Anatolij Denissow war die Genugtuung anzusehen.

„Aber wollen wir hoffen, dass Hugo Borchers wieder auf die Beine kommt. Manfred Kohs verweigert die Aussage, was seine Person betrifft. Nach der Aussage des Hermann Greve hat Kohs Borchers verletzt. Greve sagte aus, dass Manfred Kohs der Drahtzieher in dieser Angelegenheit ist. Angela Neuberger wusste das auch, nur sie können wir nicht mehr fragen. Kohs hingegen belastet Günter Feiser schwer, der sich nun auch nicht mehr rechtfertigen kann. Die Aufklärung dieser Morde an Angela Neuberger und Günter Feiser sowie der versuchte Totschlag an Hugo Borchers fallen unter die Sparte Vereinigungskriminalität. Es ist geplant, eine Polizeibehörde einzurichten, die sich mit diesen Straftaten während der Wendezeit auseinandersetzen wird. So viel ist bekannt. Was wir bisher wissen, ist, dass Kohs behauptet, Feiser habe ihn gezwungen Hermann Greve und Angela Neuberger zu suchen und zu töten. Greve behauptet das Gegenteil. Kohs bestreitet, Waffen zu besitzen, obwohl wir eine Pistole vom Typ Makarow und eine russische Maschinenpistole Typ AS Wal im Fahrzeug gefunden haben. Tatsächlich haben wir Schmauchspuren nur an Feisers Händen gefunden. Die beweisen, dass Feiser die tödlichen Schüsse auf Angela Neuberger abgegeben hat. Die Waffen stammen wahrscheinlich aus dem Bestand des Ministeriums für Staatssicherheit. Eine Registrierung gibt es nicht. Vermutlich sind Nachweise darüber vernichtet worden."

Karl Straatmann schaute Pechstein besorgt an. „Herr Pechstein, nur Hugo Borchers wird eine Aussage machen können, ob die Version des Manfred Kohs stimmt. Hermann Greve wird sicherlich eine andere Version auftischen."

„Ich fürchte, nach Aussage des behandelnden Arztes wird das noch eine Weile dauern. Herr Straatmann, Herr Denissow, ich danke Ihnen für Ihre Informationen. Wir bleiben zu weiteren Befragungen in Verbindung."

Ein Uniformierter überreichte Pechstein ein Fax. Pechstein las es. „Hugo Borchers wurde ins künstliche Koma versetzt. Die Schwere seiner Kopfverletzungen erforderte diese Maßnahme. Eine Vernehmung seiner Person ist auf absehbare Zeit nicht möglich."

17. Dezember 1990

Anatolij Denissow war wieder zurück in der Staffel in Cochstedt. Eine Sorge hatte er weniger. Diesen Feiser als Mörder zu überführen, war nicht mehr nötig. Würde dieser Borchers überleben? Die Stasileute waren genauso skrupellos wie die vom KGB. Denissow hatte Zukunftsangst. Der Abzug der Staffel in die Sowjetunion würde bald erfolgen. Was sollte die Staffel noch hier in Deutschland? Das einzige Hindernis der Rückführung war der unglaubliche Umfang der Soldaten und des Materials. Das ging nicht von heute auf morgen. Zuerst mussten die gefährlichsten Waffen abgeschleust werden. In Standorten in Sachsen, Sachsen-Anhalt und Thüringen lagerte eine große Anzahl von Kernwaffen. Eigentlich dürfte Anatolij das gar nicht wissen, aber sein väterlicher Freund Vladimir Iljitsch Winogradow sprach mit ihm gelegentlich darüber. Altengrabow, Kapen bei Dessau, Wurzen, Halle, Altenhain, Torgau und Zeithain waren zentrale Stützpunkte mit Kernwaffenlagern für die Raketentruppen und Artillerie. Für die Jagdbomberflugzeuge der 16. Luftarmee in Großenhain und Altenburg waren Atombomben gelagert, die vorrangig abgezogen werden mussten.

Seine Gedanken wurden unterbrochen, als ein Brief unter der Tür seines Kabinetts durchgeschoben wurde. Anatolij nahm ihn an sich. Er war zweifelsfrei von Vladimir Iljitsch Winogradow. Der Schreck fuhr Anatolij in die Glieder. Vladimir Iljitsch war schwer krank. Er lag in Beelitz im Militärkrankenhaus mit Leukämie. Diese verdammte Strahlung. Es waren Höllenstrahlen. Schon viele Soldaten waren durch Röntgenstrahlung erkrankt und verstorben. Aber niemand kümmerte sich darum. Die Funktion der Radargeräte war wichtiger. Viele Radaranlagen waren ungenügend abgeschirmt, bei der Konstruktion wurden diese Mängel vernachlässigt. Bei den Deutschen war das sicher genauso. Eine unsichtbare Gefahr, die unterschätzt wurde. Vielleicht war sogar eine gewollte Waffenwirkung damit zu erzielen, wenn man an weiteren Entwicklungen wie dem Rezhime Lucha arbeitete.

Soll ich doch nach Frjasino zurückkehren? Das ist meine Zukunft, nicht die in Deutschland.

Anatolij öffnete jetzt ängstlich den Brief. Er verhieß nichts Gutes. Vladimir Iljitsch Winogradow war offenbar tot. Die schwer zu lesenden Zeilen zeigten bereits die Schwäche des väterlichen Freundes.

Mein lieber Anatolij,

350

dieser Brief ist wahrscheinlich das letzte Lebenszeichen von mir. Ich hatte gehofft, noch etwas länger am Leben bleiben zu können, aber die Ärzte machten meine Hoffnungen zunichte. Dieser verdammte Krebs hat mich besiegt. Alle unsere Waffen und die ärztlichen Künste sind vergebens, wenn der Körper zu geschwächt ist. Dieser Gott oder eine kosmische Laune, die uns schuf, kennt keine Gnade. Gnade ist eine menschliche Hoffnung, etwas Unvermeidliches abwenden zu können.

Uns Menschen ist dieser Planet anvertraut. Das Schicksal stellt die Weichen für jeden Einzelnen.

Ich habe ohnehin nicht gottesfürchtig gelebt und als Soldat gegen die Gebote verstoßen.

Aber das ist nicht alles, was ich dir noch mitteilen möchte. Ich hatte gehofft, dich unterstützen zu können. Deinen Wunsch, in Deutschland bleiben zu können, kann ich gut verstehen. Aber ich kann nichts mehr für dich tun.

Auch nicht der Mann, von dem ich dir erzählt habe. Der dir helfen könnte, in Deutschland zu bleiben. Er ist selber in großer Gefahr. Er ist mit seiner Familie untergetaucht und kann sich um andere Kameraden jetzt nicht mehr kümmern.

Vielleicht unterstützen dich die Deutschen. Die sind so dankbar, wiedervereinigt zu sein. Es gibt aber auch viele, die uns hassen. Du musst dir also überlegen, was das Beste für dich ist. Du bist ein ausgezeichneter Wissenschaftler und kannst für unser Land kostbar sein. Also überleg dir gut, was du tun willst. Ich kann dir das nicht abnehmen. Wenn du einmal an dem Punkt angekommen bist, wo ich jetzt bin, wirst du auf dein Leben zurückschauen. Du wirst vieles falsch gemacht, aber auch eine Menge Gutes getan haben. Wichtig ist, dass du deinen inneren Frieden schließt und deine Seele nicht friert. Darum, mein Junge, leb wohl und denk ab und zu mal an mich. Ich wünsche mir, dich von irgendwo nach meinem Tod sehen zu können. Das wird mir vielleicht gelingen, wenn du mich nicht vergisst. Auch das ist eine Art Gnade, die ich mir erhoffe.

Mach es gut, mein Junge, ich bewundere dich.

Eine Sache habe ich noch für dich. Was die Gnade betrifft. Mein Freund Nikolai Andrejewitsch Komarov hat mich gebeten, dir das mitzuteilen. Das KGB kennt in diesem Punkt kein Erbarmen. Dieser Deutsche, der sich verkrochen hat, du weißt, dieser Nikolai Roschkow, hat Mikrofilme gestohlen, die der Sowjetunion versprochen waren.

Nikolai Andrejewitsch bittet dich um deine Mitarbeit.

Du weißt, was zurzeit in der Sowjetunion los ist. Die Genossen in der Moskauer Geheimdienstzentrale Lubjanka haben Angst. Ja wirklich! Diese hart gesottenen Männer! Diese zermürbende, ständige Ungewissheit, wie es weitergeht.

Dieser Michael Gorbatschow ist noch Generalsekretär, doch die russische Bevölkerung vertraut ihm nicht mehr. Seit einigen Monaten ist nun Boris Jelzin Mitglied des Obersten Sowjets der Russischen Föderation. Jelzin genießt immer mehr Sympathie bei den Menschen. Er stellt den Kommunismus in Frage. Wird unsere Sowjetunion eine ähnliche Entwicklung durchmachen wie in Deutschland? Das Ministerium für Staatssicherheit in Deutschland ist zerschlagen worden. Wird mit dem KGB das Gleiche passieren? Denk auch an unsere Kameraden in der untergegangenen DDR. Die deutsche Wiedervereinigung ist für viele sowjetische Soldaten eine Niederlage. Denn unsere Westgruppe der Truppen wird aus Deutschland hinausgeworfen. Die Streitkräfte der drei Westalliierten verbleiben weiterhin und das

ganze Deutschland wird in das westliche Verteidigungs-
bündnis übernommen. Auch unsere ehemaligen sozialisti-
schen Bruderländer werden diesem Bündnis beitreten, das
prophezeie ich dir. Die Welt wird sich in den kommenden
Jahren kolossal verändern. Aber ich schweife ab. Mich be-
trifft das nicht mehr. Die Nerven im KGB liegen blank. Des-
halb haben diese Mikrofilme, die uns vorenthalten wurden,
das Fass zum Überlaufen gebracht. Darum bitte ich dich
dringend: Versuche, diese Mikrofilme zu beschaffen. Du bist
klug und findest vielleicht einen Weg.

Finde diesen Nikolai Roschkow. Es gibt einen Deutschen,
der dabei helfen kann. Er heißt Hugo Borchers.

Du wirst dem Frieden in Europa einen großen Dienst er-
weisen, wenn du es schaffst, die Mikrofilme dem KGB zu-
rückzugeben.

März 1991

Der bundesdeutsche Blätterwald kam nicht zur Ruhe. Es gab
zwar die Deutsche Demokratische Republik nicht mehr, aber
die Altlasten aus dieser vierzigjährigen Zeit waren allgegenwärtig. Die Westgruppe der Truppen passte jetzt nicht mehr
in diese Welt der militärischen Entspannung im vereinigten
Deutschland.

Die Berichterstattung über diese sowjetische Armee war
für die Menschen im Osten ungewohnt. Zu DDR-Zeiten hielt
man sich da sehr bedeckt. Vereinzelt hatte es durch sowjetische Soldaten Übergriffe auf Frauen gegeben, aber die Mehrzahl jener wurde fast wie in Haftanstalten in den Kasernen
von der Bevölkerung ferngehalten. Dennoch verängstigten

sowjetische Soldaten mit ihren unzähligen schweren Waffen die Bevölkerung von Tag zu Tag mehr. Die Soldaten schienen jetzt auch leichter an Wodka zu kommen. Sowjetische Militär-Lkws waren täglich im Straßenbild zu sehen. Die Menschen hielten großen Abstand zu diesen Fahrzeugen, weil die Fahrer oft angetrunken waren.

Zwischen Kummersdorf und Sperenberg war es an diesem Morgen noch sehr ruhig. Flugbetrieb war vom nahen Militärflugplatz Sperenberg noch nicht zu hören. Immer öfter flogen jetzt große Transportmaschinen vom Typ AN-12 und IL-76 sowjetische Truppen und Material von hier aus in die Sowjetunion.

Dieser Flugplatz entwickelte sich mehr und mehr zu einem Drehkreuz zwischen Deutschland und der Sowjetunion. Früher fanden außer Transportflügen auch elektronische Aufklärungsflüge statt. Luftfahrzeuggestützte Führungsmittel fungierten von hier aus als fliegende Gefechtsstände.

Diese Zeiten waren vorbei. Revierförster Günter Klaffke war heute mit seinem Hund von Kummersdorf in Richtung des Schulzensees unterwegs. Die Baumrinde wurde immer wieder vom Rotwild angenagt, sodass Gefahr für die Bäume bestand.

Der See lag idyllisch da, vom Wald umrahmt. Wäre nur nicht dieser ständige Fluglärm gewesen. Eines Tages sind die Russen weg, dachte Klaffke. Dann wird das hier ein Erholungsgebiet für die Orte Kummersdorf und Sperenberg.

Bruno stromerte vor Klaffke in Richtung des Sees. Im Dickicht blieb er stehen und bellte. Das war ungewöhnlich für den Hund. „Bruno, komm her." Klaffke wunderte sich. Sollte da ein Tier liegen, vielleicht verletzt? Bruno stand vor etwas und bellte weiter. Klaffke beeilte sich, zu seinem Hund zu kommen. Das Bellen ging zeitweise in Jaulen über. So hatte Günter seinen Hund selten gesehen. Es waren jetzt nur noch zehn Meter bis zu dieser Stelle.

Günter Klaffke nahm sein Gewehr von der Schulter, in der Erwartung, es gleich benutzen zu müssen.

Da war die Stelle erreicht. Klaffke erstarrte vor Schreck. Der Schrei blieb ihm im Hals stecken. Da lag kein Tier. Es war ein Mensch.

Der Mann war grausam zugerichtet. Am ganzen Körper Verletzungen und um den Hals trug er eine olivgrüne Tasche. Sein Mund war weit geöffnet und man hatte ihm etwas hineingesteckt. Es sah transparent aus, aber auch grünbräunlich dunkel. Das konnten Filme sein. In der Tasche befand sich ein Zettel mit russischer Sprache.

Господам из КГБ.

Вот, пожалуйста.

Подавись ими или засунь себе в задницу.

Klaffke klaubte seine Russischkenntnisse zusammen und übersetzte:

An die Herren vom KGB.

Hier sind sie.

Erstickt an ihnen oder schiebt sie euch in den Arsch.

Plötzlich fing Günter Klaffke an zu zittern und band seinen Hund an die Leine. Immer schneller beschleunigten sich seine Schritte in Richtung Kummersdorf, nachdem sich sein Mageninhalt auf dem Waldboden verteilt hatte.

Karl Straatmann hatte im März 1991 seinen Dienst als frisch gebackener Kommissar beim Landeskriminalamt Sachsen-Anhalt begonnen. Es gab in den neuen Bundesländern Kapitalverbrechen, die nicht neu waren. Mord, Vergewaltigung,

Raub, eben die ganze Palette. Jeder Mord erinnerte Straatmann immer wieder an diesen Günter Feiser, der weitere Morde begangen hätte, wenn ihn nicht selbst das Schicksal ereilt hätte. Robert Grassmann und Gerda Gabler. Zwei Menschen, die das Pech hatten, ihm im Weg zu stehen.

Diese Geschichte zweier Geheimdienste aus dem Kalten Krieg. Feiser hatte zu hoch gepokert. So wie dieser Manfred Kohs. Eine Jagd nach Mikrofilmen. Straatmann schauderte bei dem Gedanken an diesen Feiser. Hugo Borchers lag immer noch im Koma. Das konnte noch Monate oder Jahre dauern, vielleicht würde Borchers auch nie mehr aufwachen.

Der Anruf riss Straatmann aus seinen Gedanken. Gerd Kössler aus Potsdam war es. „Guten Tag, Karl. Kössler aus Potsdam. Alles gut bei euch?"

„Wie man's nimmt, Gerd. Viel Arbeit in dem neuen Landeskriminalamt. Die Untaten der Ganoven ändern sich nicht. Nur unsere Arbeitsweisen. Was gibt es denn?"

„In Kummersdorf ist ein Toter gefunden worden. Ermordet. Auf ziemlich grausame Weise. Er lag im Wald und hatte eine Tasche bei sich. Mit Mikrofilmen. Du warst doch kürzlich in Niedersachsen beim LKA in Hannover. Da gab es doch auf einem Parkplatz im Harz eine Schießerei mit zwei Toten. Günter Feiser und Angela Neuberger. Die Neuberger hatte Mikrofilme bei sich. Gibt es da vielleicht einen Zusammenhang?"

„Das ist interessant, Gerd. Diese Mikrofilme kamen von der Stasi-Hauptverwaltung Aufklärung. Die sind sofort von den Amerikanern konfisziert worden. Es geht da wohl um Dateien amerikanischer Staatsbürger, die für die Stasi gearbeitet haben. Wisst ihr denn schon, wer der Tote ist?"

„Nein, Karl. Es ist mit ziemlicher Sicherheit ein Russe. Aber identifiziert werden konnte er noch nicht."

Karl Straatmann antwortete nicht gleich. Er überlegte. „Was die Schießerei auf dem Parkplatz betrifft. Es gibt nur eine Möglichkeit. Die zwei anderen Personen bei dieser Schießerei heißen Hermann Greve und Manfred Kohs. Hermann Greve ist auf freiem Fuß und wohnhaft in der Nähe von Hohegeiß. In einer früheren konspirativen Wohnung des MfS, die jetzt aber einem Hugo Borchers gehört. Der andere ist Manfred Kohs. Er sitzt zurzeit in Untersuchungshaft in der JVA Wolfenbüttel. Ihm wird versuchter Totschlag zur Last gelegt. Er hat diesen Hugo Borchers fast umgebracht. Ich glaube, mindestens einer von den beiden könnte den Mann identifizieren."

„Sonst bleiben nur noch die Russen. So, wie es aussieht, ist es ein Racheakt gegen die Russen. Vielleicht gegen den KGB?"

„Das halte ich für sehr wahrscheinlich. Also dann, Gerd. Schick mal ein Bild des Toten zum LKA Hannover. Hauptkommissar Günter Pechstein leitet dort die Ermittlungen."

„Danke, Karl. Wenn der Name bekannt ist, wirst du es von mir erfahren."

April 1991

Günter Pechstein und Klaus Koch saßen in der Justizvollzugsanstalt Wolfenbüttel Manfred Kohs gegenüber. „Herr Kohs, wie geht es Ihnen?"

„Was wollen Sie von mir? Wie soll es mir schon gehen in den Fängen dieser Siegerjustiz?"

„Sie können uns helfen. Wenn Sie mit uns zusammenarbeiten, können Sie Ihre Situation nur verbessern."

„Ich bin unschuldig und ich werde hier festgehalten. Mein Anwalt wird mich hier herausholen und Sie für meine Freiheitsberaubung zur Verantwortung ziehen."

„Das wird sich alles finden." Klaus Koch nahm ein Papier mit einem Foto aus seiner Tasche. Ohne auf Kohs zu reagieren, hielt er ihm das Bild vor die Nase. Der grausam zugerichtete Mann aus dem Kummersdorfer Forst war zu sehen. Allerdings hatte man die Mikrofilme aus seinem Mund entfernt.

Zunächst sah Kohs weg und blickte dann doch auf das Opfer. Seine abschätzigen Blicke sprachen Bände.

„Nun, Herr Kohs, kennen Sie diesen Mann?"

Einige Sekunden vergingen. „Ja, den kenne ich. Es ist einer von diesen verdammten Russen. Er heißt Grigorij Suchanow. Er gehört zum KGB. Suchanow war einige Zeit in Karlshorst. So, wie es aussieht, hatte er Feinde."

„Man hat ihm Mikrofilme in den Mund gesteckt. Was für Filme sind das? Warum hat man das getan?"

„Woher soll ich das wissen? Ich weiß nur, dass Mikrofilme den Russen übergeben worden sind. Fragen Sie doch mal Nikolai Roschkow. Der kann Ihnen viel mehr darüber sagen."

„Sie wissen mehr, als Sie zugeben. Ich sage Ihnen noch einmal. Sie können Ihre Lage nur verbessern, wenn Sie kooperativ sind."

„Also gut. Sie wissen doch auch mehr, als Sie von mir hören wollen. Es geht um Mikrofilme, die für die Amerikaner sehr interessant sind. Die hat dieser Nikolai Roschkow für sich behalten."

„Wissen Sie, wo dieser Roschkow sich aufhält?"

Manfred Kohs schlug sich plötzlich vor Lachen auf die Schenkel. „Was glauben Sie, wie viele Leute das wissen wollen? Amerikaner, Russen und Deutsche wollen das wissen. Noch vor kurzer Zeit hätten Sie ihn in Freudenstadt finden können. Das zerstörte Haus. Gregorij Sorokin hat da wohl sein Leben ausgehaucht. Sorokin ist KGB-General. Oder besser gesagt, er war es. Ein ganz dickes Kaliber. Wenn einer wie der ein Zusammentreffen mit Roschkow nicht überlebt, sollte das zu denken geben. Wer sich mit diesem Roschkow anlegt, sollte sich schon einmal um sein Testament kümmern. Wenn Sie wissen, wo der ist, sollten Sie am besten mit einer Armee anrücken."

„Sie kennen also Grigorij Suchanow. Was können Sie zu dem Mann sagen?"

„Nicht viel. Als im Dezember 1989 die Mikrofilme an die Russen übergeben wurden, waren uns zwei Russen für den Empfang in Wünsdorf bekannt. Ewgenij Semjonov und Grigorij Suchanow. Semjonov hat die Mikrofilme in Empfang genommen und kontrolliert. Suchanow war für den Verbleib der Filme zuständig. Ich gebe zu, Angehöriger des Ministeriums für Staatssicherheit zu sein. Wenn die Yankees scharf auf diese Daten sind, werden sie vor Bestechung nicht zurückschrecken. Vielleicht wollte Suchanow Geld dafür haben. Das wird irgendwelchen Leuten nicht gefallen haben."

„Die Amerikaner haben die Mikrofilme von Angela Neuberger erhalten", fügte Pechstein hinzu. „Also hatte ich doch recht."

Kohs wirkte nun überheblich. „Sie wissen viel mehr als ich. Was wollen Sie denn noch? Ich habe einen Verdacht, den Sie nicht ignorieren sollten. Nikolai Roschkow hat seine Augen und Ohren überall. Auch wenn niemand weiß, wo der Mann ist. Er wird wissen, dass die Amerikaner die Filme längst haben. Außerdem wird er auf die Russen nicht gut zu sprechen sein. Ich würde mich nicht wundern, wenn er diesen Suchanow so zugerichtet hat. Das ist jedenfalls seine Handschrift."

Mai 1991

Die Würfel waren gefallen. Karl Borodin erhielt eine Freiheitsstrafe von zwei Jahren und sechs Monaten ohne Bewährung. Seine Selbstanzeige wirkte sich strafmildernd aus. In der Justizvollzugsanstalt Rheinbach hielt Karl sich für seinen Beruf auf dem Laufenden, so gut es ging. Er war in dieser Zeit ein geradezu vorbildlicher Gefangener. Nach einem Jahr und zwei Monaten wurde Karl wegen guter Führung vorzeitig entlassen.

Juli 1992

Karl war jetzt frei, er konnte sich aber zunächst lediglich mit Gelegenheitsjobs über Wasser halten. Bei diesen Jobs erkannte man aber schnell sein Potenzial und so wurde man bei seiner alten Firma msv wieder auf ihn aufmerksam. Günter Wohlers hatte Karl Borodin verziehen.

Die Firma msv hatte durch Karls Verrat keinen Schaden erlitten. Im Gegenteil. Der Umsatz der Rüstungsgüter steigerte sich noch in den Jahren nach dem Mauerfall. Borodin erhielt einen Zeitvertrag und er arbeitete wieder in seiner früheren Abteilung, nur jetzt nicht mehr als Teamleiter. Karl knüpfte an seine früheren Erfolge an, nach nur wenigen Monaten hatte er seinen guten Ruf in fachlicher Hinsicht wiederhergestellt. Dennoch war man misstrauisch. Gerade die jüngeren Kollegen neideten ihm seine Erfolge und mieden ihn wegen seiner Agententätigkeit.

Unbeeindruckt nutzte Karl die Zeit für sich. Im Gefängnis hatte Borodin ein Patent entwickelt, das er zunächst für sich behielt. Es ging um einen autonom fahrenden Panzer, der in verschiedenen Varianten ferngesteuert eingesetzt werden konnte. Karl hatte das Gefährt für Minenräumungen konzipiert. Aber auch als ferngesteuerte Waffe, die über große Entfernungen von einem Gefechtsstand aus genutzt werden konnte. Die Entwicklung von Drohnen mit Waffenwirkung war sein weiteres Betätigungsfeld.

Karl machte einen Deal mit der Firma msv. Er arbeitete zwar weiterhin für msv, aber nicht mehr ausschließlich.

Seinen Firmensitz verlegte er in den Harz. In der Nähe von Bad Lauterberg gab es einige leer stehende Gebäude, die er für seinen Sprung ins kalte Wasser nutzen wollte. Die finanziellen Mittel schöpfte er aus dem Verkauf seines schicken Hauses in Karlsruhe. Sein Plan, eine eigene Firma zu gründen, war im Gefängnis gereift. Jedoch wie er dazu kam, diesen Weg hätte er noch vor wenigen Jahren für unmöglich gehalten.

Karl Borodin konnte jetzt seine Ideen ohne Bürokratie und Bedenkenträger verwirklichen. Heute hatte er sich einmal in einem gemütlichen Restaurant in Bad Lauterberg, nach vielen Arbeitsstunden, einen gemütlichen Abend gegönnt.

Plötzlich drängten sich die alten Zeiten wieder in sein Bewusstsein. Das hatte einen Grund. Zunächst glaubte Karl, er würde träumen, als er diese bezaubernde Dame draußen sah.

Diese attraktive Frau, inmitten der Menschen, die über den Boulevard schlenderten. Er hatte doch nur ein Glas Wein getrunken. Hatte ihn die Frau auch gesehen? Tatsächlich betrat sie das Lokal. Noch glaubte Karl, seinen Augen nicht zu trauen. Die Dame, mit der eine Zeit begann, die er nicht missen wollte und dennoch bereute. Die Frau starrte ihn an und ging sofort auf ihn zu. „Ich glaube es nicht. Karl Borodin. Wie klein ist denn die Welt?"

„Yvonne Kučerová, ich kann es auch nicht glauben. Bin ich jetzt in der Vergangenheit? Was machst du hier in Bad Lauterberg?"

Yvonne sagte nichts und blickte sich zu den Nebentischen um.

„Yvonne, was ist? Hast du die Sprache verloren?"

Yvonne lächelte schelmisch. „Weißt du, Karl, damals in Karlsruhe hast du mit einer Dame am Nachbartisch geflirtet. Ich wollte mich nur vergewissern, dass du diesmal nur Augen für mich hast."

Karl stand auf und umarmte Yvonne stürmisch. „Ach komm, setz dich. Wieso bist du hier?"

„Tja, fast so wie damals in Bregenz. Ich habe ein Gastspiel am Deutschen Theater in Göttingen. Sechs Wochen werde ich noch hier sein. Aber der Harz gefällt mir sehr gut. In Nordhausen gibt es auch ein Theater, dass sehr gut anläuft. Das Staatstheater in Kassel ist auch ein Ort, wo ich mich präsentieren kann."

„Bist du nicht mehr in Wien?"

„Nein, da zieht mich nichts mehr hin. Das hat aber nichts mit der Stadt zu tun. Ich hatte da eine Beziehung, die ich vergessen möchte. Jeder weitere Aufenthalt in Wien würde mich daran erinnern."

„Das tut mir leid, Yvonne. Es ist so viel geschehen."

Yvonne schaute Karl durchdringend an. Beide schwiegen. Plötzlich fing Yvonne an zu weinen. Ein regelrechter Weinkrampf überkam sie.

Karl war erschrocken. „Yvonne, bitte hör auf zu weinen. Komm, erzähl mir alles. Ist es wegen dieser schrecklichen Zeit damals? Bist du traurig wegen Gerd Kirschner? Wir haben uns damals aus den Augen verloren. Sag mal, hast du den Gerd geliebt?"

Yvonne schluchzte weiter. Karl reichte ihr ein Taschentuch. „Ach, Karl. Als ich mich von dir trennte, ich gebe zu, es war eine Kurzschlusshandlung. Meine verdammte Eifersucht. Eine Stunde später, als ich das Restaurant verlassen hatte, wollte ich am liebsten zurückkommen. Die Tage danach waren furchtbar. Ich kann dir gar nicht sagen, wie ich meine Handlungsweise bereute. Ich blieb, sooft ich konnte, in deiner Nähe. Ich hatte dich nicht aus den Augen verloren. Selbst am Eingangstor deiner Firma stand ich oft und hoffte, dich zu sehen. Der Pförtner muss das gemerkt haben. Dann kam eines Tages Gerd Kirschner. Er sprach mich an. Das war mir zuerst peinlich. Ich wusste ja nicht, dass er mit dir zusammenarbeitete. Ich ging dann mit zu ihm und nach und nach erfuhr ich alles. Auch von dir. Er gestand mir seinen Hass auf dich. Tatsächlich ließ er dich beobachten, um dir irgendwelche strafbaren Handlungen nachzuweisen. Er sagte mir in fester Überzeugung, du würdest Spionage betreiben. Selbst mich versuchte er einzuspannen. Ich sollte mich wieder an dich ranmachen. Ich hätte ihm den Gefallen gern getan, aber diese verdammte Vernunft siegte über meine Gefühle. Du fragst, ob ich ihn geliebt habe? Nein, habe ich nicht wirklich. Mein Engagement dauerte länger in Karlsruhe und das Ensemble mochte mich. Es gefiel mir dort. Gerd jedoch liebte mich irgendwie, nur konnte er seine Gefühle nicht so recht zeigen. Als Schauspieler war er jedenfalls nicht zu gebrauchen. Diese Funkerei war seine große Leidenschaft. Ich muss zugeben, auf eine Art faszinierte mich sein Steckenpferd auch. Aber nun erzähl du. Wie ist es dir ergangen? Wie war das mit deiner großen Liebe?"

Karl machte eine Pause. Als müsste er seine Gedanken sortieren. „Mit der Dame vom Nebentisch habe ich kein Glück gehabt. Sie wollte nichts von mir, sondern nur mein Knowhow abschöpfen. Kurz gesagt, sie war ein weiblicher Agent der Staatssicherheit der DDR."

Yvonne wirkte erschrocken. „Dann warst du tatsächlich ein Spion?"

„Ja, das war ich. Bist du jetzt enttäuscht?"

Yvonne schlug die Augen nieder. „Du tust mir leid. Das musst du mir glauben. Hat sie dich benutzt?"

„Ja Yvonne. Ich sage es dir ganz offen. Ich habe ihr meine Arbeiten überlassen, weil ich mir ihre ehrliche Liebe erhofft hatte. Ihr Führungsoffizier hat mich nach der Wende erpresst. Ich habe zunächst meine Agententätigkeit nicht offenbart. Dafür musste ich ihm Geld zahlen. Viel Geld. Die Dame wollte mich nicht wiedersehen. Sie war wohl eine echte Kommunistin."

„War? Ist sie ...?"

„Ja, sie ist tot. Vielleicht hast du das mitbekommen. Hier im Harz ist sie bei einer Schießerei getötet worden. Es ging da wohl um internen Zoff einiger Stasi-Angehöriger. Ich habe jedenfalls meine Karten auf den Tisch gelegt und gestanden. Das hat mir eine Gefängnisstrafe eingebracht. Die Zeit habe ich genutzt. Ich wohne nun hier in Bad Lauterberg.

Mein Haus in Karlsruhe habe ich verkauft. Ich bin jetzt selbstständig. Die Geschäfte laufen ganz gut. Im Moment verkaufe ich mein Wissen. Später möchte ich aber meine Entwicklungen auch selbst produzieren und verkaufen. Yvonne, ob du es glaubst oder nicht. Ich habe auch oft an dich gedacht. Wegen der Sache mit Gerd Kirschner. Man warf mir vor, ich hätte dir Geheimnisse meiner Arbeiten verraten. Ich weiß nun, dass Kirschner mich in Verruf bringen wollte. Du bist mir immer noch sympathisch, das sage ich dir ganz ehrlich." Karl ergriff Yvonnes Hände und schaute ihr tief in die Augen. „Dann waren da diese mysteriösen Vorgänge bei Gerd Kirschner. Da gab es doch diese merkwürdigen Vorfälle in seinem Haus." Yvonne Kučerová wurde blass. „Hat sein Tod etwas damit zu tun?"

Sie hatte sich jetzt wieder beruhigt und nippte an ihrem Glas Wein. „Das meinst du. Du weißt davon? Ja du hast recht. Wenn ich damals bei Kirschner übernachtete, konnte ich nicht schlafen. Das lag nicht an sexuellen Aktivitäten. Ich hatte üble Kopfschmerzen und ständig so ein Tackern im Kopf. Als ich mal wieder in Wien war, ging es mir sofort besser. Der Kirschner hat mit der ganzen Welt gefunkt, vielleicht lag es daran. Diese Funkwellen sollen ja schädlich sein, wie man hört. Was meinst du denn? Du bist doch Experte. Kann das wirklich der Grund gewesen sein?"

„Yvonne, wenn dich das interessiert, kann ich es dir sagen, was damals bei Kirschner los war."

„Oh Karl ich bin ganz Ohr, nun sag schon, was war das?"

„Pass auf, die Untersuchungen dazu liefen im Verborgenen ab. Ich war später involviert. Erst kamen Kriminalpolizei und der Funkmessdienst der Bundespost. Die stellten aber keine Besonderheiten fest. Dann kamen Experten vom BND und Bundeskriminalamt. Die stellten Kirschners Wohnung auf den Kopf. Mit den BND-Leuten und dem Bundeskriminalamt arbeitete ich dann zusammen. Über sein Logbuch der Funkkontakte, die er hatte, kamen wir auf die richtige Spur. Gerd Kirschner kommunizierte sehr häufig mit einem Marek Němec im tschechischen Pardubice. Die Dienste ermittelten Němec und einen Dominik Dvořák als Angehörige der tschechischen Staatssicherheit. Státní bezpečnost. Erst nach 1990 konnten diese Kontakte geklärt werden, als die Tschechen alles offenlegten. Gerd Kirschner war wie ein Waschweib. Entschuldige, aber so sagt man das doch. Er arbeitete in meinem Team bei msv, aber das weißt du ja. Es dauerte nicht lange, da wussten die Tschechen über so ziemlich alles Bescheid. Über unsere Projekte und meine Arbeiten. Allerdings keine genauen Details. Kirschner quetschten die aus wie eine Zitrone. Die wollten immer mehr. Jetzt gab es ein Problem. Ich war ja schon über diese Angela Neuberger bei der HVA in Berlin an der Angel. Vor Kurzem hatte ich Gelegenheit, meine Stasiakte in Berlin einzusehen. Deshalb kenne ich die Einzelheiten jetzt so gut. Der tschechische Státní bezpečnost arbeitete mit der Hauptabteilung III des MfS zusammen. Ein Peter Grimmow war der Verbindungsoffizier. Mein Deckname in der HVA war Kimme. Bei der HVA gab es ein Gesetz. Wenn jemand als Quelle durch einen Führungsoffizier angezapft war, durfte diese Quelle nicht noch einmal durch einen anderen Führungsoffizier angeworben werden. Die Geschwätzigkeit Kirschners war dem Státní bezpečnost und der HA III zunehmend ein Dorn im Auge. Es gab ja den sicheren Fluss meiner Arbeiten nach Berlin. Kirschner hätte diese Quelle zum Versiegen bringen können. Was sollten sie tun, um ihn zum Schweigen zu bringen? Man beschloss,

Kirschner zu liquidieren. Aber wie? Bei Tesla in Pardubice arbeitete man an einem Phänomen, das bereits von Russen und Amerikanern erforscht wurde. Du sagst, bei Kirschner hast du so ein Tackern im Ohr gehabt. Radarsoldaten kennen dieses Phänomen ebenfalls schon länger. Immer dann, wenn sie sich in der Nähe von aktiven Radaranlagen befanden, haben sie über Klicklaute in den Ohren geklagt. Radargeräte strahlen Pulse aus, die nur einige Mikrosekunden lang sind. Man nimmt an, dass diese Mikrowellenimpulse durch die Erwärmung des Gewebes kleine Druckwellen im Kopf auslösen, die dann über den Schädel zur Hörschnecke geleitet werden. Der betroffene Mensch glaubt nun, ein Geräusch zu hören, obwohl keine Schallwelle von außen auf das Ohr trifft. Man hat sogar versucht, statt dieser Klicklaute Stimmen zu erzeugen. Auf diese Weise versucht man, Soldaten kampfunfähig zu machen. Starke Kopfschmerzen, Übelkeit und Schlaflosigkeit sind weitere Nebenwirkungen dieser Impulse. Das waren doch deine Beschwerden. Yvonne?"

Yvonne Kučerová staunte. „Ja du hast recht. Genauso habe ich das empfunden. Aber wie haben die das gemacht?"

„Das ist nicht eindeutig geklärt. Ein Nachbar will häufig einen grauen Lieferwagen in der Nachbarschaft gesehen haben. Vielleicht gab es eine Gerätschaft, die diese Mikrowellenimpulse ausgesandt hat. Bestimmt sogar."

„Aber ist der Gerd Kirschner an diesen Impulsen gestorben?" Ängstlich schaute die Kučerová Karl an.

„Das lässt sich nicht mit Bestimmtheit sagen. Die Todesursache soll Herzversagen gewesen sein. Kirschner trug einen Schrittmacher. Genaueres kann man da nicht sagen." Karl Borodin blickte nachdenklich aus dem Fenster. „Das wird für ewig ein Geheimnis bleiben. Militärtechnik ist immer äußerst geheim, besonders, wenn sie so effektiv ist."

Der Wein in diesem Restaurant „Bei Miro" war köstlich. Auch das Essen nach Rezepten vom Balkan verführte die beiden zum Themenwechsel.

„Sag mal, Karl. Die Frage brennt mir jetzt auf den Nägeln. Wolltest du mich damals mit dem Kirschner verkuppeln?"

Borodin schaute verblüfft. „Yvonne, wenn ich ehrlich bin, hatte ich dich anfangs wirklich vergessen. Ich hatte mich Hals über Kopf in diese Angela Neuberger verliebt. Ich bin eben mit Haut und Haar auf diese Dame hereingefallen."

„Du hast meine Frage nicht beantwortet." Yvonne schaute Karl durchdringend an.

„Nein, jedenfalls nicht bewusst. Wahrscheinlich, weil du damals so oft vor unserem Werkstor gestanden hast, entstand dieses Gerücht."

Yvonne lächelte jetzt. „Mein lieber Karl, ich würde lügen, wenn ich sage, du bist mir egal. Auch wenn wir uns hier in diesem Bad Lauterberg so unverhofft getroffen haben, möchte ich es nicht wieder so fortsetzen wie damals. Lass uns unsere Wege gehen und die Zeit entscheiden, ob uns noch einmal eine Beziehung verbinden kann. Ich weiß auch nicht, ob ich hier im Harz bleibe oder doch wieder woanders leben möchte. In letzter Zeit habe ich wieder Lust bekommen, in Prag zu leben."

„So soll es sein, liebe Yvonne. Lass uns noch eine Flasche von diesem wunderbaren Wein trinken und uns in eine Zeit versetzen, die keine Grenzen in Europa mehr kennt."

In diesem Moment erklang leise das Lied der Scorpions, „Wind of Change". Leise summten die beiden die Melodie mit und ihre Gesichter kamen sich näher.

Es war still in dem Haus im früheren Grenzgebiet. Hermann Greve lebte wieder allein in dem Haus nahe Hohegeiß. Er trauerte Angela Neuberger nach. Günter Feiser hatte sie getötet. Angela Neuberger hatte Feiser getötet. Zwei Menschen, die zwar noch die Wende erlebt hatten, aber durch die Gier nach Dateien den Tod fanden. Um den einen war es Greves Meinung nach nicht schade, weil er ein Mörder war. Diese Spionagetätigkeit war ihm im Grunde zuwider. Greve war mehr der Techniker. In Goslar hatte er nun eine Arbeit gefunden. Ein Elektronikmarkt beschäftigte ihn in einer Werkstatt mit der Reparatur von Elektrogeräten. Das war zwar nicht sein Traumberuf, aber er musste seine Ersparnisse aufbessern. Noch länger konnte sich Hermann ohne Arbeit nicht über Wasser halten. Hermann dachte jeden Tag an seinen Neffen Marko und seine Frau Barbara. Hugo Borchers war der Eigentümer des Hauses, in dem er lebte. Einige Wochen lag er im Koma nach seinen schweren Verletzungen, die ihm Manfred Kohs zugefügt hatte. Nun war er mit Einschränkungen wieder genesen. Borchers lebte weiterhin im Magdeburger Stadtteil Sudenburg in der Lutherstraße. Er war nun Rentner und auf die Mieteinkünfte seines Hauses angewiesen, um halbwegs über die Runden zu kommen. Borchers hatte Hermann Greve heute unverhofft eingeladen. Eine Überraschung würde auf ihn warten. Borchers tat ganz geheimnisvoll. Was sollte das sein?

Hermann Greve war mit der Eisenbahn angekommen. Borchers hatte darauf bestanden. Vom Bahnhof zur Lutherstraße fuhr er mit dem Taxi. Borchers Eigentumswohnung befand sich im Erdgeschoss. Hermann klingelte an der Tür des

Haupteinganges. Borchers kam herunter und gab Greve geheimnisvoll ein Zeichen, ihm zu folgen. Sie erreichten kurze Zeit später den Parkplatz hinter dem Haus. Hermann kam aus dem Staunen nicht heraus, als er sah, was da stand.

Der grüne Opel Manta. Das Auto von Barbara Greve.

Hermann klopfte Hugo auf die Schulter. „Sag mal, Hugo. Wie hast du das gemacht? Wo ist der Wagen gewesen?"

Hugo lächelte. „Das war reiner Zufall. Ob du es glaubst oder nicht. Der stand immer noch in einer Garage in Marienborn. Das Auto wurde nie bewegt. Aber bevor der Wagen hierherkam, wurde er von einem zuverlässigen Menschen, dem ich vertraue, gründlich durchgesehen. Er ist in einwandfreiem Zustand. Jetzt gib dir einen Ruck. Du fährst zu deinem Neffen und übergibst das Auto an die beiden. Nun hast du einen Grund. Spring über deinen Schatten und schließ Frieden. Niemand verlangt von dir, dass du deine sozialistische Einstellung aufgibst. Wir sind doch nun ein Volk. Es ist jetzt nicht einmal Mittag. Wenn du gleich losfährst, schaffst du es noch bis in dieses Herzberg. Der Wagen hat rote Nummern und Benzin ist auch genug im Tank. Mach's gut und erzähl mir mal, was diese Menschen empfunden haben, wenn sie ihr Vehikel wiedersehen."

Hermann Greve hatte Tränen in den Augen. Seine Stimme zitterte. „Das hast du gut gemacht Hugo. Dafür bin ich dir sehr dankbar."

01. Juli 1992

Anatolij Denissow haderte mit sich selbst. Der Abzug der Hubschrauberstaffel in Cochstedt stand jetzt unmittelbar bevor. In einer Woche würden die Hubschrauber nach Monino in den Moskauer Bezirk verlegt. Es gab für ihn nichts mehr zu tun. Die Sowjetunion gab es nicht mehr.

Wem sollte er dienen? Wie würde es in seinem Institut in Frjasino weitergehen?

Anatolij fühlte sich beinahe wie ein Staatenloser. In Deutschland unbegrenzt bleiben konnte er aber auch nicht. Er musste um Asyl bitten, um das zu versuchen. Das widerstrebte ihm. Gewiss, es gab einen Oberstleutnant, der ein sowjetisches Panzerbataillon in Brandenburg führte. Dieser Oberstleutnant hatte ein Netzwerk gegründet, das schon einige Soldaten vor den KGB-Zugriffen geschützt hatte. Sein väterlicher Freund Vladimir Iljitsch Winogradow kannte ihn. Ein Mann, der sich für die Politik Michael Gorbatschows begeisterte. Der hatte auch mit den Offizieren des Ministeriums der Staatssicherheit der DDR nichts am Hut. Nach dem Mauerfall in Berlin gelangte der durch einen ostdeutschen Freund nach Niedersachsen in ein Aufnahmelager. Jedoch war der Offizier hier nicht sicher. Er musste nun um seine Familie und sich selbst fürchten. Das KGB versuchte, ihn in die Sowjetunion zurückzubringen. Es gab dort im Lager Abfangkommandos, die das Ziel hatten, Abtrünnige zur Strecke zu bringen. Er sollte selbst Agent werden, um im Westen für das KGB zu spionieren. Dieses Netzwerk war nun zerschlagen. Dann kam der letzte Brief von Vladimir Iljitsch Winogradow, in dem er Anatolij die schlechte Nachricht mitteilte.

Eine große Hoffnung zerplatzte wie eine Seifenblase. Denissow hatte nur noch Angst.

Er war mehr der Wissenschaftler und Forscher, der zwar für die Armee nützlich war, jedoch nicht diesen Kadavergehorsam liebte. Der Freund Winogradows, Nikolai Andrejewitsch Komarov, der sich in Wünsdorf aufhielt, war ein Unsicherheitsfaktor. Denn der hatte einen guten Draht zum KGB. Anatolij war sich sicher, hätte er versucht, den Kontakt zu diesem Oberstleutnant herzustellen, wäre das sein Ende gewesen. Und nicht nur sein Ende.

Auch für dieses Netzwerk bestand die große Gefahr der Zerschlagung, wenn er diesen Weg gewählt hätte. Ein solches Schicksal würde sich Anatolij nie verzeihen können.

Vladimir Iljitsch Winogradow war tot. Trauer und Hilflosigkeit überschwemmten sein Bewusstsein.

Heute jedoch zeigte sich ein Lichtblick am Horizont. Karl Straatmann hatte ihn in diese nette Kneipe in Hecklingen eingeladen. Anatolij kannte den Grund. Karl hatte einen weiteren Gast angekündigt. Jemanden, der Anatolij einen Vorschlag machen wollte. Anatolij spürte eine gewisse Vorfreude. Gab es etwas, was seine Situation verbessern sollte? Er saß schon im Taxi nach Hecklingen. Es sollte ihn an diesen Ort bringen, in dem eine angenehme Atmosphäre herrschte. War das die letzte Zusammenkunft mit seinem Freund? Bald würde Anatolij das wissen.

Schon trat er ein. Er schaute auf diesen gemütlichen Ecktisch, an dem Karl und er schon einmal gesessen hatten. Heute kam Anatolij als Letzter. Karl saß dort zusammen mit einem Mann, den Anatolij nicht kannte. Karl stand auf, als er Anatolij sah. Der Fremde erhob sich auch. Karl umarmte Anatolij herzlich. „Mein lieber Anatolij. Ich freue mich, dich zu sehen. Es ist schon eine ganze Weile her, als diese üble Geschichte einer Klärung bedurfte. Heute darf ich dir einen Mann vorstellen, der dich kennenlernen möchte. Anatolij, das ist Robert Ashley. Mister Ashley ist amerikanischer Staatsbürger. Mister Ashley, das ist Anatolij Denissow. Er ist Zivilbeschäftigter einer Hubschrauberstaffel in Cochstedt. Wir wollen uns setzen."

Die drei Männer setzten sich und die Wirtin nahm die Bestellungen entgegen. Der Amerikaner begann. „Herr Denissow, Sie wundern sich vielleicht, warum ich Sie kennenlernen möchte. Ich kenne auch Ihre Hubschrauberstaffel. Sie erinnern sich sicher an Vorgänge im Jahr 1980, als Behälter auf den Äckern explodierten."

Anatolij fiel ihm ins Wort. „Mister Ashley, es waren Ihre Sonden. Besser gesagt, Sonden Ihres Geheimdienstes."

„Sie haben recht. Ich will Ihnen auch nichts erzählen, was Sie ohnehin schon wissen. Ich arbeite für einen amerikanischen Rüstungskonzern in Palo Alto in Kalifornien. Dieser Konzern hat die Sonden gebaut, die Sie kennen."

„Durch diese Sonden sind Menschen getötet worden, Mister Ashley. Sogar Ihre eigenen Leute." Anatolijs Stimme klang gereizt. Es entstand eine kleine Pause, als die Getränke gebracht wurden.

„Herr Denissow, ich bin über die Dinge vollkommen im Bilde, die damals passiert sind. Bedenken Sie, damals war noch kalter Krieg. Ost und West standen sich nicht gerade freundlich gegenüber. Bitte, ich weiß, wie schnell Sie damals die Funktion dieser Sonden erkannt haben. Dafür möchte ich Ihnen meinen Respekt aussprechen. Das ist auch der Grund für meinen Vorschlag."

373

„Was für ein Vorschlag?" Anatolij hatte gerade in einem Zug sein großes Glas Wodka geleert.

„Ich bin ermächtigt, Sie nach Kalifornien einzuladen. Unser Konzern würde Sie gern als Mitarbeiter gewinnen. Ich kann Sie sofort mitnehmen. Sie werden in San Jose in Kalifornien leben und arbeiten. Unser Konzern und ich sind überzeugt, dass Ihre Mitarbeit äußerst fruchtbar sein wird. Wir bieten Ihnen ein gutes Gehalt und ein Leben in einem Bundesstaat, in dem immer die Sonne scheint."

„Wie soll das gehen? Meine Staffel verlegt in wenigen Tagen." Anatolijs Stimme wurde unwillkürlich leiser. „Ich bin sowjetischer oder jetzt russischer Staatsbürger. Die Sowjetunion gibt es nicht mehr. Der [21]FSB oder [22]SWR, wie die Nachfolger des KGB jetzt heißen, werden mir auf den Fersen sein. Die würden mich entführen oder töten, wenn sie von diesen Plänen erführen."

„Herr Denissow, seien Sie unbesorgt. Wenn Sie mit unserem Vorschlag einverstanden sind, stehen Sie ab sofort unter dem Schutz der Vereinigten Staaten. Wir sollten auch sehr bald mit Ihrer Ausreise beginnen. Sie können schon in drei Tagen in Kalifornien sein. Bitte packen Sie das Nötigste, was Sie brauchen. Sprechen Sie bitte mit niemandem darüber. Wir treffen uns morgen früh hier an diesem Ort. Sie werden von da ab von der Bildfläche verschwinden. Ich garantiere Ihnen, dass der KGB Sie niemals finden wird. Sie werden, wenn Ihre Zusammenarbeit mit uns erfolgreich ist, unter einer anderen Identität leben."

„Wenn Sie mit mir aber nicht zufrieden sind, was ist dann?"

---

[21] FSB Föderaler Sicherheitsdienst
[22] SWR Auslandsnachrichtendienst

„Machen Sie sich keine Sorgen. Erstens werden Sie in aller Ruhe und Intensität bei uns ausgebildet. Auch auf Ihr Leben in den USA werden Sie vorbereitet. Sollte Ihre Mitarbeit bei uns nicht dauerhaft möglich sein, ist das auch kein Problem. Sie werden in den USA bleiben können. Aber ich bin von Ihnen überzeugt. Sie sind für uns sehr wertvoll. Freuen Sie sich auf ein Leben in einem freien Land, das Ihnen alle Möglichkeiten bietet. Lassen Sie uns darauf trinken."

Alle erhoben ihr Glas. „Auf Ihre Zukunft", sagte Mister Ashley und Karl ergänzte mit gedämpfter Stimme: „Auf unser aller Zukunft."

Anatolij sagte mit Tränen in den Augen diese Worte: „Wir wollen Frieden für die ganze Menschheit, dafür wollen wir nicht mehr kämpfen, sondern nur noch bitten."

Hermann Greve fuhr das erste Mal in diese Kleinstadt Herzberg am Harz. Er musste an Barbara Greve denken. Sie kam aus Westberlin und wollte nur nach Hause. Die Fahrt war dann an der Grenzübergangsstelle Marienborn zu Ende.

Günter Feiser hatte das verfügt, um seinen Neffen Marko zu erpressen. War das noch der Kampf, ein sozialistisches System zu erhalten? Eigentlich erst jetzt wurde Hermann dieses ganze Monstrum des Ministeriums für Staatssicherheit bewusst. Dieser riesige Apparat. Die ehrliche Erkenntnis, dass sich die DDR das gar nicht leisten konnte. Die Armee, die Rüstung. Eigentlich alles, was der Sozialismus dem Bürger gab, aber auch abverlangte, betrachteten manche als gerecht. Unverhältnismäßig war aber dieser Moloch.

Vielleicht hätte die DDR überlebt, wenn es einen Apparat in dieser Größe nicht gegeben hätte. Schon war die Lonauerstraße erreicht. Hermann bog in die Breslauer Straße ein. Da wohnten sie. In diesem kleinen Reihen-Eckhaus. Eigentlich bescheiden. Hermann Greve parkte den grünen Manta direkt vor dem Haus. Er stieg aus, ging zur Haustür und drückte auf den Klingelknopf. Geraschel hinter der Tür. Barbara öffnete die Tür. Marko stand dahinter.

„Guten Tag, ihr beiden. Schaut doch mal raus. Ich habe euch etwas mitgebracht."

Barbara drängte sich an Hermann vorbei. „Ohh, mein Manta. Es gibt ihn noch."

Hermann gab Barbara den Schlüssel.

„Hermann, komm rein." Markos Stimme war kühl. „Komm ins Wohnzimmer. Setz dich."

Hermann Greve wirkte schuldbewusst. „Marko, das letzte Mal haben wir uns in Gosen gesehen. Du wolltest mich kennenlernen. Leider ist die Sache aus dem Ruder gelaufen. Ich habe das nicht gewollt. Ich möchte dich um Verzeihung bitten."

„Du musst mich nicht um Verzeihung bitten, Hermann. Barbara musst du bitten, dir zu vergeben. Seit der Zeit im Gefängnis hat sie sich verändert. Aber das ist auch meine Schuld. Ich hätte schließlich die Kontaktaufnahme nicht beginnen dürfen. Ich war einfach zu arglos."

Barbara kam wieder ins Haus. Wortlos setzte sie sich dazu. Hermann würdigte sie keines Blickes. Sie sah nur Marko an. „Soll ich euch etwas zu trinken bringen? Ich glaube, ihr habt euch einiges zu erzählen." Barbara stand einfach auf, ohne eine Antwort abzuwarten.

„Hermann, wo wohnst du? In Berlin vielleicht?"

„Ich wohne in der Nähe von Hohegeiß. Ich bin in den Harz gezogen und arbeite in Goslar. Ihr könnt mich gerne besuchen, wenn ihr wollt."

Barbara kam wieder herein und stellte ein Tablett mit Getränken auf den Tisch. Hermann beachtete sie nicht.

Ihre Stimme klang tonlos. „Marko, denk daran. Wir haben heute noch etwas vor. Du solltest nicht so viel Zeit mit deinem Besuch vergeuden." Sofort verschwand sie wieder und man hörte eine Tür zuschlagen.

„Tja Marko, ich sehe, ich bin bei euch nicht willkommen. Ich kann es auch verstehen. Vielleicht hätten wir unser Kennenlernen bis zur Wende verschieben sollen. Ich werde wieder gehen. Richte deiner Frau bitte aus, dass es mir aufrichtig leidtut. Wenn ihr mich besuchen wollt, seid ihr herzlich willkommen. Jetzt ist es noch zu früh und die Wunden sind noch nicht verheilt." Hermann stand auf und umarmte Marko.

Marko drückte Hermann auch an sich. „Verzeih bitte meiner Frau. Ihre Seele hat in diesem Gefängnis Narben bekommen. Du hast recht, es ist noch zu früh. Diese ganze Geschichte hat meine Ehe gefährdet. Lass uns Zeit. Die Zeit heilt vielleicht alle Wunden. Unsere beiden Staaten haben sich gerade erst neu kennengelernt."

Hermann legte seine Hand auf Markos Schulter.

„Es ist wie bei einer Partnerschaft zwischen zwei Menschen. Vierzig Jahre haben wir nebeneinander gelebt. Ihr habt viel für eine Ehe getan. Wir hassten uns und stritten miteinander. Wir lebten aber in zwei unterschiedlichen Familien. Bei euch ist die Freiheit des Einzelnen wichtig. Aber das Leben bei euch ist teuer und Arbeit gibt es nicht für jeden. Bei uns sind das Leben und die Grundversorgung billig. Luxus ist bei uns teuer, wenn es ihn überhaupt gibt. Luxus ist bei euch aber auch teuer und längst nicht jeder kann sich etwas Exquisites leisten. Bei uns gibt es aber keine hungernden Kinder. Nun haben bei uns auch viele Menschen keine

Arbeit mehr und wissen nicht, wie es weitergeht. Die Reichen bei euch interessiert das nicht. Ich bin nicht mehr der Jüngste, Marko. Aber ich werde die Politik beobachten, mit der dieses neue Deutschland regiert wird. Lebt wohl, ich wünsche euch alles Gute."

Hermann ging zur Tür und schaute nicht mehr zurück. Marko sah ihm nach, bis er hinter der Hausecke verschwunden war.

Epilog

Nikolai Roschkow ist verschwunden. Niemand weiß, wo er ist. Und doch ist er unter uns. Denn er verkörpert das Böse, wo immer auf der Welt es geschieht. Überall wo Unrecht geschieht, könnte er seinen unheilvollen Einfluss haben.

Kriege, Hass und Missgunst sind seine liebsten Freunde.

Immer, wenn wieder etwas Schreckliches geschieht, ist er da. Etwas, was euch Friedliebende in der Welt traurig macht.

Nikolai Roschkow lebt in vielen Mächtigen.

Nur die Liebe kann ihn besiegen.

ENDE